THE
WORKING POOR

David K. Shipler

[美]戴维·希普勒　著　　陈丽丽　译

穷忙

上海译文出版社

目　录

作者说明 …………………………………………… 1
序言 ………………………………………………… 1

引言　贫困边缘 …………………………………… 1
第一章　财富与财富的另一面 …………………… 13
第二章　徒劳无功的工作 ………………………… 44
第三章　引进第三世界 …………………………… 89
第四章　可耻的丰收 ……………………………… 110
第五章　令人却步的工作场所 …………………… 138
第六章　父辈的罪孽 ……………………………… 161
第七章　亲情 ……………………………………… 199
第八章　灵与肉 …………………………………… 232
第九章　梦想 ……………………………………… 268
第十章　劳有所得 ………………………………… 295
第十一章　能力与决心 …………………………… 332

结语 ………………………………………………… 351

作者说明

在这一版中，我已经更新了最重要的统计数据。这些数据显示，贫困人口的生活除了更显艰辛之外，基本没有改变。最富有和最贫穷的家庭之间的资产净值差异加大，形成两极分化的局面；富人学区与其他学区的资源差距扩大，两者拉开了距离。因哮喘缺课的孩子更多了，享受不到医疗保险的美国人更多了，忍饥挨饿的人更多了，遭受牢狱之灾的人更多了，加入工会的工人更少了，做底层工作的非法移民更多了，而他们当中的更多人则在穿越墨西哥边境后葬身沙漠。

国会与许多州的立法机构已经调高了最低工资标准，但大部分单收入家庭依然被遗弃在贫困线以下。在接受调查的成年人中，无力应付日常工作中的阅读、算术要求，无法读懂文件，因此在全球市场中缺乏竞争优势的人员比重之高令人震惊。次贷现象始于对低收入家庭的剥削，随后波及中产阶级，最后危及整个金融市场网络。这说明，对于穷人和在贫困线周围打转的人所面临的小问题，我们并不能独善其身。避难所是不存在的，唯有寻求补救。

D. K. S.

2012 年 5 月

序　言

　　对于我书中写到的大部分人来说，愤怒是一种奢侈。他们苦苦挣扎，筋疲力尽，找不到出路。他们的工资并没有改善他们的生活，让他们脱离贫困，相反，他们为生活所累。人们常常用"穷忙族"来形容他们，而这个词本身就是个矛盾。在美国，辛勤工作的人不应该是穷人。

　　1997年，当这个国家蒸蒸日上的时候，我开始寻找那些被抛在后头的劳动人民的踪迹。在华盛顿哥伦比亚特区的黑人社区，在新罕布什尔的白人城镇，在克利夫兰和芝加哥的工厂和职业培训中心，在阿克伦城和洛杉矶的廉租房，在波士顿和巴尔的摩的营养不良诊疗中心，在加利福尼亚的血汗工厂，在北卡罗来纳的田地，我发现了他们的身影。

　　我的目的是在他们允许的范围之内，尽可能充分地调查他们的生活，解开错综复杂的因果关系链，从中找出个体困境的成因。有些人我只见过一两面，有些人我则从五六年前起跟踪至今，在繁荣的经济崩塌下去，衰退初露苗头时，我数次联系他们，了解他们的情况。在这期间，他们得到升迁却又宣告破产，结婚成家却又遭遇离异，有孩子出生，也有家人离世。

这个国家的经济起起落落,但这并没有对这些老百姓的生活产生多大的影响。无论年景是好是坏,他们都过得很苦。有些人意志消沉,一蹶不振,听天由命,感觉自己无能为力,充满挫败感。用卡尔·桑德堡(Carl Sandburg)的话来说,他们"厌倦了希望,掏空了梦想"。而另一些人则为自己的梦想和决心而自豪,相信工作的魔力,并为此斗志昂扬。他们很少会为自己的境遇而感到愤懑。当怒火涌上心头时,他们往往会把气都撒在配偶、孩子或者同事身上。他们通常并不抱怨自己的老板、政府、国家,或者社会的财富等级,尽管他们有理由这么做。他们总是埋怨自己。不过有时候,他们确实应该怪自己。

我肯定得喜欢这些人,否则我没办法在几年时间里采访他们十二次、十五次,甚至不止二十次。所以,我肯定得帮他们说说话。不过,我一直在努力用清晰的不带意识形态色彩的眼光来看问题。的确,坚定的保守党人和热情的自由党人看到这番贫穷的景象,心中会有所触动。至少我希望会是如此。因为我所发现的现实和任何人提出的政治议程都不太对得上号。我希望能够挑战并撼动这对立的两派一贯以来的设想。

这个主题直指美国人心底对自我的看法,会令他们非常不安。所以,我恳请在阅读过程中发现自己读不下去的读者,请理解这些不同的人生中的所有矛盾,用更宽广的心态接纳这些矛盾。如果我们要在这个问题上取得进展,就要超越党派政治。

这些家庭绝大部分勉强生活在联邦政府制定的官方贫困线上下,要观察他们的生活,并借此研究贫困问题,似乎有点不合常理。他们生活在难以界定的边缘地带。但正是因为这一点，他们才更值得我们重视。在他们尝试逃离困境的过程中，我们能够清楚地看见他们不得不跨越的障碍。在贫困的边缘，我们看清了贫困的深渊。

"贫穷"是一个无法令人满意的词。因为贫穷不是仅凭政府规定的年收入额就能够描述清楚的一个范畴。在现实生活中，它是渐进阶梯上的一片不起眼的区域，这个充满艰辛的区域比社会通常意识到的范围要宽泛得多。实际上，许多麻烦与贫穷是相伴相生的，被它们压倒的人比官方定义为"穷人"的人多得多。因此，我对"穷人"这个词的用法跟统计学家不一样。我的用法不那么精确，但这个词指的就应该是经济能力最低，并且面对与之俱来的各种问题的社会阶层。

如果我们的讨论不涉及"穷忙族"的雇主们，那么我们对"穷忙族"的研究就是不充分的，因此，这些雇主们也会出现在书里——他们是企业家和经理人，他们从廉价劳动中获利，或者苦心经营，维持生计。此外，在这条探索之路上，我们还会遇到教师、医生，以及其他想要做些实事的专业人士。

尽管我并不追求代表所有人群，但本书中大部分的穷忙族都是女性，这与整个国家中大部分穷人都是女性的情况一致。她们未婚生子，收入微薄，自己养育的孩子需要的东西又很多，因此往往身负重担。我写到的大部分人都是美国公民，不过也有些是合法或非法移民，她们的劳动对这个国家的兴旺发展和安居乐业起到至关重要的作用。

这里提到的有白人，有黑人，有亚裔，有拉美裔。在美国，贫穷不分民族，没有种族限制。大部分的非裔美国人上的都是质量较低的公立学校，许多人住的都是败落的社区，人们依然对他们抱有成见，他们仍要忍受种族歧视，在他们尽力从手工劳动者爬到管理层的过程中，这种成见和歧视尤为明显。在学校里，在社区中，在争取转换角色的过程中，他们都遭遇到特殊的障碍。奴隶制的思想残余仍未消退，美国的种族偏见由来已久，因此黑人在美国低收入人群中的比重仍然过大。不过，贫穷还包括了所有人的艰辛生活，这些困难折磨着所有种族的人。在职场中处于底层地位的白人尽管没有黑人经历的所有阻碍，但他们的痛苦经历也不少。因此，在上一本《陌生人的国度》里写完关于黑白族群差异的问题之后，我现在要将视角转向不分种族、广泛存在的贫穷的动因。

本书中没有合成的人物；我绝对拒绝创造这样的人物。每个人都是真实的。遇到有人要求我不要写出他的全名时，我会只用他的名，或在第一次提到这个名时用一个加双引号的化名，或使用一个随机挑选出来的首字母代替。

在那些我能够指名道姓的人中，有很多人是我要表示感谢的。我的妻子黛比是一名教师，也是社会工作者，她用她的能力让我大开眼界，看清错综复杂的学校教育和子女抚养问题。而且她运笔如飞，帮我手写了初稿。当我采访归来，她会帮助我消化这些采访故事，令我的报道内容更加充实，而且她还鼓励我思考和重新思考自己看到的问题。我的两个孩子劳拉和迈克尔都是文笔优美的作家，也是眼光锐利的观察家，有了他们的建议，我的手稿质量有了很大的提高。因为有他们，这本书的品质得到了提高。本书经过修改之后，我的大孩子乔纳森读了修改版并提出了一些有益的看法。

有很多人在百忙之中抽出大量的时间协助我完成本书。在书中，我没有提及或者没能充分致谢的人有：大卫·艾莉森，她是我的一位朋友，曾经是新罕布什尔州的立法会议员。她介绍我认识了该州的扶贫工作者，并对本书手稿提出了建议；还有丽贝卡·根茨、司徒南茜和鲍勃·奥尔柯特，她们向新英格兰的贫苦大众伸出了援手；洪罗伊和维克多·纳洛领导着能办实事的组织，帮助洛杉矶的韩国裔和拉美裔工人；我的表姐玛利亚·沃伊切霍夫斯基是一位时装设计师和服装制造商，她敞开大门带我了解这个行业里的赚钱门道；还有洛杉矶"特别就业中心"（Job Plus）的莫尼可·马维斯、罗迪丝·卡斯特罗和理查德·凯因斯；华盛顿"首岩浸礼会"（First Rock Baptist Church）的理查德·柯斌牧师大人；SOME① 机构下属的就业培训中心主任詹姆斯·贝克威思，还有鲁弗斯·菲尔德和布兰达·希克斯，他们和我分享了关于首都的贫困问题的深刻见解；还有约书亚·沙夫斯泰因，这位出色而尽职的年轻儿科医师对本书手稿发表了意见，并让我顺利采访了"波士顿医疗中心"（the Boston Medical Center）的临床和研究人员；波士顿医疗中心的黛博拉·弗兰克博士和巴瑞·朱克曼博士也提供了帮助；还有巴尔的摩"成长与营养诊疗中心"（the Growth and Nutrition Clinic）的莫林·M·布莱克；特拉华州大学的格温·B·布朗；阿克伦城"基督教女青年会"（YMCA）主任南希·赖斯；克利夫兰就业培训中心主管玛丽·拉波特；堪萨斯城地方

---

① SOME，意为 So Others Might Eat，即"让所有人都吃上饭"。

投资委员会（Kansas City's Center for Employment Training）的布伦特·尚德尔梅耶；还有阿克伦城和华盛顿哥伦比亚特区的校长安东尼·玛拉诺和西奥多·辛顿，他们对贫困问题很有洞察力；以及在我采访洛杉矶的韩国裔移民时为我担任口译的宋荣莉亚。

还有我的经纪人埃斯特·纽伯格，从这一项目之初，他就对我殷切鼓励。我的编辑乔纳森·西格尔满怀热忱地接纳我的成果，而且他从善如流，愿意听取有益的意见。他们是我最感激的两个人。

如果你把这当成一本短篇故事集来看，那么你可能会说这些故事中有人物，有时还有一些情节，甚至掺杂着家庭悲剧和孤独的英雄主义。但这本书里没有高潮，故事也没有结局。生活依然是未解的难题。

D. K. S.
2003 年 7 月

引言　贫困边缘

> 厌倦了希望，
> 掏空了梦想。
>
> ——卡尔·桑德堡

洗车工无车可开。整理付讫支票的银行职员的户头只有 2.02 美元。医学教科书女编辑十年的收入也赶不上牙医。

这是被人们遗忘了的美国。在劳动大军的最底层，成千上万的人在繁荣盛世的阴影之下，在贫穷和富裕的灰色地带中生活。不管你是富翁、贫民，还是中产阶级，你每天都会和他们不期而遇。他们给你端来巨无霸汉堡，在沃尔玛超市帮你寻找商品。他们收割的粮食成为你的食物，还为你打扫办公室、缝补衣物。在加利福尼亚的工厂里，他们把车灯打包，好给你孩子的脚踏车安上车灯。在新罕布什尔的车间里，他们把墙纸样品册装订起来，为你的装修提供帮助。

他们是从不为人知的苦难艰辛中走出来的。有的人靠救济金过活，吸毒成瘾，或者无家可归，只能苦苦挣扎；有的人一直在做危险的工作，靠微薄的薪水勉强度日，一筹莫展。他们当中有些人的孩子营养不良，有的还遭到性虐待。有些人住在四壁剥落的房子里，孩子们因此患上了哮喘，不得不向学校请假。有些孩子甚至买不起眼镜，连黑板上的字都看不清。

本书讲述的就是他们其中一些人的故事：他们的家人、他们的梦想、他们的失败。而比他们更失败的，是他们的国家。尽管美国的富裕程度前所未有，而且美国宣扬"劳动致富"的信条，低收入人群的问题却令这个信条饱受质疑。有些人觉得劳动确实能致富，而有些人却发现自己只是徒劳无功。很多工作要求高，薪酬低。尽管换了多次工作，许多人却还是在官方规定的贫困线上挣扎，甚至接近赤贫。有些问题对于富裕家庭来说，仅仅是一点不便，比如：车子出了点问题，身体微恙，没时间照顾孩子。然而对穷人来说，这些是能够危及自己饭碗的大问题。他们经常拖欠账单，银行户头里的存款少之又少，或者根本就一无所有，因此，相对于那些衣食无忧的美国人，他们要付出各种更多的费用和更高的利息。即使是在国家经济形势大好的时候，许多人还是在吃不饱和饿不死的状态之间徘徊，和过去相比，他们的生活并没有太大改善。而在国家经济衰退的时候，他们滑向了绝境。

联邦福利改革对福利受益者提出了强制工作要求和时间限制，这令成千上万的人陷入了不利的境地。1996年，美国经济蓬勃发展，福利改革应运而生，许多受益者对此十分赞赏。因为，他们认为在福利改革推动下，他们将不再依赖政府，坐以待毙，而是过上积极向上、充满挑战、充满希望的职场生活。有的人说，他们有了自信心，而且他们的孩子对他们多了一分敬重。那些运气好或者有才华的人在职场平步青云，收入越来越高。不过，更多的人依然收入微薄，生活水准没有提高。他们依然存不到钱，享受不到像样的医疗服务，住不进更好的社区，也没办法把孩子送到好学校去，孩子们的前程没有保障。他们是一群被遗忘的美国人，人们只有在把这些人的名字从福利受益对象名单上去掉的时候，才会注意到他们的存在，清点他们的人数。而他们工作中的艰辛困苦则犹如一片盲区，人们无从知晓。

脱贫致富看来是需要万事俱备的。你需要一整套技术，合理的起薪，晋升的机会，这些都是先决条件。但这些并不够，你还需要有清晰的目标，十足的勇气，强烈的自尊心，没有巨额债务、疾病或者毒瘾缠身，还要有支持你发展的家庭，品行端正的朋友，以及私人或是政府机构的妥善帮助。这一系列条件缺一不可，否则麻烦就会接踵而来，因为贫穷就意味着你无法保护自己。你就像是橄榄球场上的四分卫，没戴头盔，没戴垫肩，没受过训练，也没有经验，前面是一排体重都只有百磅的队友，弱不禁风。在比球场更大的世界里生存，如果一个穷人没有储蓄，没受过训练，在社会败类的威逼利诱面前没有防备之心，没有还手之力，那么他或她就会像在橄榄球场上被擒杀的四分卫一样，一次又一次地被解雇——惨遭重击，鼻青脸肿，屡战屡败。如果在周而复始的失败中有那么一次例外，那么人们就会说这是美国梦的实现。

美国人普遍不了解贫困的成因，因此也不清楚如何解决贫困问题。他们信仰美国神话，依然认为即使是出身最贫寒的人也能过上幸福的生活。我们希望确有其事，而且当我们看到那些令这个神话备显真实的例子时，我们很欣慰——无论这些例子是虚构的，还是真实的。霍雷肖·阿尔杰，这个18世纪作家的名字已经变成我们语言的一部分。虽然我们现在已经不再读他的作品，但是他笔下的人物都取财有道，勤劳致富，因此他已然成为白手起家的代名词。尽管从自由女神像上的铭文里就可以看出，这个国家对那些站在"金色大门"前的"可怜的废物"的嫌恶之情由来已久，经典的移民致富的故事依然激励着美国人的心。尽管我们为移民涌入而愤愤不平，我们依然为这个高贵的说法而着迷：只要孜孜不倦地工作，谨慎节约，一个一无所有的难民就能变成一个成功的企业家。乔治·W·布什在即将成立的行政部门中，破天荒地对两个黑人、一个拉美裔人和两名女性委以重任，当有人问他是否有话要对这几个人说的时候，这位总统回答道："当然，在美国，无论你想做什么，只要你努力工作，做出正确的人生选择，你就一定能实现目标。"

美国神话是有其意义的。它为这个国家和每个居民都制定了高要求的标准。国家要尽量成为传说中的充满机遇之地；居民则必须努力利用这些机遇。受这一理想的启发，人们发起了"民权运动"，"向贫困宣战"，而且他们还在继续寻找办法，缓解这个富有国度中依然存在的贫穷问题。

但是，美国神话也让人们找到了责备穷人的借口。在清教徒的传统中，努力工作不仅仅是生活的实际需要，也是道德的要求；不努力工作就意味着一种道德过失。不通人情的逻辑决定了冷酷无情的判断：如果努力工作就能让一个人走向成功，如果工作是一种伦理美德，如果任何一个社会成员都可以通过工作取得成功，那么失败的人就是误入歧途。市场就是处事公平，一锤定音的裁判；从某种程度上来说，工资低是工人本身的错，因为工资低说明的不过就是他的劳动价值低。在美国的大环境中，贫穷总是带有原罪的气息。2000年3月，共和党总统候选人之间展开了一场辩论，为了缓和这场争论，美国有线电视新闻网的主播朱迪·伍德拉夫问艾伦·凯耶斯，为什么他会在一些道德风气有进步的情况下认为社会道德水平在下降？她指出：犯罪率下降，非婚生子数量下降，接受福利救助的人数减少。很显然，福利救济率是反映道德败坏程度的指标。

还有一种截然相反的论调，那就是美国的"反神话"。这种观点认为个人的贫穷问题在很大程度上应归咎于社会。根据种族歧视和经济实力划分出的森严等级令贫困群体遭遇一系列的困境，学校教育质量低下，人们走投无路，别无选择。穷人的孩子们都会被逼进死胡同：犯罪、毒品、收入微薄，前途无望。有许多巨大的力量是不受个人控制的，在这些力量面前，个人只是受害者，而这些加害他们的力量就包括了贪求利润、剥削他们劳动的企业。

1962年，迈克尔·哈林顿在他的《另一个美国》（*The Other*

America）一书中以打动人心的语言讲述了这个美国的"反神话",让这个当时被富裕生活蒙蔽了双眼的国度更清醒地看到穷人们生活的"隐形之地"上的众生相,这些出人意料的真相令世人震惊。它推动了林登·B·约翰逊发动人们"向贫困宣战"。不过,约翰逊发起的这场战争从未真正调动起国民的积极性,更谈不上什么胜利。

五十年后,在我们的经济取得了这么多成绩之后,贫富差距依然没有消失,反而加大了。收入最高的10%人群的资产净值中位数达到1 589 000美元,而最底层的25%人群的资产净值中位数是-4 900美元,也就说,他们的收入还没有他们的欠债多。和日本、中国香港、以色列、加拿大和西欧的所有主要国家和地区相比,美国人的平均预期寿命更短,新生儿死亡率更高。然而,在这一切被写成文字,付诸讨论,悬而未决之后,人们更加难以对此感到惊奇,受到震动,并为之愤怒,所以要促使人们采取行动也同样更难。

事实上,我们当然不能轻易把人们归入符合美国神话或者"反神话"的类别中去。本书中那些工作的人们不是无助的,也不是全能的,他们处在个人与社会责任的两极之间,只不过每个人的位置有所不同。每个人的生活都是多种因素综合而成的产物:他们要么选择错误,要么运气不佳,要么就是前途因出身或意想不到的事件而被拦腰斩断。很难说一个人的贫困境遇和他或她的一些不智之举之间没有某些关联——比如,中途辍学,非婚生子,吸食毒品,习惯迟到。另外,很难说一个人的举动和与生俱来所处的环境因素之间毫无关联。例如,父母管教不严,教育很差,社区居住环境糟糕。在这些因素的影响下,一个人的机会寥寥可数。

人们应该如何定义造成贫困问题的个人因素?这个问题已经成为关于福利和其他社会政策的争论。但是,很少有人能给出明确的答案,即使是在具体的案例中,答案也很难确定。和富人相比,穷人们在自己的私人决策上控制力更小,更难避免受到冰冷的政府机器的干扰，在因科技和竞争而变得疯狂不堪、陷阱密布的世界里，他们的应变能力更低，难以避开这些陷阱。相比其他人，他们的个人错误造成的后果更严重，而个人努力的回报却更微小。他们和公众之间的关系微妙，旁人通过工作培训等手段帮助他们，但是很难取得成效。比方说，工作培训必须符合个人需要，其内容不仅包括诸如电脑用法、机床操作等"硬技能"，还要包括一些"软技能"，例如与同辈沟通的方法，服从命令的心态，以及处理多年不顺造成的心头愤懑的方法。工作培训师们发现，那些在学校里，恋情中，工作中屡遭失败的人永远也无法成功，除非他们意识到自己是有能力取得成功的。要摆脱贫穷，他们必须变得心灵手巧。

走出贫穷不像是你亮出自己的护照，然后走过边境这么简单。在赤贫和安逸的生活之间有一条宽阔的争议地带，而且，对于每个人来说，这条通道的距离都是不同的。"安逸的生活就是我可以用一份薪水支付房租——不必存上两个星期的钱才能付一个月的房租。"泰隆·皮克斯利如是说。他住在华盛顿的哥伦比亚特区，年逾五十，身材细瘦。他是一个散工，也是一个瘾君子，生活得很不容易，所以要求特别低。"我不想靠打零工过日子，"他坦白地说，"我想住得舒服些，即使只是一个十英尺见方的房子也好。而且在一个月内，我能用薪水把房租全部付清。不需要攒钱。对于我来说，不必有银行存款，生活也可以算安逸了。"

在这个富裕的国家里，大部分人都比泰隆·皮克斯利的胃口大。他们的电视几乎永远是开着的，广告一直不停地播放，他们被这些广告包围着。许多美国人因此有了想要的东西，而这种想法会变成需求。"你们住在公屋里，妈妈是福利救助对象。如果你有五六个或者七八个正在一天天长大的孩子，那你这一辈子想要的东西就数不清了，但是你没有能力去拥有这些东西。"弗兰克·迪克森解释道。他是一个门卫，靠自己在华盛顿贩毒的钱去获得自己过去没有的东西。

"你的孩子们想要漂亮的网球鞋,夹克衫;可是他们的妈妈带着六七个孩子,靠福利救济过日子,他们是得不到这些东西的。要怎么样他们才能得到这些东西呢?他们在一天天长大,想要一些好东西,而要让他们得到这些,唯一的办法就是贩毒。没错,你只要走出去,把生意做成,你就能得到你需要的东西:汽车、公寓、衣服。"弗兰克·迪克森在监狱里待了三年,但是他和他的妻子还是用他贩毒所得的钱在马里兰郊区买了一幢房子。

所以说,给贫穷下定义并非易事。它可能指的是一种绝对意义上的贫穷——无力购买基本的生活必需品。它可能指的是一种相对意义上的贫穷——无力负担某段时间某个地方流行的生活方式。人们可以用一种放之四海的标准来衡量它,也可以用不同的指标来衡量它。就连词典也无法对此给出一个统一的说法。"贫穷指生活资料的缺少或者缺乏。"一本词典对此下了绝对的定义。"贫穷指缺乏提供物质需求或舒适生活的手段。"另一本词典如是说。还有一本词典强调"贫穷指一个人缺乏常人通常拥有或者社会可接受的金钱数额或者物质财产数量的状态"。

从全球或者历史标准来看,大部分美国人心目中的贫穷生活其实算是很舒适了。对一个住在郊区的俄罗斯人来说,买不起车,家里没有中央供暖,这都算不上是贫穷,但对于郊区的美国人来说就是。对于一个越南农民来说,只要他有水牛犁地,能手工灌溉田地,有茅草屋住,就不算是贫穷。而一个北卡罗来纳州的雇农就会觉得自己很穷,因为他得用手摘黄瓜,摘满一箱才能拿到1美元,而且还住在破烂的拖车式活动屋里。美国的穷人坐拥公寓房、电话、电视机、自来水、衣服以及其他的便利设施,这让世界上大部分的穷人都觉得目眩神迷。但是,这不代表美国的穷人过得不悲惨,或者说这不代表那些在贫困边缘的人们并不是真的处于悬崖边缘。

"如果把美国穷人放到中国香港或者16世纪,他们并不算穷;但是在当今美国,他们的确生活困苦。"在香港经济腾飞之前,迈克尔·哈林顿如是写道。"他们享受不到这个国度里其他人享受的一切,而这个社会本来是有能力提供这一切的,只要社会有这样的决心。他们是圈外人,边缘人。他们看电影,读杂志,从中窥见富裕的美国,而这一切告诉他们,他们在自己的国家里被放逐了……当社会上其他人都只能吃到半碗米饭的时候,你能吃到一整碗就代表你的成就或者才智出众;这可以激励一个人去采取行动实现自我潜能,但是,当大部分人都在精挑细食的时候,你还是只能吃五碗米饭的话,那就太可悲了。"

的确,在一个富有的国度当一个穷人要比在一个贫穷的国度当一个穷人难熬得多,因为在美国,人们基本上已经失去了过穷日子的本事。如果去河内的贫民窟,你会看到孩子们用瓶子、棍子和生锈的脚踏车轮圈创造出很多游戏。如果到洛杉矶,你会发现孩子们都依赖于塑料玩具和电子游戏。当我的儿子迈克尔住在柬埔寨的时候,他曾惊叹于人们因生活所需而迸发出来的独创性,人们能够把家里要扔掉的东西重新修好;在金边,电视遥控器坏了,他在街角找到人只花1美元就修好了。

在美国,联邦政府对贫穷的定义很简单:2011年,如果一个家庭有一个大人带着三个孩子,而这个家庭的年收入低于22 113美元,那就是一个贫困家庭。这相当于一个人每年工作五十二周,每周工作四十个小时,或者一年工作两千零八十个小时,时薪10.63美元,或是比联邦最低时薪多3.38美元。20世纪90年代经济扩张的时候,人们的收入提高,官方贫困率降低,十年间,贫困人口和总人口的比重从1993年的15.1%降到11.3%。在随后而来的经济衰退中,这一数据微幅上升,2003年达到12.5%,2006年为12.3%,2011年为15.2%。

但这些数据会让人们产生误解。联邦政府划定的贫困线远远不够人们过上像样的生活，因为人口统计局用的依然是1964年社会保障总署设计的基本公式，其后几十年间，当局只对这些公式做过四次小修改。官方贫困线将贫困水平设定为维持"基本温饱"的成本的大约三倍。这是根据1955年的消费模式计算而得的。当时美国家庭三分之一的收入用于购买食物。情况早已今非昔比了，现在平均每个家庭的开支预算只有十分之一用于购买食物，但是政府还继续将贫困水平设定为维持"基本温饱"的成本的三倍，仅仅根据通胀水平做了些调整，而对半个世纪以来生活方式的巨大改变视若无睹。

这个结果低估了本该被归为贫困的人口数量，粉饰了现实。人口统计局和国家科学院正在测试，以求得出更加准确的公式。这些公式会将衣食住用等方面的实际成本都考虑在内。计算方法考虑的收入包括现行公式没有计算在内的福利金，例如，食品救济券、补贴住房、燃料补助、学校午餐；生活成本则包括现在忽略不计的开支，例如，儿童保育、医疗支出、健康保险费、社会保障工薪税。1998年，当政府推行这些花样繁多的公式时，贫困人口占总人口的比重涨了三个百分点，从官方公布的三千四百五十万增加到了四千二百四十万人。根据政府2011年出台的《贫困人口衡量补充办法》，人口贫困率由15.2%上升至16%。这个改变大概能让更多家庭有资格申请与贫困水平挂钩的福利金；其中有些国家资助项目，包括儿童医疗保险，已经覆盖了收入达到贫困线收入150%或200%的家庭。

即便政府采用了这些修正后的贫困水平计算方法，也只能反映出一个家庭在短时间内面临的情况。这种仓促的印象不能反映出这个家庭兴衰起落的动态情况。这些计算方法只衡量了本年度的家庭收支，不考虑资产和负债，它们忽略了过去，而过去往往会给现在的生活造成巨大的负担。很多人换了工作，收入高于贫困线水平，但他们发现，自己身上的学生贷款、汽车贷款，还有过去信用卡欠款产生的过高利息把钱都吃光了，日子并不比以前好过。

不过，当穷人或者一个不富裕的人被问到他们对贫穷的定义是什么的时候，他们谈到的不仅仅是钱包里装着多少钱，还谈到了自己脑袋里或者心里是怎么想的。"绝望。"新罕布什尔州的一个十五岁的姑娘这么说。

"不是绝望——而是无助，"洛杉矶的一名男子说，"我起床来干什么？没人会用我。原因很简单，看看我穿的是什么，我高中都没念完，我是个黑人、棕种人或黄种人，或者我是在拖车式活动屋里长大的。"

"是一种心境，"华盛顿哥伦比亚特区的一名男子说，"我认为精神状态比物质内容重要得多。"

"我很富有，"一个找到了一份施乐复印机操作工作的女人说，这份工作让她摆脱了贫穷，"因为——不单单是物质上的东西——因为我知道我是谁了，我知道我现在要往哪里去。"

而另外一位在中产阶级家庭长大，但后来沦为穷人的女性则庆幸自己有"文化资本"，这指的是她对书籍、音乐、哲学理念的热爱，以及她与自己孩子们的亲密关系。"从某种程度上来说，我们并不贫穷；我们有一大笔财富，"她说，"我们并不感觉十分贫穷。只有在我们没钱看医生或者修车的时候，我们才会觉得自己穷。"

事实上，对于几乎每个家庭来说，贫穷的成因都有一部分经济原因，一部分心理因素；一部分个人因素，一部分社会原因；一部分过去的影响，一部分现在的情况。每个问题都令其他问题造成的影响加大，所有问题之间的联系是如此紧密，一个逆转就能够导致连锁反应，令结果与初衷背道而驰。住在破旧的公寓里会令孩子哮喘加重，于是家长就要叫救护车，然后他们会付不起医药费，信用记录就此被抹黑，于是他们的汽车贷款利率就要大幅提高，只好买一辆不好使的二手车，因此这位母亲无法准时上班，晋升机会和赚钱能力也因此受挫，于是她只好窝在一间破烂的房子里。在第一章你会看到这样一位女性。如果她和其他贫穷的工薪父母把他们的个人问题累加在一起，那么这些问题构成的整体问题会比部分问题的总和还要严重。

因此，本书的大部分章节会针对大部分贫穷的工薪族所面临的问题展开，实际上，每一章会聚焦于贫穷生活的某一方面。在关于工作的章节，你会看到育儿的故事；在关于健康医疗的讨论中，你会看到住房问题。如果要把每个问题像实验室提取某种毒素一样来孤立看待，那是不真实的，也是没有意义的。很大程度上它们因为其他问题的存在而存在，而它们之间的化学反应会让整体效果更加糟糕。

如果问题之间相互关联，那么解决方案肯定也是如此。如果各个解决方案互不关联，就无法解决问题：单凭工作是不够的，光有医疗保险是不够的，只有良好的居住条件是不够的。有保障的出行手段，谨慎的家庭财政规划，良好的育儿方式和学校教育也是不够的。只改变其中一项并不能帮助工薪阶层脱离贫困边缘。只有兼顾所有因素，美国才能实现它的诺言。

第一步是要看到问题所在，而首要的问题就是人们对这些人视若无睹。那些参加工作但却过着穷日子的人们是这片熟悉的土地上的一部分，因此人们忽略了他们的存在。专家们一不小心就忽略了这些人，这些人构成了美国不为人知的一面。科罗拉多大学的迈克尔·戈德斯坦教授在美国公共广播公司的节目里解释为什么道琼斯工业平均指数里伍尔沃茨被沃尔玛所取代时称，"我们现在不住市中心，都住在郊区了"。

美国国家公共电台的实况播音员蒂姆·布鲁克斯曾经就影剧院里定价过高的爆米花发表过很长的一段诙谐言论。一小袋爆米花竟要 5 美元，这让他愤愤不平，于是他调查了其中的实际成本。据他计算，他买到的 5¼ 盎司爆米花在超市里要价不过 23.718 75 美分，剧院经理买五十磅重的袋子也只要花 16.5 美分。所以一袋爆米花的总成本是 22.5 美分。减掉营业税，一袋爆米花的利润是 4.075 美元，或是

1 811％的利润。

  显然，这家剧院理念与众不同，他们不请任何员工。否则布鲁克斯就不会完全没有提及柜台后面的人，他们微薄的薪水不会影响额外的利润，因此也就不在他的计算范围之内。那些烤爆米花，把爆米花装袋，再把袋子交到他手里，然后收钱的人们肯定是穿了隐身衣。美国国家公共电台似乎没有一个编辑注意到这一点。

  我希望这本书能帮助他们得到人们的关注。

第一章　财富与财富的另一面

> 妈妈，你知道的，当穷人要付出很大的代价。
> ——桑迪·布拉什，十二岁

对贫穷社区的人来说，纳税时间不是4月，而是1月。而所谓的"个人所得税"不是你要支付的费用，而是一种进项。W-2税单①一到，工薪阶层就急切地等待着美国国税局（Internal Revenue Service）给他们寄来的支票，好赶紧去应付纳税申报员。自1996年"福利时间限制"②政策实施以来，纳税申报员的身影越来越活跃，榨干了穷困潦倒的劳动者。华盛顿寄来的这些支票里包含了代扣税费中的退税部分，以及一笔额外的款项，就是所谓的"劳务所得抵税额"（Earned Income Tax Credit），这部分款项旨在为低收入工薪家庭提供补贴。有时，人们会把这些退税和补贴存到银行里攒着，准备买车、买房、交学费；不过，在通常情况下，这些钱都有急用，用来支付逾期的账单和购买大件商品，光凭一年到头那点工资是供不起这些东西的。

克里斯蒂是阿克伦城里的保育员，她的收入很低，因此她不但没有欠税，每年还会获得1 700美元的"劳务所得抵税额"，所以她不必到救世军的二手家具商店去买东西，她可以给自住公屋的客厅买一套崭新的黑色躺椅和双人沙发。

卡洛琳·佩恩的支票用来交了她在新罕布什尔州买的房子的首付。"我用了我的个人所得税付了一千元的首付,"她骄傲地说。五年半以后,她卖了这间房子,她的女儿借钱给她租车搬家,她打算等"拿到自己的税金"后还女儿钱。

"我在等我的个人所得税,我得靠这个来付我的不动产税,"汤姆·金说。他是一个单身父亲,也是一个伐木工,住在自己地里的一辆拖车式活动屋里。

黛布拉·霍尔从克利夫兰的一家面包厂做起,在填好她的第一份退税单之后,满怀期望。"我会拿回 3 079 美元!这笔钱我要用来做什么好呢?把我所有的账单缴清吧,"她宣布道,"我的房子里还没添置过什么新物件儿呢,这笔钱得花到刀刃上,这是肯定的。留一点出来修我的车。还账是头等大事,把所有的欠款都付清,这是为了我的信用评级好。我会好好花这笔钱的。"

"劳务所得抵税额"是为数不多的让自由党人和保守党人都赞同的脱贫计划,这项政策兼顾了政府援助和自助的优点。如果你没有挣到一些钱的话,你就得不到这项福利,由于这项福利的发放是与你的退税情况挂钩的,因此如果你没有提交申请的话,你也得不到这项福利。这就把低收入工作者——尤其是无证移民们——排除在外了。他们的收入都是现金形式的,不是正大光明的渠道,而且他们觉得不要让国税局插手会更好。相比之下,如果他们提交申请,那他们的好日子就到头了。因为他们得把自己挣到的所有钱都存起来,在这个基础上领取福利金。这些福利的起始标准都定得很高——比如,在 2012 年,抚养超过一个孩子的劳动者的收入不得高于 41 952 美元。对于较低收入水平人群,"劳务所得抵税额"相当于给工作者增加一两美

---

① W-2税单是纳税人从雇主那里获得的工资和所得税的声明。——译者
② 1996年通过的"个人责任与工作机会折衷法案"规定,贫困家庭受益时间超过五年后,联邦政府将不再向其提供经济援助。——译者

元的时薪。

这项计划颁布于1975年,在里根、布什和克林顿总统手中得以扩大实施。2011年,这项计划向两千六百万家庭发放了超过580亿美元。财政部官员们担心错误申报,诚信或造假问题,这些问题款项的比例可能上升至总数的27%至32%。另一方面,在有资格提交申请的人中,大约10%至15%的人没有提交申请,其中部分原因是因为雇主和工会往往不会告知工作者有这么一项政策。比如,华盛顿哥伦比亚特区的两个本地工会的主席一个是门卫们的代表,一个是室内停车场服务生的代表,直到我对他们提起"劳务所得抵税额"时他们才第一次听说这项政策。而且,我还没有遇到过任何一个工人或者老板知道有一种叫做"W-5"的简单表格。只要雇主登记备案,低收入雇员就可以在该年度提前支取一些福利金。我对黛布拉·霍尔提到"W-5",然后她在她的面包厂里询问,这时管工资的女人不耐烦地朝她摆了摆手,说她一点儿也不知道这回事。后来,纳税申报员告诉黛布拉,她最好在填好自己的退税单后等这笔款项一次性发完。

这当然最好——如果你是纳税申报员的话。纳税申报员动了歪脑筋,想方设法尽量让低收入工作者不能方便地拿到本应属于他们的那些退税和"劳务收入抵免"。神奇的电子申请,快速的直接存款入账,被包装成"迅捷退税"的高息贷款,这一切都保证缺钱的家庭能拿到一笔意外之财。问题是,要拿钱,你就得花钱。

纳税申报员的工作地点在肮脏的支票兑现点,在一些体面的大公司的街头办事处。他们办事的目的是为了庞大的佣金,而这些本来是他们的客户可以自己免费办到的,只要他们运用算术技巧,有处理1040表格①的勇气,或用电脑和银行账户进行快速申请和收款。但是,大部分的低收入工作者没有数学知识,没有这样的勇气,没有电

---

① 1040表格,即美国个人收入联邦税申报表。——译者

脑,很多人甚至连银行账户都没有。他们对那张支票的需要是那么迫切,以至于放弃了宝贵的100多美元,只求事情快点办好,不出差错。"你会怕得不行,"黛布拉·霍尔在结束了二十一年的领取救济金生涯后,花了95美元让人帮她填好了简单的退税表,"我不知道为什么会这么害怕,但我还是情愿一次搞定。"

她这么做可能是明智之举,因为身为穷人,你还有一个弱点。从1999年起,穷人接受美国国税局审计的几率大大提高。那一年,收入在25 000美元以下的纳税人提交的退税申请中有1.36%受到审计,而收入达到100 000美元以上的退税申请则只有1.15%受到审计。这次审计是由国会中的共和党领导人发起的,他们担心有人滥用"劳务所得抵税额"福利。此举产生了负面影响,面对这种局面,美国国税局在2000年调整了两头的比重,对收入在25 000美元以下的退税申请的0.6%进行审计,对收入达到100 000美元以上的退税申请的1%进行审计。在那之后,审计率上下波动,在2001年和2002年分别达到0.86%对0.69%,0.64%对0.75%。换言之,随着国税局执法人数减少,其对较高收入水平的纳税人的审计比重也大大降低。而过去,对这一群体的退税审计比重曾高达10%。尽管如此,较高收入水平人群在接受审计时往往能轻而易举地获得更多补偿,以弥补收入损失。

在被国税局收了2 072美元税金、罚金和利息之后,伊文·约翰逊再也不敢自己申请退税了。她刚从洪都拉斯来到美国,每天早上5点开始工作,给波士顿一家保洁公司打工。这家公司从来没有代扣税款,也没有给她发W-2表格。她也不知道他们有义务这么做。"我自己交税,填表,办好了,"她说。不过,这事儿显然办得不那么好。"三年还是四年后,国税局联系我,说我欠他们差不多2 072美元。我问他们:'我怎么欠你们钱了?'他们说,因为我没有做税收申报。我说我申报了……他们说没有……我寄了封信给他们,说我给他们寄了差不多1 072美元,因为我那时候没钱,我打算分期付款,把剩下的钱缴清……你知道他们怎么做吗?我有一个银行账户,他们就从我的银行账户里把钱拿走了———一分钱都不放过。"从那时起,她每年都会心甘情愿地付100美元给纳税申报员,一百块买个安心。"我可不想让国税局再来找我了,"她解释说,"他办事,他签字,什么都是他写的,要是有什么差错,他就得出马处理。"

亨利暨理查德·布洛克报税公司的临街办事处位于华盛顿第十四大街上一个冷清的地段,2月底,这个办事处看起来就像大选日一周后残旧的竞选总部。大部分的电脑屏幕一片漆黑,整个地方安静而空洞。所有的桌上空空荡荡,只有一张例外。克劳迪娅·里维拉在用这张桌子。她过去经常在弗吉尼亚的一个图书馆里免费帮人申报退税。申报高峰已经过去,她和她的经理卡尔·卡顿现在没什么事情做,所以他们很乐意坐在电脑边对我说明情况。

纳税人所需的每份表格都要收费:1040表41美元一份,EIC(劳务所得抵税额)表10美元一份,W-2表1美元一份,等等。电子申报要再加25美元。所以,一个只有两份W-2电子申报表的简单退税申请就得花78美元。不过事情没有这么简单。布洛克公司有各种各样针对边缘人群的服务。如果你没有银行账户,你的退税就会划到一张自动柜员机提款卡中,每取一次钱,这张卡就要收2美元。或者你也可以开一个临时账户,国税局福利款会存到账户里,但这要收取24.95美元的费用。布洛克公司还提供了"迅捷退税"服务,如果你对此动心,希望能在一两天内得到支票,那你就要再向亨利暨理查德·布洛克报税公司多付50或90美元,附加费是根据你将拿到的退税金额而定的。要拿到200美元的退税,第十四大街这里需要的费用是50美元,2 000美元或2 000美元以上的退税所需费用则高达90美元。

这实际上就是一笔贷款,而且贷款期限相当短。根据国税局的说法，如果你选择电子申报，那么你通常会在两周半后拿到支票，如果你直接将这笔费用存入银行账户，那这个时间就会提早五天。而"迅捷退税"产生的贷款，期限最长大约十五天，要领2 000美元的福利金就要付90美元的费用，相当于年利率108%。期限最短是四天，这将领取2 000美元所需贷款的年利率推升至410%，而领取200美元的利率则达2 281%。（如果时间掐得刚刚好，那么就会产生最高利率百分比：比如申报赶在周四中午，也就是国税局每周的截止时间完成，周五银行关门，贷款支票要在之后才能发出，纳税人要到周一才能将支票存入自己的账户，而国税局的动作要够快，这样才能在下个周五直接将退税存入贷款银行。）

在一连串的官司之后，诺福克的一名联邦法官命令布洛克公司在贷款宣传中停止使用"迅捷退税"这种误导性的字眼。不过布洛克公司还是继续打出这种广告，将"迅捷退税"重新定位为仅指电子申报。该公司将他们的贷款方案称为"预期退税贷款"。很多低收入工作者冒险走进布洛克公司寻求快速退税，因此这种说法和过去没有区别。2000年，这些贷款落到了四百八十万纳税人的头上。

在受访的用过这种贷款服务的工薪阶层中，没有一个人了解这些字眼或者选项。赫克特和马里贝尔·德尔加多在北卡罗来纳州采摘蔬菜并打包，一年能挣28 000美元。当我和他们坐在他们的拖车式活动屋里，检查他们的退税表并说明内情时，他们都惊呆了。他们付了109美元给布洛克公司，让该公司帮忙准备退税申报材料，提交电子申请，并根据国税局要发给他们的1 307.05美元，给了该公司一笔预付款。他们签字的表格上声明了该收费的年利率为69.888%，不过他们对此不明白。马里兰州的一名法官在受理关于贷款业务的诉讼时发现，即便是在出示写得密密麻麻的合同的时候，训练有素的布洛克公司雇员们也会避开"贷款"这个词，转而把它说成"两天退税"。退税贷款利润非常可观，占布洛克公司1999年全部利润的8%，这主要是因为家庭银行（Household Bank）发放贷款，贷款利息高达49.99%，而这些利息则归布洛克的一家子公司所有。

另外一件没道理的事情则发生在走进布洛克公司办事处的德尔加多身上。虽然他们1月份就提交了电子申请，而且国税局承诺，在这种情况下，几周之内贷款就会发放出来，但是"他们告诉我们，我们还得再等六到八周"，马里贝尔说。这明显是欺诈。"我们需要这笔钱来支付账单，"她解释说，"我们把一部分钱寄到墨西哥去，另外一部分留在这边用。我们一般每两周寄100美元到墨西哥去。我们的家庭很大。"

亨利暨理查德·布洛克报税公司被指控在银行贷款业务中使用误导性手段。在面对长达十年的集体诉讼之后，2000年该公司同意支付2500万美元达成庭外和解，但对违法行为一概否认。据一名女发言人的说法，唯一改变的做法是该公司会在贷款过程初期，根据联邦政府要求披露贷款实情。公司员工们至少会口头解释这些条款吧？"在很多情况下，他们是根据顾客提问来进行解释的，"她说，"如果顾客提问，申报员就应该回答。"但很多顾客不知道要问什么问题。

贫穷就像一个流着血的伤口。它会削弱防御能力。它会降低抵抗力。它会引来捕食者。高利贷者的经营范围并不局限于酒吧和街角，他们还能在防弹玻璃后面，以合法的形式做生意。他们的指示牌张贴在全国范围内的一万多个地方，这些指示牌在向人们招手：发薪日贷款（Payday Loans）、快得金（Quick Cash）、易得钱（Easy Money）。在贫穷和工薪阶层社区的支票兑现点和临街办事处，你都能看到他们。他们组建了至少十几家全国连锁店，他们的收益相当于500%的年利率。

他们还提供一项救急服务。打个比方，你很缺钱，账单堆积如山，其中还有一些失联通知。还有两个星期才到发薪日，在那之前你的电话就要停机了，电也要停了。当地便利店里管支票兑现亭的那个家伙扔给你一根救命稻草。如果你现在需要100美元,那就给他写一张120美元的支票,支票日期填为两周后。他当天就会给你100美元现金,并把你的支票保存起来,直到你的工资存到银行账户里时,再将支票兑现。或者你也可以在收到支票的时候,给他120美元现金,他就会把支票还给你。不管是何种方式,两周的利息都高达20%,相当于一天1.428%,或者年息521%。

如果你在发薪日后手头还是很紧,如果你的薪水不够用,或者你的120美元支票跳票[①]了,那也没问题。坐在防弹玻璃后面的那个家伙会很高兴地让你的贷款利滚利——再加20美元。这种事情多得是。比如在伊利诺伊州,州检查员发现在所有的发薪日贷款业务中,利滚利的情况占了77%。一般用户会延期续借达十次,这就意味着他们支付的费用总计达到借款的两倍。最后,你可能得向另外一个发薪日贷款人借钱来还第一家贷款人的钱。如此下去,周而复始。

而且在某些州,这些贷款从技术层面上来讲不算贷款,因为他们用的是支票。如果支票跳票了,那么罚金会比未还贷款的罚金高得多。比方说,一个印第安妇女付费30美元,写了一张330美元的支票。当支票跳票的时候,她的银行和提供发薪日贷款的机构就会收她80美元的费用。然后,贷款人会把她告上法庭,贷款人会赢得三倍赔偿金990美元,律师费150美元,诉讼费60美元。300美元的贷款总费用是1 310美元。

骗子们也用虚假的承诺诱骗了穷忙族。他们许诺各种基金会将为穷忙族们提供无条件的资助。这些信件信誓旦旦,称大家要做的就只是花19.95美元到49.95美元,以便基金会整理出花名册和通讯录,然后附上令人动容的信。"实际上,许多私人基金会急欲通过邮件方式捐助那些确实需要用钱的人们",一封诈骗信上这样写道,"许多基

[①] 跳票即支票遭到拒付。——译者

金会并不关心这些钱的用处，只要你的用途合法即可……付账、度假、救急或者买你需要的任何东西都行。"大大小小的基金会因这些荒唐的说法而收到许多恳求帮助的信件，忙得不可开交。人们恳求现金资助，好让他们修房子，付医疗费，还债。一个江湖骗子用这种方式诈骗了至少50万美元，2001年，俄亥俄州法官判其五年有期徒刑。公诉人指控一个新泽西的男人一周之内搜刮了30 000美元。

另外一个绝佳的诈骗地点是在工作场所。据韩国移民工作者扶助会（Korean Immigrant Workers Advocate）领袖洪罗伊称，洛杉矶的韩国餐馆已经受到审查，因为他们变着法儿诈骗侍应生和厨师们的钱，受骗者几乎都是韩国人或拉丁美洲人。很多人的工资都是包月形式的，这在韩国是很平常的做法。而且，他们一天要工作十二小时，一周六天，这违反了州工资法。联邦制定的最低时薪为7.25美元，而加利福尼亚的最低时薪为8美元，因此很多餐馆老板就通过考勤卡造假的方式做假账，证明雇员工作的轮班时间更短。

有些餐馆还在W-2申报表中夸大了付给打工者小费的数量，通过这种方式将税收负担的一部分从商家转嫁到雇员身上。比如，当客户用信用卡支付20美元餐费，并加上2美元作为小费时，老板会付给打工者2美元小费，不过他会告诉国税局，客人付的钱里有3美元是小费，19美元是餐费。（商家和个人一样，如果他们的收入低于25 000美元，就会更频繁地接受审计。）

在为韩国工作者奔走呼号的过程中，该组织揭发出管理员行业中的一种卑鄙伎俩。在洛杉矶，以夫妻档形式承包管理员业务的韩国人给刚到美国的同胞们开出了诱人的条件。新移民们可以当分包人，负责商厦的清洁工作，每月能挣1 000美元甚至更多。牙医和医生、律师和主管都在那里办公。承包商称，他们所要做的事情只是出两个半月的工资作为承包费。新移民们着急找工作，对英语一窍不通，又担心他们的非法身份会被人发现，因此这些条件引得他们上钩了。

许多韩国人来到美国时拖家带口,为的是能把钱攒到一起,共渡经济难关。因此,这些预付款通常都是凑出来的。"他们把自己攒的最后一丁点钱都交了出来,希望自己也能开一家管理员公司,"洪罗伊说。这些移民通常夜里工作,打扫办公室,有几个月一切都风平浪静。但在那之后,承包商可能就会拖欠工资了。理由是大厦管理处还没付钱给他。"你知道接下来会怎么样吧,他们欠了你几千美金,你还搞不清是怎么回事,"罗伊解释道。最后,"三四个月后,"他说,"那个承包商露面了。'你给我滚。把钥匙给我。'"

"我犯了什么错?"

"投诉你的人太多了。"

然后他们给下一个"分包人"开出了诱人的条件,只要他肯出两个半月的工资作为承包费。

某些大企业表面上冠冕堂皇,实际上也有对付穷人的手段。没有哪家银行愿意接受账户余额低的储户,因此,在没有相关法律要求的州,银行会把最低存款定得很高并收取令人望而却步的费用。很多贫穷社区连一间分行都没有。这逼迫低收入家庭走进收费昂贵的支票兑换处,这些兑换处的办事点在全国遍地开花。

即便是在要求为穷人开立"生命线"账户的州,银行也很少为这类账户做广告,因为这些账户往往会让银行亏钱。分行的职员们一般不了解这些账户,而大部分的潜在储户同样也不了解。在纽约州,最不为人知的金融业秘密是一项关于银行提供账户服务的规定,该规定要求开户最低金额为 25 美元,最低余额为 1 美分,每月可免费取款八次,月费 3 美元。大部分储户对这些条款一无所知,各家大银行声称没什么人来开那些账户。

其中一个原因可能是因为许多工作者喜欢私下挣钱,不让别人记录自己的财务状况。还有些人可能是因为相信关于银行缺德的街谈巷议。"我们自己有藏东西的小办法,"温蒂·韦克斯勒说。她是一个单亲妈妈，刚刚停止领取救济金，开始工作。"我打算买个保险箱。它不会生出利息。不过话又说回来，如果银行破产了，钱还是我的！你懂的，我知道他们怎么和银行做金钱交易。那是你的钱，但却被别人借走了。那是他们做买卖的一种方法，等你到那儿去，说要拿回自己所有钱的时候，你没法儿马上拿到钱，得等上一些日子，这样他们才能把钱拿回来。我听说就是这么回事。就是钱转了手什么的。"

温蒂把等待期想错了，不过她的怀疑是可以理解的。在私人企业和政府同流合污的年代，美国社会想出了很多鬼点子，把穷忙族手里那点钱给弄走。在城镇贫民区的街头小店，各州彩票生意做得红红火火，人们祈盼着自己买的彩票号码能开中，让他们摆脱艰难的生活。大大小小的商户玩弄着美国消费文化的惯用骗术：用动听的辞令引诱你，而这些话和难懂的条文之间是有出入的。所有一切都是完全合法的；只是你得在签字之前仔细听他们的话，小心读文件，而且还得对商业世界的行事方式有所了解。在黛布拉·霍尔的案例中，诱饵是她为自己二十出头的女儿拿到的一部手机。这部手机便宜得令人难以置信。"拿到手机很容易，"她回想道，"我没有存款，但她们还是把手机给我了。她把合同填好，我在上面签字。我没有花时间读合同……那位小姐把事情说得挺好的。每个月只要交9美元，结果，那都是编出来的。"黛布拉不知怎么看漏了一位数。"每个月是89美元。他们骗我签了三年的合同。他们给我两千多分钟通话时间。我在周末打电话应该是免费的，但事实上不是。结果我还是花了钱。我都付了两次钱了。他们给我打电话，威胁要把我告到法庭，不过他们接受了我分两次付款，我告诉那个人，我觉得自己被宰了。"

相比之下，安·布拉什在租一辆切诺基吉普的时候是读了合同的。她知道这些条款对她不利，不过她还是觉得自己被迫做了不想做的选择。十年前，她离婚了，她和她的两个孩子因此坠入了贫穷的深渊，有段时间甚至无家可归。算上儿童抚养费和当自由文字编辑的微薄收入，她一年能拿到 10 000 美元，直到后来，她弄到了一份年收入 23 000 美元的全职编辑工作。她要的只是一辆可靠的代步工具，能让她穿越新罕布什尔州的大雪去上班。

"我有一辆本田，"她说，"发动机有点毛病，门上的前面板也锈迹斑斑了。我觉得它没法通过车辆检验。前厢现在也有点问题。我知道这些刹车都得重新修一修了。"她没有积蓄，没有贷款，没钱维修。她的两个十几岁的孩子，桑迪和莎莉，提出将自己的驾照终止一年以减少保费，希望她能用省下来的钱换一辆车。

然后，"就像天上掉馅饼一样，我得到了一辆车。"她说，"平原镇的一个好心年轻人不继续租车了。他结婚了，要花钱的地方很多。他烦透了这辆车。租约还有十五个月，那个（汽车经销店的）头头打电话问我：'你愿意承下他的租约吗？你不用付首期或者其他那些费用。'于是我就这么做了。这是上周的事情。这辆车费油，体型巨大，是雅皮士才会用的车，开这么一辆车看起来有点蠢。"

租金每个月是 293 美元，她勉强能应付得来，但这份租约的尽头潜藏着一场危机。如果她想要保住这辆车，就得弄到 17 000 美元；否则，她就得分期付清 36 000 美元，平均每英里 15 美分，或者为里程计上不到 53 000 英里的里程数支付 2 500 美元。"因为我拿不出 2 500 美元，所以我得把它买下来，"她说，"我的贷款信用很糟。"她曾经违约拖欠 18 000 美元的学生贷款和 12 000 美元的信用卡贷款，因此她只有找自己教会里的一对夫妇作为联署保证人才能获得汽车贷款。即便如此，利率也会高达 24%；如果这对夫妇中的丈夫同意成为车主，将他的名字放在首位，那么利率会降到 19%。每月分期付款金额是 394.45 美元，这笔贷款会一直持续到这辆切诺基变成一堆破铜烂铁。

对低收入工作者来说，高利率也许是无处不在的陷阱。结婚的时候，安是中产阶级的一员，借钱不费吹灰之力。离婚以后，她迅速坠落。有段时间，她和赤贫之间只隔着四张薄薄的塑料卡：一张是发现卡，一张是花旗银行卡，还有两张是西尔斯的卡。随着贷款积欠越来越多，她限制了卡的用途，只用于必要的事物上，例如修车或者买她认为能够对孩子们的身体健康和智力成长有帮助的东西：一对越野滑雪板，一台给桑迪的电脑。桑迪后来在达特茅斯大学获得了全额助学金。"信用卡的钱花在自行车这类东西上，"她坚称，"不是薯片或者小芭比娃娃，而是书本这样的东西。钱是花在能让他们长得更高大，生活得更好，对他们成长有益的东西上。"

眼前的情况总会与未知的未来产生冲突。"圣诞节送礼一直是一笔大花销，"她承认，"因为我觉得过一年是一年。"

"每年你都说我们不能再这么干了。"桑迪在客厅里一边打开笔记本电脑一边说道。

安的亲戚对她颇多微词。"如果我们要奢侈一把，在大冬天买一盒覆盆子，那就会被视为不可原谅的行为，因为我们没钱这么做，"她说，"我们不应该有那些选择。我经常听到人们说：'瞧瞧他们，他们是领救济金的。他们有食品救济券。那他们要电视机做什么？'每天的日子都很磨人，我不知道接下来会发生什么事情，但我知道人需要找办法舒缓那种压力和痛苦——而这本身就是痛苦的。有些人可以用健康的方式舒缓压力，比如踏上用信用卡买来的越野滑雪板——那不是很负责的行为，不过相当健康。"她大笑了起来，但那不是开心的笑。

真实的价格反映在那些账单上，账单的欠额像雪球一样越滚越大。由于她的信用评级没有完全达到AAA的标准，她得付23.999%的利息。此外，尽管她几乎每个月都准时支付这些金融费用和最低还款额，但并不是总能及时拿到薪水，赶上还款期限；结果，她渐渐发现这些信用卡公司在她的贷款本金上增加了滞纳金，然后在不断增加的贷款本金的基础上收取高得离谱的利息：在她停止使用这些信用卡很久以后，贷款余额还在继续增加。

这已经成为全国各地长期存在的一个问题，因为贷款机构在到处搜罗有轻微拖欠情况的信用记录并将它们标记为"次级贷款"。如果你属于这个类别，贷款机构就会收你更高的费用和利息，但你可能对此毫不知情，因为没有几个州要求贷款机构披露这些决定着消费者信用评级的分数。信用分数从375分的低分到900分的高分不等，根据五大因素而定：还款准时程度，债务额度，信贷使用时长（越长越好），新信贷额度（越少越好），借款人是否使用组合信贷（房屋抵押贷款和汽车贷款优于信用卡贷款）。贷款机构经常会曲解事实，当然，这对他们是有利的。据美国消费者报告（Consumer Reports）报道，从1994年到1999年，次级贷款由370亿美元增长至3 700亿美元，对此，各家大银行也难辞其咎。借贷机构"放松了合理放贷的旧标准，把消费者诱骗进债务的泥潭里，让他们遭受灭顶之灾，不过，他们并没有放松贷款还款的旧式严格标准。结果是：轻轻松松就把钱借出去的贷款机构指着他们一手创造出来的次贷阶层，以极高的利率和费用惩罚那些借款人。大学生们——现在甚至连十六岁的青少年都成了次贷机构的新目标，为2007年10月的止赎①潮埋下了隐患"。

桑迪·布拉什是一名身无分文的常春藤盟校的学生，"每天至少会收到一个贷款邀请，"他母亲说。在贷款机构的猛烈攻势和轻松的信贷条件下，甚至在青少年中都有人宣告破产，一名金融咨询师对安如是说。她一想到破产就觉得讨厌。她的公寓很破旧，每月租金400美元。有一天，她坐在公寓里的餐桌旁，双手托头，边算着那些蝇头小数，准备填写自己的纳税申报单，边回想自己的钱都花到哪里去了。在一本划着白线的便签簿上，她列了很多数字，不过这些数字都

---

① Foreclosure，即止赎，又称取消抵押品赎回权，指借款人因还款违约而失去赎回抵押品的权利。贷款机构根据规定的法律程序获得相关房产抵押品所有权或将房产抵押品出售以抵消借款人欠债。——译者

不是很大。"我不知道,"她说,"我甚至懒得去尝试,我觉得指望不上那个。没办法了。"我说,很多人用宣告破产的方式解决问题。"那听起来就像在领救济金,我不想那么做。"她反驳道,"我只是想把我欠的钱还上。"她的嗓音提高了,那声音听起来充满了焦急和悲伤。"但是我没办法照这种利率还钱。孩子正是长身体的时候,我知道每年得多花几千美元在这上面,不过我不知道还有什么门路。所以我才这么做。我知道我得承担责任。所以,就这么着吧。"

在全国各地,从新罕布什尔州的城镇,到北卡罗来纳的田地和洛杉矶的廉租房中,我都和低收入工薪阶层聊过。他们当中,有白人,也有黑人;有拉美人,也有亚洲人;有在美国出生的人,也有刚到美国的人。在某个方面,安的身上有着这一人群的典型特征。安没有指责任何人。她也没有彻底地批判整个社会。"是我让自己落到这步田地,这是我自己的选择。"她坦率地说。"尽管信用卡公司在利用人们,他们在收取这些吓人的利率时确实很可怕,但是是我选择使用它们的。还没用上几年呢。还有,我都不敢接电话了。"她没有接电话,因为她不想听到收账人的声音。"他们的声音千奇百怪,"她说,他们在电话答录机上留下警告讯息,比如"马上打这个号码"。

她每次这么说的时候都会为自己"发牢骚"而道歉。但我觉得,她的抱怨都是我挑起的,因为我一直都在问问题。这是一种什么感觉?你是怎么想的?在贫困边缘生存的人和在中产阶级的优裕环境中长大的人有多大的差距?"没有人会真的关心 2 美元有时候对我来说也是个大数目,25 美元就更是一笔巨款",她说道,仿佛她依然对此感到惊奇。"告诉我,普通人的日子不是这样的。普通人的生活也是这样吗?我指的是,在这样的日子之前的,"她绝望地一笑——"正常生活。我记不起来了。我记不起来以前是怎么样的。我的意思是,每天每夜,在我努力要让自己睡着的时候,我的心总是悬着。我的车没有得到适当的保养,它还撑得住吗?我要怎么才能给车做保养?我

The Working Poor 27

知道我必须这么做。要怎么办呢?要怎么样才能尽力把这些账还上呢?如果再发生点什么事——"

5月,离她的租车合同到期还有三个月,她的前夫原定每周给她100美元儿童抚养费,但这即将停止,因为莎莉马上就到十八岁了。很多事情都到了最后的节骨眼上,安终于让步,她不得不考虑申请破产。这不符合她的意愿,但她找不到其他的办法凑出这些钱。这时她发现自己穷得连申请破产都做不到;她需要700美元请律师,200美元作为申请费。她只好另想办法,找了个财务咨询师。

这位咨询师经常和信用卡公司打交道。如果贷款人能按期将本金分期还清,那他就能让信用卡公司把利率降低为零。但是安实在太穷了,她连这一点也做不到;咨询师看到她微薄的收入,支出情况,而且没有任何资产,于是他告诉她,她没能力还款。他建议她停止信用卡账单还款,先交房租和水电费,把钱省下来,等攒够了钱就申请破产。她描述说,她咬紧牙关"把道德的问题放到一边",在3月份停止信用卡还款,从吃饭的钱里挤出零碎存了七个月。10月的时候,她终于凑足了申请破产所需的900美元。这没有什么可值得庆祝的。"我每两周会赚到大概860美元,"她解释说,"这张两周才能拿到一次的支票有一半用在房租上,另一半用在车子上。还有水电费和上下班的交通费。我连内衣都换不起。我们圣诞节会尽量吃顿好的,不过今年这节是过不起了。对不起,我不是故意发牢骚的。"

表面上看来,根据公寓的情况来确定利率似乎有点奇怪。而事实上这可能会催生疾病和医疗支出,而这又可能转化为低信用等级,进而限制购车质量,令工作者无法按时上班,于是他们的升职加薪受阻,一家人困在破烂不堪的公寓里。这些就是贫穷的连锁不良反应,一环加重一环,直至整个贫穷结构形成。这就是丽莎·布鲁克斯的困境。

她才二十四岁,但她年轻的脸上挂着一丝倦容。在生活的压力下,她的金发疏于打理,结成了绺子。她在精神病人中途之家做看护工作,她很勤奋,工作做得很好。她很善良,工作严谨,对看护对象很好,不过她一小时的工资只有 8.21 美元,因此她和她的四个孩子一年的收入比联邦贫困线低了几千美元。

她住在新罕布什尔州纽波特一个治安很乱的街区。最新研究证明,她所处的那种居住环境会引发并加重孩子的哮喘。丽莎没看到有什么霉菌、小虫、老鼠屎或者蟑螂这些和哮喘有关的东西。不过,她的确注意到了,自从她们搬到榉树街,住进一间木制的潮湿、透风的公寓后,她那九岁的儿子尼古拉斯的情况越来越糟了。

尼古拉斯和失明的祖母待在家里的时候,曾发生两次突然呼吸困难的情况。她打了 911 急救电话,每次救护车都把他飞快地送到医院,一次是开到克莱蒙特,一次是开到新伦敦。每次在急救室,医护人员都给他供氧并使用类固醇。尽管丽莎每两周要花 97 美元在家庭医疗保险上,但是保险公司拒绝支付救护车的费用,两次分别是 240 美元和 250 美元。他们辩称医生没有获得合理授权。丽莎不了解保险规则和程序,不知道怎么提出申诉。"我在医务室和保险公司闹过",她抱怨道,"可他们还是说,不管怎么样,我都得付这笔钱。"

她没办法立即付钱,或者一次性把钱交齐,因为她几乎快要破产了。于是这几笔账就被记录到她的信用报告中。当她打算申请贷款买一座拖车式活动屋,搬到像样一点的房子里的时候,她被拒绝了。因为她的信用记录显示了逾期还款的救护车账单。当她尝试买一辆上班用的更耐用的车子时,她也被拒绝了。所以,当她那辆 1989 年生产的道奇卡拉万的电路问题无可救药的时候,她别无他法,只能到二手车市场去。那里不查征信记录,但是收了她 15.747% 的利息。她花了 5 800 美元买了一辆 1995 年产的普利茅斯彩虹,这辆车已经开了 82 000 英里,发电机很糟,还有其他毛病,她每月要花 100 到 200 美元来修它。

The Working Poor 29

就在丽莎告诉我高息贷款的那一天，我刚好接到保险公司主动寄过来的一封贷款要约书，他们想为我提供一笔汽车贷款，利率为7.5%，不到她的利率的一半。我不需要这笔贷款，这也正是我的利率如此之低的原因。在自由市场经济中，人就像发行债券的企业一样：一个人的财务稳健程度越低，他在借贷的时候必须付出的利息就越多。

穷人和投资银行家们有一个共同点：他们都在绞尽脑汁思考钱的问题。他们要尽量兼顾每一点，作出预测和计划，而且每个决定都会产生重大影响。"如果你饿得前胸贴后背，你就会对食物产生兴趣。如果你在为了支付账单而焦头烂额，那么金钱就会变得像命一样重要。"萨巴斯汀·乔恩格说。在他因畅销书《完美风暴》而成为百万富翁之前，他曾有过那样的经历。很多把钱看得和命一样重要的人在做决定时都会慎之又慎，他们四处寻找可以卖的报纸，把优惠券夹在一起，在二手商店里眼观六路，仔细寻找特价品。还有一些人则听任自己的钱包大出血，他们从不知道存钱的好处，因为他们从来都没有足够的钱拿去存。

他们夹在美国式的享乐主义和享乐主义的附带宣言之间，这个附带宣言是穷人应当牺牲，遭受痛苦，而且肯定不能花钱给自己找乐子。所以，安·布拉什买覆盆子引来了旁人侧目，还有很多人在享受有线电视之类的东西时招致批评。每月支付有线电视账单的行为让一些做扶贫工作的人看不顺眼，而且提出最尖锐批评的似乎就是那些自己曾经受穷的人。

如果和一群致力于帮助贫困家庭的人坐在一起，你往往会发现其中有一两个明显是在义正词严地审判他们的客户，指责他们挥霍无度的行为。这些人总会把他们的资历摆出来：童年时代是靠救济金过活的，曾未婚生子，曾有和颓丧沉沦的群体混在一起的不快经历。他们过去确实都过过穷日子，因此人们理应尊重他们的意见。他们找到门路摆脱了困境。当他们看到那些落在后面的人时,他们想到了自己,看到这些人在浪费机会,他们觉得受不了。

在新罕布什尔州克莱蒙特山谷地区医院的讨论会上,司徒南茜就曾慷慨陈词,发表这样的言论。南茜是一个熟悉民间疾苦的专案经理,她为"健康伙伴"(Partners in Health)工作。"健康伙伴"是一个诊疗项目,该项目为倒闭的纺织厂和鞋厂遗弃的贫苦白人群体服务。她在马萨诸塞州南霍利约克的几个项目中积累了很多经验,她知道所有谋生的窍门,比如卖食品救济券,从晾衣绳上偷衣服,把超市货架上的东西迅速地"买下"吃掉。在听她的同事们彬彬有礼地讲了几分钟医疗问题和服务情况之后,她单刀直入,免了这些客套。

"如果他们想要从州政府拿到钱,那就得接受财务状况建议,"她断言,"我发现很多人的电话费要150美元,并且所有人都会花90美元看有线电视。"

"而且他们全部都用了呼叫等待服务,"一个社工听到南茜这么激动,自己也松了口,补充了几句。

其他人开始七嘴八舌地插话,把他们的经历和牢骚都说了出来。一名小学校长讲述了她给一个小女孩家里打电话时遇到的情况。这个小女孩病了,但是当校长打电话过去的时候,他发现电话打不通。"这个女孩子说,'是啊,电视费和电话费要一起交的话,我们交不起,'"这位校长对小组里的人们说。其他人都心照不宣地点点头。

"他们没有牛奶,但是他们却有有线电视,"布兰达·圣·劳伦斯说。她是一个扶贫项目的家访员,负责走访处境堪虞的年轻妈妈们。她的客户们似乎都很喜欢她刀子嘴豆腐心的风格,觉得这是慈爱的表现,而且和她们见过的风格都不同。布兰达以自己的经历做示范。她出身于一个工薪家庭,童年生活十分拮据,全靠自力更生和自我节制。她父母穿的都是旧衣服和手工缝制的衣服,他们以此为豪,拒绝接受救济金和食品救济券。她的生存之道是明智的选择加上辛勤的工作。"我们是在向她们灌输我们的价值观,让她们明白什么是该摆在首位的。"她直言不讳。她抱怨说她的客户们不买医疗保险,却会买价值200美元的录像机和电视机。

"这能让人感到片刻的满足,可以逃避一时。"她的一个同事评论道。

有些人也许会问,是有这么回事,不过这有什么问题吗?有很多逃避方式比看电视糟糕得多,而且为什么穷人就不能从美国电视创造的巨大共同福利中分一杯羹?有件事情值得我们记住:几十年前,福利救济者享受电视是不被允许的奢侈行为。人们认为电话对找工作有用处,在孩子生病或者受伤的时候,电话的重要性更自不待言,因此必须禁止把钱花在电视上。

许多出身中产阶级的扶贫工作者认为,命令穷人不许购买中产阶级的娱乐产品是不对的。这种禁令给一些救助者一种阶级差异、居高临下的感觉,有时还会让人联想到文化和种族差异。这种感觉在过去曾经受穷、现在为穷人提供帮助的人身上似乎比较少见。他们经常会找出充分的理由对他们客户的消费习惯做出预测——这些客户都是被集体或者独立的所谓艺术家们宰了,他们买东西时考虑不周,自欺欺人。因此有些戒毒和戒酒项目会要求住在中途之家的有工作的人把他们的工资存在第三方托管账户。

布兰达没办法让她负责的年轻妈妈们这么做,不过她在尽力劝导她们。"我让她们在去杂货店之前先列个清单,"她解释说。这种努力徒劳无功,令人沮丧。"存下来要付账的钱却用在了苏打水和香烟上。她们还都养着宠物。"

相比之下,她欣赏的是那位校长经常见到的那些家庭:靠打工为生的贫穷父母自尊心极强,不愿让他们的孩子吃他们有资格吃的免费午餐。"他们会给孩子备一份营养均衡丰富的午餐,"那位校长说,"他们不会准备夹馅面包。他们会准备好吃的三明治和一片水果。"

这种明智的行为和那些过分的举动相比总是没有那么容易被人记住，因此大家围桌谈论的这些趣闻可能具有代表性，也可能并不代表大多数的情况。那些花钱大手大脚的人给南茜留下了更为突出的印象。她记得有个男人请她帮忙支付处方药的费用。制药公司都很愿意捐出快要过期的药品，而她则像往常一样加班加点处理复杂的文书工作，解决有特殊需要的案例。但是，当她得知这个人已经签了全部电视频道的付费合同，好在客厅里舒舒服服地看电视时，她发火了。"我说如果他每月要把 90 美元花在电视上的话，那我可不打算花时间帮他解决 40 美元的药费。"

南茜应该会喜欢丽达·巴特勒。为人祖母的她坐在自己公寓后的混凝土露台上，吹着凉风，抽着烟。这里是本宁公屋社区，这是华盛顿哥伦比亚特区的一个贫穷、庞大的黑人居住区。不久前，在 7 月某一天的半夜里，她的女儿戴安被飞车歹徒射杀，给丽达留下了三个外孙，一个四岁，一个八岁，一个十六岁。这种情况逼得她不得不成为一个攒钱专家。她的邻居们把她当成智囊，主动向她请教。如果要请一些人去做这方面的讲座的话（他们也应该有受邀开讲的资格），丽达应该就是最德高望重的行家。

因为她有社保，所以她领的救济金比她女儿领到的少——她每月的救济金是 379 美元，女儿的救济金是每月 500 美元。她女儿领 400 美元食品救济券；丽达领 180 元。她和她已过世的丈夫当过管理员，后来在乐园餐厅当过厨娘。她没有养老金。

"我的日子过得不太紧，因为我是个乡下老太婆，我知道咋样精打细算。"她用文法不太通顺的句子表达了自己的想法，再抽了口烟。从她的简历上也许我们就可以看出她是个乡下女人，因为她是四十年前从密西西比来这里的。不过，她有着战地司令员般的精明头脑。她知道在应付她的外孙们的需求和愿望时，什么时候该声东击西，什么时候该进攻，什么时候该撤退。"他们啥都不缺，"她自豪地说。当雪糕车在街区里兜圈，吸引大家的眼球时，她不许孩子们去买雪糕；把雪糕、曲奇饼、糖果存在家里要便宜得多。当然，她密切关注着特卖信息。她能背出喜互惠超市、巨人超市和购物者仓储的番茄酱和可乐的价钱。"我周三拿到了一些纸，做成一本便签本，把价钱写了下来。可乐是 1.89 美元一箱。在可乐特价卖 69 美分的时候，我就会买上两三箱。凯马特超市有番茄酱和芥末，69 美分一瓶。你要在喜互惠买的话，最低价是 1.23 美元。"在烤牛肉特价的时候，她买了很多。"我把它切成丁，用来做炖牛肉。我把它切片做辣牛排。特卖的时候，我就买上一大堆。我没有车，不过我有办法对付。我坐那匹铁马——公共汽车。"如果她买的太多，自己带不动，她就会花 5 美元请人帮她把东西带回家。

"我周日到二手店去，我买了四套床单和枕头、四件床套、八个咖啡杯、一张单人床，这些东西一共差不多 43 美元。我的邻居以前每天都去商店买东西，我说：'你就是在浪费钱。'"只要有人愿意听，丽达·巴特勒就会告诉这个人怎么省钱。

扶贫工作者们常常希望学校能够提供如何负责任地安排收支的课程，但是有时候事实却正好相反。华盛顿哥伦比亚特区一所学校为贫困家庭出身的四年级学生准备斯坦福 9 年级成就测验，他们用的练习簿中有这样一道习题：

> 维克多把钱看得比什么都重要。他没有什么朋友。他从来不会花钱找乐子。他从来没有把钱送给有需要的人。**他就知道努力工作和存钱。无须多言，维克多经常不开心。**
>
> 多利安则完全不同。他喜欢找乐子。他喜欢看电影和戏剧。他努力工作，但钱对他来说并不是很重要。不管什么时候，任何人找他借钱，他都会欣然伸出援手。

这道习题混淆了节俭和吝啬，努力工作与痛苦，挥霍与慷慨和幸福，它要求学生选择关于维克多和多利安之间区别的最佳描述项。正确答案是：D. 多利安帮助了他人，而维克多没有。要教孩子们慈善也不必贬低辛勤工作和储蓄的价值。人们不需要过分吹捧金钱的价值，好让孩子们产生对金钱的需要，因为这些孩子所在的家庭早就知道他们有多需要钱。而且，如果你身无分文，那么钱就肯定具有一定的重要性。

当你缺钱的时候，以物易物常常是解决问题的办法。有时候这看起来就像是人们给对方简单的好处。就好像丽达·巴特勒的一个邻居，玛奎塔·巴恩斯一样，她让一个做技工的朋友给自己以最低价修好了车，或者她把自己的车租给其他帮自己买过一些东西的朋友。她和其他的妇女互相替换照看对方的孩子，都不必付钱给对方。在其他情况下，这种互换行为就很明显了。司徒南茜在一家诊所工作，作为交换，她可以接受子宫切除手术。琳恩是一位中年图书馆馆员，她在田纳西度过了穷困潦倒的童年。如今，她依然保留着以物易物的习惯。她的丈夫是一位学校教师，他来自于贫穷的东欧，也有这个习惯。

"我有个朋友的针线活比我做得好，"琳恩说，"有时候如果她帮我缝东西，我就会帮她打扫房子。"她的丈夫从一家家具木工店后面捡来木块，用他的业余木工技能做碗柜、书架等。他用一个厨房碗柜换来了一个蓝莓馅饼，那个蓝莓馅饼是"一个世界上做蓝莓馅饼做得最好的女人"给他的，琳恩说，"我们有时候会以物物交换的形式让别人帮我们修车。"她的侄子给他们组装了一台电脑，作为交换，他得到了办公室用的书架。

这样的家庭手工技术，可以用来交换的技能正在消逝，对此，琳恩感到很惋惜。"实际上，有几年我所有的衣服都是自己做的，"她说，"我们所有的蔬菜都是我种出来并装到罐子里的，我们的每间房子都是他改造或者新建起来的,我从来没有叫人到我家里修家电或者任何其他东西。"他们试探性地做出了调整,要按中产阶级的方式生活。"我们现在五十多岁了才让自己奢侈一把,"她说。比方说呢?"比方说,我们在圣诞节买一瓶8美元的酒,我们分着喝。我们还剩下了一点,现在是1月了。我昨晚喝了一小杯。"她为自己的节约而自豪,尽管这种节约出自于恐惧或者贫穷。"你有多少钱并不重要,重要的是你怎么花钱。"她说,"这一点不管是对这个国家里的百万富翁还是对最贫穷的人都适用。我觉得这是美国的一个问题……这些广告说,你得拥有这个,你得拥有最新的,最时髦的,最好的等——我觉得,这是美国的一个问题。"

超支肯定不是穷人的专利。与霍雷肖·阿尔杰笔下的美国不同,汤姆·沃尔夫(Tom Wolfe)把握住美国相反的一面,巧妙地描绘了富有阶层的怪癖。《虚荣的篝火》(The Bonfire of the Vanities)中的那位证券交易员自顾自地大喊:"我一年赚百万美元,可我就要破产了!"

那些可怕的数字在他的脑海涌现。去年他的收入是980 000美元,但是他每个月要花21 000美元来还他的180万美元的公寓购房贷款。对一个年收入百万的人来说,每月21 000美元算什么?他当时就是这么想的——而事实上,那就是"能让人粉身碎骨的负担"——那就是他的全副身家!一年总共是252 000美元……算上税金,要付这252 000美元,他就要用掉收入中的420 000美元。他去年的收入还剩下560 000美元,在这笔钱中,公寓的每月保养费要用掉44 000美元;还有116 000美元要用在南安普顿的老卓佛慕陵路的那间房子上(84 000美元是住房按揭贷款的分期款和利息,18 000美元用于供暖、水电、保险和维修,6 000美元用于修剪草坪和篱笆,8 000美元用来交税)。在家中和餐厅请客花费是 37 000 美元。和别人一比，这些钱还是小菜一碟；比如，坎贝尔在南安普顿的生日宴会只搞了一次狂欢巡游（当然，要加上必有的小马群和魔术师），花了不到 4 000 美元。塔利亚费罗学校的学费加上校车费一年要 9 400 美元。家具和服装的总价大概是 65 000 美元……用人（波尼塔、莱昂斯小姐、清洁女工露西尔、在南安普顿的杂工霍比）的工钱一年是 62 000 美元。剩下的就只有 226 200 美元了，也就是每月 18 850 美元，要用在附加的税费和这样那样的事情上……两辆车的车库租赁费（每月 840 美元），家庭食品（每月 1 500 美元），俱乐部会费（每月大约 250 美元）——事实糟糕透顶，他去年的开销已经超过了 980 000 美元——哦，显然，他可以这里省一笔，那里省一笔——但那远远不够——"万一再有个三长两短！"

在现实生活中，威利和萨拉·古德尔的花费数目比上面的小，不过他们的开支模式很相似。他们不过二十出头，有三个小孩，而他们自己本身缺失的童年都还没有得到弥补。他们从父母对自己的管教方式中继承了破坏性的行为——他酗酒，她暴力——在他们刚刚长大成人的时候，这些场面一再重演。

他们住在萨拉祖母的破旧的房子里。这栋饱经风霜的建筑黯然立在新罕布什尔州克莱蒙特中心纵横交错、密密匝匝的街道上，街道上都是旧房子。它似乎没有存在的意义，只能消失、塌陷。祖母没钱修理这个地方，所以房子里没有什么是能用的了：淋浴器、洗衣机和烘干机、厨房都坏了。窗户破了，客厅里没有地毯——只铺着光溜溜的油布——但是，墙边堆着很多玩具，高高的架子上满满的都是 CD，橱柜也因此增色不少。橱柜里装着立体声音响和一个大电视机。最大的两个孩子一个三岁，一个十八个月大，他们都没有穿衣服，只围着尿布。

和新英格兰的许多工业城镇一样，克莱蒙特的老风情就只剩下那些好听的名字了：糖河，以及名为夏日街、喜乐街和珍珠街的街道。磨坊和工厂里的正经活计大部分都已经消失无踪，人们只能奋力挣扎，寻找一份仅能糊口度日的工作。威利和萨拉住在珍珠街上，他们比大部分人幸运，因为通过萨拉的继父的关系，威利得到了一份工作。萨拉的继父在给马萨诸塞州正在建造当中的糖果厂和制药厂安装金属板屋顶。虽然威利每天来去都要花两个半小时，但是他一小时能挣13到20美元，加起来他一年最多能挣31 000美元。问题是，他们把钱全花出去了。他们不停地、机械地、不知满足地买东西，从中勉强得到一点快乐：每周光是花在香烟上的钱就要50美元；衣服、鞋子、CD之类的；几乎餐餐都是在麦当劳、必胜客或者塔可钟吃。他们没有银行账户。

威利身材瘦高，性格温和，为人随和，戴着一副眼镜，浅褐色的头发乱蓬蓬的。他脸上经常挂着一丝淡淡的笑，看上去有点迷糊，就好像他突然醒来，发现自己身边一团乱麻，搞不清是怎么回事。他的孩子们都是捣蛋鬼。三岁大的科迪眼中已经有狂野的怒火，他会发怒大叫，声音听起来就像男人一样低沉。他打他的妹妹，妹妹又打小宝宝。实际上，科迪看起来就像威利的好哥们，但是毫无疑问，他是这个好哥们的儿子。不过，威利是一个值得尊敬的男人，他接受了妻子生的第一个孩子。

萨拉一头又硬又尖的浅红短发，她的右耳穿着一只耳环，右边眉毛上也穿着一只。她的脸色非常苍白，经常耷拉着脸。从她发白的面色来看，我能猜到她情愿待在家里，一般都躺在床上，而不愿意带她那几个好动的孩子走到乡村的日光底下去消耗他们的精力。她说话的语气阴郁绝望，几乎就像是哀鸣。

"我小时候被性骚扰过两次，"我们第一次谈话的时候，她对我这么说。"我妈和我爸分手后，我爸搬出去了，我妈决定要再过回年轻人的日子,因为她十八岁的时候就生了我。她经常到酒吧区。我当时九岁,自己待在家里。日子真的很不好过。我在寄养家庭住过,在教养院住过。我曾经被一个大叔和一个家里人的朋友猥亵过。因为成长方式的原因,我有很多精神健康方面的问题。所以我没办法工作。我有严重的焦虑症、恐慌症、创伤后压力综合征,各种不同的毛病。我还有严重的药物恐惧症,我为此去找过辅导师,不过我什么药都吃不了。"她用打火机点燃一支万宝路。尼古丁是一种不会让她害怕的药物。

萨拉也经常到酒吧去,因为她也需要过年轻人的生活,她是这么解释的。到二十一岁这年,她和威利的婚姻就快土崩瓦解了,她马上就要有第四个孩子,而孩子的父亲是三个不同的人。她给孩子们吃垃圾食品,而且她的情绪总是反复无常,一会儿放任孩子们到处乱跑,下一次却又会因为同样的举动而怒气冲冲地责骂他们。她拿惩罚来吓唬孩子——不让他们到哪里去玩,或者不租哪部电影来看,只许躺在床上——这些吓唬人的话来来去去就像风吹树叶一样,没有产生任何影响。

家访员布兰达对这些危险的情况很担忧。在这对夫妇还在一起的时候,我也见过这些情况。一天,科迪打开了电风扇,把他的手指插到扇叶边上,他只是被不痛不痒地说了几句。他爬上没有防护板的窗台,威利对他严厉地说:"从窗户上下来。"科迪无视了他,而且没有受到惩罚。布兰达有一次刚到他们家就看到萨拉睡着了,十八个月大的凯拉嚼着一根香烟,把一个比克打火机塞到嘴巴里。她在肮脏的厕所里玩耍,这时科迪把他的椅子拖到炉子上,炉灶的火还烧着。我看到凯拉用一只运动鞋打小宝宝的脸,还举起一只塑料凳,要把它摔到宝宝的头上。科迪尖叫了一声,威利阻止了她。但那些后果没那么严重的行为似乎却会招致更严厉的责骂:父母允许凯拉在客厅里一边走一边吃芝士,芝士自然会在客厅地板上掉得到处都是,于是她被狠狠地骂了一顿。威利、萨拉和孩子们似乎都不会玩；他们没有几个昂贵的玩具，这些玩具大部分也只是被孩子们在房间里拖着走，发出嘈杂的声音。因为醉驾，威利的驾驶证被停牌了，之后，他想来个周六欢乐游，而那只是带着孩子们走到沃尔玛超市去。布兰达所在的机构和州儿童保护服务部门尝试过让法官准许孩子们离开这个家，不过都失败了。

萨拉的婚姻在维持阶段也是天天狂风暴雨。她说她母亲打她的继父，她就是看着这个长大的。她对威利做了同样的事。"我打得他屁滚尿流。他一年换了四五副眼镜。"看到她能退几步看清自己做的事情，我问她，她能不能改变自己？她小声答道："我一点办法都没有。"

为了摆脱她的暴力，威利只好拿钱安抚她。"我知道我可以把钱存银行，"他说，"但是把钱存银行和拥有一个平静的家庭生活比，哪个更容易些？就是这么回事。"他有气无力地一笑，望了望萨拉。他们按我的要求记了一个月的账。威利和萨拉都以为如果他们试着这么做的话，就可以省下很大一笔钱。"有 600 美元。"威利估计。这会对他们的生活产生什么影响呢？"会很糟糕，"他说，"你来告诉他吧，"他建议让一言不发的萨拉来说。"她没办法——你知道的，就她的那些问题和那副德行，她好像一直都闷闷不乐，只要不花钱就不开心。"

但是买一堆 CD 也不会让她开心太久。"开心一天，"她说。

"她刚走出商店门口就乐不起来了。"他反驳道。

他们日常生活的花费并不算太多。其中包括每月交 300 美元的房租给萨拉的祖母，100 美元作为电话费，电费和有线电视免费。不过威利上下班路途遥远，一个月在油费上要花掉几百美元，除非他搭到同事的顺风车——在他的驾照停牌后他也不得不这么做。这对夫妇每月要出 200 美元供汽车贷款，他们甚至没钱给这辆车上保险。每月的洗衣费用是 200 美元，因为他们的家用电器都不好使。每月出去吃饭的钱是 200 美元,因为在他们缴清拖欠的 400 美元账单之前,燃气公司是不会给他们送煤气的。而且,萨拉很少有做饭的好心情,而威利在一天工作了十四个小时之后回到家已经筋疲力尽了。

另外,他们有时候喜欢放纵一下自己。"我们都很年轻,"威利解释说,"因为我们小时候都没有真正拥有过什么,所以我认为我们有时候可以借生日、圣诞节和其他事情来过过瘾。"

他们从 4 月中旬到 5 月中旬都在记账,账本上显示,他们已经把足够的钱放在房租、汽车分期付款和其他经常性的账单中用出去,威利挣的 2 500 美元几乎全都花光了。

杂货(包括尿布和香烟)	467.19 美元
租影碟费	53.93 美元
外出用餐费	214.45 美元
其他项	785.09 美元

杂货包括了一些很贵的东西,比如一天 3.99 美元的"方便午餐盒",科迪只有在吃这种午餐时才不会在学前班的房间里到处乱跑。其他项包含了五十二个条目,萨拉和威利在把它们列出来的一个月之后都不记得那些是什么了。其中有马上就被忘在脑后的 2 美元和 5 美元的花销,有 161 美元的演唱会门票(去听奥兹·奥斯朋),有 52 美元的参加某场婚礼的全套服装,各种各样的 45 美元到 50 美元的生日礼物、结婚礼物,其中一个花钱的日子还是那些狡猾的厂商们发明出来的:母亲节,那天他们也买了很多没有必要买的东西。

主要是威利牺牲自己以节省开支。他同意不再抽自己最爱抽的骆驼香烟,改抽 4 美元一盒的万宝路。总之戒烟是完全不可能的。放弃下馆子吃饭、方便食品和垃圾零食看来是一种不可能的牺牲之举,萨拉愤怒地拒绝了家访员布兰达提出的这一点。"她的开支计划是:你得吃一周的汉堡包和土豆泥之类的东西，这可不是我想要的生活方式，"萨拉嘲笑说，"我要吃我爱吃的东西。"

即使萨拉和威利成为节约模范，他们的生活还是要背负沉重的债务枷锁。在谋得铺屋顶的差事之前，威利的日子过得很穷，他欠了700美元电话费，又因为买一辆二手车而欠了5 000美元，医药费也欠了10 000美元。他没办法用电话；她可以，但那只是因为她的话费是在十八岁前欠下的，当时她还不能负法律责任。最后，在这种情况下，她很有可能得学一些父母试着要一个花招：用孩子的名字和社保账号开一个电话账户。

威利欠医药费的情况是没有医疗保险的工薪阶层的典型。他没钱去看牙医，牙齿都坏了。而且他做的是道路建设工作。每次脓包肿起，他都会到最近的急诊室里要止痛片和抗生素。法律规定医院急诊室要给所有人看病，不管这个人有没有医疗保险，不过急诊室可以在之后寄出医疗账单，这些账单通常都是大数目。这些收费超过了威利的承受能力，而且把他的信用等级毁了。

"很差，"萨拉在描述他们的社会经济水平时这么说，然后咯咯地笑了起来，笑声高亢而紧张。

"是我们把自己搞穷了，"威利回应道，"不过我知道如果我们够聪明的话，我们可以过得挺滋润的。有时候我一个星期能挣700美元回来。我知道我能过得挺滋润的。但是，你知道的，我们都不能坐在家里说，好了，这就是我们吃饭的钱，就这样了。"他哀怨地一笑。"如果我们口袋里有10美元，而且我们都病了，不想在家里坐着，我们就会出门花10美元买冰淇淋和晚餐。我觉得花点钱能让日子好过点。"

萨拉给出了她自己对贫穷的定义："我们没有存什么钱。我们没有一个称得上是我们自己的家。"

"这是我们自己的错。"威利说，"我不怪别人。"

威利干的铺金属板的活儿足可以让他的家庭脱离联邦贫困线，但是他的收入也低得可怜，因此他们得到了一些福利补助。孩子们符合SCHIP，也就是联邦政府资助的"联邦儿童医疗保险计划"的条件，萨拉从WIC得到了牛奶、谷物、花生酱、婴幼儿配方奶粉和其他的食品，WIC是一项针对妇女婴儿和幼儿的营养补助项目。有几年，在他们填所得税申报表时，他们不仅收到了代扣的税费中的退税部分，还获得了额外的"劳务所得抵税额"。

有一年，他们用他们从美国国税局（IRS）收到的支票去弄了文身。"我们就好像还是小孩子一样，"她说，"所以我们有时候做事情会很孩子气。"威利在他的手臂上刺了个巫师，萨拉撩起衬衫露出后背，让我看她的刺青：是一颗荆棘绕出来的心脏。

第二章　徒劳无功的工作

> 寒门子弟难发达。
>
> ——尤维纳利尔,《讽刺诗》

克里斯蒂做的工作是这个劳动力紧缺的国家所不可缺少的。每天早上她开着那辆破破烂烂的 86 年产大众汽车,从自己在公屋区的公寓到俄亥俄州阿克伦城的基督教女青年会托儿中心(YWCA childcare center)去,在那里,她整天都要照看小孩子,这样他们的父母就可以去工作了。如果没有她和全国各地成千上万像她一样的人,那就没有几个人能工作了,美国的繁荣发展也会因此而失去动力。没有她的耐心和温暖,孩子们还可能会受伤害,因为她并不仅仅是一个保姆这么简单。她给了孩子们一个情感上的安全居所,她教导他们,像母亲一样关怀他们,有时候甚至还会把他们从家庭的虐待中拯救出来。

她提供了这些重要的服务,因此她每两周能得到一张大约 330 美元的支票。她没钱把她自己的两个孩子送到自己工作的日托中心去。

克里斯蒂是一个高大的女人,尽管她生计窘迫,但是她很爱笑。压力和高血压让她备受折磨。她没有银行账户,因为她的钱都存不久。尽管她在购物时尽量谨慎,但是她的账单总是付不清,滞纳金让她透不过气。因为收入很低,所以她有资格领食品救济券和住房津贴，但是每次她的工资涨了一点的时候，政府机构就会减少她的福利补助，她觉得工作换来的却是惩罚。她被困在了福利改革的跑步机上，要怎么跑得根据《1996个人责任与工作机会协调法案》来决定。这个问题毫无疑问取决于国会和白宫对贫穷的成因和解决方案的看法。

一开始，这套新的法律的出台加上经济的繁荣令待领取福利金的人数直线下降。由于国家给予各州灵活决定实施时限和工作要求的权力，有些州就推出了创新型的政府、行业和慈善机构的联合组织，引导人们接受工作培训和就业。但是大部分空缺的工作有三个不理想的特点：工资低，没有福利，而且到头来一事无成。城市研究院2002年的报告书中总结："许多确实找到工作的人失去了政府对他们的其他补助，例如食品救济券和医疗保险，他们的境况没有改善——有时比他们没有工作的时候——还糟糕。"

克里斯蒂觉得她自己的情况就是一例。她的钱包里唯一一张像信用卡的东西是一片蓝绿色的塑料片，上面标着"俄亥俄州"（Ohio）的字样，还画着一个灯塔作为点缀，灯塔放射出一道光线，照进夜晚。在"O"字里是一个金色的方块——那是电脑芯片。每个月的第二个工作日，她会将这张卡插入一种特殊的机器，这种机器在沃尔格林（Walgreen's）、休派（Save-A-Lot）超市，或者苹果公司都有，然后输入她的身份证号码。一笔136美元的款项就打入了她的卡片中。给她的"食品救济券"现在以这种方式派发——更不容易被偷或者卖掉，在排队付款的队伍中也更加不显眼、不丢脸。

这张卡里包含了她每个月最早的一点收入，靠这张卡她才能花出第一笔钱。这笔钱只能用来买食品，而且不能用于购买熟食或者宠物食品。我要求她在一个寻常的10月记录自己的资产负债表，在这份资产负债表中，这张卡的使用占了第一行。

"2号花了136美元的食品救济券，"她写道。于是在她拿到这笔福利救济的那一天,她就全用光了。三天后她有了另外的25美元现金,她用这些钱来买杂货,10月10日又有54美元,12日又有15美元。穷人家常常会发现食品救济券只够支付他们家里一半到四分之三的食品开支。

当克里斯蒂的工资涨了一丁点的时候,就连这张卡里最初的这点钱都被抠走了。福利救济是根据收入情况来发放的,你需要的越少,你得到的越少,很合情合理。这是从经济的角度来说的。不过,从心理的角度来说,这却让受益人有了一种身在地狱般的体验。每三个月克里斯蒂就得抽出半天上班的时间(半天的工资没了),带上一个装满了工资存根、水电账单和租房收据的信封去找社工。负责她事情的社工脾气不好,这个社工把信封一掌压下,用一个国家法定公式来计算她的食品救济券配额,还有她的孩子们的社保资格。就在克里斯蒂完成了一个培训课程时薪增加了10美分的时候,她每月的食品救济券配额降低了10美元。

她每个月就只多了6美元,不能说一分钱都没多,但也是少得可怜。许多原来接受福利救济的人参加工作时只觉得能摆脱那些给他们提供食品救济券、医疗保险和住房的政府机构是件好事。但是有些人想错了,他们认为自己一旦不再依靠救济过活,就没有领取救济金的资格了;还有些人情愿放弃自己的权利,也不愿经受麻烦和羞辱。不过,默默投降可不是克里斯蒂的风格,她很机灵,而且很有恒心,要想在这种体制下找到出路,她就必须如此。她从不退缩,敢于向更高的权威机构提出请求。有一次,她忘了把水电费账单放到那一扎文件中,负责的社工就不给她食品救济券。"第二天我就把它寄给她了,"克里斯蒂说。两个星期过去了,这张卡里头依然空空如也。克里斯蒂给那个社工打电话。"她真是目中无人,"克里斯蒂回想道,"'怎么,我不是告诉你了吗,你要把一些文件寄过来。'"

"我是这么说的:'你检查过你的邮件了吗?'"没有,实际上这个

46 穷忙

社工的未读信件堆积如山。"她是这么说的：'我这里有人等食品救济券要等上两三个月呢。'然后她就没来找过我了。我只好去找她的上司。"这些福利款后来被补上了。

当你一脚刚踩进职场，一脚还被繁文缛节缠住的时候，你很容易就会失去平衡。经营和老板之间的关系，寻找可靠的托儿所，处理一团糟的未付账单，这些事情足以把一个没有多少这种经历的单身母亲吓倒；政府机构也在监视你的一举一动，他们不像是提供福利救济，倒像是检察官，而且你还像克里斯蒂一样患有高血压。

一方面，她援引了这个体制的规则来获得自己应得的东西；而另一方面，她作弊了——或者说她认为自己作弊了。她的男朋友，儿子的父亲，凯文，和她偷偷摸摸地住在一起。她确信，如果房屋委员会（Housing Authority）知晓此事，她会被赶出公寓。他曾经是重罪犯（因侵犯人身而入狱两年），而且他有赚钱能力，尽管他赚不到多少。无论哪一点都会让她失去领取福利救济的资格。政府援助和身无分文之间只有一线之隔，所以，为了生存，小小的谎言也具有巨大的意义。

凯文看起来就像个友善的灯神——两百八十磅的壮实块头，头发剃得短短的，右边耳朵上还带着一只小小的耳环。他的收入不稳定。天气不错的时候，他帮一个庭院设计师干活，工钱是每小时7.4美元，这个设计师在感恩节的时候还会送他一只火鸡，结束这一季的工作——然后就把他扔在一边，让他整个冬天都没有工作。他想去开卡车或者切肉。在坐牢的时候，他上了一个培训课程并获得了一张肉贩证书，但是当他把监狱发的这张证书给雇主们看的时候，他们并没有痛快地把刀放到他的手中。

克里斯蒂生活中的种种加到一起都是压力，从她的开支清单中，你很难找到有趣的或者奢侈的东西。5号她从凯文那里得到了一张37.68美元的支票，那是她每周的孩子抚养费（她没有从她女儿的父亲那里得到过任何东西，对方因伤人罪而长期服刑）。同一天，她给她的车子加了5美元的油，第二天她自掏腰包，花了6美元带日托的孩子们到动物园去。第八天是还款日，她的330美元支票转眼就消失不见。首先是她叫作"税费"的3美元支票兑现费用，这只是汇票等需要的诸多费用中的一项。紧接着是172美元被用来交了房租，其中包含10美元的滞纳金，她总是要交这笔费用，因为她在每月的1号从来没有足够的钱交房租。然后，因为当时已经是10月了，她开始张罗圣诞节的事情。她在一家店付了31.37美元，准备用分期累计预付的方式买礼物。还有10美元用来买汽油，40美元给两个孩子买鞋子，5美元在一家二手店买了一条灯芯绒裤子，5美元买了一件衬衣，10美元买了喇叭裤，47美元交了汽车保险，汽车保险每两周要交一次。330美元就这么没了。她的电视机、衣服、家具和其他家居用品都没有保险。

水电费和其他账单直到月底她拿到第二张支票的时候才缴清。她每月的电话费一般是43美元，公寓燃气费是34美元，电费是46美元，处方药是8到15美元。她每月的汽车贷款是150美元，医疗保险是72美元，有线电视费是43美元。有线电视已经不是低收入家庭需要节衣缩食才能拥有的奢侈物件。没有有线电视提供的广阔渠道，那么多的现代美国文化就无法经由电视机传播出去，穷人就会更加的被边缘化。此外，这是一种相对廉价的娱乐方式。"我只有最起码的东西，"克里斯蒂解释说，"我有一根天线，但是你啥也看不到，因为接收不到讯号。"她希望接受讯号能好一点，因为她和凯文都喜欢看摔跤。

克里斯蒂的预算吃紧的一个原因是她买了太多价格高昂，广告打得很响的零食、垃圾食品以及熟食，工作繁忙的母亲——或者那些根本就没学过做饭的人可以轻松地用熟食凑合着做顿饭。除了作为主食的汉堡和鸡肉之外，"我还买了香肠，"克里斯蒂说，"我买了冷冻快餐,因为我有时候可能很累,这时候我就会把冷冻快餐——索尔斯伯利牛肉饼和火鸡之类的东西,扔进烤箱里。我的孩子们爱吃披萨饼。我买了冷冻披萨……我给我的孩子们买了很多早餐吃的东西,因为我们起床很早,出门去了。你知道,那些谷物棒之类的东西很贵的!你懂吗?馅饼、谷物棒、格兰诺拉麦片之类的。"便宜一些的早餐,例如热麦片之类的只有在周末她有空的时候才会出现。"他们都吃热麦片,但是在每周的工作日里,我们忙个不停。所以我在他们的包里放麦片。我儿子喜欢吃干麦片,所以我在午餐包里给他放了一些干麦片。可可松饼。他们还有可可彩点蛋糕。"她大笑了起来,"还有幸运符麦片。他不挑食。我的女儿很挑食。"那些花里胡哨的麦片很烧钱。在我所在的地方的超市里,幸运符很贵:十四盎司一盒就要 4.39 美元,三倍量的燕麦粉的价格和它几乎一样,只要 4.29 美元。

克里斯蒂和凯文的消遣都是围绕着吃喝的。当她十一岁的女儿带了一份好成绩单回家时,他们就会凑一点钱,在那天晚上到一家还过得去的餐馆吃饭,以此作为奖励。他们要么去墨西哥餐馆,要么在周三的时候到街边的莱恩餐馆吃饭。周三晚上是在莱恩餐馆吃牛排的时间,莱恩餐馆在他们住的黑人社区边上,是一个又大又吵、全家可以吃到饱为止的地方。自助餐台上堆满了热气腾腾的马铃薯和绿色的豆子,还有牛肉块,餐台边围满了快活的各色人种的爷爷奶奶、父母和孩子们,他们边互相挤来挤去,友善地向对方道歉,边把一堆堆能让你吃到撑的食物端走,每个人只要 9 美元就可以吃到这些东西。

克里斯蒂和凯文偶尔也会犒劳一下自己,他们把朋友请来,在一个铁桶里点燃炭火。他们在她的底层公寓后面把这个铁桶做成了一个烤架,尽情享用烤鸡、肋排和米勒啤酒。他们是要把自己灌醉吗?

"唔……"凯文声音低沉,发出了长长的哼声作为回答。

"唔……"克里斯蒂说,"孩子们不在身边的时候。我到俱乐部去喝。然后回家睡大觉。"她快活地笑了一声。她喜欢布恩农场酒、马尼舍维茨精华葡萄酒，还有保罗·梅森白兰地，这就是为什么在她给我的10月12号的记录里有这么一条："15美元瓶子。"不过她不是酒鬼，而且她和凯文都发誓他们不沾毒品，尽管他们住的社区里满大街都是整天向他们招手的毒贩子。

"克里斯蒂喜欢找乐子，"她的母亲语气尖锐地说道。她的母亲格拉迪斯高中就辍学了，她靠福利救助度日，热切地期盼着她的三个孩子能进大学。这个理想激励了其中两个孩子。克里斯蒂的兄弟成为一名会计师，而她的姐妹则成为一名信贷员。不过克里斯蒂对高等教育从来都喜欢不起来。她不情不愿地开始在阿克伦大学读书，住在家里，最后她终于受不了没钱的日子。大二的第二个学期，她去工作，不去上学了。这个决定在当时的她看来并没有那么重要，但事实并非如此。

"她没有看清事情真正的严重性，"格拉迪斯抱怨道，"现在她自己清楚事情有多严重了。"不过，事情有多严重还得看她想做的是什么。她喜欢和孩子们在一起，但是她现在发现，没有大学文凭，她很难在"开端计划"① 学前教育项目中获得负责人员的职位，这个职位差不多相当于正规学校的教师；她只能窝在基督教女青年会日托中心里，而这里的财政情况极不稳定。由于青年会里的孩子们有95%来自低收入家庭，这里的费用基本上是根据该中心的主要收入来源来定的。这个来源就是俄亥俄州公共服务部，该部门每周为全日托服务支付99美元到114美元的费用。由于该中心财务负担沉重，这些费用只够支付老师们5.3美元到5.9美元以下的时薪。

克里斯蒂之前的工作也让她的收入锁定在最低工资边缘，她曾经在假日酒店当过女服务员加收银员，在凯马特超市当过收银员，在酒

---

① 开端计划（Head Start）是美国联邦政府对处境不利儿童进行教育补偿，以追求教育公平，改善人群代际恶性循环的一个早期儿童项目。——译者

吧当过侍应生，在各种各样的餐馆里当过厨子、侍应生和收银员。在各种半吊子的培训项目中她已经是一个资深学员，这些课程的本意是要帮她成为零售销售员、公共汽车司机和狱警，但却从来都没有让她和她的同班同学们通过考试，获得职位。她用两个字来解释自己为什么再也没有回大学："懒。懒。"

她居然觉得自己懒，这很奇怪。她的工作很累人，而且她的工资很低，她要付出巨大的努力才能维持生活。她解释说，当账单快要把她淹没的时候，"我会这个月还这笔账，那笔账就先不还，然后下一个月又赶紧交那笔账。我经常这样赶着还账。我让它们轮流来。你收到了一张电话账单，你得每个月都付这笔账，如果你漏缴了，嘁。下个月就得交双倍，再下个月就得交三倍。再下次你就会收到失联通知。失联通知对我来说是家常便饭。我每个月都还账，但是我每个月都会收到失联通知。我每月的第一天拿不到钱，没法在每月的第一天还十个人的钱。我收到了失联通知，他们给我的期限就要到头了。于是我打电话，安排还钱的事情。我这么说：'嘿，拜托你让我喘口气吧。先别嫌我烦，我要给你们送点东西。'你懂的，对那个卖车的人，我也许不会把我的150美元全部给他，但是我会给他带点东西去。他们是有意思的家伙。他们和我打交道，人挺好的。他说：'哦，V小姐，今天你给我们带什么来了？'有次那家伙说：'我发现你每个月都会带点儿东西来。'我确实是这样的。我带大部分的钱来了。每个月都是如此。我是这么说的：'嘿，伙计们，我得买点吃的。'"

她的日程排得很满，经不起收费和罚款的折磨。由于交不起费，她停止了自己孩子们的暑期日托服务。因为如果她要把孩子们放到青年会日托中心，在放学后再让她妈妈照看孩子的话，她每个月得交104美元，这笔钱她承受不起。他们暑期去了"儿童群益会"（Boys and Girls Club），每个孩子象征性地收费7美元。但是，该俱乐部对接送时间有严格的规定——下午3点。周五除外，当天的接送时间是

1点。某个周五，她母亲忘了提早的接送期限。俱乐部没有给上班的克里斯蒂打电话，而是开始计算时间并处以罚款，开始的五分钟算10美元，接下来的时间费用降低，直到她母亲在晚了一个多小时后，终于露面了为止。每个孩子的收费达到了80美元，克里斯蒂不可能负担得起这笔钱。所以她的孩子不能继续待在那里了。在她的生命中，每个微小的失误都会酿成巨大的后果。

不管克里斯蒂做的工作对这个国家的幸福安康有多么重要，她似乎注定了要做低收入的工作，没有高升的机会。在经济社会中，对于达到她这样水平的人，本来一切都应该是朝着安逸生活的方向去的。但她刚刚步入成人世界的时候，她误入歧途了。在那之后，她需要高等教育或者合适的职业培训来推她一把。单靠辛勤的工作是没用的。让如此值得尊敬的德行遭到玷污，我们可不想有这样的教训。但是，除非雇主们能够而且愿意为这个社会的基本劳动付出更多，否则那些在贫困边缘辛勤工作的人们都只能原地踏步。美国为工作而唱响的欢乐赞歌也会发出刺耳的声音。

黛布拉·霍尔的工作也是徒劳无功。和许多从申领救济金名册中被除名、不得不参加工作的救济金妈妈们一样，她发现自己生活中的一切几乎都变了，除了物质生活水平依旧。她只好买辆车去上班，天不亮就要起床，拼命学习新技能，在职场上的种族矛盾间迂回前进。她的开支安排更加复杂了，但是其中并无盈余。她的主要收获来自于情感方面——她的自我感觉更好了——所以，总的来说，她目前还是乐意工作的。

黛布拉运气还不错，能住在她母亲名下的双拼住宅的楼下。这栋住宅在克利夫兰的一个社区里，社区现在已经没有那么太平了。如果靠她那点微薄工资的话，在市面上她只能找到很差的公寓。在这里呢，房子都需要粉刷一遍，屋顶也需要盖上瓦板，不过里面的房间都很宽敞，街道也没那么拥堵。在她门前的露台外面飘荡着大麻的甜香，两个年轻人正坐在隔壁的台阶上抽着大麻。一条窗帘盖在黛布拉的大前窗上。

屋里，在下午日正当空的时候，客厅里也是一片漆黑。结束了3:30至11:30的工作之后，她回到家，然后就一直睡在沙发上。在面包厂轮班休息的时间，她还是穿着她那件白色的制服衬衣，右边口袋上缝着一个标牌，上面写着"黛布拉"。她留着一头乌黑的直发，脸上始终保持着的微笑照亮了她宽宽的脸庞。她诉说着生活的艰辛，苦笑了几声，脸上时不时露出一丝悲伤的神情。

电视机开着，立式吸尘器就放在客厅地板中央。茶几上摆放着她两个孩子的照片：小儿子患有唐氏综合征，是个残疾人，大女儿在银行做事，她的职位很低，要一步一步地往上爬。"谢天谢地，她不用靠救济金过活。"黛布拉用低沉的声音说。

黛布拉十八岁的时候，她的女儿降生了。从此，她开始了二十一年靠福利救济和做她所说的"见不得光的工作"来糊口的生活。她做过的工作有管家和酒吧接待员，雇主付给她的都是现金，没有账面记录。很多人边领救济金边偷偷地工作，这也就意味着"以工代赈"实际上是"非工作不可"。因为它大幅度地削减了人们的实际收入。"我已经习惯了，挣点儿外快，"黛布拉解释说，"我一个星期，差不多能挣个120美元，因为他们晚上会给30美元，再加上小费……所以我已经习惯了，困在那里，忘记了外面的世界。"

负责她的救济金事务的社工给她寄来一封信，这封信让她想起了现实世界是怎么样的。39岁的黛布拉没有一技之长。她从社区大学退学了——她承认，"我没把什么心思放在上面"。她认定自己"太懒"，没有努力学门手艺。她一直靠自己的福利金、非法收入以及政府的社会保障署给她儿子的"补充社会收入"（SSI, Supplementary Security Income）过日子。政府发放补助是因为她儿子在上特殊学校。现在，福利改革让她尝到了恶果。1996年的那项法案准许各州

The Working Poor 53

实施时间限制和工作要求，因此，俄亥俄州有权要求黛布拉去找份工作或者参加职业培训。

她找到了克利夫兰用工培训中心，该中心的董事会成员都是地方产业的主管人员。这些企业需要技工、焊工和其他的劳工。因为她不喜欢穿得一本正经，喜欢穿牛仔裤和运动鞋，所以她选择了仓库工作——行话管这叫"发货和收货"。作为实践培训的一部分，该中心在一个小产业园里帮各家公司分派"联合包裹速递服务公司"（UPS）的包裹，于是，黛布拉学会了怎么打字，怎么操作"联合包裹速递服务公司"的电脑系统，怎么记录库存，怎么开叉车。这门课程"让我的心安了下来，我想学习，想做点事情，好参加工作"，她说。这是她生命中第一次感觉到有动力，而且这让她觉得"以工代赈"是个不错的点子。"人们想要的会更多"，她预料道，"他们能告诉自己的孩子们，想要的东西更多就代表你长大了……如果他们把我们安排到这些培训中心里来，让我们知道自己能做到，那么我们就能让我们的孩子也看到这一点。"

当黛布拉还是一名学员的时候，她就是这么想的。当她开始工作之后，情况看起来就没有这么明朗了。首先，为了不必坐很久的公共汽车去上班，她只好买了一辆车，而这辆车并不便宜，性能也不稳定。其次，"联合包裹速递服务公司"没有职位空缺，所以，她带着自己的叉车证，精心准备的简历和刚学到的面试技巧，去了"奥兰多面包厂"。她准备好要怎么机灵地回答所有的问题，可是却没有机会开口。一个男人带着她迅速地转了一圈工厂，然后说："7点开始上班，你行吧？"

她目瞪口呆。"我把怎么说话之类的都排练好了，可他只问我能不能7点开始上班。"她苦笑了一声。"我以为他们是雇我去当叉车操作工，"她继续说道，"我想的是去开叉车，他们有叉车。他们有发货和收货的叉车，就在装车区，那些货车都是在那里拣货的。你得把货都装到货车上之类的。不过干这活儿的都是男人！"她嚷道。她第一天上班就被安排到了一条流水作业线上。"不好意思，嗨，"她对一个上司说，"你们刚雇了一个能开叉车的女人哦。"

"噢，我们的叉车操作岗位不缺人。"

在职培训可以一言蔽之：旁边的工人怎么做，你就照着怎么做。黛布拉紧盯着那条令人厌烦的大蒜生产线，在上面快速地翻动面包。面包厂要求雇员在早上7点开始启动这条传送带，然后一整天都待在这里，直到当天的产品包装完毕，结束时间一般是下午5点，有时候会拖到6点。"所有人都受不了了，"她说，"蒜香面包条、面包棍、蒜香面包棍、蒜香面包卷——每次她们看到不同类型的面包，想到的都是能不能把它做成蒜香口味儿的。"等那块面包通过了切片机之后，"你要把它分好，摊平，然后在那个分面包的人旁边的两个人要保证面包放平了，不要两片一块儿下去。然后面包会从黄油下面经过。你知道吧，他们的黄油就像喷泉一样。过去之后，又经过制冷机，然后有四个人把它堆起来。然后有个人要站在那里，保证它顺利通过，然后他们就会把它包装好。"

工人们加入了工会，但是用工条件却与工会合同不相称。薪水是7美元一小时，其中包括带薪午饭时间和九小时工作之后的十五分钟休息时间。雇员参加工作六个月后才能开始享受福利。活儿不累，但是它对黛布拉的思维和肢体灵敏度是一种挑战。"第一天在那里干活的时候，我觉得吧，我不想做这个。这太讨厌了。"她又放声大笑了起来，"我是这么想的，噢天哪，我全身都疼。我就这么盯着那些传送带，因为那玩意儿不断地移动着，你知道的。它动得很快，从你眼前经过……我都要叫起来了。我觉得吧，我干不了这个。"

没过多久，她得到了一个从大蒜生产线上下来的好机会，尽管这意味着她得凌晨2点起床去轮班，她的工作压力没那么大了：她要做的是把面包装到袋子和盒子里。不过，从压力中抽身喘口气的时间一下子就过去了。黛博拉才刚学会包装就再次陷入了恐慌,因为一个主管突然安排她去用一台她没学过怎么操作的机器。"我连那台机器叫什么都不清楚,"她说,"我只是刚好听到他们说:'你是二号。'我当时说的是:'你们都在说什么呢?'"实际上,二号就是那台机器的名字,这是一台体积庞大的设备,需要有人来"扳动那些开关",黛布拉解释说。"你要把那些袋子放进去,确保封面包的密封塑料袋封口是打开的。你得把机器设置好——不同种类的面包、汉堡包、热狗包。你知道的,·你得根据流水线上不同的分类来把切面包的切片机调好。你得知道多深才合适。"

她在做噩梦。"我还分不清东南西北,因为我没法儿思考。我就好像一直都在漂浮,都是因为这台机器……我梦到我的上司在发牢骚,说我这里做得不对。你明白我的吗?我回家了还在想着这份工作……为了小小的 7 美元,这也太没意义了。"几个月之后,她的工资涨到了 7.9 美元。

身为黑人,黛布拉还觉得自己遭到了微妙的种族歧视。"好像他们对拉美人太仁慈了,"她肯定地说,"我身边就有一个,她老是不好好干活儿。你知道吗,面包都堆成山了,她把它们放到盒子里,把它们都压平了,然后他就走过来大骂。"她假装听不懂英语,于是矛头就指向了黛布拉。"等等!"她表示抗议,"她的英语跟我差不多。别因为她不好好干活儿,你就来逼我!我装了三盒,她才装了一盒呢。但是她嘴里冒出一串西班牙语,还有个西班牙人帮她说话,然后她们就说啊说啊说啊说啊,你懂我的意思吗?哦天啊。这种事情多了去了,多了去了。"

黛布拉对升职加薪没有信心。每次她问主管们,他们这个级别的薪水是多少,他们的回答都是模模糊糊的,"那要看情况"。她得不到具体的数字,所以也不知道自己该定什么目标。看来,她是注定要重复她家的命运,没办法摆脱低收入了。她只知道自己的父亲是谁,但是记不起来他是做什么工作的了。她母亲家徒四壁，靠救济金过日子。她的两个兄弟一个在酒吧打斗中遭遇枪击去世，另一个在车里遭遇枪击去世。第三个兄弟因抢劫入狱，第四个兄弟是个卡车司机，第五个兄弟在退休中心当维修工。一个姐妹在工厂工作，还有一个在酒吧做事，第三个姐妹则在照顾她的孙女。黛布拉的女儿取得了一些进步，从银行柜员变成了推销员，不过黛布拉最高兴的还是她没有怀孕。"我运气不错。我对她教训得不少，"黛布拉说，"现在我的确避免了早早就当外婆的命运。"

和黛布拉的花销相比，她的进账就显得很苍白无力了，她没有什么银行存款。面包厂发给她的薪水是直接存到她账户里的，但是这些钱刚到账就被花出去了。"我每周账户里可能有 8 美元，"她说，"你没法从取钱机里拿出 10 元以下的钱，所以如果我有 5 元钱的话，我是拿不到这 5 元的。"如果她去柜台取钱，银行会收她 3 美元费用。有一年的 1 月份她郁闷得不得了，因为她在临街的发薪日贷款办事处预支了 100 美元的预付款，还款期限为两周，为此她不得不支付 15 美元的费用。

她在面包厂里的工友们都陷入了沮丧的情绪当中。那里没有什么是能让她有干劲的。她刚开始工作，雇员们就一个接一个地警告她："你不会想在这里工作的。"她甚至从一个副主管那里听到了这番警告，这个副主管曾经是她的高中同班同学。

"黛布拉，我知道你不会想在这里工作的，"她记得她的同学这么说。

"你在这儿干了多久了？"

"我在这儿干了十二年了。"她的同学回答。

"我啥也没说，"黛布拉对我说，"但我心里在说：'那你到底为啥在这儿干了这么久？'"

随着新千年的到来,美国的财富也逐渐达到了顶峰。国民们过着纸醉金迷的生活,科技应用无处不在,东西买了没多久就丢掉,人们神气活现地游走于全球各地。所有的东西都变大了:房子、汽车、股票投资组合、预期寿命。在整个人类的历史上还未曾有这么多人过上了如此安逸的日子。

但这些人中没有卡洛琳·佩恩。新年过了几周后,她坐在餐台旁边,回想着她的过去。她的三个目标有两个已经达成了:她获得了一张大学文凭,尽管那只是一张两年制的副学士学位。而且她从收容所搬到了自己的房子里,虽然这间房子基本上还是属于银行的。第三个目标是她说的"找份钱多的工作",这个目标还是把她难倒了。20世纪70年代中期,她在佛蒙特的工厂里做塑料打火机和吉列剃须刀的盒子,每小时挣6美元。2000年,她在新罕布什尔的一家沃尔玛大型超市中做摆货架和收银的工作,每小时挣6.8美元。

"可悲啊,"她说,"前几天我还这么想。我挣的就比二十年前多了80美分而已。"或者还要更少——考虑到生活成本的提高——她的时薪只相当于3.7美元。而且她不知道今后还会有多惨。

卡洛琳的遭遇是在一片歌舞升平的美国中被遗忘的故事。世纪之交的经济繁荣与她无情地擦身而过。个中原因并不明显,但其危害会慢慢显现。她不是种族歧视的受害者——她是白人。她也不懒惰——她会挖苦懒惰的同事和亲戚。她很准时,很少请病假,愿意值夜班,工作兢兢业业。沃尔玛的经理马克·布朗说她是个劲头十足的"好女人"。"她很自觉,"他这么评价道,"总是愿意自学和提高。她很有潜力,肯定能爬上去。"

但是她没有爬上去。她从来就没有爬上去过。这种情况由来已久,她换了一份又一份的工作都是如此,这在她看来已经不足为奇了。马克·布朗只是表扬了她几句,她就已经觉得很吃惊。"我很惊讶,"当我把他的话告诉她时,她这么说。她正把空白录像带堆到架子上。"我没想到这里的人会喜欢我。大家一般很少会说我的好话。"

在这条没有尽头的轨道上,很多美国人都放弃了梦想。他们又缩了回去,靠救济金过日子,或者不再幻想自己当上领班、部门主管或者办公室经理。卡洛琳五十岁了,她失望了这么多年,所以她有时这么消沉似乎也是情有可原。她偶尔会去接受抑郁症的治疗,而且她曾试图吞服过量的阿司匹林自杀。但她依然在奋斗着。在她的电子邮件地址中,她自称是"幸运女士"。她在她的答录机中说:"祝你一天好心情。"她没有什么雄才伟略,不会去考虑公司盈利或者关于社会不公的悲观评价;她只是努力保障自己的基本生活。她坚持不懈,但是工作却停滞不前,两者是如此不协调,仿佛单音调中夹杂了不和谐的旋律。她一次又一次地申请负责这个或那个销售部门的管理工作,但是她一次又一次地被忽略了,因为男人更吃香——或者就像她挖苦的那样,比她年轻苗条的女人更吃香。

"别怪我说话难听,我忙得裤子掉了都没时间提。我大部分时间都在干活儿,"她嘲讽地说,"但是他们不把这当回事。"她值夜班的工资比日班多 1 美元,但店里全天无休,她牺牲了自己的自由时间,所以这工资和她的付出根本不相称。为了能够获得成功,每次换班和代班她都愿意去,哪怕是在晚上把她十四岁的女儿安柏一个人留在家里也行。卡洛琳没有车,上下班要二十分钟,不管天气怎么样,不管那是夜里的几点,她都要疲惫地来回奔波。在 2 月寒冷的一天,她小心翼翼地走在结冰的街道上,以免伤到她那动不动就会痛起来的背。她一脚深一脚浅地按平时的时间,也就是上午 10 点去上班,但店里让她下午 1 点再回来轮班。于是她走回了家,然后再回到店里:她走了三趟,花了一个小时才挣到了当天的第 1 毛钱。她是心甘情愿这么做的——即使是在这家店已经请了一个男人,而且她知道这个男人的工资比她高之后。"他晚上在电子产品区做事,但是你走进去一看,他正闲站着,看着电视,啥事也不干,"她的话里有点抱怨的意思,

"他不是忙着干活什么的,他们也没说他什么。我投诉过这件事情,可他们基本上都是打发我,让我管好自己的事情。"

她也竞争不过那些身材苗条的女人。那些女人会被副经理看上,副经理会和她们调情。"你会发现得到这些工作的有很多是年轻姑娘,"卡洛琳称,"我的年纪太大了。有人以为我是安柏的奶奶,我日子过得太苦了。"

那些升职的人往往具有卡洛琳所没有的一些东西。他们有牙齿。卡洛琳没有牙齿。如果她有的话,看起来就会比现在看起来年轻十岁。但是贫穷和没钱看牙医的日子夺去了她的牙齿。她的牙齿大部分都烂了,或者脓肿了。她靠政府救济金在佛罗里达州生活的时候,把所有的牙齿都拔光了。整个过程为期两小时,非常折磨人,她的脸都瘀肿了,像被揍了一顿似的。按她的理解,该州的医疗补助有规定,如果她一颗牙齿都没有了,就能获得保险赔偿,安一副义齿;虽然有些牙齿还是能用的,但是她如果不把牙全部拔掉,就安不起义齿。最后,她很不走运,用医疗补助买来的义齿和她的口型不合,她的嘴合不上,所以没法戴这副义齿。调整义齿需要250美元,可她没有这笔钱。

没有员工会承认,他们是因为她没有光芒四射、满口白牙的笑容而忽略了她,美国人从小就受教育,把灿烂的笑容和投票权看得一样重要。卡洛琳学会了怎么做出满脸堆笑的样子,这样看起来笑得很甜,又不会露出她的牙龈,但是这样的笑容给人一种若有所思的感觉,和美国文化要求的那种热力四射的喜悦神情还有一段距离。在把展露牙齿视为工作内容中不成文的一部分的岗位上,她做得不够好。她在克莱蒙特储蓄银行申请柜员职位被拒,后来该银行雇她做后台文件归档的工作,最后又炒了她。沃尔玛考虑过让她担任客户服务经理,后来却让别人——有牙齿的人,升了职。

卡洛琳是穷忙族的代表,贫困导致的残疾是他们的标志。尽管他们身上大部分的缺陷没有残疾那么明显，但是实际上，残疾和那些不那么明显的不利条件一样，都是贫困状态的反映，并使贫困的局面恶化。如果她不穷，她就不会失去自己的牙齿，如果她没有失去牙齿，也许就不会还那么穷。贫穷是一种奇怪的、悄悄侵入骨髓的东西：一个原因导致了许多后果，然后这些后果又形成了原来的成因，或者造成一个后果的许多成因正是由那个后果引起的。怎么看这个循环过程，要取决于从哪个环节开始研究。和大部分被遗忘的美国人一样，卡洛琳就是一大串因果循环的产物。

抑郁常与贫穷相伴而来，它折磨着卡洛琳。据布兰达·圣·劳伦斯称，卡洛琳"自我忽视"①的毛病时有发作，这个毛病瓦解了她的意志。布兰达是社工兼家访员，多年来，她一直给卡洛琳提供帮助。"她很多次没有喷香体露，而她实际上是有必要喷的。没洗澡，头发乱得一塌糊涂，"布兰达说，"她烟瘾很大，有时候衣服上都是烟味。"在我采访卡洛琳的五年中，我从没见过这样的卡洛琳，不过布兰达的出身和她的客户们一样，更容易融入他们的生活中。布兰达不是在富裕环境中成长起来的，她不是拥有硕士学位的专业人士；她只有一张高中文凭和工薪阶层的背景。她没有摆架子，但是她的确对那些她尽力去帮助的人有指责之意。她对卡洛琳是理解多于责备。"当一个人有忧郁症的时候，"布兰达说，"她就会提不起劲来。"

和许多生活水平始终很低的劳动者一样，卡洛琳身受多重因素的影响：外貌有问题，是的，但她背负的重担还包括贫困的童年、不幸的婚姻和教育方面的障碍，她读写都有困难。她所有缺陷都和自由市场的不公和无情交织在一起。有时候，她所经历的苦难让她六神无主，无法专心工作。而且，在这个国家的经济实力快速前进的时候，

---

① 自我忽视（self-neglect）：老人本身因为精神状态不清楚或心智减弱等症状而表现出自我放弃、自我怠慢的行为，进而危及其自身的健康与安全。——译者

她被困在了船尾的涡流中，工资增长停滞，只顾眼前。经济萧条在繁荣时期之后到来，但她的卑微地位并没有因此发生什么改变；她还是继续挨着边走，换着不起眼的工作，从商店到工厂再到商店。她的生活模式是全国各地单亲低收入人群的写照，她们的就业率和时薪在经济萧条时期几乎没有改变。

卡洛琳的父亲过去是学校门卫，她母亲偶尔在工厂干活。"孩子们需要很多的爱和安全感，可我们那时候没有。"她回忆道。在物质方面也不富裕。"当我还是个孩子的时候，我没有什么东西。"她早早就感觉到了空虚，很久以后，她还是那么穷。"我总是想得到很多，"她承认，"这样我就可以花钱，有时候也可以放纵一下自己了。"

卡洛琳就算是到了四十多岁也还是像个孩子一样，渴望即时的满足感，布兰达说。她帮卡洛琳一起安排开支，努力控制她的花销。"她喜欢她的信用卡，"布兰达说，"她说这些东西都是她应得的。当然，"布兰达补充说，"我来自于一个八口之家，在这样的家庭里，你能买的就只有生活必需品。食物是最重要的东西，房租排在第二位，然后是电费和供暖费。"

在卡洛琳买了房子之后，布兰达看到她变成熟了。但是，打破童年生活时形成的行为模式是很难的，而且过去的那些债务不会轻易消失。卡洛琳家反复搬家，妨碍了她上学。她在新罕布什尔州梅里登一个只有四个房间的校舍里上了一年级和二年级，然后，由于阅读障碍，她在二年级时留级了。"我阅读很慢，"她承认，"我得静静地读，一个字一个字地读，这让我很难为情。"她不记得她的母亲或父亲有读书给她听。"她不是个会带孩子的称职的母亲。"三年级的时候，她和她家人住在马萨诸塞州莱明斯特闹市区的一家鞋店楼上，周边都是汽笛声，交通拥堵，连玩的地方都没有。第二年他们搬到了新罕布什尔州金恩的一个旅行拖车停车场，在那里，她上了四年级、五年级和六年级。

六年级的一天，她刚从一个运动场走回家，这时，一个坏消息犹如晴天霹雳，令她猝不及防。她姐姐的一个朋友带着同情的口吻说她很难过，因为她听说卡洛琳的爸爸要离开了。什么？卡洛琳对此完全不知情。"接下来我是跑回家的，"她回想道，"我还记得我打开拖车门的一瞬间，我就这么看着他——我们的拖车有两层——我跑上梯子，我哭啊，哭啊。"她的心底也由此种下了不信任的种子。

"在那个家里，我们彼此完全没有交流，我们很难沟通。后来我爸爸上来想和我说话，把事情告诉我，他说他真的很惊讶，最为这件事情紧张的居然是我。因为我一直都是个假小子，你知道吗。但在我心底，我觉得我从来没有真的开心过，但是我一直笑着，我觉得我要装给大家看，让他们以为我很开心，但实际上不是的。"

从那以后，她在一份大学论文中写道，她好像就"只是一件被到处推来推去的家具"。那种无根的漂泊让她的友情都转瞬即逝。她回到梅里登的一个姑妈那里，她在那里上了七年级和八年级，而她的弟弟妹妹都被寄养到别的人家去了。她母亲再嫁了。"我的继父酒喝得很多，"她说，"他想从我身上揩油，我很害怕，从来都不敢告诉我妈，你知道吗？到了紧要关头，我打了他。"

然后，自从卡洛琳不想和她的继父生活在一起，她的每一年高中都是在不同的地方上的。高中一年级的时候，她住在新罕布什尔州黎巴嫩城的一个女人那里，她帮这个女人带孩子。后来她回到了金恩，在那里度过了高中二年级的大部分时间，然后去和她父亲住在一起，先是在佛蒙特州伍德斯托克市上高中三年级，然后是在马萨诸塞州的诺斯菲尔德上了高中四年级，并在那里毕业，她为此感到自豪。"在三个孩子当中，我是唯一一个真的从高中毕业的。"她夸口说，"我弟弟去服役了，我妹妹十五岁就结婚了。我不是吹牛，我就是觉得自己很行，因为我妈和爸都没有从高中毕业。我多花了一年时间，因为我二年级留级了。"

1969年，卡洛琳高中毕业。两个月后，她结婚了。"现在有时候想起来，我希望我没这么做，"她承认，"我当时还年轻，我觉得是因为想要那种安全感，而且我觉得我爱那个家伙，也许当时是这样的。我坚信，一个人结了婚就应该什么都有了；我对这种传统的观点坚信不疑。而且我觉得我很容易就会依赖一个人，因为我从来没拥有过很多爱、安全感和沟通之类的东西。就好像如果有个家伙对我表达爱意，我几乎就会把他当成第一个出现的人，依赖着他。那样不好。这些年来，我明白了，那样不好。"

三个孩子在这段持续了十四年的婚姻中诞生，最后淹没在猜疑的沼泽中，起因是她丈夫的不忠。她在工厂上夜班，帮他完成工程技术学校的学业，还照顾孩子们和他们养的动物，最后却抓到他每晚在外面和其他女人鬼混。这段关系从此因为不信任而产生了裂痕，直至解体。

因为她负担不起律师费，只想摆脱这场婚姻，最后她只拿到了每月400美元的儿童抚养费，而且他们的房子她没有份。"那是个不错的地方，"她伤感地说，"那是我怀孕的时候，我们造出来的一栋木屋。我们得自己把桥安上，我一直都想要一座有顶的木桥。我一直都没有做到。但当时我已经交不起税和其他的钱了。"她沉浸在回忆中，默默地哭泣。

卡洛琳拒绝了她前夫的父母提出的在他们的土地上为她和她的孩子们安一个拖车式房屋的要求，她的举动既骄傲又愚蠢。她觉得，他们没有责任来照顾她。于是她租了一间小公寓，在救济金和没有盼头的工作之间奔波，还有就是通过捡拾易拉罐挣钱。"我们一起到学校去看球赛，我会带上袋子，把它们装到我的手袋里，"她回忆道，"球赛结束后，我会四处走动，仔细从废罐子中挑出值5分钱的罐子。"她的大女儿会骑自行车，离她母亲越远越好，免得让别人把她们联想到一起。"我认为。那几分钱可以买牛奶、面包、你所需要的东西，你懂我的意思吗？那都是有用的。但是那让她觉得丢人。她越长大就越讨厌这个。"

　　卡洛琳孤孤单单的，心里很害怕，她再婚了。这次的情况更糟。弗农·佩恩侮辱她，打她，动不动就妒火中烧——有一次，他以为他看到了她在她工作的疗养院外面和一个年轻男子说话。这个"男子"实际上是一个短发的女人。这段婚姻维持了两年。"有时候我恨男人。"她说，"男人不好，他们只会说谎，你别告诉我他们还是有差别的。"在她为数不多的几次投票中，她只把票投给女人，以此表明立场。

　　然而她还是很渴望有个男人能出现在她的生活中，然后再次复制原来的生活模式。这在单身母亲中很常见，她们身上都带着男人们留下的伤口。收入拮据的女人们渴望有相爱的伴侣，但她们却创造不出这样的关系，这样的情况在贫穷阶层中占了大多数，因为她们不仅仅是单身母亲，她们还是单身工薪族。

　　卡洛琳的第四个孩子安柏在她困难重重的第二段婚姻中诞生。除了有一只脚是畸形之外，这个个子娇小的黑发女孩看起来挺健康。直到后来，麻烦才渐渐露出了苗头。和卡洛琳的其他孩子相比，她很晚才开始走路，学如厕也比较慢。孩子们身上再正常不过的变化都会让她的妈妈激动不已。"她会看电视了，还能记住她见过的很多东西。"卡洛琳回想道。然后，学前教育项目中的一个测试发现这孩子有些方面的学习"延误"了。

　　母亲离婚之后，安柏每隔一周的周末以及暑期的一两周都会和她的父亲弗农一起度过。有一次，她回到家时手指上带着烧伤，而且有人投诉弗农，称他没有采取适当的儿童保护措施。"他们直接到那里去，在我上班的时候直接把我带到一个房间里，威胁说他们要在我下班回家之前把安柏从我身边带走。"卡洛琳说。后来的事实证明，当局判错了罪，也抓错了人。但是他们一直收到匿名举报，所以还是疑

The Working Poor　65

心不死。卡洛琳怀疑是她自己的母亲,用她的话说,她母亲是"背后捅刀子的人"。"即使我只是抓住安柏,比如像这样抓住她的胳膊,她就会说:'噢,别伤到那孩子!'"该州追究了此事,卡洛琳发现自己陷入了一场女儿争夺战。"我只好上法庭,我只好去上抚养课程,来保住安柏。"

很少有人能让工作免遭家庭风波的影响。如果是一个有出色的技能或者位高权重的雇员,那么他的雇主也许会忍受他,等他挨过一个困难时期,因为他有足够的价值。但是卡洛琳没有这样的资本,所以她买不起雇主的耐心,无法让他忍受她个人的苦难。当她的家庭生活压力重重时,她的职场命运也岌岌可危了。那意味着工作表现不佳,没有进步,在朝不保夕的工作之间换来换去,无法积累资历。

"你的神经都绷紧了,压力很大,不知道下一秒别人要在你身上弄点什么事情。"她说。即使是午夜在工厂上班时,她也会一直痛哭,"大家都会知道事情不妙了"。

在奋力挣扎的过程中,卡洛琳还是想方设法参加了一个办公室技能的培训项目,停止领取救济金,并找到了一份在保险公司里做前台接待的体面工作(当时她还有牙齿)。她接电话,将邮件分类,把保单的初始文件手写稿打出来。"那是一个宝贵的经历,"她说。如果安柏的事情造成的压力没有危及她工作的话,她会继续做下去的。"他们给了我一些警告,"她说,"说我做得不够好,我觉得这些问题都让我很沮丧。"很明显,她马上要被解雇了,所以她辞职了——按她的话说,就是"了结这份工作"。

她积极地寻找合适的办公室工作,一份接一份地申请,但都石沉大海。她打电话去问清楚原因。她一次又一次地听到,其他的应试者有大学学位。于是,她决定自己也要拿到一个学位,便在佛蒙特州的约翰逊州立学院报了名。她获得了助学贷款,开始上商务和会计课程。

后来她注意到，不到五岁的安柏在手淫。"孩子们总会尝试一些新鲜的东西，但是她做得太过火了，"卡洛琳说，"这种情况越来越明显。我让她泡澡，她就会摸自己。当时有这些小小的迹象，但是我很难证明什么，因为她的年纪还不够大，没法站出来告诉我实情。而且他们会说这是我的片面之词。不过，我觉察出了异样。"每个周末，在和她的父亲与她父亲现任的妻子待过之后，"她会很快地直接向我跑来，你明白吗？然后我会说，'亲你爸爸一下，'她就会往后退。"

于是，有一天，当她的父亲把她带回卡洛琳家的时候，卡洛琳把她带进了浴室。"我注意到她满身通红。这可不对劲。"卡洛琳有了警觉，她让她在大学里的朋友蒂娜单独和安柏说话，看看她能发现什么。"然后蒂娜说，'你不会相信她对我说的事情的'。"他们把这个小姑娘带到了医院，医生确认，她已经被破了身。卡洛琳家报了警，又叫来了负责福利救济的社工。在蒂娜和那名社工询问安柏的时候，卡洛琳和一名警官躲在一块单面镜后看着她们，听她们说话。这个姑娘把她告诉蒂娜的话又说了一遍，于是法院对弗农·佩恩发出了禁令。为了避开这一切，卡洛琳和安柏一起搬到了佛罗里达州，过了几年自由自在的日子，卡洛琳的学业因此中断，安柏也是如此。

在将近十年之后，卡洛琳告诉安柏，她的父亲已经死了，这个当时已经十四岁的女孩突然松了一口气，说，"好，好。"

在佛罗里达州，安柏学业"延误"的问题变得更加明显了。当她上了一年级，接受进一步的测试时，她的智商得分是五十九，属于轻微低能中的低智商范围，这种残疾在低收入家庭中更为普遍。但是她没有坚持上可能对她有所帮助的特殊学校，因为卡洛琳跟她父母一样四处漂泊，从一个地方搬到另一个地方：从一间小公寓，到和一个女性朋友一起住在拖车式房屋里，再住进她自己肮脏的拖车式房屋，再和一个男性朋友住在一起，然后住进另一间拖车式房屋——她住的这些地方都在佛罗里达州的新里奇港——然后搬到在温特黑文的表亲

The Working Poor 67

家,再回到新里奇港。三年时间里,安柏换了三四家不同的学校。然后,卡洛琳北上到了新罕布什尔州,在那里,她从一个学区搬到另一个学区。她估算,安柏上过七八家学校。"她就好像这个被带着到处走的小破布娃娃,"负责她的福利救济的社工布兰达说。她极力劝说卡洛琳安定下来,抑制她搬家的冲动;布兰达对她说,如果不这样做,老师们和咨询师们就无法很好地了解安柏的情况,无法为她提供有效的帮助。在卡洛琳拥有了房子之后,她的这番说法起了作用,直到后来卡洛琳取得的成绩被不幸和不测一笔勾销。"她对安柏很好,"布兰达后来说,"我帮过很多家庭。有时候我真希望能再有一个卡洛琳。"

没有明确的证据表明,稳定的教育环境能对这个女孩有多大的帮助。她的中学校长称她的情况是"基于语言的学习障碍"。她几乎无法阅读和写作,不能轻松地手算出钟表上的时间,她不知道如果她给店主10美元来买4美元的东西,钱是够用的。但如果她的母亲把乐谱上的每个音符都标上字母,她就能吹长笛。她在一家舞蹈学校上体操课程,她母亲靠每周打扫这家学校的练习室来支付她的学费。而且,举例来说,安柏还能清晰地描述她的班级到蒙特利尔旅游的事情;如果你听她讲话,你不会怀疑她有智力障碍。她又贴心又有礼貌,在房子里热心地帮妈妈干活,她还能帮她用微波炉做饭。但是,她患有癫痫症,有突然发作的可能,因此医生建议不要让她一个人待着。为了在不停换班的工作中安排出照顾安柏的时间,卡洛琳陷入了不可自拔的焦虑中。

政府的社会保障署为安柏提供了"补充社会收入",这是一种按月发放的残疾人补助,但是卡洛琳并没有因此而像富有的父母一样,有办法花高价找来很多家庭教师,并为孩子提供各种治疗。校方主管们敦促卡洛琳在家多帮助她的孩子,但是卡洛琳没有什么技巧,也没什么见识,无法为孩子提供全方位的帮助。"他们直接来找我,并在一次会议上对我说,教导女儿读书是我的职责。"卡洛琳抱怨道,"我说:'等一下。我是个单身母亲。我把我的女儿抚养长大……我要完成自己的工作……我的税是全额付清的。你们得做好自己的工作。'他们给了我一个轻蔑的眼色。他们什么都没说。"

负责她的社工布兰达也对她说过同样的话题。"我对卡洛琳说,'请你晚上坐下来读书给你的女儿听,即使只有十分钟或者十五分钟也好。'她会说,'那不是我的事。那是教师的工作。'"

所以,安柏只在克莱蒙特的公立学校上了几个特教班。特教班的资金微薄,而且克莱蒙特镇财政吃紧,该镇甚至带着几个社区到新罕布什尔州高等法院打官司。他们大获全胜,为贫困学区赢得了州政府补助金。然而,法庭裁决执行不力,而且克莱蒙特——在新罕布什尔州的两百五十九个镇中,人均收入排第两百三十六名——镇政府给教师发放的工资严重不足额。安柏觉得自己停滞不前,她极度沮丧,这种情绪在上高中被分到职业技能部后尤为明显。这个部门教的是烹饪、支票书写和其他独立生活的基本技能——但是几乎不教或者根本不教阅读技能。

那种花钱接受的培训能否拓展她的能力是很难说的。如果安柏过上有钱人的日子,她的状态是不是就会受到一些影响?从她九岁开始就为她治疗的儿科医生史蒂芬·布莱尔停顿很久,思索他的答案,最后他说:"会有一些影响,但不是实质性的影响。"另一方面,智能障碍方面的专家们基本上都主张"为儿童提供个性化的治疗和教育服务,并为该家庭提供灵活的援助服务"。杰克·P·肖可夫(Jack Shonkoff)在一本基础儿科教科书上就是这么说的。"当提供这些服务的人士将该家庭视为动态系统,聚焦于该家庭的动向,并将儿童和家庭适应性视为相互独立,并且与他们所生活的环境相互影响的部分时,这些服务才能发挥最佳效果。"在卡洛琳的案例中,这番说法相当不切实际,无异于建议她们到巴黎去度个长假。

为了和安柏逃离佛蒙特，卡洛琳不得不中断了她的学业，后来她在佛罗里达州的韦伯斯特学院继续学习，她完成了办公室技术和信息处理专业的学习，获得了两年制的副学位。但她也积欠了 17 000 美元的学生贷款，由于她拖欠还款，贷款总额涨到了 20 000 美元。人们一般认为，教育是一项明智的投资，但卡洛琳的情况正好相反。事实证明，她的学位只是在浪费钱。她从没找到过与她受训科目相关的工作，从没找到一份要求高中以上文凭的工作。当然，如果有学士学位的话，她也是能从中受益的，事实证明，她的副学士学位是没用的，只能当作一个证书。

当卡洛琳从佛罗里达州搬回北方的新罕布什尔州时，她和她的姑妈一起住了两周，并申请救济金。因为政府机构的荒谬做法，她和政府人员发生了典型的冲突。官员们告诉她，获得福利救济和住房补贴的最好办法是搬到收容所里住，她照办了。于是，她的申请被作为紧急案子来办理。仅仅三周之后——如果她住在美国大城市的话，办理速度会慢上一百倍——她有一张第八条款①租金补贴券，她用这张代金券支付了大部分的房租。然后她开始朝着自己的梦想前进：拥有一间自己的房子。

一周七天，她要做两份兼职——一份是在商店里，每小时薪水为 5.25 美元，另外一份的薪水是一小时"4 块多"，是在"麋鹿忠诚共济会"（Loyal Order of Moose）开的本地旅馆里接听电话和做其他的杂务，她也是该会的会员。两年后，卡洛琳把她拖欠的大部分账单都付清了，她开始认真地思考到哪里去找要买的房子。

当时她还没有怎么意识到这一点，但是她已经备齐了申请住房抵押贷款的关键要素。其中包括辛勤工作的记录和与有影响力的人的联

---

① 指 1974 年住房和社区发展法的第八条款，包括为低收入家庭提供以承租人为基础的补贴以及以开发项目为基础的补贴。——译者

系——这两样都是参加工作带来的无形效益。另外,她每月还能稳收一张支票,那就是安柏的社会保障署补助金。没有几个低收入工作者能说自己从政府那里获得稳定的收入,或者联系到能帮忙的人。

卡洛琳的贵人就是她店里的老板。他还是个房地产中介,他的好友恰好是"糖河储蓄银行"的行长。这位银行家见了卡洛琳,对她很有印象。"她看起来是那种饿着肚皮也要还账的女人。"他对她的老板说。不过,她还算不上是这样的人。她有两三笔账单要处理,这样才能改善她的信用记录,所以她趁着自己想买的房子还没有出售,花了一年的时间处理那些账单。房价降下来了,她申请的按揭贷款也终于得到了银行的批准。

安柏每月的社会保障署补助金有 514 美元,这笔钱会直接存到"糖河储蓄银行"中,银行会自动从中扣取按揭贷款的每期还款,这倒没什么坏处(在安柏父亲去世之后,社会保障署补助金加到了 736 美元,但是这些钱左手进右手出,账户里剩下的常常都不到 100 美元)。卡洛琳推想,用这些资金来还按揭贷款是合法的,因为安柏最后会继承这栋房子——这个家庭的贫穷最后让这番假设烟消云散。如果安柏不是残疾人,她就得不到这笔贷款,这是个可怕的事实。

这间温暖舒适的灰色的木隔板房子建于 1891 年,在一条结冰的街道上掩映于其他房子中。这栋房子马上就要进行修缮了,这是一个联邦项目给予的福利,这个项目会将护墙板换掉,重新粉刷门窗的镶边,并把房子内部的铅涂料去掉——这就要考验卡洛琳争取政府援助的技巧了。那些窗户现在是靠钉在窗格上的塑料板保温的,侧门上挂着"圣诞快乐"的旗子。如果换个时间,换个地点,人们会觉得这间房子很古雅,很有吸引力,可以值很多钱。但是它坐落在一个悲凉、陈旧的社区里,这个社区在新英格兰一个落后的城镇中心附近,所以在 1997 年卡洛琳发现它的时候,只值 37 000 美元。她用 1 000 美元的所得税退税交了过户费用,于是她——和"糖河储蓄银行"一起,变成了房子的主人。

那种拥有某种东西并且有自主权的感觉让她感到满足,这种感觉是无法用价格衡量的。她很自豪地充当向导,带我们到处看:客厅里有两个米色的沙发、印花的壁纸、黄色的窗帘、陈旧的电视机和录像机,毛茸茸的猫咪戴着一个红色颈圈和铃铛,厨房后面有食物储藏室和杂物贮藏室,她那已经长大成人的儿子还用着猎鹿的十字弓,地下室里有洗衣机、烘干机和油炉,楼上叠着五彩斑斓的阿富汗毛毯,那是她突发奇想买回来的,打算等到圣诞节送给安柏的老师、校车司机和校长。

卡洛琳在制衣厂做缝纫工,时薪是 6 美元。她被临时解雇了。她每周在之前住的收容所工作几个小时,帮人申请燃料援助。冬天一过,她就失业了,所以她去丹牌做事。这是制造丹碧丝卫生棉的一个工厂,时薪是 6.5 美元。她每次工作都要坐上几个小时,所以她的腿痛得厉害,最后她不得不到急诊室去。这是她的背引起的。"所以那个医生说,'希望你能休一个晚上的假,尽量休息。脚不要活动,腿也不要活动。'"她给宝洁公司旗下的丹牌工厂打了电话,告诉他们,因为她背的毛病,周日不去上班了。周一早上电话就响了起来:他们不需要她去做事了。于是她回到制衣厂去工作,被临时解雇了两三次。在贫困边缘也就是在"美利坚公司"(Corporate America)最冷酷的一端工作。

她曾向克莱蒙特储蓄银行申请柜员职位,但被拒绝了。该银行给她打了电话,让她去申请文件归档工作。她被雇用了,每周要工作二十五个小时,每小时薪水为 7 美元,将来有机会升到 10 或 11 美元。不幸中的大幸,这份工作没那么痛苦,因为她的主要工作是四处走动,把文件盒里的注销支票拿到一个打开的放着分隔开的客户账户的大抽屉里,所以她可以一会儿站着,一会儿坐着。每个账户都有一张印鉴卡,所以卡洛琳——和其他做同样工作的人——要核实每张支票上的印鉴，然后把它归到适当的账户中。

她喜欢这个职位。这家银行离她家很近。她已经买了合适的服装。她要学其他的工作内容。她自己的银行账户里有 2.02 美元。她的母亲生命垂危了。她和母亲之间折磨人的关系就要结束了——只是，肯定不会结束得那么彻底，只会被冰冻起来，藏在这么多年来产生的某些情绪中。当她母亲去世的时候，卡洛琳不知不觉地陷入了抑郁。她在接受咨询时听到了这个诊断。"我没有意识到我抑郁了。我没有意识到，好吗？"

银行里的人开始察觉到一些差错了。"我们知道，我们一年会接到三四通客户的电话，说他们收到了错误的支票，"一个不愿透露姓名的银行职员说，"有段时间，在八周之内，我们接到了三四通电话。我们开始密切关注此事，并让人复查，而且我们对此进行了单独分析，最终发现了问题的来源。"

卡洛琳被叫去谈话了。"他们说我学得不够快，"她承认自己可能犯了一些错误。但是其他人也在做文件分类工作，她说："这件事不该怪我，我觉得这不全是我的错，你明白我的意思吗？我当时还在医院进进出出，处理我妈的事情，我妈快不行了，而且他们告诉她，她就要死了，但是我们不知道那会是什么时候的事情。"

那位银行职员坚持称，要把支票搞混是很难的，因为它们的颜色是不同的。那位职员猜，也许卡洛琳是走神了。"她在学习我们要求她做的事情方面有困难。我们还会让她学着做其他的工作，但是我们一直都没法儿让她做那些事情。我们请人把要寄给客户的结单收集起来，看看有没有什么错误……我们连这个都没法儿让她做。还有将纸本档案转换成微缩胶片。微缩胶片转换和归档工作有很系统的一套方法。她做这件事情确实有困难，所以我们就不让她做这个。所以她就只能做文件归档工作了，但那件事情她也做得不太好……她完全没有接受能力，因为事实证明她一直在犯错。肯定是她。老实说，她做事有困难，这让我很惊讶，因为我以为她能做这个事情。公平地说，我们手把手教了她很多次，现在才刚刚走出这个局面。其他人都学会了，她才刚刚进入角色，我想大家都很累了，我们没有精力再把时间花在她身上。"八周后，卡洛琳被解雇了。

她的背在要她的命，她通过社会保障署申请"补充社会收入"补助金。她一边等政府的决定，一边又在找另一份工作。她担心这种情况会降低申请成功的几率，所以又去领救济金了，然后一等再等。由此，她变成了那些背部开始有毛病，申请"补充社会收入"补助金，几个月不工作，盼着政府批准的低收入劳动者中典型的一员。最后，卡洛琳在六个月后被拒绝了。这时，她在沃尔玛找到了一份工作。

现在，她遇到了另一种问题。多亏卡洛琳用医疗补助找了脊椎按摩师，她的背好些了。不过，接下来福利法里的规定狠狠地给她上了一课："我才发现自己已经没有医疗保险了。"有一天，她绝望地说。她病了，看了医生，开了处方，去药房填了医疗补助申请单。在那里，她得知自己的医疗补助已经过期，因为她去工作了（安柏还有医疗补助，因为她是残疾人）。"我不知道这回事，"卡罗琳称，她只好付了11美元的药费，取消了已经预约好的第二天的眼科检查。更要紧的是，"我现在不能再去做脊椎按摩和其他所有的治疗了，"她说，"而且我就是为了这个才一直工作的，因为我付不起这个钱了。我已经欠了他150美元。"

沃尔玛提供了医疗保险，但是她觉得保险费太贵了。而且，那250美元的免赔额她也拿不出来，所以，她变成了四千五百万没有保险的美国人中的一员。这个人数在不断增加的队伍中包括了许多低收入工人，他们放弃了雇主提供的保险。他们做了短期的打算，这样他们每周可用的钱似乎就能多一点，但是他们没有把长期的大笔医疗成本算在内。这是一场赌博，卡洛琳的运气还不错。接下来的一年里，她的背部问题有所缓解，所以她又可以继续工作了。她没有保险，四处漂流，从来都不做常规检查，也没有患上重病。

卡洛琳说，任何人要沿着103号公路上的沃尔玛超市外围走完一圈都得走上一英里。这个地方太大了。从割草机到牛肉糜，这里什么都有得卖，价格定得比在市区中心艰难生存的小店都便宜。它有三百到三百三十名周期性流动的雇员，雇员们穿着沃尔玛的蓝色工作制服，脸上挂着友善的笑容，公司把他们培训成能够给顾客带来令人惊喜的帮助的人。

经理马克·布朗承认，不用提高价格，他也可以提高雇员们的薪水。他坐在店里快餐部的桌子旁，盯着他能看到的那一部分杂货区，听着广播系统传来的收银处的求助电话，他就像等着又有人惹祸的校长一样，双眼快速地扫视着他领地的这一角。他三十一岁了，但是看起来就像上大学的孩子一样年轻，说话时带着密苏里州东南部当地的口音。他是从佐治亚州的另一家店调来的，他正在新罕布什尔州这里学怎么滑雪。

他的雇员们的起薪是6.25美元，夜班加1美元。"到前线去"再加25美分。"到前线去"就是操作二十四台收银机的其中一台。打个比方说，如果他将雇员们的起薪定为一小时8美元而非6.25美元，店里的经济状况会因此发生什么样的改变呢？"唔，我觉得应该不会有任何的改变。"他不用提高商品价格吗？"不用。我们有公司定价机制。我们做事的方式是每周出去考察我们的竞争对手。这家店里每个部门经理每周都会出去看看市场竞争情况，我们根据这个来决定价格。我们有按地区制定的区域核心价格机制。这里的底价很有可能比阿肯色州高，那里的生活成本低。所以这里的价格会高一些，不过还是会保持在这个地区的标准水平。他们把底价告诉我们，然后我们出去看市场竞争情况，如果我们处于下风，那我们就会降低价格。"

那么，如果把6.25美元到8美元之间的增长额吞掉的话，公司赚得够多吧？"会的，因为如果我们要加薪的话，其他人肯定也要这

The Working Poor 75

么做,如果我们确保工资够低,我们的竞争对手的顾客就会来买我们的东西。"加薪究竟会产生什么影响?"我们会不得不在其他东西上节省开支,比方说,你知道的,我们就不能在店里挂满这些漂亮的气球了,得把非必需品都削减了。"

三天后,沃尔玛连锁公司宣布1999年该公司净利润为55.8亿美元,比去年提高了26%。

卡洛琳从一个部门跳到另一个部门,一次又一次地换班,但是她的薪水一直停留在一个狭窄的范围内,起薪为6.25美元,变成6.8美元,如果她上夜班的话,有时能涨到7.5美元。但是她的时间不固定,所以不能再打一份工,而这本来能帮她带来多点进项的。她一直在申请更高的职位,但得到的答复一直都是她还需要多一点经验。

"我获得了11月份的当月最佳收银员称号,"她兴高采烈地向我汇报,"我为在华盛顿举行的二战老兵纪念碑筹集了超过一千五百美元的捐款。因为这个,我获得了当月最佳收银员的称号。"她还劝说了在她收银机处付款的顾客买下了全部七十二张波士顿棕熊队比赛门票,为克莱蒙特消防部门筹到了钱,这为她赢得了百事公司赞助的周末短期休假。她可以带上三个人,一起到任何地方的任何一家万豪酒店住一次。"但我得能到那儿。"她说。这是个意想不到的困难。所以那个地方必须在附近,在有人愿意开车载她去的地方。她的脑子里从来没想过夏威夷,甚至连纽约都没想过;她只考虑了新罕布什尔州内的地方。"我想在黎巴嫩城就有一家,"她说,"如果我能找到人带我去曼彻斯特市,安柏会想到那些商场看看的。我从来都没到那里去过。就是去看看。"最后,卡洛琳、安柏,卡洛琳的一个朋友和朋友的孩子开车北上,住在新罕布什尔州伯利恒的一家酒店里,她们去逛了北康威的一家小购物中心。

"我买了这个,"安柏说,"这是一个灯。那些兔兔灯到处绕啊绕的,这就是一个。我还买了一件运动衫,我带着它去旅行。"

"我身上穿的那件夹克边上都破了,我穿了两年,"卡洛琳说,"我在那个商场的一家店里给自己买了这件冬装外套。它原本是一件价值100美元的外套,好吗?当时的标价减到了79.99美元,但是他们还在做大特价,所以我花31.99美元买了它。这还不错。"

沃尔玛的人员流动率相当高,马克·布朗都有点不好意思说具体有多高。但是他不清楚为什么在经济繁荣的年景还会这样。"我认为,其中有很多原因和当下强劲的经济有关。你可以随便到镇上的任何地方,或者镇子以外的任何地方去看看,你会看到这样的广告,'急招,急招'。我的意思是,如果雇主对员工们不好,员工们只要从门口走出去就行了。他们是很抢手的,很抢手。"所以沃尔玛尽力挽留员工,把公司的利润分出一部分给他们。80%以股份的形式,剩下的是现金形式,存在一个账户里。一年后,公司就会把这些现金发给员工,七年后这些钱就会全部发给员工。

但是这些富有吸引力的东西对卡洛琳没用。她又贷了一笔19 000美元的按揭贷款,用来换她的屋顶、门窗,而且她现在就需要钱。"他们会安排你的时间,"她说,"有时候是10点到7点,有时候是9点到4点,有时候是7点到4点,有时候你晚上要工作到更晚的时间,而且你永远都不知道哪天要工作。休息的时间不会总是相同的那两天。比方说,我上周日本来因为要去安柏的独奏会,是不用上班的。我申请了休假。我已经到了家,然后那天晚上我的电话收到一条讯息:你能不能回来加一下班?我回去了。我回去了。那是加班。我从来没有对他们说过不。但是他们怎么就不能行行好,给我加点工资呢?"

在经济繁荣的时候,这家店就是这样对待"准销售人员们"的。另一方面,在这个国家更不景气的地区和经济萧条时期,一些沃尔玛的经理们被指责强迫雇员们在打卡前或打卡后工作,以避免按法律要求支付加班费。"沃尔玛的管理层期望他们的低收入雇员们能正直诚实,但是管理层自己却没有达到相同的标准。"芭芭拉·埃伦里奇(Barbara Ehrenreich)写道。她曾一边在明尼苏达州的一家沃尔玛工作,一边为她的书《锱铢必较》(Nickel and Dimed)做研究。"我在2000年春季申请一份沃尔玛的工作时,曾因在这项测试中'做错'了某些东西而受到训斥:有个命题是'所有规章制度都必须时刻丝毫不差地执行'。我只选了'很同意'。正确答案是'完全同意'。显然,有一条规章制度是不必听从沃尔玛指挥的,那就是联邦《公平劳动标准法案》。这项法案要求,如果雇员一周内工作超过四十小时,雇主就要向雇员支付相当于平时工资一倍半的工资。"公司警告工人们不要做"偷时间的贼",意思就是"在上班时间做任何工作以外的事情,什么事情都不行"。她描述,"但是,偷我们的时间却不算什么大事"。

卡洛琳在她工作的新罕布什尔州门店里没有经历过加班的问题,但是南方六个州的雇员们发起了集体诉讼,称他们每周工作时间将近四十小时,并控告该公司命令他们无偿加班。他们的律师计算了该公司从中获得的利润:如果一家店里两百五十个拿时薪的"准销售人员"每人每周都只无偿加班一个小时,一周无偿加班的时间总共就有两百五十个小时,一个月就有一千个小时,一年是一万二千个小时——得克萨斯州有超过三百家沃尔玛门店,仅该州就能省下三千万美元,而这些钱本来是应该付给雇员们的。

在卡洛琳看来,她没有受到任何非法的对待,但是她的职业没有前途。喜欢她的经理马克·布朗被调到宾夕法尼亚去了,她升职的前景也变得黯淡了。因此,在沃尔玛干了一年半之后,她和一家短工中介签了合约。这家中介为她找到了一份时薪7.5美元的工作,周一到周五白天上班,工作内容是装订壁纸样品册。她很高兴地告诉沃尔玛的副经理,她找到了一份薪水更高的工作,她要辞职。

"我只是希望他们有一天会觉得后悔。"卡洛琳说。

"因为他们不知道他们失去了一个什么样的人,"安柏补充道,

"她是一个多好的妈妈呀,而且她很酷。"

一个月后,这家中介又劝诱卡洛琳回去丹牌工厂工作,时薪是10美元,这是她挣过的最多的钱。她接受了,但是有一个问题:宝洁公司在工厂实行了轮班制。有一个星期她在下午5:30离开家门,第二天凌晨2:30回到家,第二周她在下午1:30离开家门,晚上10:30到家,第三周她晚上9:30出门,早上6:30回家。姑且不谈睡眠、精力和基本生活规律的问题,他们所谓的"小夜班"严重扰乱了卡洛琳对安柏的安排。她有时候会把房间出租给寄宿者或者收留无家可归的家庭,这样安柏就不用一个人待在家里。但这样总不是长久之计;卡洛琳发现有人鸠占鹊巢,横行霸道,或者为人不老实。

在她上小夜班的时候,有一家人住在他家,后来这家人变得很难相处,于是她把他们打发走了。"这些人算是无家可归,"她说,"我很好心,你知道的,收留了他们。他们有三个小孩。他正处于缓刑期,好像是弄出了车祸之类的……他们一周给我100美元。但是最后那两周他们没给钱。他们说要在我家过冬。我以为那只是短时间的事情。那些小孩把我房子里的壁纸和其他东西都弄坏了……还有,后来我才知道,他把另外一个女孩子的肚子搞大了,又有了一个孩子。而且,他们领着救济金,领着WIC的食物,他还做起了铺地板和铺地毯的生意。""他们挣了很多钱。"卡洛琳愤愤不平地说,"我很好奇他们有没有把这些都上报。他们没结婚。有人就是这样利用制度,而且不必承担责任。"

但是,没有了寄宿者,卡洛琳就找不到人照顾安柏了,所以她在值夜班和小夜班的时候,非常不情愿地把这个小姑娘一个人留在了家里。卡洛琳一边操作机器,把卫生棉条放到盒子里,一边担心安柏的情况,而且她这么想是情有可原的。"我认为她现在不应该被一个人留在家里,"她的儿科医生史蒂芬·布莱尔说。他担心,由于这孩子有癫痫症和认知问题,"她很容易遇到麻烦"。他认为,她可以"晚上短时间地"一个人待在家里,"但是我不会连续很多个小时不在她身边"。

安柏偶然向她的老师提起,入夜后她一个人待在家里有多可怕。这位老师震惊了。"她照顾不了自己,"克莱蒙特中学校长唐纳德·R·哈特说,"我们担心的是这个,她十四岁了。年轻女孩、中学生晚上都不应该一个人待着。她害怕了,晚上有人敲她的门。我们十四岁的时候也会有同样的反应,这是很正常的。如果你看看统计数据,你就会发现,孩子们都是放学在家时,因为毒品、酒精和性惹上麻烦的。"那么,学校采取了什么帮助措施呢?卡洛琳过去面对的幽灵因此又再次浮现:这位老师威胁要告发卡洛琳对孩子疏于照顾。"如果她继续疏于照顾孩子,那么我们在法律上是有义务告发此事的。"哈特说,"如果我们怀疑有人疏于照管、虐待或者类似的情形而不上报的话,我们就是犯法。"

那是2000年的10月底,总统选举活动进入了高潮,这个国家似乎被政治耗尽了元气。但卡洛琳没有,她正在发了疯地想办法同时保住她的工作和女儿,她的声音因愤怒和恐惧而颤抖。著名的新罕布什尔州初选已经过去了很久,但这并没有给卡洛琳留下什么印象。她没工夫去看候选人们在州内穿街过巷,四处游走,而且,回头想想,她甚至都不确定自己有没有投过票。"我不记得了,"她坦白地说,"我可能是在工作。我不记得我有投过票。"眼下,即使戈尔和乔治·W·布什在她客厅的电视上展开激烈辩论,慷慨陈词,信誓旦旦,她的头脑里也容不下他们中的任何一个人。"我都没认真听过他们说话,"她说,"现在,那是我最不关心的事情。他们可以说都是骗子。他们告诉大家,他们要做这个,要做那个。我不喜欢克林顿,因为他和那个姑娘乱搞,他自己就没有做个好榜样。我觉得他老婆是个傻瓜,居然和他在一起。"

当然,现在管事的不是克林顿。不是他,不过她觉得戈尔是有责任的。"他是副总统。他应该很清楚里头有啥猫腻。他是二把手。他怎么就不能插手,多做点事情,把问题解决掉呢?"因此,她比较喜欢布什,但是,她显然不知道他是个有钱人。"我希望能有个像我一样有上进心,经历过这些情况,而且知道这里的情况是怎么样的人。不会有这样的事的。如果让我选,我会选正直的女人。我想看到女人当总统。我不想看到一些有钱人在那里。我希望看到有个有头脑的人来帮助这些需要帮助的人,你知道我在说什么吗?这个体制要改一改了。他们需要更多的资源来帮助那些努力自力更生的人。"10月7日到了,又过去了,她没有投票。

学校威胁要向该州的儿童保护机构报告卡洛琳的行为,面对这样的情况,卡洛琳停止了工作,开始拼命打电话、上网找人照顾安柏。和美国大部分的低收入劳动者不同,卡洛琳有一台电脑,那是用西尔斯信用卡分期付款买来的。她应该是想玩游戏,发电子邮件,甚至在网上找男人,但是现在这台机器变成了救命的工具。她找了一家又一家机构的网站:州长残疾人事务办公室、父母互助协会、社保部门、卫生与公共服务部门、家庭援助部门、父母资讯中心,打了很多个电话,但还是一无所获。"他们都在拼命寻求帮助,好像外面就没有人需要帮助。"她说。她被告知安柏年龄太大,不能获得福利机构的儿童关怀补助金,而且她也不能获得社保部门的补助,因为她年龄太小了。

她真正需要的不过是一个月的时间,因为她认识的一对马萨诸塞州的年轻夫妇打算搬来工作,并住到她家里——而且他们可以在晚上和深夜陪在安柏身边,但是当卡洛琳打电话给她工厂里的老板时,老板对她说,他不能让她的职位整个月都空在那里,而且已经让短工中介找其他人了;他需要干活的人。

在学校,校长唐纳德·哈特和他的"全方位团队"提出了问题。他的团队包括一名心理咨询教师、一名本地咨询机构代表、一名青少年保护工作者和一名辅导员。"我问了他们,在安柏的妈妈工作的时候,有什么办法能够帮助安柏?"他称,"但就是没有办法。"

"我也没有多余的钱来给别人了,"卡洛琳补充道,"而且我在拼尽全力把那些数目小的账补上。现在我没有工作,我得申请救济金了。你自己站起来了,然后有人就是要把你击倒。如果我不工作,那(也)是一种失职:我没有给我的孩子吃饭穿衣。"

也许,在这个让人晕头转向的谜题中,最奇怪也是最让人烦恼的一面是每个人都没有去寻找最显而易见的解决方案:如果那家工厂给卡洛琳换班的话,她的问题就会消失无踪。她提出过请求,但是被毫不客气地拒绝了,然而其他人都没有想过——无论是学校的校长、医生,或者她联系过的各种机构都没有想过——这些以提供帮助为专业的人没有一个想过拿起电话,向工厂经理或者领班或者在她工作的地方管事的人提出要求。

诚然,这种敬重雇主,认为除非雇主违反法律,否则他们就可以免受批评,不可侵犯,不必听人劝告的想法似乎渗透在美国扶贫文化的方方面面,少有例外。打个比方说,即使是最有社会责任感的治疗儿童营养不良的内科医生和心理学家也会大力敦促政府机关应该提供食品救济券、医疗保险、住房等。但是当有人问他们是否曾经敦促这些父母们的雇主提高工资,让父母有足够的钱买营养食品时,这些医生们对这种想法表示惊讶。首先,他们从没想过这回事,第二,这似乎希望渺茫。他们耸耸肩,对这个建议不予理睬。薪资是由市场决定的,你不能指望市场手下留情。它是最终的仲裁者,在它面前,什么都没得商量。

也许他们是对的。在得到卡洛琳的允许后,我给她工厂里的上司打了电话,就问问为什么他们会有小夜班。我以为那是因为很难找到愿意只在晚上或者深夜上班的人,所以轮班能够扩大劳动力供给。那个上司从来没给我回过电话。在留下了许多条信息之后,我终于接到了一通人力资源经理打来的电话。这个名叫嘉里蒂·黛博拉的女人说话简单粗暴。嘉里蒂说，因为卡洛琳是通过中介雇来的临时工，所以该厂对她没有责任，也无法就她的工作时间发表评论，甚至对安排小夜班的原因不予置评。不管怎么样，接下来的一周轮到卡洛琳上日班，而那家短工中介还没有找到代替她的人，所以她回去工作了。学校还没把她疏于照管孩子的事情上报，但是这种可能性依然笼罩在她的头顶。

后来，我从新罕布什尔州和缅因州的丹牌工厂人力主管凯文·帕拉迪斯口中得知，这家公司采用轮班制确实是有理由的。"轮班制可以让雇员们更大程度地接触到整体业务，"他解释说。一直值夜班的人往往会看不到公司业务的全景，对工厂的任务了解较少，这会给接下来的轮班留下问题。他称这"从文化立场上看，是一种隔离"。夜班工人升职的机会一般也比较小，因为晚上他们和管理层没有接触。这些言之成理的观点对卡洛琳没什么用。

然后，一个小小的奇迹发生了。一个曾和卡洛琳一起在流浪汉收容所工作过的女人碰巧认识她教区教堂的一个人，这个人愿意在卡洛琳有需要的时候，带安柏到她镇子外的农场去。所以，这份工作保住了。最后，那对年轻夫妇提早从马萨诸塞州搬来了，安柏也不需要去农场了。卡洛琳觉得这对夫妇好探听别人的私事，所以最后把他们赶了出去。这时，她在附近找到了一个愿意每周收 50 美元照顾安柏的人。卡洛琳的时薪实际上因此减少了 1.25 美元，但是她的经济状况还是有起色的。

"上帝做事情的方式是不可思议的，"她说，"我有一个守护天使。"即使在天使的帮助下，她还是不期望钱财滚滚来。"我不想那样，"她答道，"我想过平凡的日子。我觉得有钱也有很多问题。我希望能过正常的生活。"

但是她的生活在被人遗忘的美国才算是正常的生活。在这样的生

The Working Poor　83

活中，小小的喜事会像闪现的微光一样转瞬即逝，然后蒸发掉。几个月来，卡洛琳一直期盼着能够在丹牌工厂申请到一个固定工作。一开始，她听说在做临时工满五百个小时之后，就可以提出申请，然后她听说要一千个小时，再然后她听说一个年轻女人在当临时工仅一个月后就被聘用为固定员工了。当她质疑这个流程的时候，一个上司咆哮道："我们想要谁就雇谁。"此外，她要参加一个笔试才能提出申请，而她在这上面花的时间是没有报酬的。而且，即使是在一些人的工作时间已经固定下来之后，她请求调日班也被拒绝了。

所以她离开了宝洁公司，回到了那家制作墙纸样品册的工厂，从早上 7:30 干到下午 4:00。她尽量往好的方面看。她省下了每周 50 美元的托儿费，她的女儿也更心满意足了，而她的收入可能会大幅下降，因此她可以去申请燃料补助了。这是一个补贴取暖用油成本的政府项目。毕竟，当时是 2 月。

随着经济进入衰退期，宝洁公司关闭了丹牌工厂，卡洛琳因此觉得自己辞职是明智之举。除此之外，她没有察觉到经济低迷。"我没看出有多大差别，"她说，"我一直都在奋斗，而我现在还在奋斗。"她从一个工作换到另一个同一水平的工作。在一次口角之后，她很坦然地走出了那家壁纸工厂，然后被一家制造相册的公司以一小时 7 美元的薪水录用，之后又在康普兰农场便利店和加油站当收银员，时薪 7.5 美元。"我唯一不喜欢的事情是有人开溜，"她说——司机把油箱加满后没付钱就疾驰而去。"如果超过 5 美元，如果太多人这么做，你的饭碗就丢了。"但是，多少才算太多呢？她不知道；老板不告诉员工这个，让她们不知所措。

她依然生活在边缘，也许一次开溜就会让她失业，无法继续还债。生活似乎充满了压迫和危险。刚挣来的每一元钱都马上要流出去，她的信用卡还欠了大约 12 000 美元，学生贷款欠了 20 000 美元，房子的两笔按揭贷款是 54 000 美元。从她的工作前景来看，她不会有机会取得任何进展，摆脱所有的债务重担。她被困在了无法逃脱的工作地狱里，她的工作停滞不前，随着这一令人难以忍受的事实逐渐渗透到她的意识中，随着她最终接受了前进无望的事实，她开始想到了不可想象的事情：破产。按照法律规定，她的学生贷款不能免责，如果她不失去自己的房子，她的几笔按揭贷款也无法被免除。但是信用卡欠款会终止，而这会减轻她的负担。

问题是，卡洛琳觉得从道德上来讲，她不应该走这一步。她最近刚刚用分期付款的方式从当地的一家商店买了新的家电，而且布兰达告诉她，宣告破产是一种盗窃行为。"她来说这番话的时候，我觉得很受伤，"卡洛琳承认，但是这也触动了她的心弦。她知道，她花钱一直不够节制，虽然她认为她已经改了很多。她需要重新出发。她煞费苦心地存够了800美元申请费和律师费后，走出了那一步。"那很难，而且我真的很郁闷，"她说，"那曾经是我的骄傲，我不希望有人知道这件事情。"

安柏在学校受到诸多限制，这让她感到焦躁不安。她渴望阅读，但是高中每周只为她提供一个小时的辅导。她想学到更多的数学知识。她向往着参与到学校的正规班级中，而不是待在技工分部里，在这里，学生们被打上了愚蠢的烙印，而且很多人看起来比她还差得多。社区中心的一位辅导老师"贝丝"在插手处理学校的事情之后做了总结："在这个学区里，他们没有安柏极度需求和渴望的东西。她所需求和渴望的是更多地参与到正规班级中，而这实际上是不被允许的，这是一个阴谋，她能做的事情其实有很多。"贝丝说，安柏还需要"持续的、专注的阅读指导"。但是，学校教给她的都是她已经知道的东西：烹饪、购物、洗衣服。这位辅导老师之前担任过专职人员的助手，在附近的一个镇上帮助有情绪障碍的孩子们。当校领导收到她的请求时，"他们嘲笑我，"贝丝讶异地说。也许，如果卡洛琳很有钱，请得起心理医生或者律师来证明她有道理并施加压力，就像有钱人通常的做法一样，他们就不会嘲笑她了。

安柏本来能不能上正规班级是说不准的。学校的心理老师在上一年出了一套测试题，证明安柏在算术和书面表达等各方面的智商成绩都是在四十三到五十七分，有轻微至中度智力障碍。"安柏不知道她的生日是哪一天，"这份报告称，"她有唤词困难。安柏在数学技巧方面要依赖于使用手指来做加减法。"

不管最好的方案是什么，卡洛琳都已经渐渐地对克莱蒙特的体制失去了信心，她认为他们没有能力提供最佳方案。她没钱供孩子上私人学校，但是她在印第安纳州曼西有个儿媳。她同意在她丈夫服役期间暂时照料安柏。那里的公立学校听起来很有盼头。"我和主管办公室谈过了，"贝丝说，"他们告诉我这间学校是怎么样的。我和那里的特殊教育教师谈过话，她很热心，而且我把安柏需要的东西完全解释清楚了。她说，'我们这里有很多方案。她可以和大家一起上高中，她可以做她力所能及的所有事情'。"

到9月份，安柏已经在印第安纳州了。她欢天喜地地上了学，在成人文学班报了名，还选定开始一周三次的阅读和数学辅导课。很快，她开始学习高阶特殊教育课程，学校安排她参加春季测试，她觉得自己在进步。听到电话里她那快活的情绪，她母亲的精神也振作了起来。但是这些进步要付出高昂的代价。

卡洛琳听说曼西有很多工作机会，所以她准备去那里陪她女儿。但是，如果要走，她就得卖掉她宝贵的房子，因为她不能在那么远的地方轻松地把房子租出去。租客们也许会损坏房子，而她也没钱来来回回地检查维修的情况。她花了几个月的时间才找到了一个愿意在这个清苦的镇子投资的买家，卡洛琳不得不以79 000美元的价格把房子卖了出去，不赚不赔。她花了37 000美元买了这栋房子，这个价格本来可以让她好好赚一笔的，但是，她什么也没赚到，一个子儿也没有。实际上，她伤心地说："我是把它送出去了。"

她表现出了一个房主的责任感，这对她的个人价值是一种提升，但是，讽刺的是，她的一点家当都因此被偷偷地夺走了。她在很长的一段时间里用心维护并修缮了这栋房子。她的第一笔按揭贷款还欠着大约 34 000 美元，第二笔 19 000 美元的贷款则有提前还款罚金，她被迫花了 20 000 多美元还债了事。联邦政府补助了 17 000 美元，用于铅涂料清除和新护墙板更换，但是如果房子在十年内出售，房主就要按比例偿还铅涂料清除的费用；如果在五年内出售，房主就要按比例偿还新护墙板的更换费用，所以她只好还了将近 16 000 美元。她总共欠了大约 70 000 美元。再加上房产中介费、税费和其他过户成本，她最后还缺 300 美元。那个中介好心帮她减少难处，把佣金减了一些。她扛了五年半的按揭贷款和利息，最后什么也没得到，她的一个梦想也付诸东流了。

12 月初，新罕布什尔州的冬天到了，卡洛琳揣着几乎空空如也的口袋离开了。她甚至都没钱找"友好"（U-Haul）公司租辆卡车。她的大女儿在威瑞森通讯有一份好工作，她借给卡洛琳 700 美元，她的两个朋友牺牲了休假时间开着这辆卡车，在纽约州北部的暴风雪中开出一条道，把卡洛琳送到了印第安纳州。她又开始四处漂泊了，就像她自幼经历的一样，看到这个国家的小小一隅，她很高兴。

不过，曼西并不太平。"我想念我的房子，想念我的朋友们，"卡洛琳哀叹道，"但是我头顶上有太多东西了，我很高兴能得到解脱。"在和她的儿媳住了六个星期之后，她在镇上一个乱糟糟的地区找到了一套属于公屋住房项目的小公寓。"这不是最好的社区，"她语气委婉地说。毒贩和卖淫为生的人把这里弄得千疮百孔，和她现在工作的便利店隔着两个街区的地方刚刚发生了枪击案。她发现，"这里干活挣不到钱"。她的时薪是 5.45 美元，没有福利，这意味着即使是和超过四分之一个世纪以前的佛蒙特塑料厂的薪水相比，这里的薪水也是呈下降趋势的，那里还有 6 美元呢。"我简直寸步难行。"

The Working Poor 87

六个月后，卡洛琳寻求政府补助的技巧为她带来了两个重要的发现。第一，政府接受了她的申请，她可以住到更安全的社区的公屋中。"真好啊，"她说。第二，她成功获得了医疗补助，她有400多美元来安一副新的义齿，只要她能再挤出322美元来支付其余的钱就行。她那捉襟见肘的银行账户里没有这么多钱，所以她的大女儿借了一笔钱给她。这副牙齿给了她信心。"它们和我的嘴型很合，我还要花点时间适应它们，"卡洛琳满怀希望地告诉我。等她觉得这副假牙戴得舒服之后，她打算去应聘几份工作，试试看有牙齿的效果会怎么样。她在一家便利店里找到了工作，薪水涨到一小时7美元。这是她的资产负债表上好的一面。

不过，负债的情况也很严峻。她开始觉得搬到曼西来未必有好处。"我觉得这里更难交到朋友了，"她说，"我不经常出门。"经济状况更困难了。印第安纳州的所得税加上城市税和国税让她感到震惊（新罕布什尔州没有所得税）。她低微的收入赶不上钱财外流的速度。"我身无分文了，"她直截了当地说。此外，促成搬家的那个原因——安柏的生活前景——现在看来也不那么确定了。安柏正在学更多的东西，但是卡洛琳已经负担不起她每月140美元的阅读辅导费了。而且，卡洛琳说，"学校告诉我，我是在浪费钱。"安柏永远学不会阅读。

金钱也许不是万能灵药，但是它往往能让避免一个问题和另一个问题叠加。有能力的父母可以不必举家搬迁，放弃财产来解决安柏的困难。他们可以花钱请人帮他们；用他们自己的技能来承担责任；把他们的房子、工作和生活方式保护在墙内，免受苦难侵扰。然而，在穷人的家中，这些墙壁单薄脆弱，一桩桩的麻烦会互相渗透，难分难解。

第三章 引进第三世界

送给我,你受穷受累的人们,
你那拥挤着渴望呼吸自由的大众,
所有遗弃在你海滩上的悲惨众生。
　　　　——埃玛·拉扎勒斯(Emma Lzarus)

奢侈的生活是经粗人之手创造出来的。贫富的交叉不仅仅体现在"发展中"国家的肮脏工厂里,也体现在美国的国土之上。移民们到此追求丰衣足食的生活,但他们的贫穷也随之而来,在高涨的经济繁荣的浪潮中形成一座座苦难的岛屿。为了一份微不足道的薪水,尽管这薪水比他们在家乡能挣到的多得多,他们让他们想模仿的对象——美国人吃饱穿暖,生活安逸。

所以,在马铃薯田和缝纫作坊里,在干洗店和餐馆中,在郊区富人家中修建好的草坪上都能看到这一点。在洛杉矶春街(Spring)和第八街(8th)附近破落的街区里,那些要在第五大道和威尔夏大道卖个好价钱的服装都是在这里,经艰难打拼的墨西哥人、泰国人、洪都拉斯人和韩国人之手缝好的。等这些优雅的连衣裙和富有品味的女式衬衫熨好挂在闪闪发光的橱窗里,穿在人体模特身上时,所有苦难生活造成的压力都已经被抹得一干二净。

洛杉矶市地方很大,布局歪七扭八,徜徉于此的纽约客可能会寻找不到一丝城市的感觉。一大片低矮的房屋和仓库，宽阔的高速公路和散布各处的工厂从太平洋随意地向东延伸，仿佛土地是用之不竭的资源。不过，制衣区是一个例外；这里有一种紧张的城市氛围。高大的建筑物在街道间投下阴影，街道中混杂着各色人种，人们如巴别塔故事中一般说着不同语言。即使不到拥挤喧闹、生机勃勃的曼哈顿制衣区去，这个社区也会让一个纽约客有一种回到家的感觉。在年久失修的大楼之间，卡车来来往往，挂着服装的手推车在车流中穿梭。午饭时间，嘎吱作响的电梯从十楼、十二楼、十三楼降下，勤劳的、娴熟的、值得尊敬的、堕落的——总而言之，来自全球的人群倾泻而出。这些面孔大部分都是亚洲人和拉美人，也有几个黑人和白人。几辆墨西哥大篷货车在小巷里，停车场边占据了有利位置；工人和他们的老板们飞快地吃完午饭，然后回到挤满缝纫机和一卷卷布匹的作坊里。

康德拉里亚从墨西哥到这里来已经九年了，小公司像风中的汗珠一样出现，而后蒸发不见，所以她从一家换到另一家，干缝纫的活儿。她手脚很快，而且干得越来越好，因为她是按件计酬：她用机器给一件牛仔裤缝上前裆开口算 0.75 美分。这个算法很简单，也很无情。"我要缝一百个前裆开口才能拿到 75 美分，"她说。要达到加利福尼亚州的最低工资，当时是 5.75 美元，一个小时一共要缝七百六十七个前裆开口，所以她不到五秒钟就要缝好一个。"我做这个做得很快，"她炫耀道，比刚做这一行的工人快得多。"我一天能做四份；每份是一千两百到一千六百件。"她最高纪录是一天工作八小时，时薪大约 6 美元。

不过，这里有个陷阱。她的上司，一个叫英的越南女人会记录康德拉里亚按件挣到的钱和最低工资之间的差距。如果她某一天没有挣到最低工资，英还是会付给她最低工资，康德拉里亚就会欠她其中的差额。如果她挣得比最低工资多，英就欠她超额部分的钱。即便这给她的工资设了一个上限，但这还是比很多制衣工人拿低于最低工资的计件工资划算。那些保持不了这个速度的人就被解雇了。

康德拉里亚从早上 7 点开始工作，但是英等到 9 点才让她打卡，这样工作记录上显示的时间就会少几个小时。康德拉里亚的手指迅速而灵巧，英甚至因此非难她，说她造假夸大自己的生产数量。这种说法引起了争论，康德拉里亚还曾拿出了她记录自己工作时长的笔记本。"老板想方设法要把它从我这里拿走，"她回忆道，"还拼命要我签一个什么东西；说我造假。"这种诡计在制衣作坊里是家常便饭，因此这个地方就像一个死气沉沉的市场，充满了不确定，没有定好的价格，买家也没有讨价还价的能力。康德拉里亚没有移民文件，没有待在美国或者出售美国经济所需要的东西的法定权利，这样东西就是：处于生产阶梯底层的廉价劳动。所以她在这家血汗工厂里待了一年零八个月。她有没有找个好一点的工作的机会呢？这个天真的问题引来了她的嘲笑，几个和她坐在一起的男人也大笑起来。他们在各家制衣公司工作。

"我把标签缝在一条裤子上就拿到 4 美分，"胡安说。这，就是他在制衣区做了九年后的情况。"他们给做一条裤子用到的全部人工总共是 2 美元。"

"我是做裤带袢的，"杰西说，"每件裤子我挣 9 美分。大部分工厂都给不到最低工资，但是对胡安这样的人来说，他能达到那个水平。新来的一些人做不了那么多。"那些缺乏经验的，操作缝纫机没有那么灵巧的，一小时才挣 3 美元，他说。

付这么少钱对老板来说似乎是个福音，但他不是总这么开心的。计件工资低反映出生产能力低，而制衣厂要按期完工。所以，胡安的雇主"希望工人们的生产数量能够达到最低工资要求，"他解释说，而且他们还会把一直达不到数量的人炒掉。为工人们谋利益的人士报道，当该州提高最低工资标准的时候，雇主通常会提高生产速度要求,但是计件工资却维持不变。这在法律上——政府实施的法律上,当然是擦边球。但是更有力的是经济学法则。全球制造业令五千家洛杉矶制衣工厂与洪都拉斯、柬埔寨和其他生活水平和劳动力成本过低的第三世界国家展开了残酷的竞争。墨西哥人在工厂工作,拿到的工资大概是一天4美元;柬埔寨的老师们一个月挣15到25美元,而制衣厂工人一个月能挣30到45美元,或者一小时16到23美分。美国工厂做出的一个反应就是把第三世界的某些特征引进到美国来。

向全球化和世界贸易组织示威抗议的美国人寥寥无几,他们似乎意识到了,如果想要抵制血汗工厂,他们不必寻找贫穷国家中的剥削现象;他们只要沿着洛杉矶第八街走,就能找到更加直接的目标,对这里的负面宣传肯定能更快引起反响。抵制全球化就像抵制季风季节。有什么意义呢?雨反正是要下的,而且它既会带来了坏处也会带来好处——具有破坏性的洪水也能为种植稻米提供充足的水。最好的方式是对其进行疏导、控制,避免淹没无力防御的人。

这就是加利福尼亚州的几个组织已经在做的事情。他们成立了一个叫"血汗工厂监督组织"(Sweatshop Watch)的联盟,代表制衣工人游说政府并提起诉讼。这一组织已经成功劝说了一些工人,让他们克服被驱逐出境的恐惧,揭发他们的直接雇主——小制衣作坊——和大老板,名牌设计公司和制造商。那些知名品牌经常雇佣盘剥血汗的制衣承包商来做肮脏的事情,他们克扣制衣工人们的薪水。2000年,一对时薪仅为3美元的拉美夫妇和他们的女儿以庭外和解的方式,从三家制造商处,也就是约翰保罗理查德、弗朗辛·布劳纳和BCBG麦克斯·阿兹利亚的手里获得了134 000美元的赔偿金。制造公司请一家私人公司监控制衣承包商的情况,但是当监控者报告有问题时,他们却没有采取任何措施。

迄今为止最臭名昭著的案例开始于20世纪80年代末的泰国农村。当时,泰国的骗子们招募了赤贫的年轻人,其中大部分是女性,他们许诺让她们到美国做薪水丰厚的制衣工作。实际上,一到美国,这些工人们就在艾尔蒙特市,也就是洛杉矶东面的一栋两层高的公寓大厦中做牛做马。他们在铁丝网和盖着塑料膜的窗户后面吃饭、睡觉、工作,被迫一天十七八个小时都在为美国制造商们缝制服装并把布料装到一起。这些制造商中包括番茄牌(Tomato)、克莱奥(Clio)、B.U.M、高山牌(High Sierra)、爱烁牌(Axle)、猎豹牌(Cheetah)、安科·布卢(Anchor Blue)和埃尔泰姆牌(Airtime)。这些服装在希尔斯百货、塔吉特百货、五月百货、诺德斯特姆百货、摩文思百货、米勒百货和蒙哥马利·沃德百货出售。工人们的工资一小时还不到1美元,泰国组织人从中扣取了生活用品成本,而生活用品成本涨了四五倍。这些劳动者们没有医疗护理,小病不断,痛苦不堪。有个人因为牙周病没有得到治疗,竟不得已拔掉了八颗牙齿。

"有人告诉他们,如果他们试图抵抗或者逃跑,他们在泰国的家就会被烧光,他们的家人会被谋杀,而他们也会遭到殴打。"他们的一个律师朱莉·苏说。有人给他们看一个试图逃跑后被毒打的男人的照片,还用可怕的移民归化局来威胁他们,不让他们投诉——从某种意义上来讲,这些威胁成真了。1995年,在这种强制劳役持续了七年之后,也就是移民归化局收到第一份关于这个问题的报告的三年之后,联邦探员和州探员们终于突击搜查了这个地方,"解救"了七十一个工人,只不过是又把他们关进了联邦监狱等待被遣送出境。移民归化局在法律约束的范围内拘留并遣送非法移民,但工人们受到的羞辱却更加严重,这是雇主们经常用来强迫他们的工人闭嘴的手段。官方机构的冷酷无情"只会让工人们不愿揭发违背劳动法、民权和人权行为,并让在艾尔蒙特市的那些勾当更加隐蔽"。苏解释道:"我们坚持认为,移民归化局不应该与剥削工人的雇主串通一气。"在那些饱受折磨的泰国劳工被释放出来之前,"血汗工厂监督组织"的成员们花了整整一周的时间进行激烈的示威游行。

最后，他们抓到的人坐了两年到七年牢，工人们赢得了 400 万美元，达成了民事诉讼庭外和解。最重要的是，那些和艾尔蒙特市的工厂距离仅两步之遥的制造商们没能逃脱责任。这是一项突破，打击了财大气粗又想尽量不弄脏自己牌子的各大名牌。

在服装行业中，通常的做法是，制造商或者设计师绘出图样，用手或者电脑操作巨大的线锯，顺着图样的线条将一堆堆厚厚的织物裁剪开。然后，裁成一片片的布料被运到承包商那里，承包商的雇员们把每件衣服一块块地缝好，整个过程通常是流水作业。大部分的虐待行为就是在流水线上发生的。承包商向制造商按件要价，因此他们会不遗余力地把劳动成本抠到极点。制造商会袖手旁观，假装自己看不见承包商与雇员之间的关系，假装自己对此无能为力。但是，在艾尔蒙特市的案例中，帮泰国劳工说话的律师们在法庭上据理力争，取得了胜利。他们称那些制造商不能以自己不知情为借口，因为他们把裁好的布料运到制衣区的几家小承包商那里后，要求承包商在很短的时间内交付制衣成品，他们早就知道这项工作会被分包到更多的公司去——就像在艾尔蒙特市发生的情况一样。那些泰国劳工们是被承包商的拉美裔雇员们扯进官司里的，这些拉美裔雇员们的工资被克扣了很多。工人维权运动通常是由韩国人、拉美人、柬埔寨人和其他人种分别组织的，而这次是在南加州难得一见的跨种族合作。

关于这些虐待行为的报道促成了 1999 年该州的立法行动。州立法案责令制造商和零售商为他们的制衣承包商在最低工资和加班方面是否守法而负责。不过该命令执行得不够彻底：在这项法案实施一年之后，州调查局和联邦调查局发现，在洛杉矶受到检查的制衣承包商中仅有三分之一遵守了劳动法，相较于上一年的 39％有所降低。

和控制大部分美国企业的市场力量一样，制衣行业的经济法则会妨碍底层工人获得像样的薪资，因为竞争很激烈，利润极其微薄，许多雇主感觉自己招架不住。他们觉得如果不雇用无证件移民，在这一行就待不下去，但他们这样做是要冒着被起诉和布料存货被充公的危险的。许多小制衣承包商自己也是刚移民过来，很多人从曾经是英国殖民地，现已被移交中国管辖的香港到这里来的。毫无疑问，有些人骑在他们的韩国、中国和墨西哥工人们身上富起来了；但是其他人就没挣到什么钱。"很多承包商挣的就只够发工钱，"一位业内发言人乔·罗德里格斯说。他是南加州制衣承包商协会的领导。"有个家伙告诉我，他一年要付 36 000 美元。这就是为什么提供医保这类的东西就像是白日梦了。"

通常，乔·扎伯尼安每年要付的钱是前面所说的两倍，但是对于一个做了二十五年生意的人来说，这并不算很多。他和他的妻子每个月要从他们狭小的位于八楼的制衣作坊里拿出 5 000 或 6 000 美元。他们的作坊叫艾德丽安，有大约十五名员工（年景好的时候有二十二个人，现在减少了）使用陈旧的机器把睡袍和其他服装的下摆和缝口缝好，这些精致的衣服是他们永远都买不起的。乔是一个眼神哀伤的忧郁男子，他全身上下都是灰色的——灰色的平头，灰蓝色的短袖衬衣和牛仔裤。几十年前，他从贝鲁特来到这里，他的家人过去在贝鲁特做零售生意。"实际上，我们做的是男士服装，不是女士服装，"他解释说，"所以这对我来说也很新鲜。我至今都不知道要怎么缝衣服。但是我知道有没有出错，有没有问题，要怎么做才能解决问题。"

那些知道怎么缝衣服的人都是女人，她们都是熟练的老手，至少也能挣到最低工资，乔说，不过一般也不会超过一小时 7 到 7.5 美元。"有姑娘在我这里干了二十年，"他说，"她们应该平均都做了十年。"换言之，流动率并没有上涨。她们没有附加福利，而且没有那么多活儿干的时候，他只能打电话告诉她们几周之内都不用来了。

他按件计酬而不是按时长计酬，这样算起来更简单一些，因为他很清楚地知道每件服装要花多少时间才能拼到一起。但是，他不能按自己的喜好来办事，因为他从设计师那里得到的工作要求很高，"太讲究了，"他说，"太复杂了，更费时间。你没法儿知道要花多少时间才能做好。你多多少少得靠估计。"因此，他不得不让60%到70%的员工拿计时工资。其他按件计酬的工人在工作超过预期时间时会要求加钱，有时候乔可以给她们加薪。"这取决于我拿到的钱有多少。如果我在这上面的利润太低，我就加不了多少了，即使我想办法调整也没用。可能我自己会损失50美分，给她们50美分。这种事情有时候也是有的。"他不可以回去找设计师要求每件服装加点钱吗？"很少会有这种情况。基本上你只能接受这个价格。有时候你把活儿接下来只是为了让这些姑娘们有活儿干。你不赚不赔，但是你让你的姑娘们忙活着。这种事情我做了很多次了。"

这种有特定要求的、要又快又好地完成的高品质设计师作品的存在就是乔在这一行生存下来的理由。而大部分大规模、大批量生产的缝纫工作已经向南边的墨西哥发展，或者向西边的亚洲发展。如果针脚可以相对粗糙一点，制造商愿意为了成品多等几个月，那么把布片运到海外技术水平较低的公司去制作也是值得的。但是，当时尚界瞬息万变的品味需要在几周内得到满足时，制造商就要用到乔和其他在街边或者楼下的承包商了。

他们付了额外的费用来做这件事，但是这些钱落到坐在缝纫机后的女人们手里时已经没有多少了。乔估算，架子上那件黑色的无肩带礼服最后要卖到200到300美元，而他只收了20美元把它缝好，这比他做这件衣服的成本多大约15%或20%。劳动力成本占了他的开支的70%，所以他不能加薪，否则他就会失去竞争力，或者利润会大幅减少。其他的承包商也许能用10美元就做好这件裙子，他说，但是产品质量会比较低。

乔对欺骗工人的血汗工厂是很厌恶的，因为他给员工更多的报酬，并为成衣开出更高的价格。他完全不愿意在钱方面和别人比，他要和别人比质量。"六个月或者一年的时间，他们开店的时间就这么长,"他谈到那些血汗工厂的老板,"他们在那里干活,然后他们关门大吉,去了别的地方……后面这块地方三年内关门的可能有三四家。他们开张六个月,关门,开张六个月,又关门。新的店名,新的老板。大家来拿自己的工资,可是那个地方关门了,那里没人,他们拿不到钱。"如果你是老板,两周内不给自己的工人们发钱,乔说:"那你也许就有两三万美元流进自己的口袋了。这些事情经常发生。"

乔在雇用无证件移民当工人时,他没怎么想过法律禁止雇用无证工人的事情。现在既然他的员工全都是有证件的,他觉得法律就会保护他。但他还是觉得很荒唐。"绝对是有需求的,"他说,"我很怀疑有没有美国人愿意为一小时七八美元或者 6 美元工作。那简直是不可能的。这个行业会倒掉。"他的猜想只对了一半。进入美国经济生活的新工人有一半是移民,但在很多行当里还是有很多美国人为这样的薪水而工作。服装制造业是一个案例,反映了在全球竞争挤压之下,要让一个行业中的普通民众感受经济公正是一件多么困难的事情。市场经济的铁律只会向更严格的政府监管和良心的尺度低头。

在时尚界的上层圈子中,某些设计师,例如妮可渐渐放开了她们的头脑,允许自己正视心中的罪恶感并关心工人们的薪水和工作状况。而且她们留心检查了承包商的情况。她们有能力这么做。

妮可身材苗条,着装一丝不苟,即便是在她乱糟糟的工作室里,也尽量让自己看起来时髦雅致。她用心地把自己的黑头发烫卷,嘴唇涂成亮丽的红色。在生意和道德方面,她都有雷打不动的想法。她估计,如果找那些不讲道德的制衣公司的话,自己只要花一半的价钱就能把服装做好。"外面肯定有很多恶心的作坊,"她说,"那些经营作坊的人是你连见都不想见的,因为他们就像破房子的恶房东一样,你懂吗?那对我一点吸引力都没有,我绝不会去那里。那不值得。我觉得那真的是十恶不赦,不堪入目,我觉得在很多行业都有这种事。"她言辞尖锐地评论说,好像人们没怎么听说过收音机或小部件生产行业中的剥削现象,但是,当奢华迷人高雅的服装从血汗工厂中生产出来时,其中强烈的反差令人们无法忽视。

妮可尽量做符合正义之道的事情,她避免采用"手工"织品,因为在她看来,这些纺织物是在中国或印度用剥削童工的形式生产出来的。"在我得知手工制作就意味着人们在泥污的地上干活以换取一桶鱼头时,"她说,"我就不买那些用手工制作来招揽生意的东西了。"她给自己的员工的最低工资是一小时8美元,她最好的制版师傅的工钱能达到十三四美元。"那些店家说:'如果你能便宜20%,我们会买得更多。'"她说,但是"我们付的工钱更高,因为这是她们应得的。她们的活儿干得真的很好。我把这些女性做的事情看成一门技艺,我尊重她们,敬重她们。这可不是把大家招进来,然后尽量花最少的钱让她们粗制滥造出最多的东西。这是实实在在地给她们最高的工资,并期待她们以专业与诚信作为回报。这就是我每天都能得到的回报"。

不过,把生意做下去才是经济中的第一要务,在这一点上,通情达理的观点并不一定靠得住。任何一个曾经炒过股的人都知道,经济行为在很大程度上是受心理影响的。当你和玛利亚·沃伊切霍夫斯基一样白手起家时,你就会本能地感觉到前景是多么渺茫,而这也意味着你会为自己能付得起多少薪水给员工而感到焦虑。玛利亚个子很高,金发碧眼,身材还和过去当模特时一样纤瘦。她现在做得很好——非常好,每年靠一个牌子为"玛利亚·比安卡·尼禄"的女装系列能获得50万美元的利润。这条线上的女装是她一手设计、制造并在布鲁明戴尔百货店、萨克斯百货和其他数百家商店销售的。但是创业初始阶段的艰难还是影响了她的想法;艰苦的条件让她对加薪抱有慎重的态度(她宁愿发奖金,如果年景不好就不发了),而且她不愿意借贷(她存着买物料和付薪水的现金)。她的办公室有两个工作区那么大,装饰得就像刚刚走出大学的孩子的公寓;她的桌子是一扇旧门，底下撑着两个黑色的文件柜。她心里对自己的成功还没适应过来。

开始的时候，她也犯过常识性的错误。她开了一家小店，画图样，买布料，把所有东西带给一个女人，那个女人房子里开了家小工厂。她给那个女人下了订单：十件黑色的小码，三件中码。然后玛利亚把做好的衣服收好带回自己的店里卖。对自己要花多少钱才能做成这些衣服，她只有模模糊糊的概念。她付了那个女人的房租，加上每小时20到25美元的工钱——在制衣行业这钱可不少了。三年后，她意识到，她卖200美元的裙子可能制作成本都要250美元。此外，强盗闯到她店里两次，把她大部分的存货都抢走了。第二次的时候她很走运，新一季的存货放在了她的公寓里，于是她决定放弃零售生意，改做批发。她和她的丈夫扬尼斯合作，找了一个销售代表，付给对方10%的佣金。"我们把一个系列的衣服凑到一起给她，"玛利亚回忆道，"她把这个系列卖出去，我们把订单一点一点地完成，从非常非常小的规模做起。"他们生活拮据，连医疗保险都没有。不过，他们所拥有的，是玛利亚富有创意但也有些保守的服装设计眼光，她的设计有些新意，但又不艳俗。她的观念一步一步地跟上来了。

回想起来，她学到的基本教训简直就像从《企业家101》(*Entrepreneurship 101*)里直接搬出来的："自己做生意的关键全在于日常开支管理，"她说。而日常开支有很大一部分就是劳动力成本。"刚开始的时候，我们没有日常开支。全是我和扬尼斯在做。我们不用给自己付工钱。我们需要多少钱就取多少钱，比方说，吃饭的钱。我们一个员工都没有，而且房租的开支也很少——每月250美元。所以我们知道自己就算没卖出什么东西也能继续做生意，因为我们每个月的开支就只有这些。所以这就是关键。然后，你的生意越做越大，你还会想把日常成本控制在一个合理的范围内……防患于未然，因为你不想把大家都炒了再从头来过。你想的能够做到，比如，嗯，我们没赚什么钱，但是我还不用让任何人走人。"

当然，每家公司在生产和销售过程中的每一步都会使用同样的削减日常开支的策略。所以，这个行业就像食物链，每个低等生物比上一层的生物更无助，最无助的人居于最底层，把奢华的衣服缝好，只为换取最低工资或者更少的报酬。

行业中居于玛利亚上游和下游的公司像肉食动物一样贪婪无情，因此她在给货品定价时充满戒备，把价格提高很多。零售店会想出数不清的办法来避免按谈妥的价格付钱。如果他们把衣服打折卖出去，他们会扣钱。如果他们没在一段时间内把衣服卖出去，"他们会要所谓的'降价赔偿金，'"玛利亚解释说，"他们会从给你的钱里多扣一点。"如果服装有瑕疵，他们会要求赔偿损失。"呐，二十件衣服上的拉链坏了；我只好花 300 美元把它们修好，所以我要少付 300 美元给你这个系列。"他们什么事情都会和你讨价还价。还有，"我们需要特例品来做促销。'店长有特殊要求'，或者'买比安卡·尼禄牌最多的人会获得免费的礼品，我们发了十个免费礼品，所以我们减了五百美元'。你可以去和他们争，或者你也可以说这是常情……如果你能把钱拿回来，那你的运气不错。所以你得给价格留出余地。"

这笔"开销"不包含她的租金、水电费、保险费、员工薪水，或者其他的持续支出，而且也没有把制衣承包商犯的错考虑在内。"他们剪错了颜色，剪错了布料，缝的方法错了，你只能重来。衣服来的时候就坏了。有很多浪费的地方，"她说，"所以你得把其中的一些成本也放进价格里。"她的目标是卖给商店的价格能帮她赚到制造一件衣服所花的钱的两倍。所以，她用制造业中匪夷所思的算法，没有把她的成本乘以 2，而是乘以 2.5，她希望额外提高的价格能够弥补她承包商的错误、销售代表的佣金、还能应付零售店为了避免全额付款而想出的花招。

"比方说这件衣服成本是 15 美元，而你要价是 37.5 美元，"她解释说,"你希望你能挣到大概 15 美元。你为它花了 15 美元,而且你想尽量再挣 15 美元。所以那 7.5 美元就是你的余地。你要付 3.75 美元给销售代表,她们拿 10%,所以你只剩下 3 美元左右的打折和保本空间。"然后,商店会把玛利亚给的价格乘以 2.1 或者 2.2——在高级商店甚至是 3,以制定出最终的销售价格,所以一件玛利亚花 60 美元做出来的普通裙子卖给零售商是 150 美元,到了顾客那里就是 300 美元以上了。

而且,无情的时间是不等人的,各行各业都要听它指挥。"在真正把衣服运出去之前的四到六个星期你就要开始做衣服了,"玛利亚解释说,"而且在你把衣服运出去之后,你至少有四到十个星期是拿不到钱的。在你已经把钱花在这些东西上之后,你还要等大概三个月的期限才能看到钱。所以如果下个月的生意数目大概是这个月的两倍,那我就得付出双倍的钱;我在三个月的时间内都见不到任何回报。我得养活我自己,给工人发工资,付我的账单,还得在把钱拿回来之前有多余的钱维持那三个月的生计。"很多制造商"找了客账经纪",她说,这指的是银行垫付钱并抽取 4% 到 5% 的利润。她避免了这种做法。

有时候,玛利亚常找的那三四家承包商抱怨说他们干活没赚到什么钱,因为他们没想到要花那么长时间,有时候她付给他们的钱比谈好的价钱要多。但是,由于成本控制是至关重要的,而且她自己员工的薪水是她要监控的日常开支的一部分,所以她觉得把工资涨到行业内的现行工资以上是不稳当的,尽管她的同情心经常迫使她这么做。"我经常都想给她们多一点,"她说,"但是接下来我想:我已经有两个孩子了。如果事情不顺利怎么办?我已经把我全部的钱都送出去了。他们的生活是怎么样的,你也看见了。他们在搭公交车,没有汽车。这太糟糕了。我们过得还不错;我们的日子也是这两年才好起来的。你得慢慢来。如果你开始付,比如一小时 20 美元给某人,然后你的生意开始变差了呢？我的意思是，我就得降他们的薪水吗？"她问道："还是说因为你拿着这么高的薪水，但是人们不买我的产品，所以我现在就得炒了你呢？"高薪会增加她的风险。

"我记得我们请的第一个人是个制版师傅。"玛利亚说。那是在1993年，一小时12美元，这薪水在当时有点高。"她现在还是挣这么多钱"，不过另外加了奖金。"有时候我们会给她大概800到1 000美元"，一年两次，在6月和12月发。生意变淡的时候，奖金就会减少，但是她不一定会削减工资或者裁员。

温斯顿·丘吉尔曾评价，除了我们已经尝试过的政治体制之外，民主是人类想出来的最坏的体制。同样的话也可以用在资本主义自由经济上：除了其他经济制度之外——它是最坏的。它有无情的一面，那就是冷酷的竞争精神，这种精神推动着弱肉强食，适者生存的局面。但是它也打开了机会的大门，这是共产主义、社会主义或者至今尝试过的其他不同政治体制所无法比拟的。它滋长出不公正感，而这种不公正感是源自平均主义的缺失——这个高尚的理想曾经在其他政治体制中付诸实践，但都失败了。美国式理想提倡给每个人平等的机会，但却不保证有平等的结果。事实上，自由企业制度就是在区别的基础上蓬勃发展起来的——企业主与工人的区别，受过良好教育的人和缺乏教育的人的区别，熟练的人和不熟练的人的区别，爱冒险的人和畏首畏尾的人的区别，巨富和穷人的区别。这种区别，尤其是以相对较低的成本雇佣劳动力的自由促进了企业家的冒险行为，这对一个强健的、非集中式的经济体制来说是必不可少的。这是一个高度规范化、内含着禁止虐待行为的法律和契约限制的经济体制。但是那些旨在保护人类健康、环境和雇员们福利的规章制度常常在美国政坛上引起争论，受到牵制；它们不可以扼杀私营企业，私营企业需要制定策略、创新和成长的空间。

和大部分的雇主一样，玛利亚认为不同等级的工人之间存在差距是别无选择的事情,而且她在努力保留这些差距。"你肯定不想给做运输或者枯燥手工的人很高的薪水,"她宣称,"否则简直就是不公平。有些人上大学,学习,努力在自己生命中创造一些东西,那些人应当获得回报,他们应该得到更多的薪水。至于高中就退学的人……我的意思是,给他们高薪是说不通的,因为如果那样,实际上就没有人要去上大学了。事情的道理就是这样。如果你去上学,获得良好的教育,你就会得到一个薪水更高的工作。"

堪萨斯城一家短工中介的主管想到要给她找来的人每小时超过六七美元的薪水就不寒而栗。"你会陷入混乱,"她说,想到陷入混乱她就心烦意乱,"你在贴补所有人的工资。他们每小时挣到的钱比他们可能应该挣到的多3、4、5美元。对于一个我通常付7美元薪水的文员,如果我给他10美元,那我现在每小时就得付给会计们13、15或者17美元。你现在就是在把整个工资标准拉高。"

"应该"这几个字很重要。另外一个堪萨斯城的雇主保罗·留利格在哀叹时薪上涨时说了同样的话——6到9美元的时薪——这是几个能操作处理邮件用的插页机的工人挣到的工钱。"很快我们付给这些人的薪水就会多于他们应得的部分了。"他称。其他的雇主们也响应了这一看法,他们坚信工钱应当"合理",而且如果他们提高手工劳动者的薪水,就得同样给领班们、会计们和行政人员们加薪,这样才能维持不同薪水之间的本质差距。换言之,这种国家伦理是矛盾的,一方面,它谴责这种不等(例如一些首席执行官的薪水是他们收入最低的工人的五百倍),而在另一方面又视差异为美德,欣然接受。从某种角度来看,给会计发的薪水不如秘书高是不道德的。

这些赚钱能力的差异甚至载入了用来计算"9·11"恐怖袭击的赔偿计算公式中。比如,一位三十一岁、有两个孩子的已婚父亲在世贸中心丧生,如果他一年的薪水是 25 000 美元,他会得到 1 066 058 美元的赔偿,如果他一年的收入是 150 000 美元,那他得到的赔偿是

The Working Poor 103

3 856 694 美元。每个人的生命都有价格。

有些雇主甚至用收入差距来证明缩小收入差距是行不通的,他们指出,提高底层工资会对同样的人群面对的物价产生直接的影响。邮购文具公司维多利亚纸业的总裁兰迪·罗尔斯顿是这么说的:"如果你把最低工资调高,那么等他们花钱的时候,他们又会回到最低工资范围……他们下不起好馆子。如果他们到温蒂汉堡或者麦当劳吃东西,嗯,你已经让那里涨价了……你到杂货店去,他们要买吃的,你已经让那里涨价了。加薪的时候物价就必须要涨。人们要么关门大吉,要么提高价格。这种情况引起的通货膨胀会是一种低价位的通胀。影响的就是那些他们经常光顾的商家。"

在工资差异化基础上形成的经济体制在应对需要、需求和创新的推动力方面是非常灵活的。但不幸的是,它也加剧了贫富之间的差异——而且,在前路凶险危机重重的情况下,这种体制并没有加大工人一生中向上爬的机会,在受教育程度低,技术水平低,个人发展因此受到阻碍的第三世界移民中尤其如此。只有在某些快速发展的行业中有例外。例如医疗护理,这个行业人员流动率高,需要各方面的人才一天二十四小时工作,其中入门级别的工作往往是没有出路的工作。

社会地位升降的流动性令美国享誉全球,被誉为机遇之地,正是这种印象令人们普遍认为这是一个比其他社会更开放、等级分化程度更低的社会。20 世纪 20 年代初,一个波兰移民之子可以在上完八年级之后辍学,在泽西市码头干活,一小时挣 8 美分,最后爬到伯利恒钢铁公司旗下的轮运公司总裁的位置。这就是我祖父的成绩。这在今天是不可能的。现代美国的社会地位变动大多是经济增长所致,而非因种族或者阶级界限消失而产生。在第二次世界大战之后,这种经济扩张相当迅速,为社会地位的提高开辟了广阔的道路,但在 20 世纪 70 年代之后,经济扩张放缓,很多工人,尤其只有高中或高中以下文凭的男女工人们，被甩在了后面。不同年代之间的人的地位变动要多于同代人之间的地位变动。现在，当一个技术有限、文化程度不高的年轻人踏上海岸——或者从贫穷的家庭进入职场时——他会从底层做起，最后发现，更高的级别对他来说是遥不可及的，这是一个令人悲伤的事实。

美国经济中的种族围城最能体现这种令人窒息的挫败感。韩国人、中国人、越南人、墨西哥人、洪都拉斯人、埃塞俄比亚人和其他人种构成了低收入工作群体，一堵堵令人望而却步的墙包围着这些亚文化群体。那些英文不够流利、没有正规移民文件或者高级技术的人无法轻易翻越那些围墙；他们被囚禁在由分散的廉价劳动地带构成的群岛上，这些廉价劳动地带推动着这个国家的利益。他们不是美国人，但他们是美国不可缺少的一部分。他们支撑的不仅是制衣行业，还有餐饮、农业、室内停车场、庭院设计、刷漆承包、建筑营造和其他对美国人的幸福至关重要的领域。

"他们把工人看得像坨屎一样。"洛克希·荷别奇安说。她身材瘦长，语速很快，既是工会组织者，又是华盛顿哥伦比亚特区泊车与服务性行业工会的主席。她代表了华盛顿、北弗吉尼亚、马里兰郊区的车库管理员，做这一行的大部分都是埃塞俄比亚移民，还有一些西非移民、拉丁移民和非洲裔美国人。"大家常常无缘无故地被炒掉，"她声称，"而且工作中的种族主义分裂现象很多。有色人种很难走出车库进入更高的职岗位，（例如）监督岗、管理岗、会计岗。"很多工人"感觉到这堵不尊重的围墙"，她说，"有很多移民，尤其是来自埃塞俄比亚的移民，是专业人士。有很多人是律师、药剂师，他们受过大量的培训……然后他们却来做这些工作，有些年轻的白人小子当主管，把他们看成什么都不懂的人。"

车库管理员拿最低的工资——而且是在比联邦最低工资标准高1美元的哥伦比亚特区——但是很多人还要无偿加班，荷别奇安诉苦说。一个收银员在打卡下班之后可能还要在银行花二十分钟填表格和存单,但是这几十分钟是无偿的。有家大公司有"强制休息时间",她说,"他们自动扣除了一小时十五分钟作为休息时间——好吧,大家其实没得休息。"大部分的休息时间里他们还是得一直工作。人际关系也很重要。如果有朋友给你一份傍晚或者深夜在闹市区值班泊车的活儿,一个星期你能从提车的人那里拿到200美元的小费。但是你得有门路,而且你得是个男人。女人们通常都只能当收银员,拿不到小费。

有个女人名叫莱蒂,她骨骼纤细,黑檀木色的脸上刻着疲倦和挫败的印迹,她是华盛顿车库的一个收银员,一天要工作十二个小时。尽管她英语说得很好,但是她在埃塞俄比亚没有读完高中,工作时间长,还要照顾两个孩子,这让她无暇在此攻读学位。十七年前,她用旅游签证来到美国,两年后她成功获得了绿卡,这表示她已经取得合法移民身份。但是无论是她拿到的这张卡,她的英语,还是她在这个国家待的时间都没有给她打开方便之门。"我觉得我就像是去年刚来的,"她说,"什么都没有改变。"

在洛杉矶,娜拉和她的丈夫也陷入了困境。她锐利的眼睛因愤怒而闪闪发光,言辞尖刻。她是一家韩国餐馆的助理厨师,一周要工作六天,一天要工作十二小时,而且在热气熏人的厨房里工作的员工是分不到顾客的小费的。晚上,因为她的丈夫不愿意做饭,所以她到家之后还得为他和儿子做饭。"做了一天的饭,然后在家还要做饭,这简直就像在地狱里。"她愤怒地说道。她和丈夫吵过很多次,有一次,她对他吼道:"为什么你要让我来这里?"他走了出去,十天没回家。

1991年,他花20 000美元从韩国来到这里,六个月后,她花15 000美元来到这里。现在,他们的存款减少到了5 000美元,而且他们搬到了一个更小、更便宜的公寓,他们睡在客厅里,让十三岁的孩子睡卧室。在首尔,这位丈夫做的是进出口生意,卖的大部分是太阳眼镜；在洛杉矶，他打零工，做电焊。她曾经是个服装设计师，但是在这里，她不懂英语，找不到这样的工作。所以，她觉得自己困在了洛杉矶"韩国城"区的韩国餐馆亚文化圈里。"我去语言机构上了三个月的课，"一位翻译转述了娜拉的话，"但是我很快就忘光了。我年纪太大了。"她四十五岁了。"我住在韩国城；不懂英语我也还能熬下去。"她能熬下去，但是熬不出头。

表面上看来，在他们都有工作的时候，收入还不差。虽然她的工作时间很长，相当于时薪仅仅达到加利福尼亚州的法定最低工资，也就是 6.75 美元，而且加班时间被忽略不计，但是她一个月能挣 1 700 到 1 800 美元。他做门和篱笆的安装工作，一个月能挣 1 000 到 2 000 美元，所以他们一年总共能挣将近 40 000 美元。这形象地说明了双薪家庭的好处和单亲家庭的风险：在那些低收入人群中，单独抚养子女本来会是摆脱贫困的良方。

但他们还是觉得日子过得紧巴巴的。洛杉矶是个生活成本很高的地方。公共交通情况很糟糕，所以他们自己买了两辆车，一辆卡车，一辆小汽车。他们的工作没有提供医疗保险，所以得花很多钱去看韩国医生和牙医。身为非法移民，他们几乎完全得不到任何政府救济（娜拉坚称，无论如何她都会拒绝接受救济的）。而且，心理上的封闭让他们有种挫败感压在心头。生活在社会边缘，与世隔绝，如一潭死水，娜拉只想回到韩国去；但她丈夫想留下。

李正姬也觉得自己身陷困境。她是一个结实的小个子女人，脸上挂着苍白的微笑。1995 年，她和她的丈夫从韩国到这里来；他是拿着学生签证要到 加州大学洛杉矶分校学习计算机科学的。"我们把在韩国的房子卖了，"她解释说，"我们在韩国计划好了，如果我们把房子卖了，那就有很多钱，我们就能来这里舒舒服服地上三年学。我们俩都会上学。我们从没想过我要去工作。这不是计划内的事情。当我们到那里的时候，钱很快就花光了，才一年的时间。"这里的生活成本让他们目瞪口呆。他们从在韩国住有三间卧室、两间浴室的房子沦落到在洛杉矶住只有一个卧室的公寓。他们的两个孩子有床睡；这对父母则睡在地板上。

她从在韩国当银行柜员变成在洛杉矶当女侍应生，赚得比最低工资还少，一整天都要小心翼翼地在餐馆厨房里湿滑的地砖上绕来绕去。有一天，她托着一个盘子，失足摔倒了。陶制餐具坠落在地板上，她的梦想也摔得四分五裂。她的背伤得很重，所以她一年都没办法工作。由于急需用钱，她的丈夫不得不退学找了一份工作——拿大学文凭的希望变成了一个遥远的梦。李正姬的雇主没有给予赔偿；她找了一个律师，这个律师答应她，如果打赢这场官司，他只收她一笔胜诉费，但这个过程可能要持续至少五年。

在此我要再说一遍，这个家庭的收入是可观的，但是他们到美国时心怀的雄心壮志已经破灭了。这位丈夫现在是一个制衣承包商的经理，一个月挣大约2 000美元，比大部分的制衣工人挣得多得多，而李正姬回到一家韩国餐馆端盘子去了，一周工作六个晚上，那里的小费很丰厚，实际上她每月能挣到800美元薪水的两倍。然而，这些钱全都花光了，他们存不到钱。由于没有医疗保险，他们的医疗花费很高。生活的压力折磨着他们的情绪。他们本可以回家去，但是他们感到很挫败，没脸这么做。

"如果你光看我们挣到的工钱，那是不错的，"她说，"但问题是你工作的时间很长。大部分的时间你都在工作，谁来带孩子？所以最后你每月大概要花500美元请人照顾孩子，而且我没有多少时间和我家人和丈夫在一起。所以，最后就是上班，回家，睡觉，然后又出来。没有时间做饭，所以他们都出去吃，"谈到她的丈夫和孩子的时候，她这么说。那是很贵的，而且他们的饮食和健康也因此变差了。

"我丈夫是个工薪族，但他没有什么社交生活。他有朋友，但是他不能和他们出去玩。他得回家带孩子。所以我丈夫和我有很多矛盾——争吵。他没有休息日。在韩国的时候，我们从没吵过架。我听其他移民说，移民的头五年你和你丈夫会吵架，但如果你度过了这段时间，你们就会永不分离。"

但"永不分离"只是个相对的说法。她的丈夫早上 7:30 或 8:00 就要出门，到晚上 8:30 才回来，而这时候她还在工作。"我大概晚上 12 点或 1 点走进门，打开门，我的丈夫在打鼾，大家都睡着了，我有种感觉，我活着是为了什么？我变得非常忧郁。在韩国，至少我们晚上能在一起，所以我们有很多话可以聊。但是现在，我们和对方没有什么能聊的。我们没有说话的时间，也没有聊天的内容。"另一方面，韩国移民们已经被美国同化了：他们的离婚率大概是 50%。

到美国来的移民们如果要求得解脱，基本上都要等下一代出力。如果父母们不会说英语，他们的孩子会说。如果父母们只能长时间工作，领低工资，孩子们是能自由寻找一条道路，学到更高水平的技术，获得更好的教育，顺着这条道路向上走的。我们很难把他们的情况和过去的时代相比，但是在今天的种族围城中，这些假设也不是完全成立的。即使我们相信下一代能够取得成功，进步，出人头地，走进同一片阳光下，共享这个国家的繁荣富强，但是这种信心并非完全不可动摇。

的确，当我问李正姬，她预计自己孩子的生活会是怎么样的时候，她的回答令人不解；她描述了自己在"韩国移民工人扶助会"举行的活动中有多么积极，她们要改善韩国餐馆中的工作条件。她相信，这场战役如果能取得胜利，她的孩子们的生活会好过一些。于是，我问她，她希望他们在餐馆里工作吗？"我不能保证他们不会在餐馆里工作，"她哀伤地说，"当然，我希望我的孩子们能上耶鲁、哈佛、哥伦比亚、纽约大学，变成医生、律师，但是——现在我儿子的梦想是成为一名警官。我女儿的梦想是成为一名小学教师。但是说到他们将来的就业，谁知道呢？可能他们到头来就是在餐馆打工。"

第四章　可耻的丰收

> 这些被遗忘的人,他们缺乏保护,缺乏教育,衣不遮体,食不果腹。
>
> 爱德华·R·默罗,《可耻的丰收》,1960

如果用煤渣砖建的营房里塞满了移民工人,那这里给我们的印象会没那么糟糕。我们跟这些男男女女们交流,和他们打趣,倾听他们的故事。我们更多地关注他们的欢笑,粗糙的脸和疲惫的眼,而不会太多地关注他们漆黑的房间,生锈的床架,污渍斑斑味道熏人的床垫,肮脏的厨房水槽,破损的窗帘,没有隔断的公共厕所。这些人的出现会淡化你对他们糟糕的居住环境的印象。但眼下是12月,北卡罗来纳州的生长季节已经结束,一场淹没田野,毁坏庄稼的飓风让这季节早早结束。一小堆沾满灰尘的甘薯是最后一次收获残留下来的东西,它们被堆放在外墙边。在一个阳光明媚的周三稍晚的时候,"营房"变得空荡荡。生活的艰辛,在这空旷荒凉中回荡。

像大多数营房一样,这一个也是位于鲜为人知的地方,很难寻觅。托尼·罗贾斯牧师用一辆货车把我们从牛顿格罗夫载了过来,这车足够大,所以在坑坑洼洼得很厉害的土路上才不至于颠簸,最后车把我们送到了一大片田野前。在杂草丛生,离种植的感恩节甘薯不到二十英尺远的地方,立着一座建筑,看上去像被废弃的谷仓一样凄凉。这座只有一层的建筑又长又窄，有着尖屋顶，还有很多门，每一扇门后面都是一个未经粉刷、能看到煤渣砖的房间，看着像个监舍。每一个"监舍"都弥漫着发霉的味道，天花板上点着一盏光秃秃的灯泡。里面有两到三张床铺，对拥挤在这里的工人们来说根本不够。牧师把干净的床单发给工人们，他让我的儿子迈克尔把西班牙语翻译叫过来，告诉我这里的情况。

这座建筑里的一处凄凉景象仿佛是一个悲惨的符号，挂在托尼牧师办公室的墙上。在墙上这幅大尺寸的彩色照片里，一个小伙子坐在床铺中间的地上，床铺上铺着的床垫脏兮兮的。有一天，照片中的这个人来到这间办公室，他惊讶地看到照片中的自己处在这样的一个环境中。他告诉牧师如果他的家人看到这张照片，他们就永远都不会再让他来这里了。"床垫看起来很恶心，"托尼牧师在我们亲眼看到照片前这样告诉我们，"摸起来黏腻，闻起来恶心，在那儿让人感觉很糟糕。他们都宁愿睡在地上。他们怕睡在那些床垫上会让自己得病。"

托尼牧师是哥伦比亚地区的本地人，五十多岁，之前是天主教的神父，后来转为了美国圣公会牧师。他有一张棕色的宽脸，移民带给他的喜怒哀乐都在脸上生动地展现出来，他试图通过圣公会农业工人部为他们提供帮助。他们很脆弱，也很坚强，随波逐流，也坚定不移。他说，在采摘季节的高峰，十二到十四个成年男性会勉强挤进十二英尺长、十四英尺宽的"监舍"里，为数不多的女人们则待在各自的小房间中。夏天酷热难当。这里没有空调，除非工人自己带过来，不然连一把风扇都没有。但移民们都是轻装上路的，只带了一双鞋，两条或三条裤子。男男女女都被塞进一辆小货车或者皮卡，随着季节从佛罗里达州的柑橘园迁徙到北卡罗来纳州，在这里的棉花田、烟草田、蔬菜田、草莓田和甘薯田上劳作，有时候还要去宾夕法尼亚州和纽约的苹果园，然后再次南迁。在深秋时节，有些人还会砍圣诞树。你几乎每天都会吃到他们种出来的水果，更不用说节日的时候了。

农场主通常会为移民提供住处，要么是像这样的营房，破破烂烂的拖车，要么就是荒废的木制农舍，看上去就像犁过的土地的地平线上遭遇海难的船只。我们离开主路，路过一片为圣诞节装饰好的整洁砖房，上了一条布满车辙的土路，来到两间似乎被废弃的破房子前。窗帘是破的，门的铰链有一半不见了，油漆像是几十年前的。房子里面空空荡荡，肮脏，一片灰暗。这里住了很多工人。托尼牧师说他们都睡在走廊里。很多年前，有人爬到了一边屋顶的顶端，在上面装了一块手工制作的标志牌，上面写着"6号汽车旅馆"。

"他们每天都开开心心的。"牧师托尼说道。即便在田地那边修剪整齐的白色篱笆后面，他们能看到红褐色的马在一所刷得白亮的宽敞房子前嬉戏，但他们也没有觉得自己过得不好。

有时候，就像煤渣砖房的例子，所有者把房子租给承包商，而这个承包商负责召集、运送、组织农场工人。有些农场主会向移民工人收取租金，有些则不收。有些人付给移民工人的工资数额还过得去，还会跟他们共同签署用来租车和拖车的贷款，而有些就不这样。这些农场主中的一些人对他们既残忍，又关照，既冷漠无情又无微不至。

和那些破旧的木房子不一样，这个像营房一样的住处显然在设计的时候就只有一个功能。托尼牧师不知道这个地方的主人叫什么，不管这儿属于谁，他肯定在设计这座糟糕的建筑知道自己在干什么。这里的设置除了给工人住，没有别的用途，而这样的地方剥夺了他们的尊严。这并不是座老旧的建筑，只是实用得让人不寒而栗，厨房里有一台燃气灶和其他五个人用的燃气接头，这是承包商应时提供的。公共休息室也是餐厅，里面有两张餐桌和一块布告牌，要求贴出的通知都用西班牙语和英语写，告诉移民工人们最低工资和他们的权利。而用英语写的通知只有这样一条警告：

男性

不要进入女浴室

女性

不要进入男浴室

如果擅闯浴室被抓，将处于30美元的罚款，每个人都有自己的（原文如此）洗手间，所以请用自己的。

男浴室有一条水槽，四个无遮无拦的马桶，四个挤在一个格子里的淋浴头，因为格子太小，没法让四个人同时淋浴。女浴室的格局一样，有两个马桶和两个淋浴头。这里的东西似乎都没有清洁过或者维修过。没有隐私，毫无舒适可言，甚至连本来能够在原始村落中找到的简单的宁静感在这里也没有。至少在那儿，人是在生活，而在这间形似仓库的地方，他们被当成种子和化肥存放在这里。

牧师托尼知道要让我们沉默地走过这些房间，这让我们仿佛正在参观在犯罪现场建起来的纪念馆。迈克尔和我都因为同样的回忆无法释怀，我们后来对比笔记的时候发现了这一点，迈克尔和我都觉得这个地方像是另一种集中营，那儿曾对人类犯下了滔天罪恶。后来我们都觉得自己不应该做这样的类比，因为集中营是没法去类比的。这里发生的不公与集中营中的情况相距甚远。但是身处这种糟糕的环境给人带来的感觉并没有不同。即便是在这种虚无的环境中，你依然成了证人。

克劳迪奥和他十八岁的妻子在这里住过。他二十四岁，不苟言笑，老是穿着毛衣和迷彩工装。他嘴唇上方留着胡须，下巴留着胡茬子，这是他那张小脸上最大的特征了。在12月暗淡的灯光下，胡须看上去有些灰白。上一个夏天，这对年轻夫妇同意向被称为"蛇头"的偷渡贩子交钱，从靠近得克萨斯州拉雷多的墨西哥边境来到美国寻找新生活。克劳迪奥交了1 300美元，他的妻子交了1 400美元，这笔费用是在最近十年里涨起来的。克劳迪奥解释说："他对女人收的钱更多，那更费事。"

他们没有现金，所以这笔费的缴付时间被往后推，变成了一种贷款，在今后三个月中从他们的工资里分期扣除。克劳迪奥的父亲被连带牵扯了进来，他必须将自己在墨西哥的房产和七点五英亩的地抵押出去，为克劳迪奥和他的妻子签下现代卖身契。他们不能不去工作，因为他们身无分文，也不能不交那笔钱，因为这样会让他父亲失去自己的财产。墨西哥人非法进入美国一般都通过这种方法。

非法进入美国的旅途上充满了艰辛和危险，而随着美国边境巡警在边境，尤其在城市地区强化了监管，这样的情况有增无减。误入偏远的沙漠地区，却只有很少的衣物或者饮用水而抵受不住荒野的寒冷与炎热而倒下的移民数量呈上升的趋势。从1993年引入新技术并增派人手监视边境以来的五年里，死于寒冷与炎热的人数从六飙升到了四十八。光是2004年10月到2005年10月这一年时间里，就有四百七十三人死亡。2008年，美国政府统计的非法入境移民的死亡人数为三百二十，但墨西哥政府的数字是七百二十五。

克劳迪奥和他的妻子很走运，他们一路上相对来说没有遇到很多麻烦。两个人白天躲避得克萨斯州的边境警察，夜晚徒步赶路，但只走了三个晚上，走的也不远。在事先安排好的地方，包工头开着货车跟他们汇合，然后载着他们（克劳迪奥很高兴地说这次没有额外收费）去南卡罗来纳州的一间农场，他们在那干了一个月，工作是把桩子和塑料薄膜从西红柿地里搬出来。他不太肯定他们的工资会怎么算。"我们永远都不知道他们会怎么给我们付工钱，"他承认道，"他们没跟我们提这事。"克劳迪奥觉得他们不是按小时算的,而是按排数来算。他现在只知道工钱会比在墨西哥领的多很多,但按美国人的标准这钱少得可怜。他和他的妻子每次都在同一排工作,两个人拿到了250美元,但其实每隔一周才有,因为包工头把他们一半的收入都给了"蛇头"。克劳迪奥说:"一张工资单给我们,一张给了那个人。"

然后,他们搬到了北卡罗来纳州的煤渣砖工棚。每天早上5点钟,小货车把他们送到几小时车程外一间遥远的农场里,他不知道农场主的名字,每天他们要花八到九个小时跟在挖甘薯的拖拉机后面。他们用手捡甘薯,尽快地将一蒲式耳大小的提桶装满,因为每装一桶能拿到40美分。每小时他能装满三十桶,他说:"如果田里情况好,那就有很多可以捡。"我说那每小时能赚12美元。"不,"他表情奇怪地答道,"没有,要比那少,因为要赚到每天50美元,我们必须全天都很卖力。"克劳迪奥和他的妻子都没读完六年级,而包工头知道如何在工资单上巧立名目扣他们的钱,每天只给他们40美元。相当于克劳迪奥在墨西哥干一周农活挣到的钱。所以他完全没有表现出一点不满的感觉。"工资单上有许多扣钱的地方,"他不动声色地说,"比如卫生费。他们还扣了租金、照明费等费用。"他记不起来扣了多少。

卫生费。租金。在这间肮脏的煤渣砖房里,不情愿付租金的克劳迪奥和他的妻子还算走运,他们跟另一对夫妇住在同一个"监舍"里,这里就只住了他们四个。他说许多后来的人都被塞到小房间里,那些人只能睡在地上,有时候睡在铺在混凝土地面压平的硬纸板上。他说:"我们赚的钱不够买食物。"之后飓风带来的暴雨将住处的周围淹没,结果住的地方被抛弃了,孤零零地立在泥水的汪洋之中。工作停了下来。移民工人打起了牌,等活干。克劳迪奥和他的妻子依然还欠着蛇头2 300美元。

过了一个月,这对年轻的夫妇在一次打去墨西哥的电话里得知他们十四个月大的女儿病了。他们走的时候将她托给了父母照顾。现在他们得寄 50 美元回去给她看病。于是他们不再等活,而是离开煤渣砖房,徒步走了出去。移民工人没几个人有自己的车,大多数都困在偏远的地方没处可去,要靠包工头定期载他们去城里的杂货店或自助洗衣店。但是他们的包工头没有来,所以年轻人自己步行几英里去牛顿格罗夫。他们在加油站遇到了一位墨西哥人,这个人把他们带到自己家,一直到被风暴影响、不走运的移民们缓过来。另外两个墨西哥人邀请他们一起住进一座因为风吹日晒而变破旧的小房子里,这房子位于一个残破不堪的小镇,进去得走好一段路,房租跟他们分摊。在这儿,12 月暗淡的阳光洒在克劳迪奥阴郁的脸上。他没有工作。有一段时间有人雇他盖屋顶,每周挣 250 美元,然后又给伐木工干活,结果后者的卡车坏了,克劳迪奥再次失业。一周前一家肉类加工厂雇了克劳迪奥的妻子,克劳迪奥不知道她能挣多少。她想回墨西哥。蛇头在等他的钱,但因为飓风的影响,蛇头给他们延长了时间。

前一天刚刚看了这个营房,我现在试着从克劳迪奥那了解他真实的想法。他是个沉默寡言的人,不善于思考,不大擅长用语言描述,所以必须问他具体的问题,而且不能有引导性。我想知道他对住在这里感觉如何,不能让他觉得是我想要他应该有怎样的感觉。他表现出来的意思是这里的肮脏相比没工作根本不算什么,因为他来这里的目的就是找工作。那他来这里的时候料到这里的环境是这样的吗?或者比预料的更糟糕?他回答说:"对我来说这并不好,因为没有工作。"除了没有工作这一实际情况外,他有没有对这个地方有过任何抱怨,或者抱怨这里的情况呢?"比如什么?"嗯,不管他遇到了什么。他有没有什么不喜欢的?"他唯一不喜欢的是没有活干。"

二十五岁的佩德罗在另一幢煤渣砖房里的床铺上坐着,他待的房间只有八英尺宽、十英尺长,这幢房子在北卡罗来纳州,位于奥利佛山和费森山之间的伯奇农场里。房子内部刷成了脏兮兮的灰绿蓝色,外面则是已经褪去的粉白色。13 号房间的门上有人贴了一张车尾贴,上面写着"多吃甘薯"。第一批春季莴苣、羽衣甘蓝和萝卜叶从一排排的塑料带中伸了出来,让连绵曲折的田地看起来就像阳光下发光的搓衣板。

佩德罗左耳挂了一个小的金十字架,戴着一顶有些脏的克利夫兰印第安人队棒球帽。他刚刚像个难民似的从另一处被称为"地狱"的房子那搬过来,因为那儿的人太野,喝醉酒,持刀打架是常事。他没有床睡,只能睡在地上。在他十五岁的表弟被刺伤后,佩德罗让他的包工头把他换到名字没有那么耸动的地方,也就是这里的"营房"。这里显得阴暗,但到现在为止很安静。他房间里的两张床都有床垫,其中一张床铺被立了起来,靠在煤渣砖墙上。一幅彩色的耶稣画像被人用灰色胶带粘在了墙上。角落里一条从电器上拔下来的黑色电线挂在两个钉子之间,用来挂毛巾和牛仔裤。两个黑色的塑料牛奶箱,一台冰柜,几个塑料袋,他所有的家当就在这些东西里头了。牛奶箱的上面放着还比较新的棒球手套和一个签上字的棒球,上面写着"佩德罗,我爱你",这是佩德罗在墨西哥的女朋友写的。他一年都没有见过她了。

现在是人口普查季,而在这个意义上,佩德罗并不存在。他没有收到过普查表,也没有见过普查员。算他走运,移民归化局也不知道他的存在。但是美国国税局和社会保障总署知道,因为他们要从他的工资里扣除一部分,每周都由他的雇主掌握,雇主按每小时 5.15 美元的最低标准付给他工资。佩德罗从来都没有见过什么社会保障福利,当然,虽然他也许能拿到退税,但他也不敢去寄纳税申报单。国税局应该不会向移民规划局告发他,但谁信呢?

台风过后,佩德罗决定待到冬天。他把没有被洪水冲走的甘薯和萝卜收集起来。他每周工作六十小时,赚到的钱比他在墨西哥屠宰场要多九倍,每个月还可以寄 300 到 500 美元给他的父母,他们在墨西哥用这笔钱给他盖了间房子。"如果情况允许的话,从现在开始再过两年。"他心里暗暗地想,到时候他就可以回到墨西哥的家中,住在他的新房子里,在他家里的农场上收获玉米和豆子。这是佩德罗最接近牢骚的话。

不过,这里的主人对这栋楼有些不满。吉米·伯奇用他的皮卡载着我们参观这座他和他的两个兄弟共同拥有的大型农场,他一边驾车一边大声抱怨道:"看到院子里的啤酒罐和屎了吗?"他带着乡下的鼻音说道:"我十年前花了 60 000 美元盖了那玩意儿。结果为这个'营房'罚了大概 25 000 美元。院子里的啤酒罐,破损的窗帘。我得说'那是他们干的,不是我'。没用。他们还是罚了我的款。"罚款是由州劳工部收缴的,这个部门批准了建造这座建筑,但似乎在执行适宜入住标准上很不得力。吉米想把这建筑转给别人。"这里每周末都乱糟糟的,我不想再浪费钱了。只想维持最低标准,然后就不管了。我祖母给我的炉灶我用了四十年,这些营房里的炉灶不到一年就坏了。"

吉米不高,有些胖,但他总是绷得直直的,想表现出是自己在管事。他有一头蓬乱的淡棕色头发,面色红润。一双警惕的蓝眼睛有着锐利的眼神,不时扫视着一排排闪亮的红莴苣,这双眼睛让他在观察时知道自己会漏掉什么。吉米开着溅满泥浆的黑色雪佛兰皮卡,嘴里滔滔不绝地说着,突然他打了一把方向盘车从平路转到了土路上,然后绕进了一片田野,先是笔直往前开,车轮压到了草地上,然后斜着切过不平坦的草坪,一直开到一群人跟前。这群人旁边有一辆拖拉机和装满了灌溉用管道的拖车。他用自己糟糕的西班牙语跟那个年纪较大的工人交谈,因为他那北卡罗来纳州拖长语调的口音太重,迈克尔完全没听懂。年轻的那个看上去有些害怕,畏缩不前,一言不发。吉米既显得实在,又有些敏锐,在他自己的地盘上表现得惬意的同时,也展现出警惕的一面。

他停车的地方旁边有一辆拖车,周围地面都很泥泞,他让我们走出来,说:"我们从这里开始。"他的哥哥大卫是直升机驾驶员,1968

年，在越南新年攻势期间，他驾驶的飞机被击落，他也因此阵亡，当时吉米十四岁。他的家人用他哥哥的人寿保险买了这片十四英亩的地，后来扩大到三十五英亩，种蔬菜赚到的钱足够让五个儿子都念完大学。"我以为我们有钱，"吉米看着地上的泥说道，"他们把所有的钱都花在我们身上了，我的父母就是这样干的。他们连一分钱都没留下。"

现在有了两千英亩，他和他的兄弟们种起了黄瓜、胡椒、南瓜、茄子，各种绿色蔬菜以及甘薯，销售市场从波士顿一直到迈阿密。他们每年收入1 500万美元，税前每1美元的净利润是3到4美分。很多行业的利润水平都差不多这样，但是在农业中，他们的抗风险能力在这种利润水平上就非常弱了。他算了一下，洪水去年让他们损失了100万美元，结果只收到17 583美元的联邦补贴，这其中包括8 905美元的赈灾款。太糟糕了。所有的秋季蔬菜、黄瓜和南瓜都没了。"我们挽救了大部分的甘薯，还算走运。"他矛盾地继续说，"大自然就是这样。能给予，也能夺走。"那些石油公司也是一样，吉米今年每周花在燃料上的钱要比去年多3 000美元。买种子、化肥还有杀虫剂花的钱在过去十年里翻了一番。

另外，现代农业是个很棘手的行业，你得算好时间让产品上市。从南到北，随着季节无情的变化，必须要在合适的时间推出合适的蔬菜。"你只有那么一小段时间才能种。"吉米解释道，"你必须在你能掌握的那一小段时间里播种，如果没有抓住时间，你知道你什么也种不出来。佛罗里达州有自己的时间，佐治亚州有自己的时间。我们这有自己的时间。然后泽西和密歇根也是一样。种蔬菜的人不少。如果你跟别人一样，你总是在市场里吃亏的那个。价格会跌得厉害。"唯一能够生存的办法就是用好年头来冲掉坏年头的损失。"就像去大西洋城一样。区别很小。区别很小。别误解我的意思，我们已经做得很好了……忙碌了很多年，一头扎进热门市场，某一年赚了很多钱，付

The Working Poor 119

清了债务后继续。还好,我赚钱的年头足够多,可以付清欠他们的钱,然后继续。"信贷员很乐意不时开车出来看看种着的庄稼。吉米笑着说:"我跟我的信贷员关系很好,我们跟对方很熟。但我从来没有不还钱,所以他也总是会借我钱。"

吉米把卡车开过一片芥菜田,停在了一大片长势喜人的羽衣甘蓝和其他蔬菜的后面。一群人正在把蔬菜切下来,然后将翠绿的新鲜蔬菜装进箱子里。他说他按每箱 1 美元付给他们工钱,大多数工人每小时能装十箱,速度快得能装十五箱。每箱蔬菜他卖 5 美元,但价格很快涨了,"我在这挣不到什么钱。盒子要 1.1 美元,工人 1 美元,冰块要 25 美分,种这一箱菜的成本是 1.5 美元。如果我每箱能赚 50 美分,我大概也就能拿到这么多了"。从这些数字来看,利润其实要比那多出两倍多,在这些问题上,数学似乎没那么精确。"我想每箱卖 10 美元,但市场不允许这样做。"他付给工人的钱会不会一箱 1 美元都不到呢?"嗯。我可能会。我知道我会的。有时候吧。但是,唉,我想让这些人全年都在这儿干,我想要的是能长期稳定下来的工人。"他种了各种作物,这样就一直都会有劳力的需求,让一些能干的工人忙个不停。所以其他农场主会种烟草,因为这种作物可以之前种下,之后收获,比如黄瓜也是。

吉米的农场每年要雇一百一十五到一百二十人,从 5 月到 11 月,还要再加一百人。农场开支有 25% 都用在了工人身上,所以显然有动机压低工资。另外,吉米对可靠的工人表现出一种强烈的愿望,希望他们会一直待在这儿或者每年都回来。"他们来这不是让我发财,"他说,"他们只是来为自己养家糊口。情况就是这样。他们有自己的梦想,是吧。"所以他开出的工资水平足够和工厂的工资水平竞争,这意味着吉米认为农场工人的计件工资能让他们平均每小时赚 10 美元("他们必须忙个不停,不过他们做到了")。从最低工资拿起的包装工人的收入涨到了 6 美元或者 7 美元。吉米打算为他的全职工人购买医疗保险。"你要想留住他们，你就得多付钱。没有人会为了最低工资留在这。妈的，他们拿着最低工资没法生活。"实际上，最低工资对高于其水平的工资有影响。吉米计算了下，如果最低工资上涨1美元，那么赚的比最低工资要多得工人的收入就得提高至少50美分。原因很简单，他说："没有人会因为喜欢你而为你打工。"

另一个留住好工人的办法是帮助他们买住处，在这里定居。吉米开着车穿过一堆拖车，这景象证明了他的观点，当地人称这里为小墨西哥。"我和这里的人都为这些拖车签了联署保证，"他解释道，然后对着一处漂亮的老式的独院住宅做了个手势，说，"我把房子让出去了。"他没有换户名，但也没有收租金。他发现许多开始当移民工人的墨西哥人如果发现工作舒适，就不会走，那把房子让给他们，为他们提供理财建议，为他们的贷款做联署保证，吉米帮助他看重的工人抛弃了颠沛流离的生活，在他的农场上扎根，一直都为他勤勤恳恳地做事。吉米夸口说，有二十人得到了这样的待遇，而且好处似乎是相互的。他指向另一所房子，一名值班长和他的妻子住在那儿。"我去了法院，把这房子给了他。他现在是户主。这样我就不用再去忍受政府的胡说八道了……这样的话如果我院子里还有啤酒罐，我就会说'房子是他的'。院子里没有看到啤酒罐吧，嗯？当主人了事情就不一样了。"

他承担的风险很小。如果买新的，一辆拖车要花"差不多20 000美元"。他指着那些停在墨西哥小道上的拖车说："这辆用过了，我想他应该花了10 000美元。这个是新的，我觉得他应该花了18 000美元。这些都是结了婚的人，都有妻儿。他们不想再住在营房里了。想要有些隐私。不想那些周末喝得七荤八素、四处捣乱的小混混出现在他们孩子周围。"吉米从来没有在房子问题上被骗过。"如果是车的话，我有被骗过，"他说道，"我现在不再为车做联署保证了。变速器或者发动机坏了以后，他们的思考方式很奇怪，坏了就不继续付钱

The Working Poor　121

了。我不知道他们为什么会那么想。我现在不给车做联署保证了。因为车贷,我被坑了两三次,不过从来没有因为房子被坑过。"他是个讲究的人,不是个乐于助人的人。"这都是他们在这里有一段时间,你熟悉他们后才有的。我肯定不会为随便哪个走过来说'能帮帮我吗'的人做这类事情,我不吃那一套。"

德尔加多一家的加热器爆炸,把拖车烧毁时,他向德尔加多一家伸出了援手。德尔加多一家没有买保险。马里贝尔说:"吉米借给我们钱去买车,在营地里借房间给我们,为我们贷款买这辆拖车做了联署保证。"这位年轻的母亲在说这句话的时候掩饰不住自己的喜色。她和丈夫赫克特一起坐在长拖车末端的厨房里,对面是两间卧室。中间是一间宽敞的客厅。"移动家庭"几乎不动。就放在这块地的煤渣砖上面,吉米·伯奇和他的兄弟依然拥有这块地,而德尔加多一家则希望自己买下了这块地。要用这块地,必须清理一番,挖一口井,这得在4 000美元的拖车费上再加上2 500美元。

吉米看重这家人,对他来说,这家人长期只为他工作算得上是一笔资产。马里贝尔的父亲在这座农场工作了多年后依然没走,而马里贝尔在罐头厂每小时挣6.25美元。赫克特的工作是摘采绿色蔬菜,每箱的工钱按小时来算也能拿到这个数,但他达不到吉米吹嘘的每小时10美元,他算了算,更多是每小时6美元的样子。在丰收旺季,这份工作要求每周干七十小时。"没有蔬菜,雪还未融的时候,我们就完全不干活了。"他们每两周试着往墨西哥家里的亲戚那寄100美元。

德尔加多夫妇没有医疗保险,但是他们的孩子享受了医疗补助计划。这三个孩子都在美国出生,拥有美国国籍。这家人的收入也许低到能够让他们去领食物券,但傲慢的工作人员总是告诉马里贝尔说他们来的日子不对,或者说她都不是"真正的"居民(虽然她也是美国公民)。没有正式文件的移民都无法享受这些福利,而且在合法移民中，只有在福利改革开始前，也就是1996年8月22日之前入籍美国的儿童、老人或者残疾人才有这些福利。拒绝批准福利的目的是为了遏制非法移民，但这一方法并没有奏效。

从马里贝尔的经历可以看到并没有什么障碍能真正起到吓阻的作用。她少年时和她当移民工人的父亲数次穿越格兰德河来到美国。途中遭到了武装强盗的袭击，边境巡逻警察在夜间用探照灯搜捕他们，他们一群人被抓，然后便被遣送出境。后来，她又试了一次，但是这一次河流湍急，把她冲到了下游，她觉得自己要淹死了。最后她回到了墨西哥一侧的河岸，他们再次受到攻击，其中一个男人被刀捅伤。在第三次尝试中，"我们穿过了一个非常奇怪的地方，那儿全是毒贩子，"马里贝尔说道，"把我们带到这里的人，我觉得他认识他们，所以他们让我们通过了。"马里贝尔和她的母亲住在得克萨斯州的布朗斯维尔，后来申请了1986年的特赦，这次特赦对某些没有合法文件的移民给予了合法的身份。她拿到了绿卡，证明了她留在美国的权利，七年后，她拿到了公民身份。赫克特最后也拿到了身份。

这些人现在似乎成了社会里的优秀成员，从一穷二白开始努力奋斗，在贫困潦倒的生活中不断有收获，重要的是"不断"。如果把他们的经历当成从移民从贫困开始，最后生活无忧的范例，那就不好说了。马里贝尔和她的丈夫做的工作和她的父亲一样，所以两代人都没有任何社会流动，除非把他们迁来美国都算成一种向上流动，否则他们依然卡在底层。她对孩子们上的郊区学校感到满意，但这学校的教学质量能不能让他们上大学还是个问题。从他们停在小墨西哥破路上的拖车来看，能看到的未来很近，而且机会也非常有限。他们看不到充满可能性的未来。

对大多数这样的工人来说，人生能获得的进步只会出现在农场工人的小圈子里：从普通的农场工人变成拖拉机司机，从做采摘工作的人升到主管采摘的人，从移民变成包工头。塞维里诺·桑帝瓦内兹就是这样，他从移民变成了承包商。看起来是成功了，但他赚到的只比手下人多一点点。他身材有些胖，穿白衬衣，肚脐眼下面的扣子扣不上，露出了那点啤酒肚。微笑的时候，他嘴里的金牙会闪闪发亮。接近黄昏时，他会在阴凉处开着车门，在卡车的司机位子上半坐半靠，这时候他经常这样笑。

卡车停在院落外，从1989年起，他就住在这里，现在他让手下的工人住在里面，这九个工人都来自墨西哥的韦拉克鲁斯州的同一个镇。他说："我喜欢这房子，因为水够凉，非常适合喝。这房子够结实。"为了证明这一点，他特别强调说这房子看起来被废弃了很久，但没有倒，这就很令人吃惊。他说几年前这里刮过一次龙卷风，但这房子却安然无恙。

这栋房子的防火也很糟糕。从这里去最近的消防队要花半天的时间。如果要去这栋房子，得走到柏油路的头，期间要穿过一片漫无边际的平地，路过一片紧密相连的房屋，然后转入一条土路，在刚刚种满了烟草的田里转来转去才能到。房子只有一层，以前是白色的。剩下的油漆正在剥落，露出了下面历经风吹日晒的木头。其中一扇窗户本来应该是玻璃的地方被人用一片纸板盖住。房子前面的电话线杆残余的桩子上被钉了一块褪色的绿色夹板，上面还接了一个生锈的篮球筐。这些人没有篮球。在破损的纱门里面摆着四张床，松垮的床垫和一台锈迹斑斑的冰箱，这儿以前也许是当餐厅用的。以前是卧室的房间有一个被纸板盖起来的壁炉和四张床。里面没有壁橱。墙上钉了钉子，钉子之间拉的线上的衣架挂着衬衣和裤子，一层接一层。

塞维里诺没为这房子花一分钱。农场主大方地让他住，自己付了租金，还给塞维里诺和他的人按每小时50美分的标准付工钱。在季节最忙的时候，他手下的人会增加到二十七个，他自己每小时能赚13.5美元，差不多是美国平均工资的标准。对一个只有一年级教育水平，读写基本都有问题的人来说，这并不坏。"我在这里学到了更多,因为我必须写自己的名字。"他说着给我看了一张他手下人的名单,现在他们都在为吉米·伯奇工作。他是偶然才升上来的。他花了十多年,在佛罗里达州和北卡罗来纳州的各个农场之间迁移,才升到主管,某天农场主叫他多招些人手。他照做了,于是他有了一个新职业。

他这里的人都情绪低落。他们都想念家人,渴望回到墨西哥的家中,每个人都有一个不同的仔细规划的时间表:比如来年1月,一年后,或者两年后。他们赚到的钱有七成都寄回了家,但他们的经历刺激了他们对事情轻重缓急的思考。有个年轻人说:"我学会了以家庭为重,这里物质生活更好,有钱,但这不是生活。在这里只是活着。似乎吃穿是最重要的。但精神生活和家庭是用钱买不来的。这才是最重要的。"

他们住的地方离最近的城镇有数英里远,除了塞维里诺提供的交通,没有车出去,这些人觉得自己有一种被抛弃的独立感。"在这里一切都要靠大家。"某人说。在家里,"你有自由,"他补充道,"你去哪儿都可以。我不用住在一个离城里还有十公里到十五公里远的地方。我在这儿坚持都是为了赚钱。感觉就像在房子里,周围只能看到四壁。看不到外面,只有周围的墙,在这就像坐牢一样。老实说,这里就像个监狱。我们没法去城里找乐子。我们不能一起去商店,因为移民局会把你抓走。"

他们中没有一个人会建议自己其他朋友或亲戚到美国来工作。"我的弟弟想来,但我告诉他别来。"有人这样说。

"为了我的家庭,我会说不应该有人来这里。"另一个人说,"如果他们那边有工作,那留在那边工作更好,别来这里。"

他们每天还过得战战兢兢。几周前的一个周日,塞维里诺把他们从住的拖车那逮到了戈尔德伯勒自助洗衣店。他们回来的时候,拖车被一场莫名其妙的火灾烧掉了。除了背包里背的和洗衣袋里放着的衣

The Working Poor 125

服，所有财物都被烧成了灰烬。损失的东西有他们的电视机，那是他们在佛罗里达州的沃尔玛花了288.86美元买的。一个身材瘦长的家伙拿出电视机的小票，说："我觉得吧，物质的东西并不重要。至少这火没有在我们熟睡的时候烧到我们。"

这件事让他们紧张兮兮的。塞维里诺让他们搬到这间房子里，但是他们知道火灾在裸露的木制墙和地板上扩散得有多快。他们晚上都在害怕会不会出现火灾。他们没有电话，没有汽车，离最近的邻居有好几英里远，从这里看不到四周有别的房子。那个带我们来这里的女人在一个刚刚建立、被称为FLOC（农业劳工组织委员会）的协会工作，我们问她能不能弄来几个烟雾探测器。她坚持说这是房主的责任。我说房主不会管的，建议她10美元一个买几个给塞维里诺。这违反了这里某种责任分配的规则，她显然不会去做这件事。我问了塞维里诺。他说也许他在哪儿有一个。

夜色渐渐暗下来，我们驱车离开，站在外面的人跟我们道别。即便是在人群里，他们看起来依然显得孤独。

拉米罗·萨拉维亚矮壮结实，留着一条黑色的髭须。比尔·布莱恩则精瘦，外表整齐，穿一条灰色的便裤和一件白色的网球衬衫，看上去像20世纪50年代《奥齐和哈丽特》中的人物。拉米罗破旧的办公室以前是这间灰色房子的起居室，旁边就是小镇水塔的地基，给人的感觉像一只被穿着走了无数英里的旧鞋子。比尔的办公室位于橄榄山酱瓜公司加工厂的核心地带，墙上和地上全铺了毯子，这是间很漂亮的办公室。办公室中央是一张深色实木会议桌，上面摆满了装有酱瓜和小菜的罐子，这些都是公司的产品。

从1998年开始，他们就成了一桩非同寻常的劳工管理纠纷中的老对手。拉米罗是北卡罗来纳州FLOC的劳工组织者，他负责组织联合下地干活的劳工，但不是通过把有怨气、想要得到雇主认可的工人凑在一起这种由下至上的传统方式来组织的。移民工人是很难组织起来的，他们不会待很久，不会冒罢工或直接辞职的风险，而且他们是最容易被遣返的一群人。所以拉米罗选中六千人中的一半工人作为自己要代表的群体，他尝试的办法是由上至下，不仅和他们直接的雇主也就是农场主谈判，还要和那些收购他们黄瓜的人谈判：也就是比尔·布莱恩，北卡罗来纳州橄榄山小镇最大企业的总裁。FLOC认为把产品卖给比尔的农场主们并没有富有到可以在橄榄山没有提高黄瓜收购价的情况下就维持公会合同的程度。此外，农场主的数量很多，分布广泛，而且对工作环境引起的舆论尴尬并不在意。所以拉米罗想让比尔的公司加入一份三方合同，其他两方是FLOC和农场主。这样会提升工资，改善福利，并让工人下地和居住的环境变得更体面些。

比尔像个童子军团长一样友善真诚地拒绝了，他解释说这得由老伙计们来决定谁来住那些糟糕的地方。"我们觉得不应该干涉其他雇主和他们雇员的关系，"他说，"如果你去农场去让农场主和工人们相信工会才最符合他们的利益，我们尊重你的选择，我们会和其他生意伙伴尊重这种做法。我们有一些工会供应商，也有一些非工会供应商。但麻烦的是我们唯一的非工会供应商在俄亥俄州，FLOC的总部就在那。这个供应商……几年前来找过我们，说了几个理由，他当时正在和FLOC谈一份合同，他认为那是最符合他利益的，我们是怎么想的呢？我们说：'好，我们觉得你不得不做做符合你运营利益的决定，按你认为的最佳选择去做。只要你继续当以前那个供应商，那我们这里就没问题，我们会继续跟你做生意。'我们现在和那个供应商依然保持着良好的合作关系。"但是比尔说他不会强迫农场主们让手下的工人组织工会。

FLOC认为农业和制衣行业一样，名牌厂商非常怕自己的名声不好，他们不会限制供应商。另外，拉米罗认为橄榄山并不像它假装的那样跟农场主们关系平淡，他们甚至经常会在农场主还没种黄瓜的时候就以一定的价格签下合同，购买一定数量的黄瓜，让农场主们更像个转包商。橄榄山"控制了农场主，也同样控制了农场工人"，FLOC的一份意见书里这样写道。而比尔反驳说他的供应商除了黄瓜外还种很多作物，从烟草到甘薯都有，所以他们是真正独立的，并不受他控制。

对FLOC来说，将加工厂当成实际雇主这种不同寻常的劳动力组织策略在密歇根州的部分地区奏效了，在靠近FLOC总部，俄亥俄州的托莱多也有同样的效果。亨氏、福来喜和迪安食品公司都为那片区域的黄瓜和FLOC以及农场主们签了三方合同。但是FLOC在位于北卡罗来纳州东部的橄榄山却没有取得丝毫进展，北卡罗来纳州东部对工会来说就像荒蛮西部对高雅艺术一样。而拉米罗对小镇政治的顽固和经济利益了解不够。双方进行了一年毫无成果的会谈，比尔丝毫不让步，FLOC发动了一次针对橄榄山酱瓜公司产品的抵制活动。拉米罗和他的同事们四处散发言辞耸动的传单和公开信，并从教堂和地区大学得到了支持。比尔的反制措施是向那些有价值的机构捐赠，拉米罗寸步不让。的确，比尔是个名人，慷慨大方，地方上少不了他，也得到很多人的拥戴。小镇甚至每年还举办酱瓜节。但是抵制最终成功了。2004年橄榄山与FLOC签署了一份三方合同，并组建了一个农场主协会，提高了黄瓜的收购价，为农场工人办了赔偿保险并建立了申诉机制。

FLOC和其他农场工会并没有把眼光限制在工资与合同上。他们还关心杀虫剂和除草剂，这些东西会损害在美国大地上劳作丰收的男女老幼。虽然政府已经将"过火的玩意儿"，也就是吉米·伯奇所说的最致命的化学制剂从市场上撤除，有些农场主（吉米坚持说自己没有这样做）还是会不负责任地使用得到允许的化学制剂。他们把这些制剂喷洒到风中，喷完后马上就让工人下地，却没有为他们提供水槽、淋浴和洗衣的服务，许多农场主让他们的工人和工人的孩子们暴露在被隐瞒的健康风险之中。最令人担心的是住在农田中营地里的孩子们,他们在草坪和泥土中玩耍,会把手放进嘴里,他们还会在地上爬,而地上就有父母们脚上的有毒残留物。这些孩子在长身体,大脑和身体在发育的时候最容易受到有毒物质的影响,

根据加利福尼亚州对中毒事件的研究,中毒最明显的症状是"呕吐、腹泻、头晕和头疼、疲劳、嗜睡以及皮疹"。此外还有支气管炎和哮喘。较为隐蔽且更为严重的有"儿童脑瘤、白血病、非霍奇金淋巴瘤以及肉瘤"。此外还会对免疫、内分泌以及神经系统造成损害,不过报告也承认说因为这些症状是很久之后才出现的,也许是屡次接触的很多年后才产生,所以"很难和接触杀虫剂确切地联系起来"。有毒物质也许导致了农场工人中较高的新生儿畸形率,比一般美国人要高出三到十四倍。不过数据并不完整,因为许多症状都没有上报。大多数工人都没有医保,最近的免费诊所也许很远。除非他们病得很重,他们通常都不想冒着领不到当天工钱或遭到解雇的风险去看病。

由凯撒·查韦斯创建的工会组织美国农场工人联合会抱怨说加利福尼亚州没有尽力执行州里的法律。比如农场主没有警告农场工人说农场已经喷洒了有毒制剂,并且对要过了等待期才能叫农场工人下地采摘的强制要求视而不见,而违反这一强制要求只会被处以200美元到300美元的小额罚款。工会的报告说,只有当疾病症状显现出来,罚款额度才会上升到2 000美元。受害者终究无人知晓。

移民的孩子们在学校里也是这种状态,他们可能只在一间学校里待上几个月,然后就搬走了。美国对教育这些年轻人有着自己的热忱,因为这些年轻人大多数都会留在美国,长大后会成为美国的劳动者。他们接受教育期间受到的严重干扰对社会的发展并没有好处。但是只有几个由美国教育部资助的小项目在致力于解决这个问题。比如,这些项目为孩子们提供笔记本电脑,让他们可以在网上学习,或者在这类家庭随着种植季节而在南北来回迁徙时,派巡游教师帮助他

们的孩子继续学习。在这些努力的帮助下，青少年得以从高中毕业，在佛罗里达州、伊利诺伊州、肯塔基州、北卡罗来纳州、俄勒冈州以及其他地方都有这种情况。但是接受这种帮助的学生数量太少，没有办法解决大部分人的教育问题，这些问题将他们的人生限制在了一条亦已决定的路上。

以前在北卡罗来纳州的各个农场里工作的都是黑人，一开始是当奴隶，后来成了毫不让步的经济规律囚禁下的自由人。"他们过得挺糟糕的。"吉米·伯奇这样说。他亲眼看到其他农场主毫不留情地驱使着农场工人。"他们整个星期都要干活，不管一周有多辛苦，结果赚到的只有酒和三餐，或者大麻和三餐，"他回忆道，"你说，'好吧，农场主是在利用他们'没错，他就是。但我们看看另一面，这些工人还能去哪呢？还能去哪？能干什么？我的意思是，工人都没有特别的技能。在农场有瓦遮头。也许住得不好，但还是有得住。晚上不会冷，每天都有吃的。对我来说，这样活得真糟糕，但是对这些人中的某些人来说，就觉得够好了。我猜。这样说有点过分。我猜这比在纽约或者华盛顿当个无家可归者，等着某人给你50美分或者1美元要好。"

现在大量的黑人已从南方到了北方，从农场进入了城市，大部分农场工人都换成了墨西哥人和中美洲人，多数都是非法移民，只有不到2%的人是通过受限制的H2A签证来的美国，而申请这种签证的手续非常烦琐。如果他们抱怨雇主的问题，就有可能失业，签证在来年也无法续签。剩下98%的人都没有签证，如果禁止雇用他们的法律执行有力，农场主们认为北卡罗来纳州和美国其他一些地方的农业生产就会停摆。机器无法取代人力采摘容易受损的作物。吉米争论说既然美国政府可以随意给开发电子游戏的外国人发放签证，那应该也给采摘食物的外国人发放签证。

没有身份证明文件是危险的。因为害怕被遣返,所以在质疑你的工资和工作环境前得三思。除了免费的学校早餐和午餐福利、紧急医疗协助、免疫接种以及传染病治疗,你得不到其他政府福利。而且还会遭遇一些隐性麻烦,比如没有银行账户,那在转账的时候就得交手续费。另外,因为你没有将自己在美国的身份合法化,美国政府和企业也会从中得利。

皮尤西裔研究中心估计美国大约有六百一十万没有身份文件的墨西哥移民,美国审计署的数据显示一百六十万农业工人中的52%未经许可进入了美国。他们每年向墨西哥寄九十亿美元,帮助他们的家庭维持食物、衣物、药品和住房的开销。如此海量的现金超过了一些墨西哥当地政府的预算。大多数工人关注的似乎都是眼前,今天能挣多少美元,而不关心那虚无缥缈的职业前景。一位名叫艾贝尔的小伙子便是很好的例子。他知道如何修理农业机械,但是他并没有介绍自己有这种技能,而是选择留在地里干活。他想象如果他当了机械师,"他们付给我的工钱和别人的一样,但是我要更辛苦,干更难的活"。

艾贝尔和许多其他人只有一个目的,不是在美国立足,不是融入主流社会,而只是赚足够的钱,维持家乡赤贫的家庭继续生活罢了。美国的普通生活与价值观对只看到微弱机会的他们来说太过遥不可及。

在种植季节,艾贝尔和他的两个堂兄弟每天在棉花地里从早7点干到晚7点,从10月到12月的收获季,他们每周七天从早晨的7点干到凌晨,到用工高峰期时,九个兄弟和堂兄弟挤在一辆停在棉花和烟草田中肮脏不堪的小拖车里,但赚到的只有最低标准的工资。在这个农场上,农场主按照法律,按照每小时7.5美元的标准给他们发放加班费,每周有四十个小时,而且农场主没有收他们油钱、电费,也没有对他们租下脏兮兮的隔间而收租金。这在佛罗里达州采摘橘子的冬季是他们能得到的最好待遇了,一般农场主每周会收40到50美元的房租。在最忙的时候，他们把一半收入寄回墨西哥，作为让他们的父母不至于生活贫困的救命钱。较闲的时候，他们几乎把所有东西都寄回家，只留下每周 30 美元的伙食费和 200 美元使用旧车的开支，他们三个人只留下这么多。旧车并不贵，有了车，他们才能在农活之间出去干干刷油漆和建筑的工作。不过，所有这些辛劳并不会让他们赚到多少：三年来，在这里待得最久的堂哥罗兰多只存了 2 000 美元，而他在墨西哥盖房子需要 5 000 美元。"如果你能给我那 3 000，"他笑着对我说，"我现在就会回去了。"

他们付出的代价是离群索居，与任何和社会相关的事务相隔绝。在移民忙乱、短暂而又往复的南北迁徙中，人们找不到任何可以安慰自己的东西。艾贝尔简明扼要地说道："我们都是单身，我们想找女朋友。"

男人们把美元寄回家，美国和墨西哥的西联汇款、银行和药店以不利于汇款者的汇率和过高的手续费吸走了他们汇款的 10％到 25％的。没有银行账户的人需要交最高额度的手续费。根据得克萨斯州信贷联盟的数据，这些工人每电汇 300 美元去墨西哥就要被扣掉 80 到 90 美元。

为了开户，银行通常都会要求提供社会保险号。而要得到有效的社会保险号，移民在美国必须有合法身份，所以没有合法身份文件的移民无法得到有效的社会保险号。艾贝尔说，没问题，然后他掏出一张社会保险卡。他和他的两个堂兄弟在他们拖车里围着一张伤痕累累的圆桌坐着。三个人都是未经美国政府许可进入美国，干着美国经济赖以生存的工作。他们三个人都有银行账户。社会保险卡制作得都不是很精良，而在毫无相关培训的我看来，这张卡看起来很真。所以艾贝尔那张更复杂，薄薄一片的绿卡上面确实盖有移民归化局的大印。他们一共花了 100 美元，一次全部搞定，艾贝尔说如果他想让质量更高点，还可以再多付点钱。他解释说："我们只拿出来申请工作，就这样,之后我们其实都不带它。"

制造这些文件只是整个猜谜游戏的一部分:农场工人知道农场主一般都清楚这些卡是有假的,农场主明白农场工人们知道他们清楚这些卡是怎么回事,但是这些小卡片似乎能够让农场主们免于被联邦法律罚款。毕竟雇用这些工人的雇主们已经认真地检查了他们的身份文件。移民局一般只会将工人遣返,而不会追究雇主的责任。但要注意的是,在一次联邦大陪审团的诉讼中,泰森食品和六名雇主遭到起诉,罪名是私自将非法移民带入美国并为他们提供伪造的文件。不过,这桩案子并没有造成什么影响,尽管几位被判有罪的移民工人都提供了证词,但联邦陪审团认为公司和三位被审判的经理都无罪。

非法移民能拿到的唯一真正的身份证明是驾照,而自从2001年9月11日的恐怖袭击后,驾照也越来越难获得了。刚来的人既没有车,也不驾驶农用机械,驾照对这类人来说并不是必需品,但对那些想不再不停地迁徙,在一个地方待上一段时间,或者升个职,从采摘工人变成拖拉机手的人来说,驾照就很有必要了。有些情况下需要社会保险号,如果号码是假的,申请者会因为诈骗就地被捕。另一条在"9·11"之后变严的规则是宾夕法尼亚州会在移民的证件上盖"非美国公民"的印,等他们的签证失效,身份证件也就过期了。这导致有些人无证驾驶,也鼓励了警察针对种族进行检查,他们把警车停在拖车营地外,专查拉丁裔长相司机的证件。司法部已经要求警方专门针对来自伊斯兰国家的人执行移民法。

这种打击也让移民内部产生了移民,比如他们从规则严格的俄亥俄州、田纳西州或南卡罗来纳州迁移到北卡罗来纳州,因为在北卡罗来纳州,有的案子判决打破过州里的惯例,允许任何没有社会保险号的人在空白处填零代替。不过就算在北卡罗来纳州,你也需要两种身份证明,这就让人伤脑筋了。墨西哥的选民身份卡算一张,墨西哥的出生证也是可以接受的。否则,得拿驾照,要和选民身份卡一同出

The Working Poor 133

示。但那要求有保险证明，这样反过来又要求有身份证明，就这样整件事情绕进了一个迷宫。"9·11"之后，移民越来越感到恐慌，北卡罗来纳州提出了新的要求：要求提供本州居民证明，或者有效的社会保险号或个人纳税识别号，要从美国国税局得到最后一项得费些功夫。后来国会介入，禁止各州在2008年后向非法移民发放证件。

神父保罗·布兰特每周开着他老旧的卡车走上一千五百英里，代表这些工人在北卡罗来纳州东部来回穿梭，做弥撒，提供指导，安排医疗服务，通过恳求、催促、要求机动车管理局坚守自己的规定，来帮助他们拿到驾照。他是耶稣会的神父，在布朗克斯时就开始帮助穷人。布兰特身材魁梧，有一张红润而肿胖的脸，蓝色的眼睛里总是带着笑意。他戴着窄边框的眼镜，斜眼看人的动作讨人喜欢，散发着一种暖人的怜悯，他还留着一小缕灰胡子，穿的体恤上面写着"威明顿市拉丁裔98周年节日"。他流利的西班牙语带着很重的美国口音。

他代表派蒂和格洛丽亚已经跟官僚们打了一轮交道，因为他们两个都不会讲英语，所以根据北卡罗来纳州的法律，他们可以参加西班牙语的测试。两年前，基南斯维尔办公室的一名考官虽然桌上就有西班牙语翻译的卡片，但他还是直接拒绝用西班牙语进行路标测试。现在一位更负责的妇女在担任考官，而正是保罗神父帮助她找到了这份工作。但保罗神父还是想先打个电话，只为确定一下。他打电话时没有说明自己是谁，因为他想知道这家机构是不是会为所有人服务，而不只为一名热心于社会活动的神父服务。他发现，在没有认出他的声音时，考官告诉他说虽然申请人可以参加西班牙语的笔试，但是路标测试必须得等口译到场，而且只能在每周五考。保罗神父觉得奇怪，他往北卡罗来纳州州府罗利打电话想问问规矩是不是改了。结果没有改。一位上级官员联系了倒霉的考官，问为什么她拒绝开考。保罗神父带着派蒂和格洛丽亚走进她的办公室时发现她很不开心。这个妇女问他能否给她的上级打电话让她摆脱困境，保罗神父跟我说："我会的，但我在那儿时她跟我说的和她不知道我是谁就下意识回答的不一样。"

让神父保罗忧心的另一个官僚机构就是罗马天主教教会：爱指手画脚的教区神父，缺乏灵活性的主教管区，教会似乎对过路的西班牙裔信徒的特殊需要漠不关心，好像也对神父保罗不满，认为他是一个没有教区的流窜神父，游走在社会边缘，给教会添乱。

"我最喜欢的是得到大家的认可，"他说，"我喜欢让组织机构振作起来，帮助解决未满足的需求，这需要天主教会大量参与，因为有很多未满足的需求。但最后总是和我的上级搞得不愉快，不是说耶稣会的上级，而是其他教会组织的上级。他们不喜欢改变。真是令人惊讶，官僚作风不管在哪都是一样的。这东西抵制所有创新，所有改变。"

比如，想结婚的移民被主教管区六个月的等待期限制住了，要求他们在这段时间里冷静思考。这听起来说得通，但是六个月是一整个生长季，等六个月一过，新娘新郎或者他们的家人早就走了。神父保罗争辩说大部分没法维持的婚姻都是在十五岁或十六岁包办的，他相信虔诚的西班牙裔成年人通常都会严肃对待婚姻，不需要强迫他们进入一个反思期。"一对西班牙裔男女来找你，说他们想在教堂结婚，你非常确定他们已经准备好要做出一生的承诺，"他坚持道，"但是这些没有和西班牙裔人打过交道的神父基本上都会说'这个，首先，我不会讲西班牙语；其次，有规定。所以不行'。"他恼怒地大笑一声。"这里大部没有和西班牙裔人打过交道的神父都是照章办事，他们不会为任何事开先例。他们不会问相关问题，只会说不行。所以这把很多人拒之门外。"

鉴于教会反对离婚，那些失败的儿童婚姻就成了一个问题。除非第一次婚姻被废止，否则第二次婚礼没法在天主教教会里举行。而要废止婚姻，必须由各自所在的主教教区宣布废止。但这事并不容易，比如妻子回到了墨西哥或者洪都拉斯，程序就没那么好办了。"我们的教区没有处理婚姻废止的规定，除非双方都住在该教区。"神父保罗说，"而这要求对罗马教廷提出特别申诉，以修改教区管辖权，让这个教区负责处理可能属于另一个教区的废止程序。所以两年来，我都把这件事提交给负责裁决机构的人，这种情况并不公平，因为即便他们可以跟拉丁美洲的教区沟通，但大部分教区都没有裁决机构。把两三个神父放在办公室，安排他们去处理婚姻的事情，教会负担不起。所以他们什么也没有。那基本上这对夫妇不可能从以前的婚姻联系中解脱出来再次结婚。所以现在他们允许我来办。他们说：'记得告诉他们这得再花一段时间，因为我们得去罗马申请修改教区管辖权，等搞定这个以后，我们再开始走流程。'"

不过他的大部分时间都被世俗事务占去了，这些事务涵盖了农场工人遇到的所有难题。其中一个是缺乏属于他们的社区，缺乏亲近感和信任，这在独自旅行的年轻人中尤为严重。"如果族长，或者祖父辈的人在附近，这类恶化的问题就可以得到解决了。"他强调，"等他们跟我分享了一些私密的事情后，我会问他们：'你有没有其他…可以信赖的伙伴，他们觉得可以跟你交心的人？你有没有觉得可以信任，可以跟对方交流的人？'然后他们就会说没有。"

所以神父保罗试图填补这种空白，通过提供良好的建议并发放他在自己拥挤的黄色房子里用电脑制作的书签大小的小卡片。移民可以带着这种卡片，上面有圣母马利亚的标志性形象和一段西班牙语的祷文，呼唤上天帮助持有人戒掉酒精和毒品。神父保罗观察发现他们酗酒很严重。他说年轻的工人带着可卡因和大麻迁徙，许多人在来之前就上瘾了。他们一来这里，有的人就戒掉了这个恶习，但家人和社区的缺失让戒除的难度增加。健康问题越来越严重，不仅仅是因为毒品、酒精以及拿不到医疗保险，还因为农场工作本身的事故率就不低。

保罗让他们走上正轨，安排他们的生活，作为中间人、调停者帮助他们，帮他们找可以接受分期付款的牙医，愿意为没有医保的工人减少收费，甚至不收费的医生。他还是个理财顾问，跨越文化隔阂，跟这些工人耐心地解释在美国定期花钱买服务要比不花钱等着拥有一切更好。他让这些为这个国家服务的工人们知道了一些有关这个国家的事情。

对美国至关重要的这些移民游走在美国边缘，像从一个圆上擦身而过一样触碰了美国的财富，从来没有从内往外看的机会。所以他们看待自己的方式和别人看待他们的方式并不一样，他们也不用美国人对待自己麻烦时采用的那些方法。

不过，如果移民停止迁徙，那他就开始真正进入美国。他了解四周情况，安定下来。也许会在北卡罗来纳州的某个十字路口开一间和周围环境不协调的小商店，卖他同胞熟悉的墨西哥辣椒和其他食物。也许，就像奥古斯汀·巴尔塔扎尔，他一开始只是一年到头在同一家农场工作，然后开始思考应该如何看待自己的生活。

奥古斯汀仿佛跨在圆的两边，里外都有他的位置。他和妻子以及三个孩子住在一所白色的木屋里，房子用闪烁的小灯和可爱的圣诞树装扮。经营养鸡场的老板把这所房子让给他们住，但没有收租金。三十三岁，帅气的奥古斯汀不得不花掉挣来的每一个子儿。从来都没有剩下过什么，但是他不确定应该把自己归属于哪一个阶级。

他解释说："我不能说我是个穷人，因为我有车。最重要的是我有妻儿。我能继续生活，所以我不能说我很穷。但我也承认我没有钱。我有吃的，我的孩子有衣服穿，有鞋穿，我感觉很好。如果我说我穷，我不知道，也许我是穷吧。如果我说我真的很穷，那在上帝面前这样说就不好了，如果我说我有钱，那又会太得意。所以我不知道该把自己归为哪一类。"

第五章　令人却步的工作场所

> 那些不去上班又不打电话的人也许觉得自己并不重要。
> ——陷入贫困后的安·布拉什

他们是一群坚强的人。他们熬过了毒瘾折磨、无家可归和牢狱之灾，但如今他们冒险进入工作这个真正令人恐慌的世界，这是他们觉得完全陌生的世界，他们害怕了。

这十六个人多年来一直都吸毒成瘾，酗酒不止，并且有前科，在华盛顿特区的街道上过着凄苦的生活。他们都是黑人。每周三晚，他们都会在教习所聚集起来参加互助小组，而不远处就是灯火通明的美国国会穹顶。他们有的坐在房间边缘的椅子上，有的坐在地上，有的靠着墙，开始相互吐露自己的心声。

在他们以前的生活中，害怕是一个禁止提起的话题，那时候，"坏样子"才是好的，最好的防御便是摆出侵略的威胁姿态。为了自己的安全，他们必须有卑劣的表现，做出危险的行为，而且从不承认自己害怕。母亲们这样教儿子们，哥哥们这样教弟弟们。不过，今晚，这些安心围成一圈的人发现坦白也是有治疗效果的。他们可以在这里放心地畅谈，这些人的治疗项目要求他们在一个月内找到工作，租到公寓，靠自己的能力搬出去。每一项任务都看似困难，他们也都非常紧张。

就算对毕业于大学,有着高学历,在工作场所有放松感的中产阶级白人而言,找工作也不是一件让人舒心的事。但是对这些人来说,工作场所就像是一种异域文化。他们背负着各自不断失败的历史进入这个世界,这些人辍学,吸毒,爱人离他们而去,自己也没能保住工作。他们的过往中没有一样东西预示着他们今后会成功,没有任何勇敢的承诺可以掩盖他们对自己的怀疑。他们了解底层生活的傲慢外表似乎只是一层薄薄的伪装。在表象之下,他们和婴儿一样软弱,心灵深处极易受到伤害。他们承认自己有点害怕打电话,害怕没有人回应,害怕递交申请,害怕参加面试。他们紧张兮兮地等着有关警方案底这个必问的问题,害怕说出实情,也害怕撒谎。"你必须得放下,你有没有被捕过?我总是觉得这里没人会雇我,就坐在那里看着大家的表情,知道我不会被雇的,"韦恩说着低头看着地板,"所以我到处找些小工,比如麦当劳。我害怕被拒绝,这让我止步不前。"

"每一步对我来说都是一个障碍,"一个又高又壮的男人坦白道,"面试是一道坎。面对拒绝,我有点慌。我知道会出一些问题。我会逃避或者面对现实。当我知道我找到了工作但其实又没有得到时,我还是会觉得难过。我还是会感到失望。我的感觉和我看待事物的方式中总是混杂着这种担忧。我依然要克服这一点。非常感谢你们能跟我分享我的故事。"

"感谢分享。"全组人异口同声地回答。

房间里有一丝丝成功的味道。有一个人穿着深蓝色制服,上面有一块三角形的红色臂章,上面写着"王子安保公司"。另一个人找到了一份搬运办公室设备的工作,每小时能挣 6.5 美元。不过,第三个人因为自己的犯罪记录,只找到一份机场行李搬运工的工作。

对这间教习所里的某些人来说,就算找到了工作也会继续觉得焦虑。他们中有些人害怕被接受,因为他们怀疑自己能否胜任得到的工作。不过,对他们中至少有一个人来说,工作本身变成了一种治疗。

"我去上班的时候我害怕了,噢,不,我做不来。"他承认道,"但是每天我都会克服这种感觉。妈的,我都忘了我还有这本事。这让我感觉很好。"

谈论恐惧需要很多勇气。

在美国的另一端,卡米莉亚·伍德拉夫非常怀念她在梅西百货珠宝部参加销售工作培训的日子。她是个二十六岁、体态轻盈的黑人妇女。她住在洛杉矶的一处被称为"帝国庭院"的公租房里。她走路穿过院子的时候就像个害羞的舞蹈演员。卡米莉亚想让自己看起来更时髦些,她把头发拉直,盘成了圆髻,把头发弄柔顺了以后,还把一缕头发以某种角度粘在前额上。她耳朵上摇摇晃晃地挂着金耳环。但她又不想引起男性的注意。她的四肢不停地动,传达着心中的焦虑与愤怒,这种优雅的威胁仿佛在说"滚开",声音如刀锋般冰冷。

在她的起居室里,她直接坐在一个金色的木制电视柜上,这里面唯一的另外一件家具是一张白色的塑料草坪椅,但她没法坐定。就在说话的这会儿,她又是做鬼脸,又是踱步,又是做出各种手势。她突然对一个走到她门口的壮汉轻蔑地说道:"我这会儿的谈话很重要!"那个男人惊慌失措地闪开。

卡米莉亚上到十一年级就辍学了,然后"开始街头生活",陷入一段充满虐待的爱情,还眼睁睁地看着她母亲死于吸毒过量。她没有结婚,没有孩子,喜欢照顾朋友的小孩子,偶尔会去干干低工资的活。按照她的说法,她每份工作都干了好长一段时间。"我工作了较长一段时间,"她炫耀地说道,"四个月、五个月、六个月、七个月、八个月。"她考虑的未来离自己并不远,从来都不会去想十年后自己要去哪。"每天早上起床上班看似很难。"她如是说。她理想的工作?"我乐意去做与孩子有关的工作,比如当教师助理或者去托儿所。"

在公租房里与外面的世界隔离,许多像卡米莉亚一样的人缺乏勇气,也没有关系能帮助他们找到体面的工作,得一直等到帮忙的人推他们一把或者打开一扇门。格伦达·泰勒帮助了卡米莉亚，泰勒是公租房社区的一名社工，为由联邦政府资助的就业机会项目工作，该项目旨在帮助失业人群克服求职中遇到的各种障碍。外人通常看不到这些就业障碍，但对格伦达来说，她一直住在离这里几个街区外的瓦茨社区，从小就很清楚这里的情况。后来她就读于圣地亚哥州立大学，这让她成了她庞大家族中唯一一个高中之后继续上大学的女孩。在从瓦兹社区逃出去后，她又返回去提供帮助。就像有着火眼金睛的猎人一样，她可以从这里的年轻人身上解读各种迹象，看出他们垮掉的生活以及抑制他们主动性的内心焦虑。"恐惧。"这是她清单上名列第一的障碍。"一种因为害怕，因为恐惧，而不愿意去外界世界的倾向，"她继续直白地补充道，"另一个问题就是这些人太懒了。"

她发现，或者说在这些人所在的家庭里，他们就没见过有人去正经工作。"这变成了一种循环……我觉得孩子们会把看到的当成模仿的对象，而他们在家里看到的第一件事……会对他们产生影响。我爸爸每天早晨四五点起床，他是名建筑工人。"

许多人觉得不公平，感到愤怒，她继续说："他们只是在内心郁积怒火，让自暴自弃的想法不停地累积，这不会让他们有继续发展的欲望，因为他们觉得自己做不到。不会有人说你能，总是有人说'噢，你不行，你不会的'。你就老听到这种话，就算去了学校，你还是听到这种话，因为你有这种反应，而老师以为这类人在做什么事，会说'噢，你会一事无成的，只会变成个麻烦'，看吧，最后事情就会这样。"

她试图通过找个关系来打破卡米莉亚的这种循环。在梅西百货做兼职工作的时候，格伦达认识一位经理，她向这位经理推荐了卡米莉亚，让她得到了一份珠宝销售的工作，这是个有提升前景的岗位。

卡米莉亚心有疑虑。在入职介绍会的两天前，她告诉格伦达说她不去了，因为她的犯罪记录上有一条尴尬的入店行窃控罪，她肯定这会让自己被拒。"但我觉得如果你不去想，让他们来处理，这会更有利些，"格伦达建议道，"有时候你坦诚，或者勇敢面对，他们也会坦诚，也会直接面对的。"但是他们会雇用一个有入店行窃记录的人吗？"我觉得不会，"格伦达后来这样告诉我，"我个人觉得他们不会，但是我也不认为你能在自己的过去后面一直躲下去。你必须打破自己的壁障，让自己体验一些东西。"而且，卡米莉亚面前的门也没有完全关闭。如果上级批准，经理就愿意雇她，而且梅西百货通过向新员工展示商店吓人的高科技安保措施来保护自己。"那是高级珠宝部，所以他们在四个方向都装了摄像头。每一个角落，每一侧，摄像头都会拍到你。"格伦达说，"还有那些收银机，如果他们非常怀疑你，他们在电脑房就可以调出你的收银机的状态，如果你动了手脚，他们会发现的。"

卡米莉亚被坚持要求参加她的入职介绍会，卡米莉亚说自己乘巴士出发了，但没有到。"我一下车就慌了。"她说。那她有打电话吗？"没有。我不知道。我觉得这不是我想干的工作。我是个喜欢在外面混的人。我听说这工作是靠绩效的，我觉得我卖不来东西。"这份工作向她提供了底薪，其他则靠佣金提成。

所以，她想了许多不去参加入职介绍会的理由：对入店盗窃的羞愧，不喜欢老是待在室内，怀疑自己的销售能力，迷失了自己的方向。在焦虑与借口的纠缠交错中，她找不到出路。她从来也不跟格伦达倾诉，对格伦达没有感激之情，也没有歉意。只是过了几天后，格伦达才从经理那得知卡米莉亚失约了，只留下一个"现在到底该如何帮助卡米莉亚"的问题。格伦达对此的回答是："继续拥抱她。"

过了几个月，格伦达被调往另一处公租房，离开了卡米莉亚的生活。

在帝国庭院，破旧的小公寓楼被长满杂草的草坪分隔开，孩子们在草坪上蹦蹦跳跳，一群群姿势各异的年轻人则站在上面东张西望。说得好听点，这个地区相比芝加哥和纽约那些有着中部监狱设计风格的高楼组成的砖石森林，倒是显得没那么压抑。不过，从社会和经济角度来看，这是个破碎的社区。家庭暴力比比皆是，一千四百六十二名居民（2/3 是黑人，1/3 是拉丁裔）中只有五十四人有全职工作，十二人有兼职工作，而这还是经济形势良好的几年的情况，这段时间之后正好是衰退开始的 2001 年。

然而，这里和其他低收入住宅区中找工作的成年人一样陷入了一种特别的规律：他们不想离开他们居住的区域。根据格伦达和其他地方的社工调查的结果，外面的文化，陌生的规则和令人恐惧的挑战似乎对他们来说都过于吓人，这些居民更愿意在公租房地区内工作，也更喜欢找公租房管理部门的工作。虽然有破败的建筑、崩溃的人、黑帮、非法商贩以及黑夜之后发生的枪战，但公租房这片地方让他们感到放松。"这里就像一面盾牌，他们觉得在后面很安全。"洛杉矶的一位越南移民张坎说，他就在自己长大的地方威廉·米德公租房那工作，这处公租房周围都是工厂，但他们不会雇用这里的居民。"所有的一切都在这处公租房里，这就像个小镇，像个小城市，人人都相互认识，"他总结道，"你对他们说外面有活干，就算离这里只有四五英里，他们也不想干。他们害怕见到陌生人，害怕体验不同的东西，甚至害怕索要申请表，因为他们的很没有自信。他们觉得'噢，他们不会给我这份工作的，因为我住在公租房之类的地方'。他们很多人就是这么想的。"

雇主们很少看到表面之下的这些对自我价值的怀疑，这些怀疑侵蚀了人的意志。他们看到的是表面上的行为：迟到或干脆不来的员工，缺少"职业道德"和守时、勤奋这类"软技能"，而且没有一个要把事情干好的态度。有时候他们会看到工人懒惰，和同事关系糟糕，不时发火，每次接受老板的安排都会发脾气。如果雇主有的选，

The Working Poor 143

很多人会选低工资、有那些"软技能"的人,而不选会读会写懂数学之类"硬技能"的人。很多低层次的工作不需要工人会写,懂数学,但要求他们准时上班。"基本上你需要的唯一技能就是职业道德——有时候你还得教他们职业道德。"马里兰州一家汉堡王的经理布莱恩·哈金说道。

这些软技能应该是在家里学会的,但在很多情况下,家庭把这一职责抛给了学校。学校反过来又把这一职责丢给了雇主。雇主根本不知道该怎么办。比如布莱恩开了一间新的汉堡王,他花了六个月或更多的时间挑了几百名工人,最终筛选出一群可靠的员工。他手下的这些新人有的连牙都不刷。他们"看起来像是直接起床,穿上制服就去上班了"。他遗憾地说:"而你不得不教这些人技能,说'伙计,听着,你来给我打工,你就得把脑袋梳洗完毕。如果你是个男的,你得把胡子刮了'。"他付给工人的起薪是 6.5 美元每小时,一年里每一个岗位都要需要陆续雇用三个人,这让他的人员流动率达到了 300%。

C·米切尔·鲍尔接手杰克逊县职业复健机构时,需要把这种职场行为的基本原则教给成年人的想法让他大为吃惊。这家机构是肯塔基州东部的一家在职培训机构,和周围的公司都有联系。鲍尔说:"我觉得这是我听过的最疯狂的事。"他很长一段时间都不愿意相信他的这些培训生,这些阿巴拉契亚地区贫穷的白人需要去学习他已经认为是本能的东西。"我知道上班应该什么时候到岗,"鲍尔说,"我知道我不会为了任何原因随便不去。我知道如果我的车出了问题,我会打电话找人或者至少叫人帮忙或把车修好。如果我病了,我知道得打电话找人。如果孩子寄放出了问题,我会找其他办法。我有点不太容易相信别人说的话,还没到工作的年龄,我就开始打工,这辈子一直都在工作,农场等等之类重活我都干过很多,我真的很难被说服。肯定没那么容易。是人都知道要起床,知道要梳头,知道要洗澡。我在这有些挑刺,但我在说实话。我过了好一阵才意识到的确需要培训软技能以及职业预备技能和准备技能。"

缺乏技能的那些人辍学率也不低。保罗·留利格需要两百人来运营他的文件处理公司（Docusort），这家由他创建的公司位于密苏里州的堪萨斯城，而他要这些人为公司客户处理条形码，将发出去的大宗邮件分类。于是他雇了两百五十人，大部分都是贫穷的黑人和越南裔移民，他付给这些人最低工资，通常这些人的人数随时都会降到两百这个最低要求的人数。"今年年末我们大概要处理三千到四千份W-2s税表，"他抱怨道，"今天他们干活，明天就不干了。"他发现自己的员工很容易会因为种族问题引起摩擦，喜欢因为自己的错误怪罪他人，而且"非常脆弱，非常脆弱"。他最终用机器取代了大多数工人，这不仅让收支压力减轻，也放松了他的神经。

在堪萨斯城，三个为我安排的焦点小组的雇主们都在抱怨工人们的懒散、矿工、缺乏主动性、斗殴、滥用药物以及流动性太大的问题。不过有几个雇主没有抱怨，因为他们从来都没有参加本来答应参加的聚会。还有两个姗姗来迟的。相比之下，所有之前领救济，答应要参加小组讨论的人都准时到达。更讽刺的是，其中一个迟到的雇主名叫布拉德·凯西，他经营着一家文件影像处理公司，他对那些领救济的工人非常不满，他说："光是每天来上班就是新鲜事儿了。"他表情僵硬，丝毫不露笑容地补充道："还有准时上班也是！"

经理们对少数族裔、妇女以及领救济的人存在偏见，但有些员工的"问题"比经理们的想象与夸大也许还要严重一点。业已存在的美国式偏见认为黑人都是懒惰无能的，妇女太过于将注意力集中在家庭，在工作上缺乏成效，领救济者都不愿意工作。所以，当真正碰到这类情况时，事情就会和人们长期以来的期望相呼应，让人影响深刻。如果仔细询问雇主们，他们有时候就会从几个极端的例子出发，推广到所有人身上。

不过，也的确存在真正的问题。堪萨斯城的建筑供应商CISCO

的老板K·B·温特若德抱怨道："我有个女员工，她有七个孩子，总是在给她的孩子们打电话。她的主管跟她交流有困难，你知道的，主管说'我们每天休息的时候再打电话给你的孩子可以吗'。结果，她一半时间都在打电话处理个人的麻烦和问题。很多员工的确都是这种出身。"他说的"这种出身"指的是这些人以前是领救济的，他雇这些人一方面是为了大局，一方面也是为了密苏里州为了鼓励企业招收这种员工而向企业支付的每小时3美元的补贴。但他发现这些员工的表现太糟糕，管理成本又太高，他不禁对政府向这些领救济的人提供的支持非常不满，对政府向自己提供的支持大为光火。"如果我每雇六个人，你就得付工资招聘一名全职主管，"他仿佛在对州政府说话一样大声说道，"如果你为那六个人支付全年的薪水，我就能尽到基本的社会责任。"

这类可怕糟糕的故事数不胜数，特别是那些从无家可归者收容所里招工的雇主更是有讲不完的例子。约翰·诺克斯村是堪萨斯城的一个退休社区，按照人力资源部主管莎朗·伊比的说法，从收容所里招来的员工在这里就没有人成功过。有一个护士助理，"只会做些奇怪的事，"她说，"有一天这个女员工坐在护士站，脱掉了鞋和袜子，然后开始抠脚趾。而你清楚这只是她奇怪行为的其中一件。他们尝试了纠正之类的措施，但从我的角度来看，你知道的，'这不是恰当的行为'，而且似乎对工作根本没帮助。有一天她在一辆停在某处的车里给我打电话，说她没有地方可去了，连收容所都去不了，她试图要求副总裁为她安排个工作……他们最终把她安排到了村里。结果她在房间里搞了场狂欢会。这只是她一件接一件疯狂行为的一部分。"

不管是因为心理疾病还是其他各种纠缠在一起的问题，有的人"就是不能雇"，维多利亚纸业总裁兰迪·罗尔斯顿这样强调。"不管你给这些员工什么激励，不管你怎样威胁他们，都无济于事。"他全然不顾自己公司的经历得出这样的结论。他的公司用目录销售办公用品和贺卡，成功地在每小时 3 美元补贴的政策下雇用了许多工人。"我们运气很好，"他退了一步说道，"有一个人跟我们一直到现在，有两年了，她很出色，是我们最优秀的员工之一。"她被调去做制造礼物篮的创意工作。不过，毫无希望而且无能的员工形象依然在他脑海中挥之不去。"他们的祖父辈领救济，他们的父母领救济。他们也领救济。"他说，"让他们工作就像把他们带到了国外。他们成长成这样，这就是他们的生活，把他们从这样的生活中拉出来，给予他们某种责任对他们来说是完全陌生的，永远都不会见效……现在没有他们以前模仿的对象，他们期望雇主能成为榜样，能提供榜样。"

希望雇主不烦人可能要求太高了。底层的劳动者往往被当成消耗品，贫困出身的员工很少会有支持他们的关系网，没有可用的技能，也没有将职场和个人困难分隔的后备机制。只有在竞争激烈的劳动力市场上企业都在贪婪地搜罗人才时，企业家才愿意对来自底层的人花钱培训，留住他们。全球化放大了这些趋势，有各种不足的美国人无法与愿意做同样低技术工作的柬埔寨人和菲律宾人竞争，而后者对生活水平的要求远低于美国人。

很少有主管认识到为什么员工会用最差劲的借口旷工，而且连电话都懒得打。许多老板认为也许是因为他们对工作的义务毫不在意，或者对职场惯例一无所知。不过，安·布拉什发现也许还有某些更深层次的东西在起作用。她享受过中产阶级的舒适，而后才陷入贫困，她觉得有一种令人窒息的无能为力感像一件大斗篷一样盖住了她。"那些不去上班又不打电话的人也许觉得自己并不重要。"她简单地解释道，"这比没有自信心更严重，他们觉得自己是透明的。"

我把安的话说给雇主们听的时候，他们有些人"噢"了一下，好像突然开了窍。他们忽然弄懂了什么。认为自己不重要，无人关注，在商店或工厂里没有价值的感觉意味着你可以随意旷工，因为老板不大可能会在意你有没有去。只有大动作才能抑制这种自尊感的缺乏。

克利夫兰萨莫斯橡胶公司的总裁迈克尔·萨莫斯就从他的父亲那里学到了方法。对于旷工又不打电话的员工,如果他的车坏了,迈克尔就派人去接他。如果他在上午9点约了医生,就这样:"你可以说,'好,等你看完医生,10点我们再见面'。还有一种办法是煞有介事地跟他们说'我们期待你来这里。如果我们不希望你每天来,你就不会在这(工作)……但我们得靠你,需要你,你不在这,我们就会出现困难,还要付出一些代价。所以你必须得来上班。如果你来不了,你得告诉我们发生了什么事'。你得把这话说到这群人的心里去,因为他们不习惯被依靠。这群人的问题就在这里。"

他的公司是一家只有六十名员工的小公司,由他的父亲和祖父创建,生产液压、化学以及燃料方面的专用管道和装置,都是在重工业机械中会用到的。每一个站在工作台边,坐在桌子旁,以及驾驶叉车的人都必不可少,这样才能把货物装配好,包装好并准时发货。否则要么得从其他岗位上调人来填补旷工的岗位,要么就会影响生产的进度。"我的父亲经营这家公司很多年了,我刚接手的时候他提醒我说'你要当教区牧师了'。"迈克尔回忆道,"把领子往后翻,你得处理这些问题,因为它们影响了公司的业绩。公司需要这些人的技能,蹲监狱的那些人,他们交了保,这样就能来这里为我们焊接金属管。"

作为首席执行官,迈克尔非常谦虚。他斯巴达式的办公室能看到停车场全景。接待室也很简单:四把覆有人造革的黑色椅子,地上铺满了洋红色的地毯,漂亮的白墙点缀着蓝色和黑色的小点,可以滑动的接待窗玻璃,接待台上的银色小铃,顶上还有一个喇叭形的撞针杆,看起来像老式的酒店用铃。窗户后面坐着一个红头发的有些无聊的前台。墙上挂的是一张1949年10月1日《克利夫兰诚报》的复印件,用相框框了起来。公司就是在这一天创建的。通栏标题是《钢铁大罢工,500 000人脱岗》。

那个时候,小伙子们在自己车上动动手就能学手艺,不需要用到昂贵的工具、电脑以及复杂的培训，许多发现自己机械方面才能的人继承父业，开心地进了工厂，他们在那能得到经济保障，有职业感，也有提升的机会。迈克尔·萨莫斯当时还年轻，但他对这段历史颇有感触，有些怀念。"现在的年轻人没有操作机械的能力，"他说，"我们现在是个一次性的社会，割草机要是坏了，你不会把这个两轮机械拆开维修，而是扔掉买个新的。所以年轻人看到自己的父亲，如果有父亲的话，把东西都扔掉买新的，结果他预期的是，你说的制造东西是什么意思？你说的我们拆开维修是什么意思？（我们）缺少制造工具和染料的人，也缺少液压机械师，这些人基本上就是把材料攒在一起，堆出新的系统。有的人擅长干这种工作是因为他们喜欢这工作，他们有这方面的天资，也接触了这类事情。有很多年轻人（会）擅长做这种工作，但是他们不知道自己对机械感兴趣。"

加上家庭问题，街头的生存本能以及进入职场的文化冲击，而你又缺乏合格的员工。"家庭问题对他们来说是第一位的，工作才是第二位，"迈克尔说，"所以会有人上一个月的班，然后突然就不来了，接着两天后又出现，你问他：'你去哪了？'他会说'呃，我的车坏了，我得去修车'或者，'有人病了，我得待在家陪'。你会讨论这事，试图解释说：'你不明白。那可能是个严重的家庭问题，但是除此之外你得来上班。你不能不来，更不能连个电话都不打。'"

迈克尔注意到，一般来讲，那些被他归入"职业准备不充分人群"的人一开始工作时会热情高涨，但是那种热情通常只会维持一两个月。"然后就会出现摩擦：他们会和其他的同事，还有那些让他们日子不好过或者不理解他们的主管发生摩擦，而他们不清楚如何处理这种事情。他们的反应是，'我要离开这里'。我觉得，身为雇员，我们在应付这些非常敏感的工作群体时面对的难题是如何像牧羊人一样，指导他们走出情绪危机。基本上我可以向你保证，这种事情一定会发生。'在你到这里的头六个月里，你会在某个时间段里对这里的情况感到失望,情绪非常低落。我们来大大方方地面对这个问题吧。好,我们要这么处理这个问题。你可以进来告诉我发生了什么事情,但是你不能不来工作。在这里你没得选择。'"

在"萨莫斯",没有一个主管是黑人,迈克尔也承认,这一点会令良好的管理所需要的咨询指导有效性减分。"我们的主管们,也就是基层主管,都没有接受过培训,也缺乏敏感性,不知道如何用那种方式来处理问题。他们被新手的表现弄得疲惫不堪,他们很快就会忍不住,说,'你被开除了。'而且,如果他们之间有文化差异——一个白人中产阶级男性和一个年轻的黑人男性之间——有巨大的沟通障碍,巨大的文化障碍,主管这一方会很难忍受欠佳的表现。他们无法了解,也无法理解工人的情况。而员工,也就是年轻的黑人男子会说,'这是一个对我不怀好意的环境。'"

那么,这种方式会令员工觉得自己很重要吗?"那些影响雇佣关系的人都被请出去了,"迈克尔说,而那些心怀大志的人,"对世界有了不同的看法。"

有人认为,工人们在收入低的时候觉得自己的价值被贬低,如果管理层要表达自己对这些从事实际生产或者提供服务的人们的需要,最实在的方式就是提高他们的薪水。不过,在萨莫斯的例子中,和许多小型企业一样,该企业的利润空间很小,解决不了什么问题。一个新手,或者一个仓库管理人起薪是一小时 8 或 8.8 美元,两年后他能挣到一小时 12 美元,迈克尔说。他抽出了一张试算表,上面展示了他这家年销售额为一千万美元的公司的收入和支出情况。"如果你看我们的销售额是 1 美元,"他解释说,"那么 60 美分用在我们制造的材料上,25 美分用来支付人工成本,那基本上就花了我们 85 美分。"剩下的收入大部分都耗在了"水电、电话、交通、保养、维修和培训上",他补充道。然后他的手指往这张试算表的右下角一指:该公司的利润是 3%。"在这一行里,这算是中等水平,"他说,"表现不算太好，也不算太糟。所以在税后能有 3 美分发给大家算是不错了。就是这 3 美分支撑着我们的发展。"

年景好的时候，迈克尔·萨莫斯，这个企业创始人的儿孙辈，也就是这家成功的企业的首席执行官会把 80 000 到 100 000 美元揣进自己的腰包，"说实在的，我觉得这可是一大笔钱，"他说。那大概是刚开始工作的员工薪水的六倍。"当然，我们也在报纸上读到过收入差距大的公司的情况，那里的收入相差五百倍。"他苦笑着说，"有时候我会觉得那有点不光彩。就我个人而言，我觉得那家伙不值得任何一家公司给他那么多钱，你懂的，1 000 万美元之类的——那很荒唐。但也不一定。规矩是人定的。"

如果雇主们觉得他们花不起那个钱，让他们的工人觉得自己受到重视，可能就会找其他的方式。阿克伦城的"兰马克塑料公司"每年的人员流动率超过 100%，该公司决定要在离职谈话中问清楚，为什么大家要离职，员工们的回答令经理们感到惊讶。兰马克的工厂面积广阔，里头有两百个工人。该公司制造的是苗圃植物用的一次性塑料壶和塑料盘。小塑料片送来的时候都装在纸板桶里，等加热之后，工人们会把它们弄成细小的团状，然后再次加热；在液压力作用下，塑料团被压进模具；然后它们就被压缩成了各种规格的黑色、白色或者绿色的塑料壶。大机器的内部结构像迷宫一样，全是软管和粗大的活塞，这些东西发出打雷般的轰鸣声和嘶嘶声，站在地板上的人几乎只能大喊才能让对方听到自己说的话。水气蒸腾，塑料粉尘弥漫，一个工厂安全员，肯·斯洛恩把这叫作"灰色调"，而联邦职业安全与保健管理总署（Occupational Safety and Health Administration）谨慎地将此定义为"滋扰型粉尘"，所以这并没有被当作危险的情况来对待。工人们有面具可以戴，但是没有人戴；每个人都按规定戴着护目镜，有几个人还在耳朵里塞了绿色或者橙色的橡皮塞。每六秒钟，一台价值 20 万美元叫作"哈士奇"的机器就会把四个塑料壶吐到一条短短的传送带上，这条传送带把塑料壶举到和一位女性齐眉的高度，然后把它们倒到她面前一个宽宽的托盘中。在这些塑料壶倾倒下来的瞬间，她走马观花地检查了一下，把它们一个个垒起来，然后装到身后的一个纸板箱里。每隔两个小时她就可以休息十五分钟。

不过，即将离职的工人们抱怨的倒不是使人头脑麻木的重复劳动、噪声或者塑料粉尘，甚至也不是每小时 7 美元的起薪。他们抱怨的是一些更加看不见摸不着的东西——"他们觉得没人需要自己，自己无足轻重，可有可无，"大卫·博克米勒说，他是一位面色严肃、讲究实际的制造业经理人。"而大部分人在生活中想要的就是那种被需要的感觉，"他继续说道，"他们被忽略了，只是又一具躯壳。主管们没有履行监督他们的职责，因为他们正忙于主管们要做的事情。于是我们回头去看，去检查整个模型，找找看，嗯，是什么东西在令主管分心呢？为什么需要做到人性管理的主管却没能做到这一点呢？因为他过分沉迷于技术性的东西了。"这个公司找到的答案是给每个新进员工安排一个"带路人"，也就是一个"可以说"能"成为他们的朋友，而且能够在他们九十天试用期中引导他们"的同事，大卫说："这个人会确保他们觉得安心，确保他们交到朋友，让他们和其他人产生联系，确保他们不会被晾在一边不知如何是好，和他们吃午饭，一起休息，最好是能让他们积极参与社交，或者尝试这么做。总之就是让他们觉得自己和他人紧密相连，觉得公司需要自己，帮助他们理解规章制度和方针。我们曾在离职谈话中听到有人说他们到了这里十天都还没见过主管。我的意思是，这可真是件可怕的事情，但是我们听到有人这么说了，而且确有其事。"如果员工在公司待到九十天以上，"那个带路人就能拿到 100 美元的奖励"。

大卫坚持认为，用提高福利和加薪的"金手铐"来锁住员工的做法是没用的。"我可以出去对那些一小时挣 7 美元的人说，'给你每小时（加）2 美元。'相信我，除了让劳动力成本提高之外，我什么都得不到，"他说，"如果我们提高每小时的单位成本，我的客户可不会为这个买单。我得找办法把这些提高的部分消化掉。"然后他若有所思地说："不是你给大家付工钱。是他们要让你付出多少代价。你让大家得到应得的报酬，他们就不会让你付出任何代价。你给他们的工钱太低，那你到头来可能会一无所有。"

在失业率降低的同时，产品质量也在下降。这是自由市场经济中的残酷现象之一：年景越好，雇主们就越难找到高水平的工人，在低薪的条件下尤其如此。所以，如果老板们不打算付更多工钱，那么他们至少要手把手地教工人。按在"堪萨斯城全民就业委员会"工作的卡拉·提尔门的说法，没有几个人对这种做法有兴趣。她所在的机构举办了关于如何管理曾靠领救济度日的人员的培训课程，但是她们发现没有几个经理人来参加这个课程。"有些雇主想用每小时 6 美元来搞定一切，我听到这个就觉得火大，"她说，"他们想找的人要有高中学历、工作经验等，真正良好的工作背景，没有失业在家的经历。你总得原谅某些过失，向前看吧。"

在堪萨斯城，联邦福利改革推动了企业和职业培训项目之间的密切合作。培训人员经常催促那些对福利救济颇有微词的主管们去实现他们的主张。"我说，行，你嘴上怎么说，钱就得怎么花，"亨利暨理查德·布洛克报税公司的培训专员泰伦斯·R·沃德说，"通常来说，领救济金的人会是一个单身母亲，她在高中就辍学，只有高中二年级或者三年级的水平。你们说她应该有一份工作。那你们打算怎么让她找到工作呢？"他得到的回答都闪烁其词。"如果他们说：'我们不能用她们，'我就会说：'那你们就是想让她们继续领救济金咯？''嗯，不是的。''好吧，那你们自己选择。两者只能选其一。她们缺的就是一份工作，而你们能提供这份工作。'"

雇主们还必须提供沃德所说的"严厉的爱和循循善诱的态度"，管教与同情两相结合，这既是管理之道也是育儿之道。在经济繁荣的局面下，斯普林特公司（Sprint）被迫接受了这种方法。该公司开出时薪是7.45美元，这已经吸引不到几个接线员到该公司在郊区的电话中心去工作了，人手不足的电话中心的失业率降到了1%，而年度人员流动率达到了80%。所以，为了把工作人员从居民大多为黑人、失业率达到两位数的内城社区吸引过来，斯普林特公司大张旗鼓地在堪萨斯城中历史悠久的闹市区中心开设了一个电话中心，这个电话中心位于第18街和藤蔓街交界处的一座陈旧砖楼中，三楼安装了许多小隔间，里头摆满了电脑设备。该公司将员工教育水平要求由持有高中文凭或普通同等学力证书降低至"诚聘持有普通同等学力证书的人士"。该公司将起薪提高至8.25美元并安排了几个明智的黑人妇女监督五十五个员工，这些员工也基本上全部都是黑人妇女。

"他们不相信任何人。"业务经理黑兹尔·巴克利说。她像要上教堂一样精心打扮了一番，带着一位教师特有的体贴而又坚定的态度，她来到了办公室。当时人人畏惧这位老师，可是在多年之后，人们想起她来都充满了感情。她发现救济金妈妈们身上普遍存在着两大问题。一个问题是她们不相信任何人，那是一种深刻的不信任感。第二个问题是她们认为让步就意味着软弱。这两大障碍令她手下的员工们失去了管理愤怒情绪和在职场建立同事关系的能力。她教训了她们。她明确要求她们不许喊叫，她说的是"你要大人不记小人过，抽身离开"，"如果我们能帮她们直面这个问题，我们的人员流动率可能就不会那么高了"。当时年度人员流动率是48%，比郊区的稍好，但是依然居高不下。

为了避免雇用容易产生愤怒情绪的人，急性子的雇主们发现了一些蛛丝马迹，这些线索积累到一起往往就产生了成见。长久以来，暴力是白人心目中黑人形象的一个重要的组成部分。所以，如果你是黑人，如果你是个男的，如果你块头很大，身体强壮，如果你有服刑记录，那么你很有可能就会被视为一个脾气不好、容易血脉贲张的人。

凯文·菲尔兹的形象和这些成见完全吻合。他喜欢看电视上的摔跤比赛，而且他本人的身体就练得跟摔跤手一样——高个子，体重有两百八十磅，壮得像头牛，剃着光头，右耳上还戴着小小的金耳环。当那些可能会给他工作的雇主们问他是否曾经犯下重罪时，他诚实地告诉他们，他曾在监狱服刑两年。当他们问他为什么犯罪时，他据实以告。

"我袭击了别人，"他说，"当时有五个家伙对我一个，我手里拿着棒球棍。他们用一个瓶子砸我的车，车被砸破了，玻璃溅到了当时和我在一起的女孩身上，那种感觉，嘿，很没礼貌，你懂吧？他们对我说，'滚回车里去，不然我们就踢爆你什么什么的。'好，行。于是我回到后座去，抓起那根棒球棍就出来了，我想，就是在那个时候出了那件事的。当我离开的时候，所有人都躺在那里了，然后警察就到处找我。我妈妈教训我：去自首。"

一般说来，雇主们接下来还会问他们一个问题。"他们总是会提到什么：'如果这里出了事，你会怎么做？'"凯文又老老实实地回答了他们的问题。"我总是告诉他们，我会挺身而出，为自己争口气，因为我是个男人，"他说，"你懂的，不会让任何人压在我头上。"他有没有想过说谎，就一点点小谎，说他会走开或者保持冷静呢？"没有，我不会让任何人对我乱来而却一声不吭的。"他说。他几乎从来没找到过工作。他能做的最好的一份工作是修整草坪。

有些公司会习惯性地拒绝有服刑记录的申请人，但有些公司不会。"在我们这一行，员工们必须是让人信得过的人，"堪萨斯城短工中介公司的领导说，"信得过的意思就是能够处理支票、现金、公司的隐私信息……当然，对曾因犯罪被判刑的人，我们会问他们原因。那通常会令我们立刻有所警觉，尤其是涉及偷窃，或者任何导致他们被定罪的原因，或者任何的不利倾向。""约翰·诺克斯村"养老院和其他的保健机构受密苏里州的法律禁令管辖。"我们不能让一个曾犯

A级或B级重罪——也就是凡有攻击人身、侵犯财产或者性侵犯罪行的人为我们做事情。"莎朗·伊比说。没有哪条法规会禁止维多利亚纸业的兰迪·罗尔斯顿雇用前科犯，但是"最好能避免这种事情"，他说，"我们找了一家公司，只要50美元，就会把他们全部的前科记录都给我们。"

在经济状况不景气、恐怖主义威胁上升的时候，雇主们都在收紧雇员背景调查。比如说，在华盛顿哥伦比亚特区，虽然职业培训项目中普遍开设认证护士助理课程，但是没有哪家机构会雇用哪个有吸毒或暴力犯罪经历的人担任认证护士助理。因为担心申请人有不良倾向，大厦业主们都越来越不愿意忽略申请人的前科档案，给他们一份维修工作——而这又是培训中心最喜欢开设的课程。有前科的人只能当按日计酬的搬运工或者给地板打蜡，但是在工作中，他们不能自由进出办公室或者公寓。某些公司甚至会拒绝那些曾经因种族歧视或者性骚扰而控告前任雇主的人。

但是，布莱恩·哈金在为自己的"汉堡王"找工人方面有不同的方法。"我请的一直都是从中途之家出来的人，还有那些刚刚刑满释放的人，"他说，"这些家伙来的时候，脚踝上还戴着脚铐。'谁在监督你？'城中各处有几家公司都在监督他们。'你什么时候要离开中途之家？什么时候要回家？'如果你能问到这些信息，那你就能推他们一把了。有些人会对此表示感激。不过大部分人不会。"

他提到了一个成功的个案，一开始，那只是一个简单的请求。他的一个员工有个朋友，那是一个年轻的女瘾君子，她正在戒毒。"喂，她刚从牢里放出来，"这位工人告诉布莱恩，"她需要一份工作。你能拉她一把吗？"

"我对她进行了面试，她看起来似乎是个不错的人，"布莱恩回忆道，"她算不上非常好，"不过看在他员工的面子上，他雇用了她。在工作中，他和她进行了很长时间的私人谈话，渐渐地，他开始为她所做的努力而心生敬意。"她知道我需要她,就像她需要工作一样,而且我要依靠她来做事。当她意识到这一点的时候,她的能力就显露出来了。那种感觉真是——你打从心眼里觉得开心,因为你能把一个人拉起来,让她不至于流落街头。她邀请我参加她的戒毒完成仪式。她真的感到自豪,而她本来就应该如此。她的处境真的非常困难。她确实是浪子回头了。我不能说是在'汉堡王'的工作令她发生了这种转变,但是我觉得这份工作让她深刻地体会到了自身的价值,而且她有能力自己从地上爬起来,让自己的生活变得有条理。"

"她去了另一家公司,做了另一个职位。我有时候还会和她说说话。她在一家房地产公司当接待员,而且她还做别的事情,给一家酒店打工。她干得不错。我的意思是,那不是什么传奇经历。她不是在硅谷工作,但是她在自己所在的岗位上做得挺好的。"

此外,在你追我赶的市场上,人们往往只要用一次低成本的冒险,几分钟的关注和教导,就能拯救技术水平低的工人们。"有一位年轻的女士差点就要被我们开除了,因为她无法准时上班,"斯普林特公司的黑兹尔·巴克利说,"她从来没搭过公共汽车,"而且她就是不知道怎么搭公共汽车。于是她的主管们教了她怎么搭车。"现在她会读班车时刻表了,她坐上了公共汽车,她现在挺好的。"

换句话说,当一个贫困的工人碰巧遇到了一个求贤若渴、富有同情心的雇主时,他们双方都能得到好处。在经济局面处于中等水平时,堪萨斯城的"约翰·诺克斯村"养老院从来没有因为公交车不到那里而遇到麻烦;在严峻的就业市场上,这家养老院可以找到自己有车的人来填补那一千个工作岗位。但是,在经济繁荣的时候,"诺克斯"就得向内城劳动力储备伸手了,而且养老院爆发了人手严重短缺的问题。"当劳动力资源库见底的时候,我们的失业率降到了5%以下,"人力资源经理莎朗·伊比称,"我们就是招不到人,职位就那么空缺着,每个星期我们都要为了一百个空缺职位东奔西走。"最终她意识到，交通不便是一个主要的障碍。养老院本身有小货车和公共汽车车队，这些车是用来载退休人员们出去远足的，她用车队解决了问题。她调动这些车子，让它们在内城穿梭往返。

这种单靠一家公司之力而采取的权宜之计只是一种应急措施，治标不治本。它无法解决因美国人对汽车的偏好而导致的经济失调；它无法解决买不起性能稳定的汽车的穷工人的长期劣势。它不会令纳税收入从高速公路建设转移到大众运输上来。这是一个很好的例子，从这个例子我们可以看出私人企业在解决社会问题方面的局限性。在经济兴旺的时候，这个解决方案就不复存在了。

当"汉堡王"的布莱恩·哈金说他需要的就只是具有职业道德的员工时，他在无意间已经限制了雇员们的发展潜力。除非你有大学文凭，而且除了守时之外，还有很多优良品质，否则你是不会从一个翻烤汉堡的员工上升到管理层位置的。没有一纸像样的文凭，出人头地会变得极其艰难困苦，而且几乎不可能顺利通过。

在布莱恩看来，这张文凭代表的并不是你有多少知识，而是你能有多努力。"当我看到一个有大学文凭的人时，"他说，"我首先想到的是：这个人很执着。顺利走出大学是很了不起的事情。如果你有能力毕业，即使你拿的是政治学学位，至少你也顺利走出来了。你是成功的。那意味着你在某些方面也能获得成功。"

不过，作为一种"软技能"，执着是从一些"硬技能"中衍生出来的，而这些"硬技能"应该是在学校里和工作培训中学到的东西。没有哪个觉得自己无能的人还会执着，守时，积极向上，或者认为自己确实有取得进步的希望。雇主们抱怨申请者们不会填申请表，高中毕业生连"高中"两个字都拼不出来，不过他们还是雇用了这样的人——这些人没有什么晋升的可能。莎朗·伊比不在乎杂工领班和食堂工人会不会拼写。"她们不用在图表上写写画画，"她说，"只要她们能看得懂订单变更之类的信息就可以了,这才是重要的事情。"那种工作无异于死路一条。

"我手下的一个收银员现在就有一个问题,"布莱恩说,"这小伙子性格很好,人不错,客户都喜欢他。但是,如果没有键盘技能,他就不能改变自己的境遇,只能困在那里。他的脑子就是学不会这个。"有时候收银机会用不了。"比方说,你正在收银机边上忙活,突然来一句,'嘿,布莱恩,我需要一些五美元的纸币'。我按开抽屉,拿出一些钱,给你几张五美元纸币,我敲一下现金键就把抽屉按开了。钱都在那里,但是收银机上没有显示金额,所以他们就不知道要找多少钱。正当他们犹豫不决的时候,你告诉他们应该是多少钱……我做了些什么呢?教他二年级的数学。这给他带来了问题。'帮我算算这些。'顾客们可能都喜欢他,但是他当不了经理。"

他的情况并不罕见。在美国成年人当中,有55%左右的人算不出购物目录上的办公室用品订单总金额,他们也不懂怎么按标签上的说明随餐服药。根据教育部2003年"全国成人读写能力评估"(National Assessment of Adult Literacy),有43%的国民无法概述工作中所需的经验,34%的国民看不懂地图,22%的国民无法根据时薪算出每周的收入。因此,他们在全球竞争平台上占不到优势。美国的生活开支高,因此从事技术含量低劳动的美国工人们需要的薪酬要比和他们做同样工作的人要高,比如斯里兰卡的工人的薪水就没有这么高。除非由于地理原因,工作必须在美国境内完成,否则这些工作就会像百川入海一样不可阻挡地从这个国家流向工资水平低的地区。这就是为什么领食品救济券的人遇到问题时会打新泽西州的800电话,然后从印度的某个人那里得到答案。这也是为什么"领英文件处理"公司(Paul Lillig's Docusort)会将信封的图像从密苏里州传输到墨西哥,那里的工人们坐在电脑前,输入邮政编码,产生条形码。美国经济急需更多有技术的工人,因此那些没有技术的人向上攀升的机会就越来越少了。

各种研究表明,那些会去利用雇主的培训项目津贴和其他的教育奖励金的工人往往是本身受教育程度最高的工人。教育就像是一种资本;你拥有的越多,得到的就越多。那些刚刚摆脱贫困,或者在贫困边缘盘旋的雇员们甚少能有提前规划或者计算这些福利能给自己带来多少好处的机会,这些福利和医疗保险、人寿保险和退休计划一样,要在很久之后才能发挥影响。"那些在最底层的人们出于绝望或者需要才来工作,他们没有职业目标,"大卫·博克米勒评论道,"他们不知道职业路径是什么。他们挣的是最低工资,只为了勉强糊口或者支撑自己的坏习惯——如果他们不工作,就得回去坐牢……他们在工作中不是带着头脑做事情。他们就是打定了主意不想工作……他们的生活就是一团糟。"领英公司注意到低收入员工常因个人问题和家庭问题而不堪重负,他们换了一种说法来描述这种情况:"工作不是他们的第一要务。"

布莱恩·哈金通常能在面试中很快地认出这种人。"你要尽量问对问题,"他说,"要出于本能,像是试探他们一样……有个好问题是:'今天是周二。周二你一般都会做什么呢?你会做什么事情呢?'如果他们能一下子说出七八件事情,如果他们当中有人准备去见监视官,那么你就心中有数了。但是,如果他们有个人说'我离开祖母的家,到当地的餐馆吃早餐之类的——或者我到万宝盛华人力资源服务公司去填了一些文件,想尽量找点活儿干',那你就对他们有所了解,知道他们有什么抱负了。"

另外,布莱恩还会用他自己的双眼去尽量搞清楚事情。"你要找一些肉眼看得见的线索,比如他的肢体语言之类的东西,尽量弄清楚究竟是怎么回事。有很多时候,接受你面试的人一直都低头盯着地板看。那意味着什么?意味着他们爱撒谎还是非常害羞?"或者,那会不会意味着他们心中对自己的无能充满了恐惧?

第六章　父辈的罪孽

> 我不会让你们靠得太近，因为如果有人和我靠得太近，我就有危险。我有被偷的危险。我有被抢的危险。我有被人轻薄的危险。
>
> ——"蜜桃"，一个无家可归的女工薪族

那个十岁的女孩坐在一个空着的秋千上，她和坐在旁边秋千上的社工聊着。那个小女孩问道："你被强奸过多少次？"

这个问题问得漫不经心，仿佛只是在谈话中随便一提。社工芭芭拉努力让自己保持镇静。

"我说我从没被强奸过，她觉得很吃惊。"芭芭拉回忆说。

"'我以为大家都被强奸过呢。'"她记得那个女孩这么说。

"她的朋友们在学校谈到这个，"芭芭拉说，"都是家常便饭。"

那是芭芭拉在谈到性虐待大肆蔓延，侵扰美国无数家庭时的一段开场白。那个女孩是芭芭拉在高危儿童辅导项目中的第一个个案，老师们发现学生们有在生活中遇到麻烦的迹象，便把她们委托给社工。芭芭拉在新英格兰的一个镇上努力为十三个男孩女孩提供帮助，其中有十二个人受过性骚扰，她说。她们经常坐在她身边，坐在秋千上，或者坐在车上，对她讲述那段经历，这样就不必看到她的面部反应。那个十岁的女孩正被自己的父亲施暴。后者已经六十七岁了。

芭芭拉很好奇她长大成人后会是什么样子。她母亲酗酒成性，她经常出入寄养之家。"这样一个甜美的小女孩，"芭芭拉说，"真的很惨。她能熬到二十岁都算不错了。"

熬下去。那是芭芭拉最乐观的一种预测，她的预测差点就对了。十八岁的时候，这个年轻女子怀孕了，而且不清楚三个男人中哪个是孩子的爸爸。

在贫困边缘生存的女性中，有很多竟然都是性虐待的幸存者，这令人意想不到。她们遭受的创伤就像一大笔债务，在发生以后的很长时间内把她们压垮。但和债务不同的是，她们不能通过宣告破产来将它抹去。她们的未来因她们的过去而残缺不全，在她们解释自身情况的时候，它会不期而至。有时在我们第一次谈话时，她们就将这段过去坦诚相告，有时在我们见了四五次面之后，她们才会拐弯抹角地说出来。虽然我从未问过那个问题，但是我采访过的贫穷女性终归会提到她们小时候曾经遭受性虐待的事情。

我和一位名叫卡拉·金的年轻母亲见面仅半个小时之后，她就告诉了我关于她的故事。我只问了关于她家庭的情况。"我父亲在我还小的时候就猥亵了我，"她直白地说，"我丈夫不知道这件事情。我当时十二岁。他一整年都在抚弄我。我父亲喝醉了。我把自己锁在房间里。醒来的时候，他在我身上，我把他推下去。他说，'爸爸和女儿就是这样相处的。'"

"你知道这是不对的，"卡拉继续说道，"但是你不知道要对谁说这个事情。我待在一个朋友的家里。我告诉我母亲，而她却说，'那没什么，你父亲喝醉的时候也会对我那样子，不过那种事情不会再发生了。'"

当一名女性对一个陌生人袒露这么令人羞于启齿的耻辱，事情的严重性可见一斑。她在谈到自己生活中的种种缺陷时，总会追溯那些伤害了她童年的人在她身上留下的耻辱印记和令她厌恶自己的感受，这些残缺能够改变一个人的人生轨迹：她没有选对过男性伴侣，她有很深的不信任感，情感上的疏离，无法产生爱慕之情。看来，那种虐待的影响至深，无法掩饰。

性虐待困扰着所有阶级，所有种族。在这个更加开放的时代，更加开放的社会中，人们往往会更加坦率地讨论这个问题，因此美国人已经越来越意识到这个问题，并为此感到震惊。受害人克服了她们不该有的羞耻感，控诉神父、叔伯、家人的朋友和父亲们。然而还有很多情况被隐瞒了起来，所以还有很多问题找不到答案。穷孩子比有钱人家的孩子更容易受到伤害吗？物质匮乏的家庭是不是也缺乏保护他们的孩子，让他们免受这种难以磨灭的伤害的方法？性骚扰在不安宁的家庭中是不是更加普遍？这些家庭中只有单身母亲，男友如走马灯一般，有人酗酒、吸毒，还有大人深夜值班工作时间很长，不在家中。

众所周知的是，这种创伤和穷人们身上常见的残疾一样，会使人日渐衰弱。无助感会渐渐侵入一个遭受性虐待的孩子的内心。如果像许多受害者声称的一样，这种感觉会延续到成年阶段，那么它可能会摧毁人们的信念，让她们认为生活是不可控的。她们丧失了生活由自己做主的信念，也不相信现在做出的选择能改变今后的生活。一种令人失去勇气的无力感开始出现在她们心中，而且其他不利条件也在剥夺那些身处或濒临贫穷困境的人们做出改变的能力，两种因素混合在一起，侵蚀着她们的内心。

童年的性骚扰经历会破坏一个人成年后与他人建立亲密关系的能力，从而摧毁一个家庭的经济前景。在所有贫穷家庭中，大约有51%的家庭是由单身女性支撑的，还有10%的家庭的一家之主是单身男性，这就意味着61%的家庭只有一个工薪族，这对收入微薄的家庭来说是巨大的缺陷。那些到头来要照顾孩子的女性们可能会，也可能不会从那些父亲那里得到充足的子女抚养费。

一个人无法建立健康的婚恋伴侣关系的原因有很多，性虐待是其中之一。一个受虐待的孩子内心的无力感可能会让其屈服并求助于一种逃避的方式，精神病学家将这种方式称为"分离性状态"，受害者在这种状态下，心理上感受到一种抽离感，听任性侵行为在眼前发生。在遭受其他包括战争在内的创伤的受害者身上也能观察到相同的现象。这种灵魂出窍的体验会给受害者一种获得保护的感觉，其表现是冷淡和情感疏离，这些表现在事件发生之后会持续数年，甚至一生。孩子们尤其容易受到伤害。"在成年人的生活中，重复的创伤会侵蚀业已形成的人格结构，"哈佛医学院的一名精神病学家朱蒂斯·刘易斯·赫曼称，"但是童年时期的重复创伤能形成和扭曲人格。"

幸存者的亲密关系是在对保护和关爱的渴望，以及对抛弃或剥削挥之不去的恐惧的基础上形成的。在寻求拯救的过程中，她也许会找到一个强有力的权威人物，这个人似乎会给她一个承诺，与她建立一段特别的、充满关爱的关系。她一直害怕自己会被操控或者背叛，但是她试图用将她爱慕的人理想化的方式，不让时刻萦绕心中的恐惧靠近自己。

然而，那个被选中的人难免达不到她幻想中的标准。当她失望的时候，她可能会激烈地毁谤那个人，而那个人正是她不久前还爱慕着的对象。普通的人际冲突可能会引起严重的焦虑、抑郁或者愤怒。在这个幸存者的头脑中，稍有怠慢就会让她想起过往被无情忽略的经历，一点点伤害就会让她想起过往被故意残忍对待的经历……因此，幸存者发展出了一段紧张的、不稳定的关系，在这段关系中一而再、再而三地上演着拯救、不公和背叛的戏码。

以各种形式存在的虐待可能会导致过早的性行为。一项研究发现"情感失依，特别是早年的情感失依可能会使青少年倾向于通过性行为和早孕来寻求情感上的亲密感"。另外一项以孟菲斯城一千零二十六位非裔美国年轻女性为样本的研究发现，非性方面的身体虐待与早孕并不相关，而性虐待则与早孕相关。在年幼时曾受到性骚扰的女孩往往会在年纪较轻的时候就自愿与他人发生性行为（平均数为 14.9 比 15.6），而且她们怀孕的时间会更早（平均数为 16.7 比 17.4）。"临床医生应当考虑将称自己童年时曾受性虐待的青少年视为过早性行为的高危人群，"该报告总结，"这些青少年们应当接受恰当的计划生育咨询，并参与精神健康咨询，以降低早孕风险。"他们应该这么做，但是很少有人这么做，如果他们是穷人，那就更是如此了。

另外，在低收入家庭中，性虐待还会将贫穷传送给下一代。在富裕人群中也有虐待现象，但是尽管他们自己也有痛苦的隐情，小康之家还是有其他方法推动他们的孩子前进。父母的雄心壮志和高期望，成功的压力，受教育机会，追求专业成就的动力，这一切加到一起就形成了一种权利意识和机遇。幸存者们参与到令人焦虑的困难工作中，并以此为乐，这在某些家庭中意味着卓越的学术成就。

在低收入家庭中的动力系统则大不相同，虐待行为累积起来就是多重压力的连环冲击。研究人员通过投票的方式估计，总体上来说，四或五个女孩中有一个是受到性虐待的，但是这个百分比在低收入单身母亲中可能会升得更高。报道福利改革的记者们遇到过许多贫穷的女性，她们提到自己正遭受性虐待，向自己的母亲寻求保护但却得不到信任，她们的安全感被撕得粉碎，曾经像避难所一样的家也不复存在。当我对一个白人记者说到新英格兰秋千上的那个女孩时，这个曾经就这个主题写过文章的记者露出了困惑的神情。她不是白人吗？他问。她是，我说，那个城镇上基本上都是白人。卡拉·金和其他许多对我说自己曾遭受虐待的女性都是白人。好吧，他承认，他以为这个问题和黑人文化有关。他似乎没料到自己的看法是一种偏见。

温蒂·韦克斯勒刚刚停止领取华盛顿哥伦比亚特区的救助金，在我们进行第二次谈话的时候，她已经计划好了要怎么花手里的那点钱了。在这次谈话中,她开始谈到自己遭受过的强暴,这些经历和她儿时的记忆交织在一起。事情过去将近三十年,她现在已经下定决心要蒙上伤疤,强迫自己从失败中恢复过来,努力工作,尽情欢笑,为自己身有残疾的女儿做一个榜样。

她对自己的生母一无所知,只知道自己头四年是在哪两户寄养家庭中度过的。"他们会为了任何一件小事打我们,"她在谈到第一家的时候这么说,"他们有个两岁的孩子。她也是领养过来的……我记得有一天;那简直就像个不断重现的噩梦,好像不肯放过我。(养母)把那个小女孩带到地下室里打。我想是那个小女孩尿在自己身上或者其他什么东西上了,她气疯了,因为她得打扫干净。突然之间,我听不到叫声。那个女人上了楼,但那个孩子没有。我害怕了,我猜她看到了我脸上的表情。她说:'怎么?你不想在这里待下去了?'我记得我对她说的是不想。她叫人来带我走,他们来了,然后我就到了下一个寄养家庭。"温蒂一直不知道那个小女孩活着还是死了。

第二个家也没有给她提供庇护。他们还领养了一个叫宝拉的孩子,还有两个十几岁的儿子,他们对这两个儿子管得很松。"这几个男孩经常把我和宝拉带到地下室,脱下我们的裤子,做——"温蒂没有把话说完,"一些让你永远也不会忘记的事情,不管年纪多大了也不会。永远不会忘记。到死的那一天,你也不会忘记。"

然后她又得救了,这次她被一个离了婚又没有孩子的女人收养了。"她收养我的时候说我看起来就像有厌食症的人,"温蒂回忆说,"她说我的头发乱七八糟,衣服很脏,而且她说我的牙齿发绿。她说这些牙还在我嘴里可真是个奇迹。她说,'是我救了你。'"

但事实证明,她没有完全得救。她的养母经常把她扔给保姆,这使温蒂经常和保姆的儿子们待在一起。"他们经常做同样的事情,"温蒂记得,"把我带到浴室之类的地方,让我做奇怪的事情……那是我第一次,也是唯一的一次肛交体验。我想我当时才上二年级……我妈从来都不相信我的话。她不相信我,认为我是在撒谎。因为当她问那个女人的时候,那个女人完全不知情。"

和许多遭受虐待的女人一样,温蒂在和男人相处方面有问题,在处理亲密关系方面有问题,在信任和爱方面有问题。她的母亲竭力争取让她不要走上贫穷的快车道。怀孕,未婚生子,退学,和残暴的男人混到一起,围着救济金打转,在低收入工作中换来换去的青少年往往会走上这条道路。她母亲盼着她能上大学,而且温蒂已经被霍华德大学录取了,但就在她高中毕业的那一天,她发现自己怀孕了。她很害怕,不敢告诉她的母亲。她刚把事情告诉母亲,她母亲就坚持要她去堕胎。

温蒂反抗了,然后还是心有不甘地去做了手术。后来医生告诉她,她怀了一对双胞胎。"手术后,我回过身,那些人体器官都装在一个瓶子里,"她记得清清楚楚,"我觉得那真是太残忍了,如果你要让我经历那样的事情,就不要把结果摆在那里。"温蒂和她的母亲之间裂开了一道缺乏尊重的鸿沟。

每次怀孕都没有好下场,就像每段关系一样。没有一样是能开花结果的;她很多年都没有生孩子或结婚,没有成功怀上孩子,也没有得到温情的爱侣。一个孩子夭折了。温蒂解除过一次婚约,因为那个男人打了她。因为害怕再有孩子死去,会因此痛苦无依,所以她堕了两次胎。她孤身一人,与养母关系疏远,经济状况不稳定,付不起霍华德大学的学费,只好转到了哥伦比亚特区大学,又在拿到学位之前退了学。然后她遇到了另外一个让她想嫁的男人——在她发现他的缺点的时候,她取消了婚礼仪式。"好像是在婚礼前一周左右,"温蒂说,"我发现他在吸毒,我只好放手。但是我肚子里还有孩子。我最后还是失去了那个孩子,那孩子死了。那孩子活了八个小时,然后死了。"

她在美国机场、肯德基和其他地方打零工,但她赚不到足够的钱买自己的房子。她和不同的男人搬来搬去,有时候她会无家可归,住在收容所里。她又怀孕了,她决定这次即使孩子的父亲不愿意承担抚养孩子的责任,她也要一个孩子。"我说如果我把她甩掉,我永远都不会原谅我自己。如果我让这种事情发生的话。而且我许下了诺言,不再做这种事。我必须告诉自己:停止奔跑。恐惧现在应该结束了。处理这件事情。在我怀孕的整段时间里,不管发生什么事情,我都会爱这个孩子,照顾这个孩子。"

这是个女孩,她给她起名叫琪雅拉。这孩子提前了三个月来到这个世界上,重两磅一盎司,在温蒂还住着收容所的时候,她出生在哥伦比亚特区综合医院里。"因为我无家可归,所以她们把我看得粪土不如,"她说,"那些护士好像以为我啥都不懂,我就是从街上来的某个蠢家伙。"她为自己说话,强调他人要尊重她。她没有得到过尊重。

她女儿的诞生不是一件喜事。"因为她太早就要出生了,他们一个劲地告诉我,我的子宫没在收缩。我宫缩三天了。他们一个劲地说我不知道自己说的是什么,说我感染了。我告诉他们,如果我感染了,那这种抗感染药我都吃了三天了,怎么还是那样呢?……他们一把我接上检测仪就走了。我无法呼叫护士。一方面那个设备坏了。他们没来检查确认我的情况是否正常。然后我只好拿上两个监测仪,裹着被单,走到走廊里,从走廊一直走到护士站,说:'拜托,我已经呼叫你们三个小时了。我的胎心监测仪需要多点润滑剂——这个监测仪在嘟嘟响,我都快被它搞疯了。我的子宫在收缩。我需要有人来检查确认一切正常。'你懂的。"

"她们说:'那你干吗在走廊里?'"

"我说:'因为我一直在拼命引起你们的注意。我一直在大叫。我不应该大叫的。'……我说:'你们对我就像对自费病人[①]一样,对

[①] 美国医院向没有医疗保险和自费病人的收费,比向病人投保公司收取的医疗费高出一倍以上。——译者

吧?'这种情况一直持续到她出生……看到了吧,他们就是这样对待没钱的人的。"

然后那个令人震惊的消息传来了。她被告知,收容所不接受新生儿,而那个早产的婴儿一从医院里出来就得送去寄养家庭,直到温蒂有地方住为止。"我对他们说,'没门儿,'"温蒂说,"'除了我之外,谁也不能养我的孩子。我在寄养家庭待过。我知道那里是什么样。'"只有一条路了。"我咬紧牙根:打电话给我母亲。我说:'喂,我生了这个孩子,我知道我们有分歧,但是除了我之外,我不会让其他人养我的孩子。'我说:'我需要在你那里待到我找到公寓为止。在我听够你絮叨之前,我会去找一间公寓的。'我就这么做了。我母亲同意了。我想那是我第一次从我母亲那里得到了尊重。"

第二个打击来了:琪雅拉八个月大的时候被诊断,她因出生前或出生时受到大脑损伤而患上大脑性麻痹。这个小女孩长成了一个可爱的、爱笑的、流着口水的孩子,她到了蹒跚学步的年纪——只可惜她无法学步。她永远也无法行走;她注定要坐轮椅。她快四岁的时候几乎连话都不会说,而且她的话从来都说不顺。

如果不是有这些残疾,那种典型的模式也许就会被打破,因为琪雅拉的经历和温蒂早年受到的创伤完全不同。"我打琪雅拉的屁股,"温蒂承认,"但是她绝对,绝对是做了什么错事。我不会为了一点小事就打她屁股。我可能只会拍拍她的腿。我不会用皮带。我不会用板子。"温蒂认为,她母亲用严厉和担忧的方式表现了母亲的爱,不管她付出了多少,那都是对她早年受到的一些剥夺和虐待的补偿。

但即便是在她努力扮演一个慈爱的母亲角色时,温蒂还是无法从受虐的过去中脱离出来,这段过去成为她和男人建立爱侣关系的障碍。到她终于要结婚的时候,她还是选错了。她的丈夫患有躁郁症,他不帮她,反而还和她作对。结婚两个月后,他从一家熟食店辞职了,因为他"想靠我吃软饭",她说。他们生了一个健康的宝宝,但是他坐在家里,不愿意帮她照顾孩子,抱怨她做的食物不好吃,还异想天开地想象她和办公室同事在打情骂俏,醋意大发地打电话恐吓她的同事。"他非常没有安全感,"温蒂说,"他会对我发脾气,因为我一直叫他'把你的黑屁股从这里挪开,去找份工作!'"他喝醉了,他想打她。"我把他鼻涕都打出来了,"她说着,愤怒地大笑,"我抓起电话对准他的眉心就是一记。"她又大笑了起来。"我一拳打到他的脸上,我还想用衣架把他勒死。"她很爽地咆哮了一声,"我用一个煎锅打得他晕头转向……那是一个旧的铸铁煎锅。"她一直笑,一直笑。他逃走了,而她提出了离婚申请。

人们常常会发现,从性虐待中熬过来的人对自己的孩子非常有保护欲,有时候保护得过了头,他们对孩子不停地说"不行,不行,不行",这会摧毁年轻人探索和学习的创造性倾向。温蒂有一些焦虑的表现,但是很难说其中有多大成分源自她自己的过去,有多少是由于她的大女儿的疾病。温蒂宠溺着孩子,尽职尽责,她决意要让琪雅拉生命中的所有可能性都得到最大程度的发挥,就像她这么晚才开始努力实现人生的最大价值一样。她现在有了一个以身作则的理由。

"我觉得每个人都有他们的不幸,每个人都有自己的挫折或者其他什么事情。需要有一个真正的强者去克服那些事情,"温蒂勇敢地说,"我要让她看我怎么克服困难,我希望这样能给她影响,鼓励她去克服自己的困难。"

"叫我蜜桃。"说这话的女人带着冷酷的痛,左颧骨上有一个小小的伤疤。她一定是选择了用讽刺或渴望来伪装自己。她伤得太重,太过鲁莽,经历太多,被吓得太惨,太老于世故。她住在一个流浪汉收容所里,为华盛顿特区里的一家高级律师事务所做复印工作。这份工作让她感到很愉快,让她渐渐获得满足。她工作的那间办公室所在的地方就像一座富丽堂皇的神殿。宽阔的大理石大厅四周环绕着巨大的柱子，棕榈树排成的幕墙，还有水晶般的玻璃塔，顺着玻璃塔望出去，能看到天空和大厦的群景。她住的地方位于一个危险的社区，那里有很多穷困潦倒的女人，她们会偷别人的食物。

"我不知道我父母是谁，"蜜桃说，"收养我的人在我五岁之前就死了。"接下来收养她的那个家庭在马里兰州的东海岸地区，这个家庭里的人对她施以残忍的打击，让她渐渐变得软弱无力。他们和她一样，都是黑人，但是显然他们没有那么黑，因为他们嘲笑她的肤色。"我曾经被锁在房子外面，他们说我是无足轻重的人，"她说，"我就像我的妈妈一样：又黑，又丑，又瘦骨嶙峋——总之一钱不值。该死的，我就生存在那样的人家里。"

而她的生存价值就是养活这家人。每个夏天，她说："我从八岁开始就在工厂干活，把滚烫的热土豆装到桶里。把它装到桶里，那温度把人的皮都给烫掉了。就是你现在拖地用的桶那么大。你装一桶就得10美分。一会儿把桶推过去，一会儿把桶拉过来，一会儿把锅子拿起来，一会儿把锅子放下，我就做这些苦工，从早上6点干到晚上……那是非法劳动，但是我只能工作。那就是我的夏天。"

她的身上依然带着养母加在她身上的惩罚标记。"我的胳膊上都是伤疤，"蜜桃说，那些伤疤形状扭曲，像锃亮的金属。"我熨领子没做对，被烫到了，因为我做得不对……如果我到旁边喘口气的话，会被鞭子抽的。"青春期突然到了，她茫然失措。"他们根本没有告诉我任何情况，"蜜桃回忆道，"我是个女人，和所有年轻女人们一样，我的身体开始产生变化，我开始有月经周期了。我不知道身上发生了什么事情。没人告诉过我。那就好像，'你刚才干了什么？噢，赶紧的'。没有那种'喏，你就是这样的，这正是我所期待的，你是个大姑娘了'。"

她的悲惨遭遇没有随着童年的逝去而完结。她没有提到性虐待，但是身体和情感上的连续打击给她带来的痛苦还在持续冲击着她的内心。"人们用奇怪的眼神看我,"她说,"就好像'你表现得像是没和人交往过,你有残疾'。好吧,我的确没有。我没去看过电影,我没去看过马戏。我的女朋友请我去看马戏,当时我二十几岁,大概二十七岁……我哭了,因为我从没去看过马戏。那对我来说是新鲜事。我确实没有和很多人出去玩过。我以前都待在家里,因为我没有什么选择。"

"我还对自己有了其他的一些发现。当人们谈论他们的朋友、好友、他们从高中建立起来的人际关系的时候,我都没什么可以和他们交流的,因为我没有发展过那些友情……前两年我上了一个兼收黑人和白人学生的综合学校。好吧,该死的,我在黑人中间都感觉不到自己的价值,这样你就知道,我在白人中间更感觉不到自己的价值。所以我更加孤立……我不知道我有什么价值,因为他们总是告诉我,我一钱不值。"

蜜桃高中毕业之后,那个寄养家庭把她踢了出去。"我第一次上床就怀孕了,"她得到的是一顿责骂,她说,"'你就像你妈,不好,等等等等'。我就好像,嗯,不好意思,没人会真心愿意坐下来谈谈我的事情,让我觉得自己值得他们花点时间来解释什么,所以一个比我大的男人和我上床了。我不喜欢。很疼。"她没有生下那个孩子,不管是这次还是后来怀孕都没把孩子生下来。她参加了就业训练团[①],在那里,她被一个皮条客强奸了,那个人想让她当妓女,她一下子就坠入了地狱。在这个过程中,她拼命抓住任何一点自立的机会。"我已经卖身了,"她坦承道,但她强调不是为了皮条客,她的老板就只有自己,"我不觉得自己是在为其他人做这件事。"

蜜桃不顾一切地寻找一丝关怀,她一再选错男人,在梦想和恐

[①] 就业训练团成立于 1964 年,是美国政府为无业青年组织的就业培训机构。——译者

惧之间被无情地打击——她梦想着能过上田园式的家庭生活,但又唯恐创建出一个像她的寄养家庭一样的家。"我怀过好几次孩子,但是有件事情让我不愿意生下孩子,因为这些事情在我脑子里回放着。如果我不能像我想象的那样,有个电视里那样的男人,那样的家——他会对我说,'嗨,宝贝,我在家',而不是'他妈的,你怎么怎么样',……我就不会把孩子带到这个世界上来,"她称,"好,我想要的是那种教科书式的家庭,有丈夫有妻子有个家,可能还有一只狗和一只猫,两个孩子,一辆车和一间房子。但我从来都把握不住。我永远都把握不住。那些东西都从我手中溜走了。我争取过,哭过,我为此苦恼,但是它还是离我而去,因为我身后跟着太多的东西。我不知道那是什么。我只是在熬日子,过一天算一天,就这么工作,去喝酒,每个星期六都去寻欢作乐……如果有人来到我生活中,哪怕他们只是假装爱我,我也会配合的。我会付出,付出,付出,付出,直到我受伤。事实确实如此。我受伤了。"

由于自我意识淡漠,她自然而然地被那些喜欢控制她的男人吸引了——那些明显无法控制他们生活中其他东西的男人。其中一个男人和她分分合合地过了很多年,这个人也和她一样,认为她是个没有什么价值的人。"那个曾经和我在一起的先生让我情愿自己躲到墙里去,"她说,"请不要再让他对我说什么了。"

如果她穿上毛衣,他会说,"你用不着那个。脱下来。"如果她离开那间房子,他会大吼:"你要去哪里鬼混?"

"我只好偷偷溜出去,在街上打电话,"她说,"如果我要甩开他,他会跟在我后面。回头看看,我究竟是怎么落到这步田地的?我能做什么?'不要坐在这里,不要坐在那里'……我换了一个又一个男人,他们都没有把我当回事。我不明白这是为什么。我是个好人。好吧,也许我不是个好人。你明白的,也许我有问题。好吧,我有问题。我经常都听别人这么说。我要疯掉了。"

蜜桃渴望得到一个男人的爱，但她不但被这个男人抢了钱，还被他揍了。"看看我还留着的这几张照片，"她惊讶地说，"我不是个难看的女人，我有段时间还是个很漂亮的女人——身材曼妙，长发披肩。但是我从没那样觉得过，因为如果有人打我相貌的主意，那他们想从我那里得到的就只有我的身体了。如果我不给，那好，我就没用了。"

雇主们把她用完之后，也将她弃之如敝屣。"我真的和别人合作得不太好，这把我给耽误了，"她解释道，"因为我不太明白和人打交道的那些门道。"为了挣到比最低工资多一两美金的薪水，她觉得自己在罗德与泰勒百货和其他店里做女装销售工作做得挺好的。但是她得在冬天的拂晓时分和夜晚等很长时间的公共汽车，这让她的哮喘加重了，她因此旷工并被解雇了。这又是一个几个不相干的问题产生深远影响的例子：糟糕的公共交通导致健康问题，造成失业。

"我酗酒了。我吸大麻了——谢天谢地，没有试其他东西，"她说，"我每个周六都狂欢，中间几乎没停过。"她最后沦落到了这个国家首都的街头，她的邻居们对她视而不见。"他们一个字也不会说。他们看到我走在街上，浑身脏兮兮，乱糟糟的，他们不会说：'你咋啦？你要吃三明治吗？'那些人我都认识。他们甚至认不出你，说'女士，抱歉'之类的。我就是个透明的人。"

她偷偷溜进了一个还没建好的地下室去住。然后她进了一个可怕的收容所，在那个收容所里："我拿到的罩床垫的床单像威化饼那么薄，上面还血淋淋的。我把床单抖开，上面还有老鼠屎……他们给你食物的时候，你只能有一个盘子，连餐具都没有。但是我快饿死了，因为我一整天都没吃东西了，所以我坐在那里拿手抓着就吃起来了，我想了想，我说，'我不能这么做。'所以我回到了那个还没建好、充满尘土的小地下室里待着，花了我身上那一丁点钱，买了一条毯子，因为我很冷。"后来她暂时回到了一个性格暴躁的男人那里。"因为我需要有个洗澡的地方,我挨着墙爬过去,希望,祈求他不会碰我……他把我赶回了大街上,我在街上走着,把能吃的都吃了,买到什么就吃什么。我的意思是,当你流落街头的时候,钱流得很快。"

她靠盗窃为生,但是她觉得这很掉价,所以她都是小偷小摸,这和她对自己的轻蔑态度正好相配。"我偷过食物。我偷过衣服,"她承认,"这没什么刺激的。因为,听我说,我没有,从来没有进过高级商店。"她轻笑一声,"如果我是个又黑又丑,腿瘦得像柴火的小人,那我就配不上那个。我不可能到那里去。但是你知道,我可以到麦克布莱德商店去,我可以到凯马特超市去,偷点衣服……我不会偷牛排,我会偷博洛尼亚香肠。"她尽情地,用力地嘲笑自己。"我这个人不够好,所以连偷东西也不能偷好东西。"她的笑声越来越大,直到她的话都变得含混不清,上气不接下气:"如果我要偷东西的话,我起码可以偷块牛排,而不是博洛尼亚香肠。该死的,我可以花 99 美分去买点博洛尼亚香肠!"

父亲和母亲的罪孽有很多种形式,不仅仅是性方面的虐待,那些施加在儿子和女儿们身上的罪孽还可能导致自虐。在他们的心中本该建立起自我价值观的位置留下了一片空白,像空气流入真空一样,酒精和毒品立刻流进了这片空白,迅速摧毁了一个正常家庭的亲密感情。而童年阶段会对成人阶段产生影响,令那些主题回响,重演,因此,一个年轻人被忽略和残暴对待的经历最后会决定她养育自己孩子的方式;这种伤害可能会一代一代地传播下去。

玛奎塔·巴恩斯不是很清楚,这一切是怎么发生在自己身上的,但是她看到她的家庭生活从祖父祖母那个年代起开始四分五裂,她担心这些失败会延续到她的孩子身上。

她的祖父母和外祖父母都在华盛顿的纯蓝领区有独户住房,在那里住的非裔美国人中,有很多人都在做稳定的公务员工作。但是,二十年后，玛奎塔住在公屋社区。不久前，那里刚有一个年轻妈妈被飞车歹徒开枪打死了。玛奎塔像是生怕把外面的世界放进来似的，她的百叶窗一直都是拉下来的，窗户紧闭。没有新鲜的阳光和清新的空气来驱散气味污浊的黑暗。她很别扭地坐在一张可折叠的金属椅子上。小厨房里的自行车上耷拉着衣服，洗好的干净衣服叠放在她客厅的褐色长沙发上。她有一只灰色的猫，一只鱼缸，装在硬纸框里的孩子们的照片，还有一个永远不停地响着的电话。电话经常是找她十几岁的女儿的，玛奎塔的女儿步了她的后尘，从高中退学了。这个阴沉着脸的女孩发出了一个简短的单音节，应了她母亲和其他人一声。

这个家庭曾经让美国梦实现过。经过三代之后，现在这个家族是第四代。和这个国家对社会地位上升的乐观理念相悖，这个家族的成就和经济情况每况愈下。"我一直认为我祖父母很富有，"玛奎塔说，"每次我们到那里去，都是想要什么就有什么，你知道的，有很多吃的。我祖父母有七八个孩子，但是日子还是很富足。"她的外祖父母"也一直很有钱"，她记得，她最喜欢的一个地方是她祖父在车库里"自创"的工作室，里头装满了"可以胡乱摆弄的东西"。这些回忆让她放声大笑，笑声中充满了怀旧的温情，在后来的生活中，她无法唤起这种温情。

据玛奎塔回忆，她的祖母是一名护士助理，祖父在水务部门工作。他的儿子——玛奎塔的父亲追随了他们的脚步，但是安稳的工作和家庭就此到了头。她的父亲从来没和她母亲一起住过，而她母亲打的是临时工——在政府印刷局工作并且做洗衣工——因此她和孩子们有时要靠救济生活。"我妈是个酒鬼，"玛奎塔直言不讳地说。

身为三个孩子中的长女，玛奎塔不得不肩负起和她年纪不相称的责任，还有讨厌的尴尬。当她的母亲喝得烂醉如泥，不做家务的时候，玛奎塔带着她的弟弟和小妹妹去杂货店买东西。她到邻居家里去找她母亲的踪影，一家一家地敲门，威胁说要去报警，以求让她在酪酩大醉之前回家。"我不想让我的任何一个朋友看到她那个样子,"玛奎塔说。背负着成长负担的孩子是无法取得成功的,而那往往是她们的第一次失败,也是缺陷的根源。

"我跑了很多次,"她回想着,"我跑了很多次去和我父亲在一起。而当我去和父亲一块住的时候,我又不想和他在一起了……我去和我的祖母一块儿住。我最终回到了我母亲的身边。(后来我)又去和我的几个朋友一起住,结果发现和我一起住的一个好朋友的侄子晚上想钻到我床上,我把这事情告诉她,而她是这么说的:'为什么这个小男孩想和你睡一张床呢?'于是,好吧,我只好离开这里,你懂的。那是一种煎熬。我和我妈妈,我们从来都不能好好相处。我猜,那实际上只是因为我想要一个正常的家庭。"

她不可能得到正常的家庭,那只是苦难的记忆和可望而不可即的设想。"其实我有时候会为了没有帽子之类的东西而觉得难为情,"她回想道,"总是发誓等我能自己做事的时候要带走我的弟弟和妹妹,他们会和我生活在一起,一切都会好得多。"渐渐地,那些长辈们都去世了,还在世的长辈也日渐疏远,玛奎塔被遗弃在地狱的边缘,就像她所说的,"基本上只能自己照顾自己"。

照顾自己是一种可怕的要求,它会令一个孩子感觉无力。在这方面,玛奎塔做得不太好。她反而踏进了更深的深渊:她初尝禁果就怀孕了。在她大二那年的10月份,她退学生下了孩子,这是她的四个孩子中的头一个,四个孩子的父亲是三个不同的人。她没想过堕胎,而她的理由和那些青少年的理由一样,她们把自己的宝宝看成是成熟和独立自主的标识:"我可以对我妈说,'我现在是大人了,我可以做我想做的事情,我可以做这个做那个,我有了一点收入,我现在做事情有些分量了。'我猜就是那么回事。"

玛奎塔依靠救济金过日子,由于贫穷,她不得不住在布伦特伍德,那是华盛顿的低档社区,毒品肆虐着整个社区。她把那里叫作

The Working Poor   177

"陷阱"，因为那里束缚了她，吞噬了她的梦想。一个社区可以产生深刻的影响，它能决定你的邻居、朋友、娱乐活动和诱惑你的事物，而这个社区令她付出了代价。因为无事可做，玛奎塔天天都泡在毒贩和瘾君子的圈子里，他们聚集在一条声名狼藉的商店街，堵在她所住的大楼的过道上。"我想我当时应该是二十七岁，"她说，"我最后还是吸了毒。我陷进去了……我开始沉迷于那些真正带劲的，吸可卡因，吸大麻卷烟之类的东西。"第一次吸食强效可卡因的兴奋感是令人吃惊的，也是难以形容的，之后她就一直寻找开始时的感觉。"你就是在一直追逐那种感觉，因为你从来都得不到第一次时的那种兴奋感……你尽力寻找那种兴奋感，但你从来都做不到……我会为我想要的东西做任何事，比方说，我会卖掉我孩子们的东西，圣诞节的东西，我所拥有的任何东西，从某人那里弄到钱。"

瘾君子们说，强效可卡因甚至会抹杀最强大的母性，这种事情就发生在玛奎塔身上。她的孩子们渐渐忘记了她，她从公寓里被赶了出去，而且被街边的一个男人骗了。虽然她的孩子们还和她在一起，但是他们的情况让玛奎塔的妹妹和一个女朋友非常担忧，她们给华盛顿哥伦比亚特区的儿童和家庭服务机构打了电话。"我当时还在吸毒，"玛奎塔说。当那些调查员们到的时候，她已经有两三天不在家，在外面买强效可卡因，吸毒。她回来时发现孩子们都走了，最大的那个和一个姨妈住在一起，儿子送到了他父亲那里，最小的两个被送到了一个寄养家庭中。那是一次沉重的打击，但是还不足以把她从毒瘾中打醒。那是后来的事情，也只有到了那时候，她才会问自己有哪个人能受得了"你做的事情和你让你的孩子们经历的事情"，她就是这么对自己说的。"我怎么能做出那种事呢？"

一个重新找回自我的瘾君子或者酒鬼在讲述自己故事的时候，往往会把这个故事塑造成一个道德传说，其中有很多宗教寓言的元素：诱惑、堕落、忏悔、赎罪、拯救。所以，举个例子来说，就有这样一个故事，一个名叫约书亚的男子学他父亲酗酒成性，还经常无家可归，神志不清。有一年的平安夜，他和好友在白宫对面的拉斐特公园狂饮，他不省人事，鞋子和大部分的衣物都被脱了，等他醒过来时已是圣诞节，他当时在医院里，医生们还在奋力抢救他冻坏了的双脚。每只脚的一半都已经被截除，这足以让他醍醐灌顶，重获新生。他在医院的时间也是接受强制脱瘾的时间。他戒除了酒瘾，还找了一份维修工作。

所以，同样，玛奎塔也要跌到谷底才会重新浮起来。在谷底，理智和常识如一道道闪电划过。她认识到了两件事情，这让她如梦方醒：第一，她的毒瘾已经让她失去了父亲的爱。"当我开始吸毒的时候，我们的关系枯萎了，"她伤心地说，"那让我很受伤，因为我过去一直是爸爸的小姑娘。他会为我做任何事情。"第二，她最后躺在了医院里，这既洗净了她的身体，也洗净了她的内心。

"一天晚上，我跟着那个家伙走了，"她说，"他给我买了点那个，等我们到了他的房子里，我只好和他做了那种事，然后他去睡觉了……我拿走了他的钥匙，拿走了他的车，去给我自己买了点那个。我的本意是好的——要把他的车带回来。"但是当她到了那个贩毒地段后，她让那里的人帮她把车停好，结果他把它开走了，打开行李箱，偷了她朋友的工具。她暴跳如雷，一拳打穿了一扇车窗，一腿踢碎了另一扇车窗。她正在兴头上，所以感觉不到疼痛。"我的手在流血，腿在流血，但我还是想吸毒，不想去医院，少来这一套。"

然后那辆车的主人出现了。她准备好了要被他揍一顿，结果想不到他却好心把她带到医院去了。这份善意如此强大，穿透了她心上层层的茧，让她的心软化下来，开始反省。"那触动了我的心，你明白的，因为大多数人会想要把我打得屁滚尿流。"她对她自己说："我不需要更多神迹或其他的东西了——我不想死。就是这样。"

寻求治疗的瘾君子人数远超病床数量，所以那些治疗中心会很挑剔。他们会找那些毒瘾很重的人，所以玛奎塔打算把她自己描述成那样的人。她找到了一个很好的治疗项目，那个项目不收钱，然后她一天又一天地打电话过去，直到她的决心打动了收病人的人。当病床终于向她开放的时候，她参加了一项为期五天的脱瘾治疗，然后是二十八天的康复治疗，又在过渡宿舍过了一年。相比之下，那些有钱人一般都可以花钱请人帮他们治疗。

玛奎塔的治疗中心离她的瘾君子朋友出没的旧街区很远，这就给她加上了一个关键的隔离网，把她和那些损友们构成的人际网络隔离开。对那些想要戒除这个习惯的人来说，脱离吸毒人群是关键的一步，但是那也意味着形单影只的痛苦。因此，玛奎塔基本上就只能孤孤单单了。她没有完整的家庭，所以有好几年她只能依靠一个模拟"家庭"，也就是一个每周来探视一次的戒瘾者支援团。

随着她一点一点地取得进步，她一心一意把眼睛盯在要回孩子的目标上。幸运的是，在照顾他们的地方，他们逃脱了温蒂、蜜桃和其他人所遭受的伤害。玛奎塔的两个最小的孩子被送给了一个养母，她对他们悉心照料，而且她变成了玛奎塔的捐助人、朋友和知心女友。"她是我的上帝赐给我的福气，"玛奎塔称，"她说：'我会告诉你能做什么。你可以到我家来，而且你可以帮我照看孩子们。照看我自己的孩子和收养的孩子们！'"她非常慷慨大方，每两周付 200 美元给玛奎塔，这让玛奎塔受宠若惊。"她就像我的第二个母亲。她是个很好心的人，"玛奎塔时隔四年之后这么说，"我们一起去很多地方，一起做很多事情，我永远爱她。"从这位养母身上，玛奎塔学到了如何为人母。

但是她也需要钱，她没有一张高中文凭，甚至连普通同等学力证书都没有，她的工作前景很黯淡。从戒毒治疗中走出来之后，她在马里兰州贝塞斯达的疗养院找到了一份洗衣和清洗浴室的工作。她得到了一间公屋社区的公寓。她把她的四个孩子全都要回来了。由于孩子们又开始由她照料，没有车的她到贝塞斯达上班要花很长时间，这变得很累人。六七个月之后，她换了一份工作，在赫克特百货商店的仓库做事。在那里，她给商品贴标签，还给拖车卸货，一小时收入是 7 到 8 美元。但她每去一趟都要换乘好几辆公交车，花一个小时的时间，而且工作时间不固定——上一两天班，然后直到周末都无事可做，然后下周全七天都要工作。这份工资太低，工作时间也太分散，她赚不到几个钱，为了这个时不时地不在家，不值得。她算了一下，领救济金还好些，所以她回去领"P. A."了——她是这么叫公共援助金（public assistance）的。

如果没有 1996 年的福利改革法，她很有可能会一直那样度过许多年。福利改革法要求她找份工作。但如果这项改革还要求她去学习并拿到普通同等学力证书或者接受培训，学些能帮她挣钱的技能，那么可能会对她产生更重要的影响。她参加过一次普通学力证书考试，她的数学考砸了，而且她怕要花 20 美元再参加考试。"我就是玩不转数学，"她说，"说到数学，我在那方面一直都是个睁眼瞎。我会做一些题，但是当我遇到分数和乘法时，我就被难住了。"不过她也有计划。"我可以花 20 美元去参加普通学力证书考试，"她说，"所以除非我不敢去做这件事，否则没有什么真的能阻止我的。"什么时候呢？"我不知道。可能这个月，可能下个月。应该是下个月。"这番话过去了四年多，她还是不敢再去试着考一考。

当福利救济逼着她走进职场的时候，她能找到的最好的工作的时薪就只有 6.15 美元，一天四小时做传真、文件分类、收发邮件、复印的活儿，还有就是在大都会男孩女孩社团的接待处坐着。这是一份没有升职希望的工作，就像尽头没有光线的隧道。事实上，那份工作连隧道都算不上，那只是一个没有窗户的接待处，她只能坐井观天，没有出路。

家里的日子也不好过。她的妹妹——那个曾经救了玛奎塔的孩子们的妹妹——现在迷上了毒品,流落街头,住在破房子里。所以玛奎塔救了她妹妹十几岁的儿子,把他带到她的小公寓去住。他们在那里等待她的妹妹跌到谷底再幡然悔悟的那一天。

更糟糕的是,玛奎塔的女儿奇约娜开始走玛奎塔的一些老路。这个姑娘讨厌学校,初中就退学做清洁工。玛奎塔看着自己的错误重演,心中悲愤交加,她请求奇约娜回到课堂中去。这个姑娘固执地拒绝了。玛奎塔指出,至少她没有怀孕,但是这个安慰也没持续多久。几年之后,奇约娜就生下了一个私生子,两年后又生了一个。她靠救济金过活,这个毛病就这样直接传了三代人。"不好,"玛奎塔悲伤地说,"真的不好。"

然而,最新的一代也正在分岔路口分道扬镳。种种错误的决定和破坏生活的连串失败就像一条通往贫穷的快车道,在这条快车道上出现了一个偶然的、由一个个明智的选择和小小的成功打开的出口。奇约娜似乎在迅速滑向一生的贫穷,而她十几岁的弟弟加里则走上了一条不同的道路,这都多亏了玛奎塔和加里的父亲走了明智的一步。在她四个孩子的三个父亲中,只有这一个是能帮她的。玛奎塔正式宣布,奇约娜的父亲"去世了",还有一个"被关在监狱里"。但是第三个父亲,也就是加里的父亲很关心她们的情况,他提供了自己在马里兰郊区的地址,这样他的儿子就可以报名进一所好高中,避开华盛顿哥伦比亚特区的社区环境。玛奎塔高兴地接受了这个机会——不仅是为了能让他接受更好的教育,也是为了能把他从这个毒品横行、像漩涡一样的社区拉出去。此举奏效了。加里毕了业,还继续到内布拉斯加州的大学上学,而且他开始考虑成为一名教师。

然后玛奎塔自己也找到了一个出口。她为了能考到商业驾驶执照而努力学习,在试了三次之后,她通过了考试。尽管无休止的加班让她的孩子们吃了苦,而她也不喜欢信件分类和送信的苦差事,但她还是到一家邮局去工作了。然后她开始为华盛顿公立学校系统开公共汽车，工作轻轻松松，薪水是每小时 15 美元，还有福利。一切都进展顺利，直到她有一天早上把孩子们送到学校之后，她倒了霉。她忘了检查孩子们是不是都下了车。在后座的一个小男孩睡着了，直到她把公共汽车开回车场的时候，她才发现他在那里，在一个座位上平静地打着盹。她直接把他带回了学校，但是不管怎么样，她已经违反了一项重要的制度，她被开除了。如果在过去，她也许会静静地躲回福利救济人员名册里，但是在现行法律下她没有这个选择，所以她在一家私立学校找到了一份司机工作。她说那是"一辆贵宾公车，一辆装着三十五个乘客的豪华公车"，她每天把孩子们送去学校，再把孩子们接回来，每小时挣 13 美元，但是没有福利。这些养尊处优的孩子们从来没看见过她的伤疤。

玛奎塔的母亲，也就是在她的童年造成关键真空的人，在五十九岁时患肾病去世了。不过，她的去世并没有抹掉过去。"看看《圣经》，"玛奎塔说，"你是我父亲，你犯了那些可怕的罪行或者这类事情，或者你身负罪孽，如果这个家庭不走正道，那么那份罪孽就会传下来。它就这么继续着。有时候它会延续下去。它可能会跳过几代人，传到另一代人身上，你懂的。"她笑了，笑声很酸楚。它就这么继续着。

当一个孩子自己变成了母亲的时候，那些帮助孩子应对性虐待或者肢体虐待的心理技巧就没用了。那种疏离反应，那种情感封闭干扰着长大成人后的幸存者对自己孩子的反应。她可能会很戒备而且保护欲太重，感情淡漠，欠缺能力，无法保持同理心。日常的压力可能会重新激起创伤后综合征。

在此要强调一遍，这种动力系统可能会随社会经济水平改变。尽管一个养尊处优的孩子可能会因父亲或母亲缺乏管教能力而受伤，但是他有接受良好教育、特殊服务、治疗和其他方面的机会，这些可能会让他比那些与他有同样遭遇的、生活在贫困中或者贫困边缘的孩子更成功地渡过难关。没有优裕的家庭环境的保护,没有成就和雄心,一个孩子会被暴露于危险的境地之中。

这并不意味着穷人父母就肯定比富人父母差。这里指的是父母失职在贫穷条件下产生的伤害会更大。一个家庭就像一栋房子,它只能经得起它的构造和维修情况允许范围内的风雨;在穷人四周肆虐的暴风雨会考验任何建筑物的韧性。就像各个阶层的美国人从他们国家的高离婚率中了解到的一样,家庭实在是一样很脆弱的东西。

在对贫穷问题的讨论中已经没有能够让人心潮起伏的话题了,因为长久以来,贫穷家庭一直被打上了不正常人群的烙印。父亲是一个酒鬼或者吸毒的废物,如果他真的还在的话;还有不是愤怒的泼妇就是唯唯诺诺的无能者的母亲。这些父母不读书给他们的孩子听,不重视教育,不进行道德教育或做道德示范。这就是贫穷家庭的形象。在画面之外还有无私付出的祖母们和心怀热爱的父母们,在有限的资源条件下做出聪明选择的明智成年人,愿意提供援助的亲戚们,如果这个社会能提供更多的帮助,他们全都是可以克服障碍的。

在自由派和保守派争论的两个极端,前者不想看到不正常的家庭,后者则不想看到除此之外的其他部分。根据这个国家的意识形态,有害的育儿方式既不是贫穷的起因,也不是贫穷的唯一起因。这两种成见都不对。在我置身贫困边缘做出的研究中,我没有见过几个成年人是没有童年问题的,而且我发现那些过往的经历既是原因也是结果,它们和其他各种各样的困难交织在一起,比如金钱、住房、上学、健康、工作和邻里关系等互为强化的困难因素。

罗伯特·尼德尔曼(Robert Needlman)博士曾描述过这些交互作用,他是克利夫兰的一位从各个社会经济水平观察儿童行为的儿科学家。"糟糕的育儿方式可以导致严重的行为问题,其中的部分问题就是注意力难以集中,"他说,"一个心理非常健康的孩子才能够上学并将注意力集中在教师身上,在乎教师的话并做功课。能这么做的孩子是健康的。糟糕透顶的育儿方式会令他们做不到。"那么,有什么能避免糟糕的育儿方式呢?"如果你能得到充分的休息,那么当一个好父母是很容易的事情。你能请得起保姆,有人帮你打扫屋子。那些拥有足够的心理资源,有能力当好父母的人往往拥有能让他们在经济上相对有保障的资源。"

有些父母从不和他们的孩子玩耍,所以当他们的孩子自己变成父母的时候,他们也不曾意识到和自己的孩子玩耍是很重要的任务。这种残缺非常显著,即使那位父母明知摄录机在工作,摄录机还是会记录到这些表现。这些都是巴尔的摩营养不良治疗中心通过拍摄低收入家庭中的亲子生活而得到的发现,这一行动旨在让父母看到自己的错误。

在一段录像中,一个小男孩坐在一张高脚凳上把食物拿来玩而不吃。他的母亲看了一会儿,然后抽出一本杂志开始看。他的嘴里什么也没吃,而她视而不见。

在第二段中,还是这个男孩,他坐在地板上,把积木放到一个塑料桶里。她母亲看着她,打了一下哈欠,低下头,闭上了眼睛。她和儿子之间没有任何互动。

第三段中,母亲和孩子都坐在一张矮桌旁边,各顾各地玩着塑料积木。工作人员已经告诉过她,"和你的孩子一起玩",但她显然认为那指的是就当孩子不存在似的玩耍,或者把自己当成孩子去玩耍。搭起一堆积木后,这个男孩骄傲地说:"妈咪,看。"

她用讽刺的语气反复嘲笑他,"看看我做的,妈咪"。然后,她不管孩子,自己就要把积木搭成标签上画的形状。那个男孩伸手去拿她面前桌子上的一块积木。她把它抢走,凶巴巴地说:"不行!"然后她甚至把他搭好的积木堆拆掉,把其中的几块用在她的积木建筑上,在整个过程中,她还嘲讽地对他说:"妈咪,看!妈咪,看!"

在第四段中,他们又坐在那张矮桌旁边,各自拼着拼图。那位母亲把她的拼图托在大腿上，向上倾斜着，这样她的儿子就看不到了。那个男孩捡起了他的拼图，那本来是一整块的，然后把它翻转过来，拼图碎片哗啦一声倒在了桌子上。

"你得把它们全拼起来！"她厉声说道，"你把这里搞得乱七八糟！"

那个男孩平心静气地玩着，小心翼翼地把所有的碎片拼到一起，而那位母亲继续拼着她自己的拼图，除了责备她的儿子之外，就不再理会他了。

对此我们能做点什么吗？能教那些本身极度缺乏父母之爱的父母们怎么育儿吗？杰基·卡茨觉得可以。就在5月的一天早上9:30之前，她大步走向特拉华州韦伯教养所。那是一座旧砖砌成的小楼，就在纽瓦克市和威明顿市之间的一家保龄球馆的附近，周围环绕着带刺的铁丝网。她按下一个按钮，然后被放进了一个小接待室。在那里，她面对着一面墙，那面墙由金属网和四分之三英寸厚的铁杆加固的沉重的门构成。一张轮廓鲜明的看守的脸出现在一扇小窗后面。他认出了杰基，转动钥匙，把门拧开让她进来。在里面，她把她的钥匙和驾驶证都交了出去，接受一个手持金属探测器的扫描，然后在访客日志上签字。在"来访事由"的那一栏她写的是，"育儿"。

杰基个子很高，身材苗条，褐色的长发直接披在肩上，她的成长过程很贫穷；在她十一岁的时候，父亲死在了监狱里。她自己本身就没怎么得到过父母的养育，而且她已经把缺失的部分当作自己现在要给他人上的一系列课程。

在楼上的一间小室中，天空透过许多粗大的被栅栏挡住的窗户露出来。七个穿着崭新的白色连身衣裤的男人站着，反复喊着："早上好，杰基！早上好，客人！"然后他们坐在双层床铺上，床铺很整齐，就像在军队里一样。他们正打算把卖可卡因、伪造支票、持有致命武器和其他非暴力犯罪的事情说完，但是当他们谈到自己孩子的时候，所有的苦难都烟消云散了。在杰基和其他帮助者教他们如何给予孩子不加修饰的、有益的关注之后，他们非常想念自己的孩子，热切地等待着"玩乐日"的到来——他们当中的大部分人在铁窗之外都从未那样关注过孩子。现在他们的孩子不在场，他们在和杰基单独会面，上第十二堂也是最后一堂每周育儿课，现在到了他们总结自己所学的时候。

这些父亲中有许多人在儿时从未和大人一起玩过，杰基说，他们只和其他孩子玩。她教过的很多救济金妈妈的情况也是一样；特拉华州要求她们在得到支票的同时也要接受育儿指导。她们所受的管教让她们当中很多人都没有可以效仿的榜样，不具备与生俱来的关于如何陪伴、尊重孩子，赋予孩子权利的知识，亲子互动能促进父母了解这些知识。孩子的玩耍对培养孩子的认知发展和解决问题的技能——以及与重要的大人建立合作关系方面至关重要。

杰基解释说，在玩乐日，孩子们被告知，他们的父亲或母亲"会真正关注你想要玩的东西"。而父亲们则被劝告不要把他们的意志强加给孩子，"让孩子们在活动中起主导作用"。她对他们说，通过他们的游戏，孩子们会努力解决某些事情，让他们放手去做，给他们充分的鼓励。"我们让他们找出自己的孩子在过程中有哪些事情是让他们赞赏的，"杰基说，"给他们打气。他们也许只是玩弹簧高跷，也可能只是打篮球。按他们的水平和他们玩，但是你要让他们赢。"她建议父母对孩子正在做的事情给予正面的评价："你可以说，'哇！'我真没想到你还会这个。"

她告诉父母们每隔一段时间就要一心一意地关注孩子的举动，这对一个孩子来说就像食物和住所一样，是不可或缺的资源。在家的时候，找十五或三十分钟，甚至六十分钟作为"特别时间"，这是非常重要的，"而且在那段时间里，你不要顾着整理窗帘或者打电话或者收拾他们房间里的玩具"。这是格温·布朗的话，她是特拉华大学教育学教授和"父母导师协会"理事，该协会是经营杰基的课程的一个家庭支援服务网。"你只关注着他们，"格温强调，"这是一个完全为他们服务，和他们一起同乐的约定。"她承认，在有很多孩子的家庭，这是一件难以做到的事情。当父母抱怨的时候，"'他们只是在吸引注意'，那是因为他们需要的就是注意。在人们长大之后，他们会一小时花100美元，只为了得到他们所需要的注意"。

杰基在课程的最后一天做了课程回顾，如果这些坐在双架床上的同狱囚犯们会遵照杰基在课程回顾中给他们的所有建议，那他们很可能会成为模范父亲。但是当他们从远离日常家庭生活漩涡的监狱里，通过电话给自己的妻子一些提示的时候，就已经遇到了麻烦。安德鲁是个因伪造支票而入狱的赌鬼，他在电话里责备了自己的妻子，因为他听到她在对一个孩子咆哮："给我滚开！你一整天都缠着我！"他在班上说："那弄得我好生气，因为我情愿她不要理我，把心放在他们身上。"

杰基告诉囚犯们，父母是孩子的第一任老师、辅导员和训导者。在"照顾我们的孩子的情绪需要时"，她建议，聆听是关键。"有时候我们要花很多时间聆听他们，"她说，"你要听很多混乱的感受，但是最后你可能就会听到事情到底是怎么回事。如果我们不听他们说关于一支碎了的棒棒糖的事情，还有'有人不喜欢我'这类小事，我们将来肯定就听不到更大的问题。"另外，作为父亲，他们在出狱之后，一定要在孩子身边聆听他们的心声；她告诉他们，有父亲陪伴的孩子会表现得更好。"不一定要有他们的母亲一起陪着你；只要陪在他们身边就行，"她努力劝说他们，"确保他们上学，确保他们睡眠充足，确保他们肚子里有营养的食物。"

这番话让他们心里一阵内疚。"也许我在家的时候读书给他听得不够多，"因贩毒入狱的里昂承认，"我不该把一切都怪在老师头上。"杰基给他们发了一份资料，题目是"帮助孩子做作业的七件事"。

"我妻子给我寄来了她的成绩单，"艾迪说，"她在电话那头，迫不及待地要读书给我听。她才七岁，她已经开始写草写体了。这让我很想不到。她比我进步快多了！"他的声音因自豪而显得优美而轻快。

"他们在家需要一个安全的地方来训练探听孩子意见的技巧，"杰基说，"没有人会在场笑话他们，也没有人插话回答。"

她的一点小建议激起了一连串的问题。这些男人们就各个方面咨询杰基的建议，比如在孩子取得好成绩时能否给予奖励（这是可以的，但是"你每周都要有一些东西；不要把奖励夺走"）；怎么鼓励他们写字（"让他们拼写时不要在意犯错；孩子们会为错误过分纠结，以致全然忘记他们的创造性"）；怎么当孩子的支持者（"如果父母参与到学校的事情里，孩子们就会知道你在乎他们，老师也会知道你在乎他们"）。因藏有毒品而被判刑的迈克尔谈到了他的妻子："两个星期前，我在努力向她强调聆听的重要性。如果你有一个四五岁大的孩子，他就只会哭，你说他是要操控你，但是也许他真的受了什么伤。"他认为父母双方都应该一起参加课程。

在监狱这种不受干扰的环境里发表明智的评论是相当容易的事情。问题是外面的世界很严酷，这些看法在外面的世界能坚持多久？还有几个月，他们就全都要被放出去，重新面对纷杂的家庭事务，把他们刚学到的育儿技巧付诸实践了。只有几个人看似能够清楚地说出他们要怎么改过自新——一个人保证要为每个孩子抽出单独的时间，另外一个许诺要关心他们的学习。所有人都非常渴望深度参与其中，仿佛他们能找到回到童年的路。

"当你人在这里的时候，你会珍惜失去的时间。"因怠忽致危罪和其他罪行入狱的尼克说，"但是等你出去后，你似乎就失去了焦点。"

我们当中的大部分人从未上过关于为人父母之道的课程。我们知道的所有事情都是一点一滴学来的，在无意识中，从我们自己的父母身上吸收到的，有时候我们会重复他们的错误，有时候我们会把一个错误推向它的反面，以此反抗父母——比如，过于散漫的管教方式转变为过于严苛的方式。"我们自身接受的抚养方式对我们为人父母的每个方面都有影响。"杰基指出，无论是哪个社会经济阶层都是如此。犯错并不是低收入家庭的专利。

然而，在经济的底层区域，许多难题会形成一股破坏性的力量，因此，抚养孩子的任务很容易受到阻碍。贫穷的各个组成部分会形成合力，把人吸下去，要把一个孩子拽出那个泥潭，就需要非凡的育儿方法。在这个国家的各个地区出现了零零散散的辅导项目，帮助低收入父母掌握这些方法。如果这些项目的覆盖面能更广一些，它们就可能产生更大的影响。

有些项目是在数十年的研究基础上成立起来的，这些研究向人们展示了出生后的最初几年有多么重要。比如，通过仔细观察20世纪60年代末的母亲们，哈佛学前教育项目发现了育儿方式的差异，这些差异与孩子们之后在一年级的能力呈现相关关系。更新的研究表明，"在生命的最初几年受到的细腻的、反应及时的关怀"能让孩子获得更大的学术成就，其对特殊教育的需求会更少，行为问题会更少，在青少年时期的吸毒和酗酒问题也更少，而且，从学龄前阶段开始，孩子就有更强的与同龄人建立关系的能力。

对被视为可能有育儿问题的母亲的干预也被证明是有效的。在密尔沃基，通过对刚生下孩子的轻微智障母亲们进行训练，这些孩子的智商在三年内从平均八十分提高到了一百分。在北卡罗来纳州，初学者项目提供教育日托服务，年龄为六周到十二周以上的孩子都可以参加。到来自贫穷家庭的孩子们四岁半的时候，他们的智商有了提高。在四十一个孩子组成的一组中，除了一个孩子之外，其他人的智商全部高于总体人口的智商中值，而且与四十五个没有参加此项目的孩子组成的控制组相比，他们的智商高出了八到二十点。实验者对样本更大的一百一十一名孩子进行了二十一年的跟踪，这些孩子们的辍学率和在校不及格率更低,而且非婚生子的可能性也更低。他们上四年制大学的百分比是控制组该项百分比的两倍。

丽斯贝斯·B·肖尔在她1988年的著作《力所能及》(*Within Our Reach*) 中写到了一个最优方法,这个方法是在耶鲁大学的一个中心里实践的。"儿科医生、护士、发展专家、儿童早教专家、社工们和父母、孩子们碰面,为孩子们提供医疗护理、儿童阶段性发展评价、咨询,并为父母们提供指导、咨询建议和其他支援。各个家庭也可以把他们的孩子带到日托机构和早教学校去。"中心员工也会做家访。这个项目结束十年后,"几乎所有被干预的家庭都不再领救济金,能够自力更生,"她如是描写,"而控制组家庭仅有一半做到了这几点。"获得这些服务的母亲们后来接受教育的年限更长,生孩子的数量更少,而且孩子们在学校的表现要好得多。

今天,一个名叫"父母良师"的私人项目在我国许多地区进行每月家访,指导父母如何陪孩子玩耍、聊天以及进行其他与孩子的大脑发展阶段相适应的互动。根据该项目所引用的研究,参加该项目的新生儿到三个月大的孩子在幼儿园中的入学准备表现更佳。但要进入那些担心因虐待儿童被指控的家庭是一大困难,所以这些家访可能无法接触到最有需要的父母们。

良好的管教方式就像硬币一样具有两面:第一,可以学到的具体技巧,第二,个人的幸福感,这种感觉会给一位母亲或父亲带来力量,让他们始终如一地培养孩子。为了获得技巧和自信,有育儿问题的富裕家庭可以花钱请人进行个体辅导或者参加育儿课程,而穷人就只能依靠政府不定期资助的零散的建议和培训。

这个硬币上代表情感的方面是更加难以解决的。许多穷人都是单身母亲,她们患有抑郁症,又没有得到治疗。很多人找不到人倾诉她们的问题。对在贫困边缘,生活窘迫的家长来说,内省和变革的能力都几乎是可望而不可即的奢侈。如果你本身受到了不当的管教,如果你只有最低的教育程度,又举目无亲,身边也没什么朋友,如果你晚上要工作很长时间又没有积蓄,那么你就既没有时间,也没有金钱或情感资源来给自己充电,或者重新评估自己的育儿方式了。"如果你是一位中产阶级家长,你可以更轻松地摆脱子女——给自己请一位保姆,看场电影,或者做个健康水疗,"特拉华州大学的格温·布朗说,"如果放松一下,你就能神清气爽地回去了。"而且你也不会经常面临危机。"你去什么地方接孩子的路上车也不会突然出故障,"她指出,"中产家庭每三个月才会有一次危机,而贫穷家庭每周就有一次。危机会影响你所能付出的关注度。"

格温和杰基见到的父母——囚犯和救济金领取者们——都像那些空的银行账户一样,没有什么可以利用的储备。"如果你没有得到他人的关注,你就不会多关注他人,"格温说,"如果你没有得到他人的关爱,你就不会多关爱他人。这就是我们从那些伤害自己孩子的父母身上看到的东西。那是一种精疲力竭的状态。作为一个人,他们在孩提时竭尽全力要和他人建立良好的关系,进行良好的沟通,而换来的却不是适当的培养,因此在他们内心中有一种情感消失的感觉……人的头脑中如果有太多的压力就无法思考了。"而且,她说,在一个金钱就代表了力量的社会,经济匮乏给人的感觉可能就像个人本身的不足。所以,贫穷的父母往往需要自我安慰"那只能想想而已,你是做不到的"。

格温和杰基都是在贫穷中长大的,所以他们都非常关心他们指导的父母身上的心理缺陷。也正是因为如此,他们的课程设计宗旨是提供一种治疗。杰基记得:"当我还是十几岁的时候,我的母亲爬到床上和我躺在一起,她说,'我好害怕',我母亲没有别人可以和她聊天,所以对我来说,确保这些人能有个和他们说话的人是件大事。"或者,和她更愿意看到的一样,他们有谈话的需要,这样他们就能引导自己。"身为家长,我们都需要有个人听我们说话,就只是在轮到我们说话的时候倾听我们,因为我们一直在照顾别人,很少轮到我们说话。"那些被集合到一起的家长们就通过倾听和发现他们为何孤单的方式来互相帮助。

她们把这些班设计为安全港湾,父母们可以在这里袒露自己的痛苦。"人们可以按照自己想要的程度来分享心声,"格温解释说,"也许他们想要谈谈从童年时期开始就藏在心底最深处、最黑暗的伤痛。我们的目标是帮助人们进入能够释放情感的角色中去——放声大哭,进行很多角色扮演,让他们朝曾经虐待他们的家长大喊……这是扮演这个角色的地方,但不要把它发泄到你的孩子身上。原因很简单,因为尽管在你童年生活中的所有大人都很可恨、消极、充满敌意,那也并不代表你的小男孩会做出一些可怕的事情。"

这个方式似乎帮助了一个几乎从不关注她八岁儿子和两岁女儿的母亲。"我就好像,心里压抑了太多事情,所以从来没想过和他们共度时光,"她说,"如今既然很多东西都释放出去了,我没有压力,也可以花时间和他们玩了。我不再担心明天会发生什么事情,我要和他们一起共度时光。现在一到我的休息日,我们就会一起去公园,买冰淇淋。我以前从没这么做过。你明白的,我儿子从学校回来后会做自己的作业,然后跑出去。但是现在,他会这么说:'妈,我们今天一起去公园吧?'以前从没有这样过。于是(我说)'好,我们一起去公园'。然后他会玩棒球,而且我还和他一起玩了很多游戏。他去练习的时候我也没有撇下他。我待在那里陪他练习。"

治疗并不一定就意味着精神宣泄,但是某种形式的治疗因素可能对育儿课程也是有必要的,它能对某些成年人有所帮助。虐待、毒品、精神疾病和其他残疾造成的创伤太严重,影响也太持久,所以"尽管他们很爱也很想培养他们的孩子,但是他们做不到"。贝姬·詹提思说。她是一名注册护士,她是一个家访强化项目的领导,该项目旨在帮助高危年轻母亲。这些女性们接受了育儿指导和贴身辅导,还有关于如何喂养、管教、玩耍，甚至如何爱的指引，但是对于那些心灵伤口依然溃烂的人，收效甚微。

听到有些救济对象称"我们觉得我们在做有影响的事"，她说，"我们看到了那些赤贫的家庭。他们没有一分钱，但他们还是以神的名义照顾着那些孩子。他们上学时带了一片水果、一瓶饮料和一片三明治。没有可有可无的东西，没有垃圾食品。他们不会拥有设计师品牌的牛仔裤，他们也不会拥有最新款的发型，但是有人照顾他们。你可以在一贫如洗的情况下依然照顾你的孩子们。"

"另外有一部分人则会真正地让我们感到沮丧——那是另一个极端。让人感觉自己的努力很无谓。"在那些最鸡犬不宁的家庭中，她只能根据那些没有发生的事情来衡量项目有多成功。"我们正在做的事情是危机管理，"她说，"我们只是尽力保证那些孩子的安全……我们还没有让什么可怕的事情发生，在某些案例中，一些父母相当明目张胆，只是因为我们在，所以那种事情才没有发生。但是如果我们明天退出，那么，这些家庭是不会有长期地改变的。他们大部分人会马上重新回到我们几年前刚开始时的那种生活模式。"她和她的同事们全都是中年的中产阶级女性，有时她们会一下子坠入绝望。"我们怀疑自己到底在做什么，"有一天她说，"这真的是有意义的吗？我们真的很努力地工作了，但是成果在哪里？"

她们是在那些年轻的救济对象怀孕期间和她们初次相遇的。那些救济对象到新罕布什尔州克莱蒙特山谷地区医院的产前健康中心去，而贝姬是那里的母子健康服务部的主任。之后工作人员经常到她们家里探视，直到她们的孩子数量变成了两个。而且有些人实际上还用在截止日期之前再次怀孕的方式延长了参加项目的时间。

"很明显，她们是因为得到了我们的关注而重复怀孕的，"贝姬坚称，"这让我感到害怕。她们会来产前健康中心，在这里她们感觉到人生中头一次有人关心他们。你懂得，她们有了一个营养师、护士、医生,他们都对她说,'嗨',把她们迎进来,'让我们来照顾你',还有'你感觉怎么样?'我们和他们谈话,会面,然后看到她们又回来了。她们以此为生,这很可怜,因为对她们当中的某些人来说,那真的是在她们生命中出现的人里,唯一会关心她们的人。所以这当然会成为她们再次怀孕的动力。"

这些家访员在某种意义上变成了代理妈妈,她们会在电话里答疑,还会在有人呼救时做出回应。萨拉·古德尔曾给她的导师布兰达·圣·劳伦斯打电话,问她:"如果他骂人,我能不能把辣椒涂在他的舌头上?我可以打他吗?"她似乎迫切渴望得到建议,但后来又无视了那条建议。工作人员认为她的家庭非常危险,所以家访项目组通知了州政府,这件事情闹上了法庭,但是他们没有成功把孩子带走。在这个项目涉及的四十个母亲中,有四个已经在法院命令之下失去了她们的孩子,还有两三个本来也是会失去孩子的,贝姬说。其他的大部分母亲也是站在边缘地带,她们的管教方式很糟糕,但实际危险还是控制在最低限度。

在最差的情况下,当新生儿刚从医院被带回家那一刻,警钟就敲响了。这些母亲突然就要承担起对这个小小人的责任,贝姬和她的同事们想从这些母亲身上找到一种正常的健康的人都会有的惊奇感和兴奋感。"但是你知道吗?我们在我们负责的家庭中看不到这些,"贝姬发现,"那让我们大开眼界……她们的反应是:'噢,我的上帝,这意思是我得在什么时间起床?噢,天啊,我丈夫要去工作,我得在家陪着这个宝宝?我可不会换尿布。'"母子间没有那种瞬间的情感联结,也没有为孩子的安全和健康而感到焦虑。"当你在第一次母婴探视时看到有人没有问问题,没有睁大眼睛时,那你几乎就已经看到危险信号了。你会感到担忧。"

那她们为什么要怀孕,还要把孩子保住呢?有些专业人士认为,那是因为救济金令她们以为自己有独立生活的能力,而这与她们对自

The Working Poor 195

主的渴望也是相吻合的。"那就是一种控制，"贝姬断言，"'老天爷作证，我有孩子了，没有人能说我做不到了。'你懂的，在她们一生中一直被剥夺对自己生活的控制权之后，她们会享受那种被全部包裹起来的感觉，就好像'在我生命中会有人爱我，需要我'。"然而，很多年轻妈妈本身就很贫困，她们应该更需要被人照顾，而不是需要照顾别人。这些少女妈妈们经常会痛恨这个孩子偷走了她们自己的童年。

"我现在更难以描述我照顾的那些家庭了，因为她们的孩子开始学走路了，"布兰达说，"她们不能把孩子放在一张小婴儿围床上，让他们一整天待在那里。他们会想走路，做点事情。噢，她们对那些开始学步的小家伙说的一些话真可怕。比如，有一个妈妈说她的女儿很邪恶。"

"前几天还有一个就是不肯叫她，"贝姬用那位妈妈的话补充了一句，"那就是个麻烦精。"

家访员们担心孩子们看到暴力行动会有什么影响。她们建议一个经常打丈夫的母亲，"我试着对她说，'进入角色，站在他们的高度看问题，假设你在看着他们的眼睛，'"布兰达说，"你看到了什么？"

贝姬看到的是有些家庭中"难以置信的危险"。有一个家庭中最大的孩子已经是个十五岁的妈妈。"你会看到已经药物成瘾好几年的人在这个家进进出出，还有一个因晚期肝衰竭而濒临死亡的妈妈，一个因为类似的事情而在三十六岁的时候就死去了的继父，污言秽语，不尊重权威，还有一个安全堪虞的家。他们把蛇、狗和老鼠当宠物，WIC代金券可能被拿去换了现金，脏盘子到处都是，违法行为时有发生，妈妈突然大发雷霆，对孩子大吼大叫。那个十五岁的妈妈可能会扔下孩子，随便跟一个什么人走，不管这个人是刚从县监狱里放出来的，还是她不认识的邻居。我到那个家里去过，过了十五分钟就受不了了。一个十二岁的孩子每天要从学校回到这个家。我不会把我的孩子放在这个地方，更不要说让他住在这里了。"

贝姬、布兰达和其他做这种工作的人被那些冲突的场面搞得筋疲力尽。当她们想到这些下一代们可能面临的遭遇，经常会觉得自己非常无用，非常挫败。然后，在有些时候，在一片愁云惨雾中，她们会看到一道光，有好消息证明她们毕竟还是发挥了作用，尽管很难衡量这作用有多大。

布兰达身上就发生了这么一件事。她辅导了一名八年级学生，这个学生的家里鸡犬不宁。她一天花好几个小时听他倾诉，敦促他完成学业。他没有听她的劝，退学，然后消失了。若干年后，他突然出现，从弗吉尼亚州打电话来告诉她，他"做到了"。他当时十九岁，已经获得了普通同等学力证书，在一家军工厂很开心地做造直升机的工作，而且还已经订婚，准备结婚了。总有一星火苗能在精心呵护下燃烧成火焰。

梅丽莎的情况也是如此。她曾被自己的父亲殴打和性虐待。"她总是说谎，"布兰达哀叹道，"她不相信任何人。"二十二岁的时候，她和她的男朋友还有他们两岁大的女儿靠救济金过日子，住在一间乱七八糟的公寓里。那个男朋友在十六岁的时候曾被指控性骚扰，所以他连给自己的女儿换尿布都害怕。

"如果你走进那个地方，你会感觉局促不安，"布兰达说，"那里好脏。从我帮她开始，她已经做得很好了，因为她知道我哪些日子要来，她会下楼去把盘子洗了，她身上也干干净净，她会觉得非常骄傲，因为有人注意到她打扫了卫生……这里有垃圾，外面还有残羹剩饭……如果你看到那张床垫你会死掉的……我每次走进那个地方都觉得太糟糕了……还有脏尿布。真恐怖。因为那个地方太糟糕了，所以房东拍了照片，把他们带上了法庭。全毁了。一间好公寓也这么毁了。"

然而梅丽莎在竭尽全力当一个好妈妈。"她不让那个小姑娘离开她的视线范围，即使和我在一起也不行。"布兰达说。梅丽莎就像沿着危险的刀锋边缘行走,她似乎非常担心发生在她身上的事情可能会发生在她女儿的身上。至少迄今为止,这种焦虑对那个小姑娘还是起到了好的作用。布兰达承认:"我要说一件事,她经常读书给她女儿听,读啊读啊读啊,这反差有多大啊。那个小姑娘在90%的时间里看起来就像脏兮兮的鬼马小精灵,不过她很机灵……她爱那个小姑娘,而且会在她身上花很多时间。"

梅丽莎碰上了一个没法儿从福利改革中得到一点儿好处的时代:她把在漆刷厂的工作辞了,那份工作的时薪是6美元。"当你没钱的时候,事情就会很复杂,"她挖苦说,"我可以出去找份工作,但是我觉得她年纪这么小,我待在家里陪她的好处更大些。"她对自己的女儿有什么希望呢?"我希望她可以做自己想做的任何事情,"梅丽莎勇敢地说,"她会上完高中,因为那是我犯过的最大的错……如果她想当芭蕾舞女演员,那她就会是芭蕾舞女演员。"或者是一名医生,梅丽莎补充道:"有时候我会看着她,说,'你可以做自己想做的任何事情'。而且她会做到的。"

第七章　亲情

即使我们一无所有，我们还是拥有彼此。

——卡拉·金，三个孩子的母亲

汤姆和卡拉·金脆弱的生活一片片地粉碎，直到只剩下爱和忠诚。他们失去了工作，失去了健康，他们看到自己微薄的存款融化消失了，就像被2月的解冻期侵蚀的寒冬冰雪一样。那雪曾经下得很深，看起来很新鲜，现在却化为他们租的破房子后面的一条条小溪。他们仅存的资产是依恋之情，这变成了他们的寄托。这份感情像一面支援网，包围着他们和他们的三个孩子，他们的一些至交好友，甚至还有一天晚上与他们邂逅的一个陌生人。

汤姆和卡拉攒了好几个星期的钱，这些钱足够他们和孩子们下馆子吃一顿了——不是为了庆祝，而是为了稍稍舒缓他们的焦虑。卡拉得知自己需要做一次骨髓移植，所以这家人到了新罕布什尔州黎巴嫩城的一个卡车司机餐馆，那里菜的分量很大。两个小男孩进行了一次比赛，比谁能吃得更多。一家人开怀大笑。他们聊到了自己的艰辛，谈话被吧台那里的一个陌生人无意中听到了。他是一个过路的卡车司机，这个男人几乎没有时间和家人在一起。

"我问那位小姐要账单，"卡拉回想道，"可她说，'没有账单，'她说，'吧台那里的一位先生帮你们付了账'。我很不高兴。我拼命向

The Working Poor

这位小姐解释说我不能接受施舍。"对卡拉而言最大的侮辱就是可怜她。贫穷和疾病激怒了她,在他们开车回纽波特的家,也就是在一个废旧汽车修理厂边的住所时,她内心很不平静,陷入了沉思。她已经在化疗中失去了她那栗色的长发,因为没钱护理牙齿,又失去了牙齿,而且还失去了精力和欢乐。她不打算再失去她的尊严。所以她给那家卡车司机餐馆打了电话,要求他们说出那个出钱的人的名字。他还在那里,那名女侍应说,然后她把电话递给了他。卡拉用冷淡的口吻问他为什么要付钱,他把原因告诉了她。"他从未听到有哪个会那么公开地讨论问题,"她说,"我们的关系是那么亲密,而他是一个经常在路上跑的卡车司机,他只想为我们做点事情。他被感动了。这个人不敢相信我们能像那样笑对人生。"

她记得他对她说:"我数过。你的孩子们说了二十次他们爱你。"

她的怒气顿时消了,"我失控了,哭了起来。"

卡拉小时候从不知道还有这样的家庭,就是这个让司机如此羡慕的家庭。她母亲对她漠不关心,她的父亲包括一个卡车司机还猥亵过她。"我还记得我小时候吃过狗粮和兔子饲料,"她说,"我上学,我的老师给我洗了澡,给我拿来了衣服。我的——如果我让我的孩子们再经历那样的事情,我就该下地狱。我的父母根本不关心。我爸是个酒鬼,我妈是个酒鬼。"尽管如此,当她的父亲患癌弥留之际,她还是满足了他的心愿,把他的墓碑从猫洞山顶移走。在那个山顶,到了猎鹿季节的第一天,他的墓碑总会被手里有枪的猎人发现。"于是我们去找了这块硕大无朋的大理石,白色大理石,"汤姆回忆道,"石头的一面是平的,我们一起去买了这块青铜匾放在了这块石头上。"维系家庭纽带对卡拉来说不是件容易的事。

她曾经嫁给两个酒鬼,重走了她家的老路。她的第一任丈夫,也就是她的两个儿子扎克和马特的父亲,"过去经常打得我晕头转向,把我牙都打掉了",卡拉说。她的第二任丈夫汤姆·金在被他的妻子赶出来之后,向卡拉和她的丈夫租了一间房子,就这样,他闯进了她的生活。有一天,卡拉的丈夫"浑身邋里邋遢地回家,开始打她",汤姆回忆道:"我说,'不,我想不是这样的'。我记得下一秒我们就都在大街上了……当我们走出门后,我听到他说的最后一句话是'你想要那个婊子?带她走啊'。"于是两个游荡的灵魂找到了一间公寓并接纳了彼此。"在四年零五个月的日子里,我们以一种纯柏拉图式的关系生活在一起,我们分摊公寓费用:她付她那一半,我付我的。然后我们就有点坠入爱河了。"四年后,他们在女儿凯蒂出生之后结了婚。

汤姆爱喝杰克丹尼威士忌,他甚至会在早餐时就着咖啡喝上一两杯。卡拉一直细心地照料他,最后终于让他控制住了酒瘾。"我一天工都没有旷过,"他坚称,但是"晚上的时候感觉很糟糕,有天晚上我们放下了手边的事情,她说:'你想从酒精里得到什么?如果你想到这个,你就会觉得喝酒没劲,不愿再带着厌倦和疲惫醒来'"。

汤姆四十六岁,卡拉三十二岁,他们看起来都显老。他抽万宝路香烟。有时候他戴着黑色的大方巾,上面印满了海盗骷髅图或者美国国旗,头巾扎得很紧,这样他那像绳子一样的长发就能拢到领子后面。他身材瘦削,肌肉发达,手臂上布满了文身。一个人说,"爱",另一个就说,"汤姆和卡拉"。他的笑容温和,话不多,但是很乐观。你问他情况如何,她总是会回答,"很好",即使是在他们境遇不佳的时候也是如此。然后他会用手把整个脸揉一遍,仿佛要扫去担忧。但是他也愿意承认,他很害怕,甚至怕到哭。他和卡拉在一起,看到了彼此的脆弱和坚强相互交融。

他们都为"友好出租车公司"工作,她坐在办公桌后,每小时挣6美元,他当技工。每小时挣7美元。"我们做得挺好的",她大胆地说,仿佛要再次表明自己取得了一个小小的胜利,而这胜利曾经从他们手中被偷走过。"我们没有信用卡。我们不欠任何人的钱。"他们节衣缩食,付清自己的账单,而且每个月还能存下一点钱。在工作上,卡拉很有信心扮演一个有点正派得过了头的角色。"我是个很诚实的人，"她说，"他们说你要把开进来时轮胎坏掉的卡车搁到一边，于是我就这么做了，后来我看到他们把它租出去了。"她的经理曾经指示她把一辆车头灯坏掉的卡车"在白天"租出去，她拒绝了，"他们对我很有意见"，她吹嘘地说。她没有获得加薪。她申请当经理，但是没人理她。然后，在被批准休假一个星期好让儿子做腭裂手术之后，她一回公司就发现别人顶替了她的工作。

事实证明，她找其他工作是件难事。因为患有癫痫症，卡拉是不应该开车的，但她有时候还是开了；否则她会觉得自己被拴在了没有几趟公交的乡村地区。她最终获得了领取每月484美元的社会保障残疾补助金的资格，这基本上够付完他们旧房子的500元租金了。但是螺旋式的旋转仍在继续。汤姆也和"友好出租车公司"有摩擦。那辆有故障的出租卡车让他头疼，常有夜间电话打来要求紧急维修。他抱怨说，那些经理们都是二十几岁，没有动手能力的"小屁孩"。经过三年没有加薪的工作后，他受够了，辞职去帮新罕布什尔州克莱蒙特的一个菜农开卡车，在马萨诸塞州来来去去。

下一个打击降临了：卡拉被诊断出患有侵袭性淋巴瘤。预后情况很差。在没有经济能力的情况下，她最有可能获得的治疗途径就是去参加实验，"一只小白鼠，"她说。她开始在达特茅斯-希区柯克医学中心的一个临床试验中免费接受化学治疗。如果光凭决心就能打败疾病的话，她知道她的钢铁意志一定能获得胜利。"我要挺过这一切，"她固执地说，"这会是一场艰难的持久战。我要走出去，帮助别人。我要告诉这些有孩子的年轻女性们，她们不一定会被打败。"

他们租的房子已经褪色，蓝绿色木头显得暗淡，红色的镶边因时间和磨难而失去了光泽。后阳台很凌乱，任何一个从那里走进来的人都会感受到一股甜腻空气夹杂着大煤油炉的气味，像一堵墙一样扑面而来。那个煤油炉放在厨房地板中央。卡拉就在桌子旁边。她用一块蓝绿色的头巾把自己的光头包了起来。她的样子让儿子们觉得丢脸，他们不想让她到他们的学校去。她能理解他们的尴尬，但是她又非常生气，为了证明自己的羞愧和愤怒是有道理的，她一直向大家展示一张放在相框里的照片，照片里的她长发飘飘。在她的双眼中，照相机当时捕捉到了一丝笑意。现在，在她憔悴的脸庞映衬下，它们是那么明艳，充满渴望而骄傲。

她开始感受到命运的嘲弄，当她谈到关于自己在康沃尔集市上中奖的不愉快经历时，她不由得露出了苦笑。新英格兰人依然热衷于那些充满怀旧风味的乡村集市，集市上充满了诺曼洛克威尔画作中朝气蓬勃的面孔。他们从各个社区聚到一起，看看谁烤出了最好的馅饼，谁能一只手背在身后最快地吃掉一个馅饼，谁能在消防部门的抽奖中中奖，谁能把球扔出去，打中一个活塞，让本乡宠儿落入池塘变成落汤鸡。在康沃尔集市上，卡拉花1美元买了一张奖券。在她三十一年的人生中，她从未赢得过任何一件东西。但这次，她的名字奇迹般地被抽中了，她赢得了一只名叫艾玛的猪。"我好惊喜！"她说。

但是对于一个命运多舛的家庭来说，即便是一件令人高兴的奖品也能带来不幸。汤姆和卡拉把艾玛养在一个朋友家的围栏里。后来这位朋友的狗进来了，把她给咬了，这让汤姆开始考虑，他应该在自己的地盘上建一个围栏。他给他的妈妈打了电话，他妈妈有一辆带篷顶的载货卡车，然后他们把艾玛装上了车。汤姆坐在车上，后座上是那只猪。一件令人哭笑不得的事情发生了，新罕布什尔州的人都很熟悉这一幕，各处的交通指示牌上都警告开车的人有这种危险。一只驼鹿走到了路上，开在他们前面的一辆汽车踩了急刹车，汤姆的妈妈一下子就撞上了那辆车，而汤姆就像一颗爆米花一样弹到了货车的后座。当地医院的急救室为他做了检查，把他送回了家，并帮他预约了一周后来看骨科医生。那位骨科医生发现他的背摔断了。

汤姆·金靠双手干活——那是他所知道的全部的做事方式。他从小到大都在帮家里操持薪材生意；他的母亲在树林里开推土机。十年级的时候，他穿过康涅狄格河到佛蒙特去和一个农场主一起生活和工作并继续上学。"后来佛蒙特的学校系统发现我是州外学生，所以他们决定要收我学费，"他记得，"我说，'反正我觉得我在农场学到的东西比你们这些人能教我的多。'于是我就退学到农场去工作了。"他后来在军队中获得了普通同等学力证书，这张证书把他送到了越南——他认为是那段经历让他迷恋上了酒精。

他想不到他的普通同等学力证书还能帮他找到什么其他的工作。他用浪漫的说法描述了他的学习方式：从动手中学，他说，而不是从书本上学，读书是他无论如何也做不好的事情。"我可以站在那里听一个引擎运转，基本上就能从中听出哪里有问题，"他说，"很多经验是跟在那些老家伙们身边学来的。以前我在地里的时候，你是看不到这些拿着电动设备之类东西的家伙的。你只会看到那些老头子们在那里，然后你把它发动起来；他们能通过听它的运转情况来告诉你，它为什么发不动，或者转不起来。我的知识基本上都是在那块地里学到的。"

换句话说，汤姆是个喜欢户外活动的人，他的技术和性情都不适合做案头工作。他曾在三四家工厂工作。"没过多久他们往往就会缩小规模，"他说，"你就得考虑考虑了。"所以，他没有太多的工作选择。因为一直觉得身上痛，他现在只能待在客厅里的脏沙发上盯着没完没了的愚蠢的日间电视节目。和许多背部受伤的人一样，他发现自己也不由自主地幻想能获得 SSI，也就是"补充社会收入"，那是由社会保障管理部门管辖的残疾补助金。它帮助了许多人，也引得很多其他人希望自己能有资格领这笔钱。因为他的妻子正在领这笔钱，而他现在也残废了，所以他交了申请。"我没有要求拿到全部的钱，"他说，"能拿到一部分就可以了。我不想不劳而获。我没有申请永久补助，我只是想用它来帮自己重新站起来。"他担心，如果他能找到一份轻一点的坐着做事的工作，就会削弱他所说的自己无法工作的说法，但是随着他的背慢慢地被治愈，他还是找了一些工作，但结果都是徒劳。社保部门花了一整年的时间来拒绝给他发福利救济金，理由是他能举起十磅的东西，而且能站立超过二十分钟——这并不足以让他获得一份技工的工作，只够让他失去获得帮助的资格。

他们没有钱。他们的存款账户，几千美元，已经消失无踪。卡拉因离婚欠她的律师 600 美元。她的前夫在监狱里，所以她希望汤姆能收养扎克和马特，但是她需要 100 美元来提出申请。她东拼西凑。"我花了一年的时间才攒到了 100 美元，"她伤感地说，"我连今天给卡车加油，好去看医生的 5 美元都没有。"最痛苦的是她无法送东西给自己的孩子们。"我有三个世界上最棒的孩子，作为父母，你想要奖励他们。当你走进商店里，看到一个 1.99 美元的小物件——一把玩具手枪之类的，而你又得不到它时，那真要命。去年圣诞节是我这辈子过得最糟糕的圣诞节。我的孩子们得到了三个礼物。我那天早上简直都不想起床了……不过他们还挺喜欢的。他们很开心。"她没有送任何东西给汤姆，他也没有送她东西。除了最重要的东西。"即使我们一无所有，"卡拉说，"我们还是拥有彼此。"

亲情能让经济逆境的刀刃变得不那么锋利。当一位祖母去接孩子们放学，当一个朋友借给你一辆车，当一间教堂为你提供日托服务并让你产生一种集体感，当一位家长能去工作，生存下来，并战胜寂寞时，你都能看到这一点。有一年的 12 月份，马克·布朗，那位在克莱蒙特的沃尔玛超市经理，在一个员工会议上提到了这些员工中有一个人需要帮助。"我没有告诉他们那个人是谁，"他说，"我只告诉他们，这里有人无法和他们的孩子一起好好地过圣诞节。"他们开始筹款。这些收入低得可怜的工人们掏着自己的口袋，堆起一堆美元钞票，为这位不知名的同事捐了总共三四百美元。那些捐了好些钱的人当中有一个自己本身就很缺钱。

The Working Poor

那是最广泛意义上的亲情,那种亲情超越了血缘和种族,汇聚成覆盖范围更广的亲缘和共性。正是这张安全网从物质层面提升了生活的品质;对那些在家庭和家庭之外的世界中拥有这张联结和关爱的网络的人来说,贫穷的边缘不再是那么危险的地方。在所有令经济生活成功的因素中,在所有的硬技能(例如阅读、算术、打字、操作工具、推理)和软技能(例如守时、勤奋、愤怒情绪管理)中,亲情的位置最突出。缺乏亲情会令崩塌加速,有亲情就能令衰退减缓,就像金的一家所发现的一样。

他们应该被称为"值得救助的穷人",人们有时会怀着高人一等的心态,用这个标签来将这些民众和那些右翼人士幻想出来的"靠救济过着女王式生活的人"作对比。汤姆和卡拉并不懒惰,他们也不是在寻求施舍。他们勤勤恳恳,为人诚实,而且他们认为给他们幸福的责任并不在于福利系统,而在于他们自身。他们循规蹈矩,除非把相对缺乏学校教育也当成他们自身的缺点,否则发生在他们身上的事情就不是他们的错。当他们连遭挫折的时候,他们没有招架之力。

在绝望的境地中,他们最后放下了自己的骄傲,申请了救济金,而且他们发现了另外一些安全保障途径:医疗补助可以支付他们的医疗账单,每月有269美元的食品救济券,第八条款租金补贴券可以付清他们的全部房租。带他们通过大部分的机构审查的是司徒南茜,她是一位同样在贫穷家庭中长大,而且很有尊严的专案经理,她从卡拉身上看到了自己的影子。通过她工作所在的私人机构"健康伙伴",南茜从捐献药品的制药公司那里取得了一些免费的癫痫药——通常这些药物马上就要过期了。卡拉很不情愿地接受了WIC给她们女儿的代金券,WIC是联邦政府一项针对妇女、婴儿和幼儿的特殊营养补助项目,这个项目的代金券可以在超市兑换牛奶、鸡蛋、果汁、谷物和花生酱。

金的一家还进入了以物易物的行列,这是穷人之间常用的代替金钱的方式。汤姆从他帮忙干活的农场主那里拿到的最终报酬不是现金，而是蔬菜。"蔬菜现在对我的好处比钱多，"汤姆对他说，"因为我可以回家，把它装起来，冷藏起来。'没问题，'他说，'告诉我你需要什么，来拿就是。'"

以物易物成为以施与和友谊的方式带来的抚慰。当一个开路边摊的朋友带给他们玉米和西红柿时，卡拉问他要多少钱，他说："噢，不要钱。我需要帮忙的时候找你们就是了。"尽管他没有来找卡拉，卡拉还是帮了他。化疗和日渐严重的癌症让她无精打采，十分疲倦，但她还是强撑着在他的摊子上工作。

"我帮他装罐，他会给我们一袋五十磅重的西红柿和玉米，"她解释说，"我们没有现钱交易。"

他们的房子很通风，主要靠地下室的柴火炉加热。秋意渐浓，夜晚转凉，汤姆和卡拉感觉忧虑在渐渐渗进他们的内心，新罕布什尔州的冬天令他们感到恐惧。他们没钱买木柴。他们的房间里弥漫着令人作呕的煤油炉的气味。后来，汤姆的一个名叫库尔特·米尼奇的拥有一间小木材公司的朋友把一卡车的木头倒在了他们的院子里，没有要求任何回报。汤姆在背痛有所缓解之后，帮库尔特修理了他卡车的一些机械部件，在干这个活的时候，他尽量小心细致。库尔特接受了，礼尚往来，而这个家庭也度过了冬天。

金一家的不幸遭遇传开了，而随着消息传播开来的还有这个社区的浓情厚谊。康科德的妇女辅助会筹集了 450 美元为卡拉买来了义齿。第二年圣诞节，"家访护士们、学校、消防部门都捐了各种各样的东西给我们，"汤姆说，"就是那些你从没想到会有爱心和感情的人，你懂的——圣诞节期间一直都有人来这里。我的意思是，他们都带着一盒一盒的礼物。"

所有这些真情流露都温暖了卡拉的心田，但是也让她觉得自己的情感天平倾斜了，背上了数不清的债。"我会接受的，但是我觉得自

The Working Poor

己一定要做点什么来回报他们,"她说,"比方说,我们去年圣诞节为了得到一个菜篮子而送出去了超过七十五个菜篮子。要想得到,你就得做事。我不能白拿东西。我得拿得心安理得。我得觉得自己配得到这些东西。"

因此,汤姆和卡拉在去过很多次山谷地区医院,并注意到儿童等候室里的设备奇缺后,让凯蒂从她寥寥无几的玩具中选出了几个洋娃娃和其他的玩具捐出去。汤姆给等候室做了一个木制的玩具箱。"我们用火熏过的木头做箱子,还给它上了色,又把所有的娃娃洗干净,"卡拉说,"当我的孩子们到那里去的时候,他们有事情可以做了。我们就是用这种方式补偿他们的。"

库尔特变成了他们的友谊核心,他给他们提供一切,从工作到咨询无所不包。"他早上会到这里来,"汤姆记得,"然后说:'你们今天还好吗?''没啥,挺好的。''好,来吧,上卡车,咱们兜兜风。'然后我们会开着车在乡间小路上到处绕,寻找小树林。反正就是把我从屋子里弄出去。"等汤姆的背好多了,能开会儿车的时候,库尔特就雇他一周几天在小树林里到处转,把边界做上标记,这样伐木工就能来砍树;之后他用一本学习指南培训汤姆,于是汤姆拿到了伐木工程车的驾驶执照。后来,当汤姆和卡拉租的房子要被卖出去,他们不得不搬出来的时候,库尔特把十一英亩的地和一个陈旧的浅绿的金属活动屋以优惠的分期付款方式卖给了他们:30 000美元的首付,汤姆刚刚因伤获得了36 000美元的保险理赔,他用理赔金付了这笔钱,再加上5 000美元,汤姆在接下来的几年慢慢用现金或劳动的方式付这5 000美元。做主人的感觉让汤姆和卡拉精神振作了起来,他们到那里扎下了根。他们弄了个菜园。他雄心勃勃,计划要拓宽那个活动房屋。他向库尔特借了一个手提式锯木机,把它安在后面的小树林里,然后和他的儿子们一起合作砍树,做出了不同宽度的模板,他用他那粗糙的木工技术把这些板子钉到一起,给房屋加了个后阳台还有一些歪歪扭扭的东西。

卡拉的病情恶化了。她需要在波士顿接受治疗，但是汤姆没有把她稳当地送到那里的办法。他买的那辆1986年产的野马汽车已经开了230 000英里，根本走不完这段路，这一点他很确定，所以库尔特把自己的信用卡啪的一声放到他面前，帮他租了一辆卡车。"卡拉每次去医院的时候，"汤姆说，"库尔特都会给我打电话，'你懂的，如果你今天没法儿工作，那也别担心。先管好家里的事情'。"

这种交情无声胜有声。"库尔特是那种，如果我需要找个人谈谈心，"汤姆说，"晚上睡不着或者什么的，我可以随时拿起电话对他说'库尔特，我需要找个人谈谈心'的人。他是那种会坐下来听你说话，可能两三个小时都一个字也不说的人。就这么让我东拉西扯地说我的事情，我的生活。"

在危难时期，汤姆和卡拉之间的谈话也更多了。压力和损失令某些家庭扭曲破裂，也把更多的家庭锻造得更坚强。金的一家人的心贴得更近了，他们对彼此敞开心胸，袒露他们的恐惧。"当孩子们8点半，9点钟上床之后，"汤姆说，"我们会坐在那里聊上几小时……以前，我从没和任何人聊过，你懂的。我把什么事情都藏在心里，就让它死咬着我。和卡拉在一起……我现在不怕把自己的感情表露出来了。就算有人看到我哭也不要紧，因为那就是我的感觉，你明白的。这就是我。如果你不能接受我本来的样子，那你最好还是用另外一种方式看我，因为就是这么回事。我有感觉，而且我要把它们表现出来，直截了当地说出来。噢，我们现在的关系很棒。"汤姆用手把他的整张脸揉了一遍，从额头开始，一直到他的下巴。

汤姆和卡拉养了很多动物：不仅有她那只四百磅重的宠物猪艾玛，还有原来被一个亲戚养在脏乱环境里的三只雪貂，还有几只狗和兔子；汤姆后来还加上了几只山羊和两头小公牛。他和那两个男孩子造了几个围栏和一个工具房。

卡拉埋头研究关于癌症的书籍和小册子，汤姆则在医生们身边时觉得自己哑口无言。医生们"用的词有这么长"，他握紧拳头，双手拉开了两英尺。很多没有受过什么教育的人经常会抱怨这个，这是让他们打消寻求即时医治念头的原因。"我回家来，说：'好了，你明白他说的意思吗？'她会说：'嗯，大部分吧。''好吧，我觉得我们可能要坐下来，这样你好解释给我听一下，因为我不明白。'"

通常，他因自卑感而产生的愤怒都只会郁积在心里，但是当卡拉做骨髓移植手术需要一个捐献者时，大家都看到了他的怒火。她几乎没有被治愈的希望，但医生们还是在尽力治疗。汤姆愿意当捐献者，因为他不明白只有血亲的细胞有成功匹配的机会。医生轻蔑地告诉他，测试他是没有任何用处的。为什么？汤姆气愤地问道。因为他和病人细胞匹配的可能性只有百万分之一，那位医生答道。"等一等，"汤姆记得自己这么说，"我们谈的是我妻子的生命！即使我和她不匹配，街上的某个地方可能会有人是和她匹配的。如果我能救其他人的命，那也行……如果她需要从骨髓银行中找一位捐献者，我可以把它还上。"他命令那位医生"用我听得懂的话把这件事情解释给我听"。

"这种情况会让你失控吗？"那位医生问道。

"没有。我觉得很恼火。"汤姆反驳道。

"我想我明白你的意思了，"那位医生让了步，"也许我们应该测试你，不过只是为了让你自己安心。"他们的确这么做了，而结果并不匹配。卡拉的一个姐姐克丽丝当了捐献人。

"多么美好的一天啊，"卡拉在她的日记中写道，"我去买东西，而且有了点精神。"日记的时期是1998年2月8日，线圈笔记本上的第一条记录中充满了意味不祥的想法，整条记录几乎全部是用铅笔写的。很多想法是以写给上帝的信的形式写出来的——以感激的口吻，以恳求的口吻，以绝望的请求生存的口吻。"那么，上帝，"她第一天晚上的日记结尾是，"请保佑汤姆、扎克、马特、凯蒂和我自己——

让我们长命百岁，有爱，有幸福、欢笑，彼此永远紧紧相依，谢谢您昨天为我做的事。阿门。卡拉。"

她的快乐很简单。当"汤姆·比尔和弗吉尼亚去帮我挑了一个两段式的炉子，只要50美元，很划算——左边的点火口不好使了，但还是比只有两个炉灶和一个炉子好"。或者当"汤姆为'开端计划'做了布朗尼蛋糕和苹果肉桂松饼，扎克做了一个枣子蛋糕——全都卖出去了。我给汤姆买了个华夫饼机当情人节礼物，他给我买了一件漂亮的紧身睡衣。我们给了孩子们每人5美元"。

但是，随着癌症引起的疼痛开始扩散，钱的问题更严重了，她记录下自己还有几天就要离开汤姆，她觉得自己死掉会让他好过一点。她对孩子们发了火，而且她开始喝很多的加拿大威士忌和姜汁汽水。2月19日："嗯，我过了非常棒的一天，我爱生活，谢谢上帝，谢谢您在所有的日子里为我做的事。我很清楚，我这段时间一直沉迷于酒精，但是它确实能让我舒服些，我没有借口这么做，但是我真的觉得自己需要它。"那天晚上她一次又一次地起床，最后，凌晨4:30，她拖了地，因为睡不着。2月20日："嗯，又过了一天——美好的一天，只因我还活着……扎克做了蠢事，他不喜欢我们买的那种冰淇淋，所以对冰箱和马特动手动脚的，我为了这个对他动了粗，我把他往墙上撞，又抓住他，罚他在房间不许出来，凯蒂在奶声奶气地说话，我忍不住在她嘴上叭地亲了一口。"2月23日："我不知道最近我怎么那么爱喝酒，但是嘿——我忍不住要喝。我想我要去治一下了。"2月26日，她写到库尔特没按时把他欠汤姆的工钱发出来。"我是个酒鬼——天啊——明天我会后悔这么做的。我会晕头转向的。我会觉得内疚——但是只有晕头转向能让我高兴。就像汤姆说的——管用就好。"在第二天的记录的末尾，因为边喝边写，所以她的笔迹渐渐都无法辨认了。3月5日："扎克和马特拿了好成绩，所以我们要给他们每个人10美元，我最近真的觉得很郁闷……汤姆和我要多说话——他在我身边，是我的生命，我喜欢这种感觉。"

因为按计划她要进行骨髓移植，她担心自己会错过"所有春天的色彩，明亮的黄色——泛着天蓝的绿色——那绿色是那么鲜明，会让你屏住呼吸"。骨髓移植推迟了，但是春天随着她的日记结束也过去了。5月底，她的日记已经近两个月没有记录了，她草草地写下："对不起上帝，我很久，很久都没有写了。"接下来那一天，她从医院回来："我很震惊，不肯接受现实，我不想死，我已经经历了太多的事情，走了太远的路，我现在不能死。"两天后，5月30日："医生们都让我准备后事，但是我觉得没事——不再痛苦……今天我妈妈出现了。我让她走开。"6月3日："今天是汤姆的生日——他做得非常好——他在忍受巨大的恐慌，我昨晚为他感到不安，因为他在很多人面前，在停车场里，把球从扎克手里啪的一声拍了出去。我全身都是肿块，我的子宫里有恶性肿瘤——很棒吧？……我不想死，请让我活下去好吗？"

在用租来的卡车载她到伯利恒城和波士顿妇女医院做移植手术后，汤姆尽可能多地开车去看她，这段路程要两小时，花的是库尔特的信用卡里的钱。帮助汤姆是自然而然的事情，就像呼吸一样。"他的心眼绝对很正，他只不过是有点跟不上了，"库尔特说，"你不会不愿向后转身去帮助一个像他这么好的人的。"有一天，达特茅斯车行，也就是汤姆去的那条路的尽头处的一家汽车销售公司的一个业务员不着痕迹、水到渠成地把库尔特的爱心火炬传了下去。

"我记得那是她到波士顿安顿下来的第一天，"汤姆回忆道，"我和库尔特说了，库尔特告诉我，'开到达特茅斯车行去'。"库尔特又打算给汤姆租一辆卡车，但是那位业务员的最后一辆车已经开出去了。"于是这那位业务员出去把他自己的'开拓者'打扫干净。"汤姆说。

"来，开这个，"那位业务员提出，"库尔特和我已经安排好了。

等你回来的时候把它带回来就行。油都加满了。"

"我说,'好吧,等我把它带回来的时候,它的油会是满的,'"汤姆说,"确实是那样的。"

7月3日,卡拉接受移植手术后的那一天,她写道:"上帝,请保佑汤姆、扎克、马特、凯蒂,也给我一份特别的眷顾,卡拉。谢谢您昨天为我做的事。还有,上帝,请保佑克丽丝,她为我做了许多。阿门。卡拉。"三天后,她用虚弱的手写下:"嗯,我马上要上床休息了,请神保佑汤姆、扎克、马特、凯蒂还有我。谢谢神今天为我做的事。请神眷顾我、爱护我、治愈我。求求您——那么,谢谢您今天为我做的事,阿门。卡拉。"那是她日记里的最后一条记录。五天后,汤姆收养扎克和马特的事情尘埃落定了。

7月22日是卡拉的三十三岁生日,这天,医生给汤姆打了电话,催促他尽快到波士顿去。明天早上怎么样?汤姆问。"行,"那位医生说,"越早越好。"汤姆打电话给库尔特,"他打了几个电话,后来那个达特茅斯车行的业务员对我说:'你什么时候需要车?'我说:'我明天早上6点前要用车。''来吧,'他说:'我在那里等你。我们5点半在那里碰头。'他5点半打开门,给我一串钥匙。我说:'我要在哪里签字?'他说:'不用。快出去。走吧。'"

汤姆8点的时候走进了卡拉的病房,"当时他们在那里料理她的事。医生出来说:'她想见你。'我说:'好。'我说:'情况怎么样?'他摇了摇头。于是我进了房间,她伸出手来拉我的手,她的手是这样的,我也伸出手去拉住她的手。她的十字架挂在脖子旁边,耳环和戒指都在手上,她把它们取下来放在我手里。"他的声音沙哑了,在长久的沉默中,他的泪水夺眶而出。"我说,'卡拉,不管今天会发生什么事,我会永远爱你。'她点了点头。把所有的东西放到我手里,捏了捏我的手,就走了。"

他开着那辆借来的全新的"开拓者"回家,当着孩子的面,把事

The Working Poor 213

情告诉了他们。他把她的结婚戒指穿到绳子上,挂在脖子边,继续戴着自己的婚戒。她没看到在她的卧室外面,她自己亲手种的玫瑰花正在吐艳。

汤姆和男孩们做了一个标牌,涂上红色,把它挂在花园里的三根杆子上:

致我亲爱的妻子和母亲和我们最好的朋友卡拉
附:我们爱你

第二年夏天,那个标牌还在那里,但是花园已经荒草丛生,玫瑰花丛需要修剪,周围的地里堆满了废品,全是生锈的机器。当校车停在他们家门前时,扎克和马特觉得很丢脸。仿佛他们曾经拥有的所有东西都被放在他们的院子里了。四部草坪拖拉机。其中一部如果用一把剪刀把两个电磁线圈接起来的话,还能用。剩下几部的零部件拆下来还能用。还有两三部旋耕机,几部割草机和一部手持式割草机。旁边放着一个丙烷罐,一张野餐桌被埋在了垃圾堆里,还有一架带有辐条轮的木头独轮手推车被晾在了一边。一艘涂成迷彩色的金属独木舟被底朝天地放在一艘铝制皮划艇中,皮划艇里装满了钓竿和钓具盒。一个橘色的锥形交通路标立在拖车式活动住房后的小树林边上,树梢上挂着各种各样的废弃金属片,一个金属槽,几个罐子,塑料袋的碎片,还有一堆旧轮胎。在许多条牛仔裤和工作裤的重量之下,晾衣绳下垂了,还有一堆剪好了准备做篱笆的细铁丝。

汤姆和男孩们造好了一个工具房,还搭了一个小棚。小棚是为动物们而造的:那两只山羊,四月和西尔维娅;名叫肉桂、辣椒、甘草和米妮的兔子;还有豚鼠威廉。他们还搭起了两头小公牛杰西和杰克的小牛棚的框架。他们用锯木机锯下来的板子没有哪两块看起来是宽度相同的,也没有哪几块的长度是合适的。篱笆也规格不一:一条通了电的带刺铁丝拦着那头大猪艾玛，另外的围栏则由残缺不全的模板拼成，看起来就像没用的面包皮。几只山羊被圈在细铁丝网里，围栏的门是用锯了一半的废弃木门做的，歪歪扭扭地靠在一根裂开了的柱子上，柱子在地里扎得不够深，所以无法直立。扎克和马特轮流每天花半个小时喂这些动物。

顺着泥土路朝他们的地的后面走去，那是一个旧东西的宝库，大部分东西从他们买这块地方的时候就在那里了：一堆轨枕，三辆雪上摩托车，一辆后半截没了的校车（汤姆打算在这辆车后面放一个干燥窑，好烘干木板），五辆卡车和几辆旧车，还有一架名叫弗朗基的黄色大拖拉机，拖拉机有个铲土机大小的铲，扎克说，当"有东西堵在燃料箱里的时候"，它就要把成堆的树根和泥土推走。

也许，这里看起来就像个废品旧货栈，但是在这里，你就像置身于一个成年人的游乐场，尽管没有多少东西是能用的，但是你可以从修理东西中找到很多乐趣。而且，那就是孩子们学习的途径——汤姆就是这么学的，让他们从弄脏的双手中学，从让东西正常工作中学，从关爱动物中学，从承担责任中学。男孩子们在"四健会"（4H）①中表现活跃，他们在里头获了奖，扎克还用他从宅前贱卖中花5美元买来的链锯锯了一个雕塑。他把一段木头竖起来，画出轮廓，雕了一只有长长的鼻子和两只尖尖的耳朵的熊。为了找乐子，他说，他们在兰德水库钓鲶鱼，还打兔子和松鸡。一个猎鹿但是不吃鹿肉的朋友在秋天给他们送来了鹿肉。他还会做什么来找乐子？"玩割草机！"他叫道。

拖车式活动屋里已经陷入一片混乱。扎克和两个表兄弟在心急火燎地清水槽里的一大堆脏盘子，那些脏盘子应该放了好几天了。卧室

---

① 4H教育是一种面向农村青少年的农民教育形式。是使农民具有聪明的头脑（Head）、健康身心（Heart）、健康身体（Health）、较强的动手能力（Hand）。——译者

The Working Poor　215

顺着后走廊排成一排，里头被盖在床和地板上的脏衣服挤得水泄不通。但是，洗东西不是最重要的事情：汤姆和男孩们要去一个农场主那里割干草，作为交换，他们可以拿一些干草回来喂动物。

男孩们在上七年级和八年级，他们在磨损的椭圆形餐桌上做功课，餐桌放在一片狼藉的屋子里，上面散落着各种东西。浴室又小又乱，是消遣的好去处，对年纪较小的马特来说尤其如此，他喜欢听收音机，到处闲晃。在汤姆付不起电话费之后，他们的电话被切断了，马特的老师没法儿给他们打电话，所以她给家里寄了封信；这封信在马特的房间里待了几个月，汤姆没有见过，当他看到马特糟糕的成绩单时，他大发雷霆：英文拿了E，科学拿了E，数学拿了D，社会研究拿了D。然后，汤姆到学校去问老师："为什么我之前没听说过这件事？"

马特讨厌学校。扎克喜欢学校。事实证明，他是个优秀的艺术家，上高中的时候，他开始想成为建筑师。在他高三那年的学期末，我问汤姆，他觉得扎克应不应该去上大学。"我想他已经申请了，"汤姆说，"扎克，"他叫了一声，"你申请了什么大学？"当然，扎克还没有申请，因为那还太早了；他对怎么做这件事还没有概念，而汤姆，尽管他付出了爱和支持，他无法给他任何有见地的帮助。

卡拉去世的那些年让汤姆陷入了很长一段时间的抑郁、无业甚至酗酒的状态。那年夏天，他无法再为库尔特开伐木工程车了，因为他没有给凯蒂请保姆。学校9月份开学的时候，他找到了一份时薪6美元的工作，帮一个原木场测量卡车司机们运来的成堆木头的板材容积，好准备销售和碾磨。有一天，他发现这个木场拿了他的测量数据，调低，把优质红橡木和白蜡木降级，然后以高价卖去做饰面薄板，而且他说木场"给那些伐木工们施加压力"。"他们最大的错误就是让我插手。这里四分之三的伐木工都是我的朋友，你懂的，所以我和管理人员的想法不一致。"他去和领班当面对质。

"那是我们的事,"那个人说,"你干你自己的活就行。我们会付你工钱。"

"不行,"汤姆说,"因为我也做过他们这一行。我知道那是什么样的感觉。"

他想了一个晚上,隔天中午他辞职了。"是怎么样就怎么样,我不喜欢这种事情,我不在这个造假的地方干了,"他对老板就是这么说的,"我尽量做一个说话算话的人。我拿我的名誉打赌,要做一个说话算话的人。如果你觉得有什么问题,那我们就该说再见了。"

很少有美国人能信守这样的原则又不必付出代价,汤姆也是一样。他去给库尔特打零工,修设备,但是那只够付清账单。当这个国家的其他人都沉浸在对克林顿总统的弹劾案中时,汤姆把这都当做了耳旁风,就好像暴风雨远在天边。"我不太懂政治。"他简单地说。2月份,他在另外一个伐木场那里找到了全职工作,一周挣300到350美元。他喜欢在那些萧瑟的树林里待一整天。"现在我们砍一些硬木,"他说,"大部分是岩枫木,有些是樱桃木,还有很多白桦树,然后我们还要砍松木。所以我们平均每一两个星期就要砍两车硬木,三车松木。我8点就到他那里,8点半开始洗木头,所以我一般3点半或者4点到家。我们会花整整一天的时间,但是我们也不会把自己累死。工作嘛。"他又做起了老本行。而且他紧盯着测量数据。没问题。

"我们还过得去,"汤姆说,"我们还过得去,"他用手揉了揉他的脸。"嗯,对。嗯。不过也没发财。如果我能在银行里存1 000,5 000,那我就会心里有数,如果有什么事情发生,不管怎么样我还能撑一个月。"但是那家伐木场没有木头了,汤姆有四个月没有事情做。他开始喝酒。他让自己的友情荒废。他让电视一直开着,填补空虚。

玛丽走进了他的生活,那是一个和他年纪相仿,打扮花哨,心直口快的女人,她个子又高又壮,把自己当成救星。"这个地方一团糟,"她说,"到处都是书,到处都是要洗的衣服。他只剩下了空壳。他不工作,也不关心别人。我们一起说话,一起哭泣。"她黄色的头发缠在一起,面容友善,成熟,甚至有点强硬,但是她很爱孩子,对他们也很严厉,既强硬又温情,像母亲一样,有很高的要求。她用自己的名字把失联的电话换掉了。当技工因为汤姆逾期还款记录没有显示在电脑中而来断电时,她坚持要他们检查,后来电只停了两个半小时。

不过,时间过得也够久了。"到下个秋天我要自给自足。"汤姆郑重地宣布。他和男孩们开始给两头小公牛修一个荒废了的"牛棚"。"我要自己养猪,养牛。(玛丽)想放一些小鸡进来。我在找一个柴油发电机。有几个从新泽西州迪克斯堡运过来的应急发电机。要1 000美元。要给它重装电线。"他耸了耸肩,仿佛那是件简单的差事。当他把计划说出来的时候,他的语调短促清晰,从他声音里能听出他在假装自己有信心,仿佛他知道他所说的只是他的一厢情愿,而不是一定会发生的事情。三年过去了,他依然生活在巨大的压力之下。

玛丽了解抑郁症;她在吃药。他也在吃什么药治疗自己的病吗?"嗯,杰克丹尼威士忌,"她说,"那不是处方药,但那是他自己的药方……那是在他生日的时候,我打算为他举办一个丰盛的生日野餐会,而他9点30分的时候决定要喝酒。于是他就醉到了中午。"但是现在他已经四个月没喝酒了。"他在管他自己,"她继续说,"他上次喝醉的时候,我把他的酒瓶扔到水槽里去了,那之后他就再也没有买酒了……他在面对现实……他在犯傻的时候遇到了对手。我可不怕他。"

去治病如何?"世界上最拿不起来的东西就是电话。"汤姆说。也许玛丽就是对他最好的治疗,因为她把他从抑郁症典型的瘫痪状态中拉了出来。他开始找工作并在戴维树木公司找到了工作,按照合同,他要修剪输电线周围的树枝。"我能走出去,一天在树上晃九个小时,然后9点走回家,说,好啊,工作了一天……有些事情我现在能做,但是一年前我不会想到要做这些事,因为我觉得自己的身体做不了。现在让我把那个托架套在屁股上,坐在树上八九个小时我也不嫌烦。"他在教马特,他们正在修剪自己地上的树木。玛丽搬了出去,住进自己的家,她家就在附近,他们还会和对方见面,但他们的距离没那么近了。

第二年的冬天,因为雪太大,汤姆只得停工:八个星期没有工作。他找了一份焊接燃料罐的工作,一小时10美元,后来也停工了。夏天,他帮一个农场主种了六十五英亩的甜玉米,还帮他种了番茄和南瓜;对方付给他一周300美元,还有他想要的全部蔬菜。农忙季节之后,他回到戴维树木公司工作,但是他一到五十岁他们就不让他登高了,因为保险公司不承保。于是除了干点砍柴卖柴的零活之外,他冬天就没有工作了。他做了一段时间的枫糖,然后在一个制造皮靴的工厂"拉克罗斯"那里得到了一份工厂机械维修的工作,一小时挣10.5美元。这是一份室内工作,他知道自己很快又要开始无所事事的日子。

"最终,"他强装自信,用那种轻快的语调说,"我要在我的拖车房这里装一个滑动门,这就是大门。他们不能再在门前停车。一步一步来,你懂的。这一直都是间房子,是时候变成一个家了。"

不过,大概一年之后,他把整个拖车房都换成了另外一个二手的拖车房,那辆拖车房是那位朋友做环境美化工作换来的,他花2500美元从一个朋友那里把它买下。"拉克罗斯"的工作很好,他舍不得辞掉。唯一让他发牢骚的事情是他不能在树林中工作。他获得了全额福利,包括医疗保险,每周他只要付38.15美元,而且即使是2001年至2003年的经济衰退时期,他还是要经常加班,每周他能挣550美元左右。"过得挺滋润的,眼下。"他说。

他的儿子们喜欢工作。马特在给一个邻居的车库装隔热板,扎克

The Working Poor

在帮他的高中教导员做木工活，而且他们都在帮着他们的爸爸补贴家用。马特还是在"四健会"里拿第一名的蓝绶带，而笑容羞涩的扎克在高三的秋天被选为"返校节之王"。他在 SAT[①] 的数学和文字表达部分总共只拿到 950 分，有钱人家的孩子们会参加卡普兰和普林斯顿的复习课程，好提高成绩，但是他没有机会参加。他的家庭和社区里的人们能在自己的地盘上帮助他，但是在大学的陌生领域中，他们就爱莫能助了。他申请到波士顿的温特沃斯理工学院去学建筑，而招生专员们在四处寻找靠勤劳的双手来克服逆境的年轻人，但是他没有意识到自己在贫困边缘的经历对这些招生专员们有多大的吸引力，选择了跳过补充论文。温特沃斯拒绝了他。

那是一个艰难的冬天。天气严寒，雪下个不停。寂寞突然像沉默的冰雪一样向汤姆袭来，为了取暖，他又求助于他的老朋友杰克丹尼威士忌。他那破破烂烂的拖车式房屋开始让人住不下去了。先是圣诞节之后，水突然不流了。雪的重量让一条管子报废了，还把通向他的井底水泵的电线压断了。然后是污水处理系统结冰堵住了。最后，一个轴承卡在了加热系统的风扇里，他回到家发现过热的火炉在往外冒烟，拖车房里全是烟。"我失去了它。"他说。他把扎克和凯蒂送去和玛丽一起住，把马特送去他和前妻生的大女儿一起住。汤姆带着他的狗——他仅存的宠物——搬进了一个朋友在野营地里用丙烷加热的野营车里。

他整个冬天和春天都在工作和喝酒。他每天都越来越渴望自己下班的时间快点到，下了班，他和工厂里的其他几个男人会到酒吧去喝点啤酒。然后汤姆会多买点啤酒带回家。就这样夜复一夜，一周又一周，直到日光渐渐照到了夜晚，雪也融化到泥土里，棕褐色的新罕布

[①] SAT，全称 Scholastic Assessment Test，中文名称为学术能力评估测试。由美国大学委员会（College Board）主办，SAT 成绩是世界各国高中生申请美国名校学习及奖学金的重要参考。——译者

什尔山丘都染上了代表着新生的嫩绿色。

6月的一个晚上，汤姆一如往常到酒吧里去，然后买了一打啤酒。然后他记得自己就躺在自己的皮卡旁边的私人车道上，皮卡的引擎是关着的，但是收音机开着，里面一个女人的声音在报时，那是凌晨3点30分。他只剩下三罐啤酒，卡车里没有空啤酒罐。突然他心里一惊，决定要做点什么。他和一个工作时认识的好友报名参加了美国汽车协会白天的课程，当我某个星期六在他的活动屋找到他的时候，他已经四天没喝醉了，当时正在挖他的污水处理系统。

下周就是扎克的高中毕业典礼了，汤姆决心要保持良好的状态迎接这场典礼。他依稀记得扎克给他看过康涅狄格州哈特福特的一间学校的各种申请表，那些表格都和助学金有关。不过，汤姆不知道怎么填这些表。他觉得扎克几个月后就会上大学，不过他不确定。

扎克被哈特福特大学录取了，但是他没去。他一直没收到助学金表格，他决定申请参加空军，空军说会教他飞机维修技术。他满怀希望，汤姆则觉得很骄傲。到10月份的时候，这家人的日子开始走上坡路了：凯蒂和马特回到了汤姆身边，汤姆给活动屋加装了一部分，而且他开始上夜班了，从下午6点上到早上6点，每小时挣差不多13美元。自6月开始他滴酒未沾。

安·布拉什选择了贫穷。她坚信，另外一条路意味着她要每夜每周做各种各样的工作，牺牲自己与孩子们的情感纽带。她算了一下，那只能求个温饱，但是要以情感上的安全感作为代价。"我决定陪在她们身边，而不是一周工作十五十六个小时，让她们过中产阶级的生活。"所以她靠打零工还有教会和朋友们的帮助过日子，没有领救济金。除了学生贷款之外，她避免接受政府的资助：她不要食品救济券、住房补贴或者医疗补贴。在过了十几年她所说的"如履薄冰的"日子后，她看到了她的儿子桑迪从达特茅斯大学毕业，成为一名电脑专家，她女儿莎莉则在新英格兰音乐学院学习声乐。桑迪得过全额助学金；莎莉则有助学贷款、奖学金和私人赞助。

不过，安的日子还是很穷——从统计数字上看并不穷（她找到了一份年薪 23 600 美元的工作），但是她欠着庞大的债务，没有存款，生活捉襟见肘，这让她很焦虑。从这个角度来衡量，她还是很穷。和许多近乎赤贫的人一样，她的压力不是来自苦苦求生的当下，而是来自无所依靠的未来。然而她还是说，贫穷最灭人志气的特性是：它所带来的绝望。凭借自己的"文化资本"，她克服了这一点。她冲破了经济上的局限，努力让孩子们的生活变得更加丰富，她成功了。"我的两个孩子都说，他们从未感觉贫穷，"安满足地说，"从某种程度上来讲，这让他们都更加确定自己是什么样的人。"

"我知道真正的贫穷是什么样的感觉，"莎莉十六岁的时候说，"我知道要拼命赚钱来买下个星期的食物的感觉。但是我从没觉得我们穷过。"她觉得自己和公立学校里其他的低收入家庭的孩子们有很大的不同。"他们身上有一种绝望，好像他们想象不出生活还能有什么其他的样子。"她总结说贫穷不仅仅是金钱的问题，还是一种灰心丧气的孤独状态。"如果我认识一个很好的人，而我一无所有，无家可归，饥肠辘辘，那我也不是个穷人，"莎莉坚持这么想，"只要我还认识一个能让我产生爱意的人，那我就不是穷人。"她一直保持着笑容，那笑容照亮了她的整张脸庞，包括她的双眼，这双眼睛看着这个艰难的世道，闪烁着快乐的光芒。

当父母离异令他们陷入贫穷时，莎莉才五岁，她的哥哥才七岁。她的年纪太小，还意识不到那些突如其来的变数。她母亲的心头大患——不知道她们有没有地方住——变成了莎莉习以为常的事情，这不过是"要担心的事情的其中一件"，她说，"就是早晨能不能按时上学之类担忧的其中一件。"

但是，对她母亲来说，突然挥别自小享受的中产阶级安逸生活是令人迷惘而痛苦的。刚开始,安和桑迪坐下来谈,把"想要的东西"和"需要的东西"区分开。她从她所说的"今天的问题今天解决"开始。那意味着她要顺应眼前的形势,想出怎么付迫在眉睫的房租、供暖和食物费用。"顺应眼前的形式就是你只能在你'需要'的东西上花钱,而且你要一直把'愿望'和'需要'区分开。"

当安终于在那片新的土地上扎稳脚跟时,她已经快想不起富人世界里的生活了。"在我们离婚之前,我们按购物指南买东西的次数就和我们去杂货店买东西一样多。"一天,她打趣道。而现在,她补了一句:"我记不得有洗碗工和其他人来打扫房子的生活是怎么样的了。我再也记不起来了,但我记得那会给我空出很多时间。"和贫穷的斗争让她忙得不亦乐乎,但是那也调整了她的焦点,让她看到她们需要的不仅仅是食物、居所和衣服等必需品,还有健康生活所必需的无形资料。"还有一些东西,例如对艺术、音乐、目标或者获得某些超出我们当下物质环境的东西的渴望,如果我们不同时满足自己对这些东西的需要,那我们可能会撑不下去,"她说,"而且如果不去爱别人和被别人所爱,我们也会撑不下去。所以我们当中的大部分人找了其他东西来替代,那些东西也是我们触手可及的——酒精、电视、毒品、去沃尔玛购物。"她发现:"当我们受穷/变穷的时候,我们就要比有钱的时候更谨慎地想清楚,什么会对我们的人身健康有帮助。"那意味着"亲密而健康的人际关系,没有孤独的感觉,新鲜的蔬菜,不吃过多的糖,每天三十分钟的体力活动。这些都会让我们保持健康,或者至少当我们在不知道下个月或者明年要到那里生活时撑下来"。

安·布拉什之所以落到今天的境地,有一部分原因是她没有目标,所以她空有才华却没有一技之长。如果她的婚姻能维持下去,她的经济状况本来是不错的。她喜欢读文学名著,听巴赫的赋格曲。她陶醉于伟大的思想,谈话中也闪现着聪明才智。作为一名白人,她没有受到种族歧视。但是对一个 1964 年高中毕业的女性来说,即便她的社会经济地位崇高,那也并不一定就代表她有权利意识或者职业目标。而她的父母也没能克服美国社会的严重弊病,他们没有向她灌输通过职业的方式达到自给自足的价值观。她的父亲是一位化学工程顾问,过去是他养活在康涅狄格州和马萨诸塞州的家人,他对自己的女儿没有什么太高的期望。

安上大学一年后退学了。"我讨厌大学。"她说。她在一家百货公司做了一段时间的助理采购。"我很不喜欢那份工作。"然后她在京都住了五年,给日本人教英语。"我经常去做头发,还有美甲。"回到美国后,她在波士顿的一家工程公司当差旅顾问,并且尝试回到大学校园。"我没有方向。"她坦承道。后来她嫁给了一个自己创业的制图员。

离婚后,她每年领到大约10 000美元的儿童抚养费,而且还做兼职——当代课老师,一天挣50美元,在一所大学里当文员,登记赛艇信息,编审医药文书和其他书籍,一周工作二十小时,按页数计件算工钱。编辑工作"很棒",她说,"但是去年我想我才挣了3 000或者4 000美元。"在整个过程中,"我还是选择以长远目标为重,把孩子们作为重心。那也就是说,我拒绝做任何会让她们找不到我的事情。那让很多人大为光火,或者至少她们会认为我很懒惰,不现实。但是我从儿童抚养费里拿到的钱只刚好够我养孩子,我要么就找房租非常低的房子住,要么就得逼自己依靠我那心不甘情不愿的妈妈"。

安和孩子们在她母亲的房子里住了将近四年,直到她母亲从法国旅游回来,突然决定要卖掉那个地方为止。她给了安一个月的时间搬出去。"我完全被打垮了,"安说,"我被诊断有抑郁症,我到一个妇女中心去,获得了一些帮助。"当她的母亲提出在一年半的时间内,每月给她一点生活费时,她算了一下,拒绝了这份馈赠。"我说,'请不要这么做,因为那不会改变我们长期的经济前景,只会让桑迪在那一年无法获得上寄宿学校所需的奖学金。所以,最后那不会真的对我们有帮助,只会真的伤害到桑迪'。"她担心,那笔小钱会把她推到一个中间地带,让她既付不起学费,又无法完全符合接受援助的资格。

寄宿学校听起来似乎是富人专享的奢侈品,事实往往也是如此。但是,对安来说,那是从她住得起的那些贫穷的城镇和社区中的低等公立学校中逃避的方法。父母对她的教育方式让她知道什么是可能实现的,可能达到的,可以期望的,她的想法比那些世代贫穷的母亲的想法更加宏大,因为贫穷的母亲们只从上一辈那里了解到什么是不可能得到的,什么是不可能达到的,什么是不可以期望的。她的孩子很聪明,也很贫穷——这是吸引助学金的完美组合——而他们的教育是安要坚持到底的事业的一个核心部分。她让莎莉试着上了一个当地的学校,然后又让她离开这个学校,在家学习了几年,直到莎莉获得了新罕布什尔州的一家寄宿学校"圣保罗学校"的全额奖学金为止。桑迪也去了私立学校。在安的亲戚看来,这和她的处境很不协调,她们指责她不负责任。"我姐姐说桑迪没有权利去私立学校,而我也没有权利做那个选择,她认为我们应该别人给我们什么,我们就接受什么,"安回忆道,"所以那是一段很困难的时期。"

安通过了"大学水平考试项目"① 的考试,获得了剩下的攻读自己的学士学位的信用贷款,但是她缺钱的问题还是没有得到缓解。到哪里去找房子的问题反而令她有操不完的心,她的生活受到了干扰。除了腹中空空的饥饿状态之外,恐怕没有什么比可能无处安身更令人感到可怕的空落落的感觉了。冰冷的空虚感夺走了温暖的安心感。在那些年里,在安过得最糟糕的时刻,当她那些令人愉快的特点被忧虑的绳索勒紧的时候,她落入了绝望的魔掌(她总是会满怀歉意),她

---

① College-Level Examination Program,即 CLEP 考试制度,是在全美影响范围最大最广的一项以考试获得学分的大学水平考试制度,属国家级考试项目。CLEP 的考生群众主要由三部分组成:一是传统意义上的十八到二十二岁的大学生;二是已经参加工作的成人(公司职员);三是业余学习的学生。——译者

会攥紧手指，说，"事情看起来很可怕"，还有，"我不知道我们要住到哪里去"，或者更糟糕："我真的不想活下去了，我完全没有希望了，我好累，我做不到。"

在她被母亲赶出家门一年之后，她和她的孩子们和慷慨的朋友们住在一起，她们忍受了许多不便，最后安也不愿再给她们添麻烦了。她开始找别的地方，而且变得越来越绝望。她在新罕布什尔找便宜的房子，但是那里的租金还是超出了她的能力范围。不过，她有一种骄傲的，让人认为她值得帮助的气质，这让人们想要伸出援手——经济条件优越的人们肯定是被她的学识，她的自省，她一心一意对孩子们的付出所吸引。她的风度和兴趣没有辜负她落难前所在的社会经济阶层；她的孩子们说很少有人会把她们当成穷人。相反地，专业人士可能会把安看成和她们一样的人，一个本可以和她们互换角色，但却因造化弄人沦落至此的人。所以她的结局和城市贫民窟里的黑人单身女性们的结局非常不同。"我们无家可归，但是总会有人以某种方式照顾我们。"安指出。在她读书的社区大学，一位教授和他的妻子和她很亲近，他们先把莎莉带进俄国东正教教会，然后又把安也介绍进了教会，最后还把他们在佛蒙特的树林里没用过的小屋送给了她。所以安找到了住处，也找到了归属，她的身体和心灵都找到了避难所。

那间小屋让她们的生活过得艰苦而纯净。它离主干道有一英里的距离，这一英里的路有五分之一都是泥泞不堪的。它有一个小厨房和一个小浴室，小浴室靠的是水泵抽到二楼的水槽里的直冲式水流。小屋有间户外厕所，里头有只名为夏洛的蜘蛛，这个名字倒是恰如其分。她们冬天唯一的取暖来源是一个柴火炉，夏天只能靠一个陈旧的木头冰盒来降温，那个冰盒里要一直装满冰块，每周要花大概12美元——按安的生活标准来看，很贵。灯光都是来自丙烷灯和教堂剩下的蜂蜡蜡烛，这令看书变成了安的一件难事。当灰暗寂静的冬天把水管冻住时，她和莎莉就得马上从井里把那些五加仑的水桶用力地拽起来,再顺着那五分之一英里的路往上走。"好在开始下雪了",安说,所以当时十三岁的莎莉能用雪橇拉动那些水桶。

她们在那里学得很快。"第一年冬天我们没有一根柴火,"安说,"我们不知道这个……桑迪回家了——实际上,他的大学论文写的就是这个……我们度过了一个很棒的圣诞假期。他在寄宿学校过了第一年,然后回家,我们看了一下,知道剩下的柴火大概还能用两周。桑迪要回去了,而且莎莉和我也要去那里,我这辈子还没劈过柴,而且我一点也不擅长做这个,所以桑迪和莎莉决定了他们要劈柴。于是,在离房子半英里的地方,在山下,出现了一大堆被砍断的长短不一的柴火……然后桑迪和莎莉把它们从雪里挖了出来,桑迪把柴堆好,然后莎莉和我用雪橇把它们拉上了山,我们拿回来的柴火足够我们一直用到3月。"然后教堂的某个人又给了她们一堆柴,"所以我们撑过了剩下的冬天"。当食物十分短缺的时候,她们得到了教会成员们的帮助。到了第二年冬天,她们的准备更充分了。

在小屋里,她们聊得更多,读得更多,"但是在那里很容易生病,我们都生病了。"所以,两年之后,他们尽量找了一间有供暖和电力的公寓。租金太高了——一个月要500到600美元。然后,再一次地,那个教会又拯救了他们。在新罕布什尔州克莱蒙特一间废弃的天主教女修道院里,东正教教会把一间格局很不规则的公寓当做访客寄宿的地方。教会告诉安,他们欢迎她住到那里去,只要她照顾那些来访的访客就行。能用上热自来水,感受温暖,看到灯光还时不时有人来做伴,这真是一桩意外的喜事。莎莉在上歌唱课程,她用同时在一家水果和蔬菜商店工作的工钱交钢琴伴奏的费用。桑迪也被引入了教会,他和斯特凡·索尔仁尼琴,也就是那位俄国作家亚历山大·索尔仁尼琴的儿子成了朋友,而且开始痴迷电脑,不过安买不起他感兴趣的那么先进的东西。

她继续做兼职编辑的工作,还帮达特茅斯的一位教授为论文评分来挣点钱。除了她那18 000美元的学生贷款之外，她还背着信用卡债务。后来教会决定不要那间公寓，她只得离开。离开的日子一天天逼近，她找不到房子，觉得自己陷入了恐慌。这一次，向她伸出拯救之手的是一个本堂教友，这位教友问他一个有双拼住宅的姨妈愿不愿意以实惠的价格将楼上租给安住。那位姨妈同意将每月租金定为400美元，于是，再一次，在这种以教会为基础的中产阶级的社交网络支持下，安找到了安身之处，而大部分贫穷的美国人是接触不到这种网络的。她不喜欢新住所的花哨壁纸，她也不喜欢那些风格混杂的家具，大部分都是人家不要的和别人留下来的。但是有些物件是有一定的意义的。"有个上面有些绒线缝制布料的小凳子是我们的，"她说，"抽屉里的银器是我们的。"那是传家宝，是和现在已经枯萎的根的一点联系。

安找到了一份给新英格兰大学出版社当制作编辑的全职工作，那是一家很小的学术出版社，他们给她一年23 000美元加上医疗保险。她热爱这份工作，但是它并没有让她衣食无忧。庞大的债务令她手头拮据，等桑迪满十八岁后，给他的儿童抚养费也会停止。她的新牙科保险每年的保费最高限额是1 000美元，而她已经拖了很多年没去修补牙齿，因此需要给她的牙齿大修一番，但那些保费不够她支付这些费用。

不过，她对孩子们的投资开始初见回报。他们俩都很勤奋，整个暑期都在给教堂当门卫，在他们各自感兴趣的领域：电脑编程和演唱歌剧中也有杰出表现。桑迪是一个身材瘦长、沉默寡言的小伙子，他在SAT的数学考试中拿了八百分，在语言表达中获得七百分。他申请的每个学校都录取了他，并为他提供全额助学金：这些学校有达特茅斯、安模斯特学院、威廉姆斯大学和卡尔顿大学。两个孩子面对缺钱的情况都泰然自若，而且在自我牺牲时很大度。桑迪没钱去听达特茅斯的爵士音乐会，也没钱去看电影，而且他尽量不点太多的外卖食品,不过他的信用卡的确已经欠了很多钱。莎莉在预科学校的时候和朋友们一起去买衣服,她不买,只是在试衣间里换衣服——她在装扮,表演,玩变装游戏。她用圣保罗学校给她的那点零花钱来给自己和其他人买披萨饼。或者她会在树林里摘取一束束的野花,送给她的朋友们。"她们给我的是我买不起的东西,"她说,"而我给她们的是她们不会给自己的东西。"

在大学里,桑迪交了很多好朋友,他走出了自己的天地,和当了企业主的达特茅斯校友们搭上了关系,而且在旧金山的一家软件公司找到了一份暑期工,每月总共能挣到 3 750 美元,薪水高得令人难以置信。6 月的一个午后,他准备动身去上班了。他和他的母亲和妹妹坐在汉诺威酒店的露台上,鸟瞰达特茅斯青翠的草木。对安来说,那也许是个满足的时刻。她正看着她的孩子们慢慢变成她努力要让她们成为的样子。但是当时她并不特别为自己感到骄傲,因为她刚刚违背了自己的道德原则,宣布破产。破产将她的信用卡债务一笔勾销,但是她的学生贷款还在,从法律角度来讲,那是不可免除的。安的债务是那么沉重,以至于她非常担心自己的孩子们最后也会被他们的学生贷款压得喘不过气。她继续用忧心而绝望的口吻说着,她的孩子们看起来也真的痛苦,担忧了起来。"我麻木了,"她说,"我已经不在乎了。"

"我会有工作的。"桑迪表示。

"你照顾了我们,"莎莉说,"现在该是我们照顾你的时候了——等我到大城市去的时候!"

他们大笑了起来,安说:"等你们把自己的房间收拾好以后吧!"

毕业后,桑迪本可以回到硅谷工作,领丰厚的薪水,但是他和家庭、朋友和教会的亲近关系让他留在了新罕布什尔州,他和他的母亲一起住,并在佛蒙特诺威奇的一家公司当系统管理员。他的起薪是每年 40 000 美元,比他母亲挣得最多的时候还多了一倍半。当他从达特茅斯大学走出来的时候,他身上有的不只是文凭,还有上学时背下的债务:10 000 至 12 000 美元的高息信用卡贷款和 20 000 美元的低息学生贷款,他现在开始清偿这些债务了。

当莎莉进入新英格兰音乐学院的时候,她获得了奖学金和一笔学生贷款,但这些还不够。一年夏天,当地的一对夫妇看到报纸上报道莎莉在筹钱准备去唐格尔伍德音乐节[①]学习,他们很受鼓舞,帮她交了剩下的钱。在他们的帮助下,她去了唐格尔伍德音乐节,后来又进了音乐学院,而且他们还给安垫了钱,让她把自己的学生贷款还了。安和她的家人是那种人们愿意帮助的人。

她不欣赏她的亲戚们的价值观,她们也不欣赏她的价值观。安整天都想着钱,那是因为她的钱少之又少,她们也整天想着钱,但那是因为她们的钱很多。她看到了自己努力遵守的道德指针是多么容易偏离方向。所以她看到自己的母亲晚年被那些负责看护她的人搬到价格更低、服务品质也更低的疗养院去时,感到心灰意冷。在那种疗养院里,护工们都只是叫她"亲爱的"和"宝贝",因为他们一直都不知道她的名字。安去看她母亲,在那里待上几小时甚至几天,重新和她母亲建立关系,她为选择把母亲放在那里而感到悲痛、迷惑。"我回头看看自己,"安说,"我肯定是有什么问题,所以我才会和其他人不一样。我和他们不一样。我不看重他们重视的东西。那些让我搞不清楚是什么名堂的事情会让我很害怕。道理很简单:用你应该为之负责的人的幸福来和金钱作交换是错误的。"

尽管对自己有所怀疑,安还是真心相信她选择的路是对的。"我们已经在身无分文的条件下过了十几年,而且我们还一度没有房子住,"她说,"虽然这样的选择听起来很可怕,也很奇怪,但是我还是做了这个选择。我们都做了这个选择。而且我们都以健康的方式做了

[①] 唐格尔伍德音乐节是波士顿交响乐团的大本营。——译者

这样的选择。我们所做的选择让我们变成了更好的人,如果我过去忽略孩子,每周工作七十个小时,交房租,住在其他的孩子们都被丢下不管的贫穷的社区里,我们就不会是这么好的人。而且我知道了没钱,没有很多东西的滋味是什么样的。那种滋味和有些钱,但是却没有时间陪伴出现在你生命中的人的感觉相比,并没有那么糟糕。"

第八章　灵与肉

> 大部分的时候，我都是以社工的身份工作的——与社会福利服务并肩作战，让人们有房子住。
>
> ——儿科专家，格伦·弗洛里斯博士

在紧缩的预算中，食品支出是几个比较灵活的部分之一。房租则是一笔固定的数目。汽车贷款分期付款是一段时间内都不会改变的支出。电费和基本电话服务费是无法折中和讨价还价，或者可以削减的支出。但是一家人花在食品上的金额是有弹性的；人们可以在支付那些刚性费用之后，再按剩下的金额大小来扩增或压缩食品支出。结果就是，美国出现了一大堆营养不良的孩子。

黛博拉·弗兰克就看到了这样一些孩子：骨瘦如柴，看起来像个干瘪小老头的婴儿；无精打采，体重只有正常体重的三分之二的幼童；瘦骨嶙峋，弱不禁风的男孩。他们到波士顿医疗中心的流动救护站，在那里，医生每周会有两天时间开放"成长门诊"。

这些瘦得皮包骨头的面孔并非饥荒所致，但它们就像一扇扇绝望的窗户，通过这些窗户能看到各种摧残美国穷人的苦难生活。因为食品支出不是固定的，而其他必需品的花费是不容商量的，所以很容易就受到后者挤压。尤其是住房支出，它可以占到一个贫困家庭收入的50%至75%。"如果有更多的保障性住房，饥饿的人就会少很多。"

弗兰克称。如果食品救济券的面额能大一些；如果高营养的婴儿配方食品价格更低；如果城区内的商店储存更多新鲜的水果和蔬菜；如果全部的日托中心提供合理的正餐和零食；如果各个家庭能有钱给患有过敏症的孩子们买各种食品；如果新移民们不会被垃圾食品广告所迷惑；如果母亲们能不必工作，提供母乳喂养；如果照顾工薪族的孩子的人没有换来换去；如果父母们能知道怎么让孩子们乖乖地坐着吃饭；如果那些生活在经济底层的人不要那么一蹶不振，那么饥饿的人就会少很多。各种各样的问题之间产生了致命的冲突，而这些治疗营养不良的健康中心就处在冲突之中。这也正是弗兰克博士和其他处理这些所谓"发育不良"情况的人士努力将营养师、社工、心理学家和儿科专家团队集合起来的原因。他们发挥了作用，但一次只能对一个病人起作用。

周三早晨，候诊室里挤满了病人和孩子。这时，黛比·弗兰克背着一个红色背包，穿着一身彩色的工作服，像幼儿园老师一样大步走进来。她戴着眼镜，泛灰的头发剪得短短的。她没有东拉西扯，多说废话，很快地进入工作。员工的干劲都被她温和干练而又认真的样子调动起来了。她看起来有些苦恼，表情聚精会神，对病人率直而友好，同时又为造成孩子们到这里来看病的问题而显得有些愤怒。

她名单上的第一位病人"胡安·莫拉莱斯"看起来饿得奄奄一息。他出生时只有五磅半重，在出生后的七个月里，他日渐消瘦，体重只有十二磅，吃东西之后还会呕吐。他的右手无法完全张开，畸形的右手臂也需要做手术。但是，由于营养不良，他的身体越来越虚弱，无法接受手术。他的家庭没有能力帮助他。他的父亲在监狱里，按计划将被驱逐出境。没有了干活挣钱的父亲，她的母亲交不起房租，被赶到一个不提供三餐的流浪汉收容所中。

"这是一个病快快的小萝卜头。"弗兰克博士说。她给他安排了很多的实验室测试，营养师们给了她母亲一些昂贵的配方奶粉，"多寇

(Duocal)，和每盎司提供二十卡路里热量的奶粉相比，这种奶粉每盎司能提供二十六卡路里的热量。社工开始寻找政府援助，出生在美国的胡安作为一名美国公民，是有资格接受援助的。对非法移民来说，除了急诊医疗保险之外，几乎所有的援助都被终止了。社会、经济和身体疾病涉及的范围很广，是这些问题一起把胡安送进了波士顿医疗中心。面对这些问题，这些专业人士们却只能对身体的病症下药。

接下来进来的是杰奎安·奥利弗·毕格比，这个婴儿看起来像个小老头。他连脸颊都是凹陷的，这是个危险的信号，因此家人们赶紧把他带来了。"脸部的肉是最后才会瘦下去的，"弗兰科博士解释说，"这也是为什么人们如果把孩子包得严严实实，他们就察觉不到孩子已经营养不良，因为即使他们的身体非常消瘦，他们的脸蛋还是圆圆的。所以，只有到这个婴儿脸上的脂肪也开始消失的时候，人们才会开始担心。"

杰奎安和其余的所有孩子接受了门诊形式的重症护理——护理他们的首先是营养师，然后是儿科专家，最后是社工。这个过程是在走廊里开始的，一位社工给杰奎安称了体重，量了身高，然后把这些严峻的信息输入一部手提电脑中。他的体重降了六盎司，变成了九磅四盎司，和他同龄的男孩正常体重是十四磅十盎司，而他只达到了正常体重的63%。然后，他和他的父母被送到一间检查室里，营养师玛丽·席尔瓦帮他做了检查。玛丽两天前去过他们家。她仔细地问了父母关于他的喂养问题，尽量按时间顺序收集他食用了多少高卡路里配方奶粉的数据。他的母亲和许多不确定自己孩子吃了多少东西的父母一样，说话含含糊糊。

"周二吐过吗？"席尔瓦询问道。

"有一点。"他的母亲杰奎塔·奥利弗说。席尔瓦问她在他睡觉之前的什么时候喂他吃了配方奶粉。奥利弗回答时支支吾吾，最后很不确定地给了一个时间。然后席尔瓦问在那之前，在那之前的之前，在那之前的之前的之前是什么时候喂的奶粉,最后奥利弗只能连蒙带猜了。营养师看到公寓里到处放着空了一截的瓶子,所以她建议她每次喂食的量少一点,但是喂食的次数更频繁一点。"让他少吃多餐可能可以让他安静下来。"

然后,席尔瓦不经意间问到了关键的问题,一个在营养不良治疗中的常规问题:"你对什么东西过敏吗?"没有,奥利弗说。如果那位父亲没有坐在检查室角落里的话,这个话题也许就到此为止了。他是个笑容可掬的男人,名字叫毕格比,他是个卡车司机,每小时挣6块多美元,他没有和奥利弗结婚,但是他很关心他的儿子。过敏症通常是在家族中遗传的,而毕格比就是线索。他对香蕉、苹果和橘子过敏,他说,他还对花粉、猫毛、狗毛过敏。"当我还是个婴儿的时候,我有支气管性哮喘。"席尔瓦记笔记时非常愤怒——这是一个教科书式的案例,说明了父母都全心投入有多么重要。

接下来是儿科专家。弗兰克博士攥着这个婴儿的图表,带着极度忧虑的心情走了进来。"他的体重实在是处于一个很危险的水平,"她对那对父母说,"我想让他离开医院实在不够安全。你们几乎每天都在健康中心和家这两头跑。他可能会在很短的时间内病得很重。"她检查了这个男孩的反应能力,让他肚子朝下躺着,看他能否撑起自己的身体;他能做到,但也仅止于此。她让他站起来,看他的双脚能否支撑他的身体。"他不是很强壮,对吧?"她问。那对父母什么都没说。

杰奎安在医院待的时间太少。医院里的测试显示,他对美赞臣奶粉有不耐症,而这种配方奶粉是这个家庭能从 WIC,也就是联邦政府的一项针对妇女、婴儿和幼儿的特殊营养补助项目中获得的唯一一种配方奶粉。在住院的六天时间里,他获得了整整一磅这种奶粉。"如果这个孩子没有食物过敏的问题,他就不会发育不良,"这位医生总结说,"如果他患有过敏症,但他家境优渥,那他也不会依赖于

WIC供应的令他产生不耐反应的配方奶粉。现在，通过一些特别的书信和材料，我们能让WIC供应一些其他品种的奶粉了。"这种更加昂贵的"配方奶粉"（Pregestamil）"是一种深度水解配方奶粉"，她说，"蛋白质被分解得更细，所以它们不会那么容易引起过敏"。

根据规定，成长门诊可以免费给各个家庭一些高卡路里的配方奶粉和其他食物，加上10美元的超市礼品券和到医疗中心的来回出租车券。除此之外，给杰奎安和其他所有孩子做的每项检查，包括所有的时间和精力以及员工薪水和设备，加到一起之后，每个病人的治疗成本高达数百美元。杰奎安的父亲买的保险仅仅付给他们40美元。医院将自己的设备贡献了出来。在健康中心高达600 000美元的年度预算中，有一大部分是向各界筹款得来的：有个人和私人基金会的捐款，还有马萨诸塞州公共健康部门每年的资助。

波士顿是一个名副其实的贫富并存的城市，而马萨诸塞是一个相对文明的州。在这个国家里不那么富裕的地方，营养不良的孩子会陷在更深的泥潭中，熟练协作的专业团队也鞭长莫及。即使是在波士顿，如果一个家长没有或者不能完全配合成长门诊，那她可能和在密西西比乡下没有什么区别。

比如说，唐纳德就无法得到完全的帮助，因为他的母亲没有遵从健康中心的指引，没有认真监督喂养情况，而这个男孩的情况需要她这么做。她的老板不通情理，不肯让她休假，所以她不得不把她的儿子送到一个姨祖母那里去，那位姨祖母似乎听不进医护人员的建议。唐纳德体格很小，看起来就只有正常的四十三个月大的孩子的一半那么大，而且他的体重没怎么增加。医护人员悲观地预测，他"一辈子都没指望"，意思就是这个孩子永远也达不到他应该达到的水平了。在这个案例中，儿科专家给雇主打一个电话可能就能起到帮助，但是没有人想过这么做。

没几个医生这么做过。但约书亚·沙夫斯泰因，一个年轻的儿科医生，是个例外。迄今为止，在他短短的职业生涯中，他给十几个雇主打过电话。有一天，他看到一个皮肤严重发疹的婴儿。"当我告诉她的妈妈，她需要周一来接受后续治疗时，"他说，"那位妈妈的泪水夺眶而出，她说如果她再请假就会丢了工作。"第二天早上，约书亚给她的老板打了电话，老板本身是一位内科医师，"并和他谈了很长时间那个女孩的情况和她需要后续治疗的事情"。他不用提保住她饭碗的事情。"我刚和他谈到治疗的情况，他就说他完全明白在医院进行后续治疗对她来说是多么重要，"约书亚说，"我觉得他不会惩罚她，事实果真如此。那位妈妈给我打了电话，她很感激，说她不会丢饭碗了。"

孩子们常因父母没有遵照医嘱而发育不良。有一位刚从越南来的母亲，广告让她中毒太深，当她用完医生开出的营养配方"保儿加营素"（Pediasure）奶粉时，她用可口可乐和百事可乐代替。"我告诉她可口可乐和百事可乐是骗人的东西，"弗兰克说，"我们在电视上看到它，但是那些泡泡会让她们没有胃口。如果她不买可乐，会发生什么情况呢？她说她不一定要买。家里没有其他孩子。加一罐保儿加营素就行。那是每周'介入指导'的一部分。"

"介入指导"是她话里的关键词。在关键的部分，这些专业人士们只能推荐，敦促，介入以将一个家庭的行为推入不同的轨道。而这一套对那些刚到美国，突然接触那些陌生的垃圾食品，而且英语水平不够，可能漏掉那些好建议的人来说，其结果可能会相当不确定。"我有个经典的故事，是关于一个移民家庭的。营养师到这一家去过，嗯，花了整整半个小时向他们解释，告诉他们不应该喂婴儿吃薯片，因为他可能会噎到，而且薯片会影响他的胃口，还没什么营养价值，"医生说，"我们以为他们听进去了。于是他们下次回来的时候骄傲地举着一包东西，说，看，我们不再喂薯片了——手里还举着一包芝士卷……这些人如果回到家乡，他们可能在自己家乡的市场上游刃有余地选择购买传统民族食物。但是在这个国家，他们对选择食物毫无头绪。"

一些美国人也是这样，他们也会犯错误，用苏打水、薯片和果汁来填饱孩子的肚子，而这些东西几乎是没有任何营养的，还会让孩子失去吃有营养的食物的胃口。弗兰克和她的团队一直在土生土长的美国人中间做斗争，一般来讲，"这位年轻的妈妈通常会和她的母亲还有很多其他年纪轻的亲属住在一起，"她说，"这个婴儿会崇拜所有的大孩子，大孩子们在吮吸他们的苏打水，婴儿走过去看着他们，他们就把苏打水给婴儿，然后所有人都哈哈大笑，鼓起了掌，说，'看这宝宝就像个小大人'。"这种现象可能不是直接由资金不足引起的，但是在不安宁的家庭和缺乏知识的家庭中，这种现象屡见不鲜，而家庭不安和知识贫乏往往是低收入群体的标志。

有一位年轻的美国白人母亲出现在巴尔的摩健康中心，她不知道怎么炒鸡蛋；营养师只好教她做。在新罕布什尔州中，贝姬·詹提思和布兰达·圣·劳伦斯经常去做家访的家庭对如何制作基本的健康食品表现得很不熟悉，从两位护工的对话就可以看出这一点：

贝姬："有些孩子不知道什么是水果。我们问了他们。"

布兰达："他们没有水果，没有蔬菜吃。我帮助的那些孩子们都没吃过蔬菜或水果。"

贝姬："吃很多热狗。"

布兰达："热狗、博洛尼亚香肠。"

贝姬："我们说的是她们贪图便利，还有她们是怎么学到这一套的。她们不知道怎么削胡萝卜皮，也不知道怎么做胡萝卜。"

布兰达："而且她们也不肯削皮。"

贝姬："她们不肯。太费工夫了。"

布兰达："我从发救济的部门那里给一家人拿了一袋五十磅重的土豆。只要你把他们的名字和资料填上去，他们就会给你免费的土豆。你知道吗,那些土豆都烂了。她们不愿意削土豆。那太不省事了。"

很明显,不仅仅是钱的问题,因为新鲜的水果和蔬菜通常要比热狗和其他加工过的食品便宜。但是经济条件也会悄然导致家长无法给孩子提供充足的营养。一些恶房东不肯把坏了的冰箱换掉,冰箱没法让牛奶保持低温。有些人家挤在公用的公寓里,公寓里只有一个冰箱,住客会偷别人放在冰箱里的食物。还有,有需要的人往往被政府机构吓怕了,那些不再领救济款的人通常都会有错误的想法,他们以为自己已经没有资格再领食品救济券了,但是在某些州,即使那些家庭的收入达到了官方贫困标准的 200%,他们也依然有资格领取救济。

许多合法移民可能是有权接受食品救济券或医疗补助或儿童健康保险项目的帮助的,但他们不愿意接受,因为他们担心自己会被判定为"靠公费维持生活的人",进而因此得不到永久居住权,拿不到公民身份。根据克林顿总统颁布的一项行政命令,只有救济金支票和 SSI 之类的现金救济才会在这方面对移民产生不利。食品救济券和健康保险不在此列,但是移民和移民官员都对这其中的区别不甚了了。

福利改革,尤其是"家庭资助上限"(family cap)条款,对食品开支产生了不利影响。这一条款规定,每个孩子出生时,或者在出生后的一段时间内,如果其母亲正在接受福利救济,那么这个孩子获得的救济款就要受到限制。弗兰克博士在"成长门诊"中看到的营养不良孩童中有三分之一是受到家庭资助限制的。而且,尽管医生们认为母乳是最健康的,工薪阶层的母亲们却无法在没有吸乳器的情况下全天提供母乳。除非孩子住院了,否则医疗补助通常是不会付这笔费用的。

作为一名营养不良的孩童的父亲或母亲是一个人为贫穷付出的最痛苦的代价。喂养孩子是最基本的责任,最能体现父母之心。其他的必需品则是人们感觉在自己控制能力范围之外的。即使是最节俭的母亲也无法减少租金，但是当她连买充足的食物的钱都没有的时候，往往都会责备自己没把钱管好。而且，在经历了一长串连续的失败后——读书、工作、人际关系都是失败的——她最终在最关键的事情上也失败了，连孩子都养不好。

许多父母为自己孩子们的处境而觉得尴尬，丢脸，因此他们变成了营养不良诊疗中心中很敏感的一群客人，他们戒备心强，很容易被惹火。多丽丝的父母亲就是这样。多丽丝是那天在波士顿健康中心里唯一的白人孩子。他们很年轻，都在一家卖三明治的店里打零工，他们不肯让人做家访或者记录多丽丝的食物摄入情况。医护人员觉得他们对医疗建议有排斥心态，而营养师玛丽·席尔瓦认为，这个小女孩的体重增加靠的都是她从健康中心的食品储藏室里免费得到的"速成配方"奶粉。

多丽丝是个六岁的孩子，她的体重是这个年龄孩子的平均体重的89%，这比她刚被介绍到健康中心时好了一些，刚开始时她的体重只达到平均体重的73%。但是她参与的发展测试表明，她的发育存在着严重迟缓。"她没有按正常的方向发展，"席尔瓦说，"她坐不起来，不明白自己要做什么。"一个补救的方法是给她提供各种各样的好玩具，给她做检查的心理学家旺达·格兰特说，但她怀疑那对父母有没有办法或者有没有兴致去买这些玩具。那位母亲说这个发展测试是"一堆狗屎"。

但是这对父母还是有些担心的，他们一次又一次地把多丽丝带过来。这位母亲的浅棕色头发拢到脑后，扎了一个简单的发髻，她的手指除了一个之外，其余的全都戴着各种各样的戒指。这位父亲的左耳上戴着一个耳钉，双手的手臂上都有文身：一只手臂上文着一条缠绕在刀子上的大蛇，还有"战俘"的字样。他左手的四个手指上各有一个字母，拼到一起是"恨"。

这位母亲按要求是应该做食物记录的,但是席尔瓦问她时,她却拿不出任何记录。席尔瓦问这个孩子一天吃多少瓶奶时,这位母亲不知道。这位父亲猜是八九瓶。席尔瓦怀疑这个孩子有吸吮不协调的问题,一些孩子身上会有这种神经系统问题,所以她详细询问了多丽丝的喂食和呕吐情况。她得到的答案都模模糊糊,仿佛这对父母不愿透露任何可能暗示他们喂养不当的信息。

所以席尔瓦想办法表扬他们。"她一个月里长了两磅,"这位营养师说,"你们很开心吧?"

"是的。"这位母亲说。

"你们觉不觉得自己弄这么多瓶瓶罐罐,操了这么多心,现在都有了回报?"

"嗯。"

"我们继续用相同的配方奶粉,"席尔瓦说,"我们继续给她吃麦片。一天两次就行,如果她还想吃,那也可以。你们想让她吃点水果吗?"

"想。"

"你们想让她吃什么?你只能拿一种,所以想清楚了再选。"

"苹果酱?"

"当然可以,那挺好的。"席尔瓦向她建议,如果多丽丝有起疹子之类的反应,那她就停一天,再试试其他的水果。然后她问这对父母有没有什么问题。这位脸色阴沉的母亲摇了摇头。"有什么让你们担心的事情吗?"她又摇了摇头。"你确定?"她点了点头。

席尔瓦离开诊室后,这位母亲读了那位心理学家写的两页关于多丽丝发育迟缓问题的报告,当她看到怀孕期间"仅摄入极少量的酒精"的字样时,她生气地把那张纸摔了出去。这条信息来自她的医疗记录。

"他们搞错了,"她恶狠狠地说,"我怀孕的时候根本没喝酒。"

阶级、文化和语言令病人和医生之间产生隔阂。许多靠打工为生的穷人没有钱，也没受过什么教育，他们抬头仰望，看到的是充满白大褂、闪闪发亮的仪器、听不懂的词汇和居高临下态度的机构，这些机构没有人情味可言。尤其是黑人们，回想起联邦政府开展的塔斯基吉梅毒试验，就更加心神不宁了。在这次试验中，联邦政府从1932年到1972年拒绝给三百九十九名患有梅毒的贫穷黑人男性提供治疗。

2001年，人们心中的怀疑再次加深。在两封装有炭疽杆菌的信经布伦特伍德邮政分拣处寄出后，政府在为一千七百名在该分拣处工作的华盛顿哥伦比亚特区的邮局员工提供医疗护理一事上采取拖延态度，而这些员工大多是黑人。当这些信件抵达国会山时，公共卫生官员迅速行动，疏散在国会办公大楼中的人员，对工作人员进行检测并对他们使用抗生素。但是，那个邮政分拣处没有被立即关闭，工人们被扔在一边，没有人对他们进行检测和治疗，直至他们当中的两个人死亡。其中一名死者所属的HMO（Health Maintenance Organization，医疗保健组织）曾拒绝向该名死者提供抗生素。

现实的不公可能会滋生出各种奇怪的念头，非裔美国百姓中间充满了各种传说：医生们在黑人们身上做实验，医生把他们绑架起来，取走他们的器官，把他们的血抽出来入药。即使这些故事不属实，它们还是为不信任和憎恨定下了基调。有人还用这些传说来管教孩子。一个非裔美国男孩在"成长门诊"没有玩具玩。他要玩涂色，但是他的母亲没有给他拿来蜡笔。于是他开始用检查室里的东西做玩具。他在一个桌子上爬上爬下，还摆弄一个大垃圾筒的盖子。"你想挨一枪吗？"他母亲恐吓道，"医生会给你一枪哦！讨厌！把它放下！"于是那个男孩跑到窗户边上的窗帘那里，把它们拉过来，躲在后面。"医生会给你一枪哦！你想让他给你一枪吗？"

虽然医生不会给你一枪，但他还是可能会给你难堪。"拉丁裔的人非常强调*respeto*，意思是'尊重'，还有*fatalismo*，就是'宿命论'。"波士顿医疗中心儿科拉丁裔诊室副主任格伦·弗洛里斯博士说。这可能会让拉丁裔家长和"美国苦恼的、匆忙的医护人员"产生文化冲突,他说。"如果你觉得自己被怠慢了,你在治疗中就不会配合,也不会回来复诊,那会影响你的健康。"宿命论则出现在"一项经典的研究中,这项研究表明,拉丁裔人明显倾向于相信癌症的诊断是神力所致,人对此是无能为力的,"他说,"他们很可能不会进行自我防护,不会配合治疗,而且他们会在疾病的晚期阶段才就医。"

语言也会产生分歧,这种分歧有时候是很危险的。弗洛里斯博士将通过现场翻译实现的医患对话录了下来,他发现,"如果你只是把一个兄弟姐妹带过来当翻译,或者在候诊室里随便抓一个人来当翻译,或者抓看护人来当翻译",那就会产生严重的错误。当一位儿科医生给一个孩子治疗感染的耳朵时,他叮嘱那位母亲经患儿的口腔使用液体抗生素,而那个没经过训练的翻译告诉她的是让她把药滴到耳朵里。所幸那没有什么坏处,但是也没有什么好处。接受过训练的翻译会让误会降至最低程度:"我们是时候开始通过医疗补助来报销翻译服务费用了。"弗洛里斯博士认为。她和其他的内科医师认为,如果语言、文化、饥饿和医疗护理途径问题得到解决,许多住院治疗,尤其是因哮喘、糖尿病和某些肾脏感染而住院的情况是可以避免的——如果病人能付得起医疗费,遵循医嘱服用并回来进行后续预约治疗的话,是可以避免住院的。

在营养不良的案例中,贫穷并不总是唯一的诱因,但它会使苦难加剧。营养师们认为一个学步阶段的幼童一天应该吃六餐——三餐主食,三餐零食——但是不安定的家庭做不到。在多个护工之间换来换去也无法做到跟踪记录。这个家庭可能没有现成的健康零食,年长一些的兄弟姐妹可能会贪嘴,把家里的东西都吃掉。单身母亲的工作时间无规律,她要四处找钱,还要面对社区中毒品和犯罪的危险,所以她可能没有耐性或精力来创造一种有利于子女喂养的氛围。一个有五个兄弟姐妹，瘦得皮包骨头的波士顿孩子就遭受了痛苦，因为"其他孩子会跟他抢吃的，"一位营养师米歇尔·特科特说，"到了吃饭时间，他们吃饱了，什么都没剩下……在有点乱的家庭中，有时候你要教育这位母亲，告诉她，你要注意那个不长个儿的孩子。"玛丽·席尔瓦治疗过两个孩子，他们嚷着肚子饿，可他们的母亲就是没有察觉到他们的抗议。这位母亲是一名超市员工，她有严重的抑郁症，所以没注意到他们的需要。

"在任何家庭中都有各种压力源，"弗兰克博士说，"但是在经济有保障的家庭中，这些压力源不会导致发育不良。也有非常严重的压力源，例如精神抑郁的家长，如果是这种情况，即使是在经济有保障的家庭中，孩子也可能会发育不良。或者孩子的身体有严重的问题，如果是这样，即使是在经济有保障的家庭中，他们也会发育不良。但是，这也有个递进范围，那些在经济有保障的家庭中确实存在，但是不会呈压倒性态势的问题可能会压倒贫困家庭，造成灾难性的后果。"

"营养师们进去一看，发现孩子连坐着吃饭的地方都没有，"这位医生继续说道，"那个孩子正靠在一张靠墙的大人椅子上，尽量够到大人的桌子上去吃饭，或者甚至连桌子都没有，孩子是坐在地板中央的一张报纸上吃饭。或者妈妈在用一只勺子喂三个孩子。""成长诊所"有时候会给买不起高脚椅的家庭发一张高脚椅。

在巴尔的摩，一个极度贫穷的城市，那里的马里兰大学"成长与营养诊疗中心"连去做家访都不够人手。每年给每位兼职社工的20 000美元从预算中消失了，所以工作人员只能通过详细询问的方式来了解患者家中的情况。

这就是莫林·M·布莱克质询病人的目的。她是一位心理学家，负责管理马里兰儿童医院一楼的健康中心。她和一个十九岁的孩子坐在一间检查室里，这个孩子已经有三个孩子，其中一个男孩三岁零四个月大，但是体重只有二十二磅半。上个月他的体重只增加了两盎司。

由于健康中心预算削减,对病人进行家访的就只有"儿童保护服务协会"的人了。他们只看基本情况,不看细节。社工的报告就在健康中心的档案中:房子肮脏,但食物充足;喂食技能没有什么问题。由于孩子们的母亲吸食毒品,孩子曾被安排至寄养家庭,但现在已回到自己家中。现在她在麦当劳工作,收入仅高于最低工资,每月有72美元的食品救济券作为补助。她工作的时候,她的母亲照顾孩子们,她的男友也会帮忙。他看起来大约十六岁,头上扎着印花头巾,穿着宽松的牛仔裤,打了一个鼻钉,还穿着迷彩色的夹克。他们的对话是这样的:

心理学家:"巴瑞吃饭的时候坐在哪里?"

母亲:"他坐在地板上。"

男友:"我会和他一起坐在那里。"

心理学家:"他会在那里坐很久吗?"

母亲:"有时候吧。"

心理学家:"巴瑞已经到了可以自己吃饭的年纪。你的女儿在哪里吃饭?"

母亲:"在地板上。"

心理学家:"你吃饭的时候坐在哪里?"

母亲:"坐在床沿上,看着电视。"

心理学家:"你们有桌子吗?"

母亲:"有。"

心理学家:"如果你们吃饭时不看电视会怎么样?为什么你们觉得在孩子们吃饭的时候我们不该开着电视?"

母亲:"因为他们会看电视,不吃饭。"

心理学家是白人,这位母亲是黑人,很难说这位母亲有没有把这番有点像审判的教训听进去。这位心理学家尽力劝她在用餐的时候更

The Working Poor 245

规范一些,并表示健康中心应该可以给她的儿子买一个儿童辅助软坐垫。不过,她的圆桌那里的椅子不够,所以她得多买几个椅子才能让一家人坐在一起。

"如果他盯着电视看,他就不会把心思放在吃饭上了。"布莱克医生解释说,"我不希望他两个小时都坐在那里。你们家的其他人吃饭的时候都不要看电视,怎么样?"

这位母亲哈哈大笑,瞟了一眼她的男友,他正在和巴瑞一起玩可爱的手部游戏,他说其他孩子可能会闹脾气。

"你们家里谁说了算?"布莱克博士问。

"我说了算。"这位母亲说。

"那你可以拍板,"这位心理学家哄着她,"就说电视在饭后继续。你完全可以立下规矩。你觉得你们能试试吗?"

"我会试试看的。"这位母亲顺从地回答。

"告诉我你要试着怎么做?"

于是,这位母亲就像在教室里背书一样,给出了心理学家需要的答案:她会下楼,吃饭,然后回到楼上看电视。布莱克博士不单单是在进行指导,她还在努力让一个可能感觉到无助的年轻女性拥有权力。"第一次,他们会发牢骚,"她告诉这位母亲,"你会怎么做?"

男友回答了:"让他们发牢骚去吧。"

"你会大叫吗?"心理学家问。

"不会,"男友说,"他们会被吓到的。"

"你们觉得自己能试试吗?"

"我们会试试的。"这位母亲承诺道。她说,孩子们"在饭桌上吃饭,不发牢骚大叫",很好。"我要从头学起了。"她补充了一句,语气有点悲伤。也许她的意思只是她又要再学习了,这次学的是怎么当家长。又或者她是想起了老师对她不认可时的那种糟糕的感觉。

莫林·布莱克的健康中心在父母和营养不良的子女之间的互动方

面下了很大的功夫。当孩子们吃得不够多，父母变得焦急、生气、产生戒备心理，孩子们想到吃饭时间就只会觉得痛苦了。他们的关系会急转直下，甚至对立，整个过程会非常激烈，就像人们在录像中看到的那样。在每个家庭首次预约家访的时候，房间里会用三脚架支起一台摄像机，食物已经端了进来，只留下家人来喂养孩子。"你会看到一系列让人惊奇的行为，"布莱克博士说，"你会看到妈妈掌掴她们的孩子，咒骂孩子，不理孩子，求孩子，调教孩子。"随后员工会播放这些录影带，找一些需要评价的方面，但是这位心理学家发现，许多家长被她们自己的行为惊呆了。"我遇到过看着自己的时候哭出来的人。"

一段录像记录下一位母亲毁掉了本可以吃得很顺利的一餐。当她的小女儿凯西坐在一张和她的下巴一般高的桌子边时，这位母亲坐着吃披萨饼并发号施令："吃你的东西。吃你的东西。"凯西伸手去拿一片披萨饼，开始好好地吃了起来，后来她的披萨掉了一小块。"不行！"她的母亲责备道。"弄得乱七八糟！吃你的！"可是凯西正在吃东西，右手拿着一只空勺子，另一只手拿着披萨饼。她没有得到表扬，只受到责骂。当她伸手去拿一盒本该在饭后再喝的巧克力奶时，她的母亲厉声喝道："不行！吃你的！吃你的！"于是她没吃完第一块披萨饼，又伸手去拿另一块披萨饼，她的母亲叫道："不行！吃那块！吃那块！"

实际上，凯西一直在安静地开心地吃东西，但是母亲一再地责骂她，最后她受不了了，现在她哭了起来。那位母亲又给了她女儿两块披萨饼，想尽量挽回事态，但是那已经太晚了。这番摩擦让吃饭时间变成了痛苦，而且凯西情绪很激动。那位母亲能说的就只有："凯西，嘘！嘘！嘘！"凯西跑出了镜头，她的母亲跟着她，只听见一声耳光，然后是一个小女孩的尖叫声。那位母亲叫道："凯西！别哭了，嘘！"

The Working Poor 247

在后面的一段中，那位母亲采取了不同的方案，袖手旁观。凯西用勺子舀起了通心粉和芝士，对着勺子吹气，然后用左手把大部分的东西吃掉了，而她右手还抓着勺子。实际上没有多少通心粉进了她嘴里，对她来说，勺子很难掌握。勺子空空的，变成了一种玩具而不是餐具；她舔着勺子，然后咬它。她母亲就只会说："吃东西！"凯西的勺子又堆得高高的了，她吃不了那么多，于是她用左手拿下一条通心粉，剩下的则掉进了碗里。如果她的母亲察觉到这种情况的话，她本来是可以帮助这个为吃饭而挣扎的小女孩。但是，显然那位母亲坐着看她，但却什么也没看到。最后，当凯西伸手去拿一盒巧克力奶时，她的母亲帮她把一根吸管插了进去。

又有一位母亲上镜了，健康中心把她称为"权威型"，她一边用生气的语调和她幼小的孩子说话，一边把一个勺子捅进了他嘴里。"吃你的！马上吃掉！吃你的，吃掉！"她把勺子递给孩子；他却拿着勺子玩。她粗暴地把勺子一把抢走了。那个男孩扭动着从椅子上下来。她把他的两条手腕都抓住，对他猛地一拉，把他的手臂举过他的头顶，把他拉回了椅子上。她拍打他的手，他哭了起来。然后她拼命把一勺食物往他嘴里塞，于是他发出了令人毛骨悚然的哀号。

"不管你喜不喜欢，你都得吃！"那位母亲严厉地说。她掌掴了他的脸颊，一遍又一遍地拼命把勺子往他嘴里塞。每一次他都把头扭到一边，于是她一只手抓着他的头，把它扭过来，然后用另外一只手拼命把食物塞进去。那个男孩又扭动着从椅子上逃走了，他在桌子底下爬来爬去。他的母亲抓着他的手臂，把他猛地一提，他号啕大哭了起来。她粗暴地擦了一把他的脸。

巴尔的摩健康中心给这个男孩看病有好几年了。他是一个单身母亲的第六个孩子。他母亲九年级后就退学了，靠领救济金生活，而且她看起来明显已经喘不过气来。他的医疗档案中有记录，他从六个月大的时候体重就开始下降，而且从那时起直到八岁这段时间，体重都只排在第 5 百分位数①。测试表明他的认知能力低于正常水平；二年级的时候，他的数学和阅读能力落后了大约一年的水平。

营养不良对大脑发育和身体健康的损害是很隐蔽的，因为它先于发育迟缓的现象而发生，通常到发育迟缓的现象出现时人们才会有所警惕。"如果一个孩子不长个子，那你肯定是已经很多很多很多餐没有让他吃到东西了，"黛比·弗兰克说，"但是实际上，饥饿，在非自愿的情况下无法获得食物，这对健康和行为的影响早在它对发育产生影响之前就显现出来了。"或者甚至是在对发育没有影响的情况下也有负面影响。她指出，即使有足够的蛋白质和卡路里来维持体格，一个孩子还是可能会由于缺乏"体现在食物品质中的微量营养素"而患病，"比如铁和锌能够对免疫功能、学习和各个方面产生影响"。

单单是那种空着肚子的饥饿感就能对童年的学习造成干扰。任何一个几天都吃不饱的人都能证明，这种感觉会令一个人的注意力范围缩小。无精打采，头晕眼花，然后脑子里想的全是吃的，饥饿的人会把无关的东西都抛到九霄云外。当海军把我送到海军陆战队开的一个生存培训学校中去的时候，我自己就有过这种体验。在树林中搜寻了几天食物之后，我开始慢了下来，几乎想不起其他的东西——我想不起政治，想不起文学，甚至想不起我的生存班队员们的特点。我唯一关心的是他们会帮我还是妨碍我获得食物。我当然没有读书的雅兴。在华盛顿的邓巴高中，一位英文老师手里一直都有很多格兰诺拉燕麦棒，这样他就可以把它们扔给饥饿的学生们。"学习是很随意的事情，"弗兰克说，"你要在吃饱穿暖，确保安全的情况下才会想到学习。"

---

① 统计学术语，如果将一组数据从小到大排序，并计算相应的累计百分位，则某一百分位所对应数据的值就称为这一百分位的百分位数。可表示为：一组 n 个观测值按数值大小排列。如，处于 $p\%$ 位置的值称第 p 百分位数。排在第 5 百分位数意味着有百分之五的人在该项数值上低于此人。——译者

要消除这种症状并非易事。"营养不良会对你的免疫系统的某些非常重要的部分造成损害,"这位医生解释道,"除了令你身体的屏障——例如你的黏膜和皮肤之类的东西——更加容易被穿透之外,它还会干扰你所谓的细胞介导免疫,而这层免疫是要抵抗病毒的……还有你的分泌腺……覆盖你呼吸道和胃肠道的免疫球蛋白……整个过程是这样的:当任何家庭的任何孩子——一个小孩子生病了——他的体重会下降。他们觉得犯恶心,他们会吐,腹泻,发烧,发烧会提高你的新陈代谢的速度,然后你就需要更多的卡路里。任何一个从非常普通的儿科疾病——你懂的,耳朵感染,一般的肚子不舒服,或者不管是什么病中康复的孩子,他的体重都会下降一两磅。但是在我家里或者你家里,当孩子一般的肚子不舒服或者耳朵感染之类的病好的时候,他们会变得很饿,而且他们会吃得特别多。你喂他们吃两三顿来帮他们快点恢复。几天时间里他们的体重就回到了基准水平,而他们的免疫功能也回到了基准水平。"

"在我们帮助的家庭中,当孩子的身体里缺少某种营养的时候(而且那不一定得是什么罕见的疾病造成的,只是正常的儿科小毛病之类)……家里没有什么额外的东西给他们补身体。"尤其是在将近月底食物都快吃完了的时候,或者是在没有学校午餐吃的假期中。"于是这种营养不足的情况就会一直持续,得不到补充。这个身体——或者这个孩子或任何人——下一次就会更容易受感染,然后他的身体状况就会更差。基本上,在第三世界中杀死营养不良的孩子的元凶……都是感染。麻疹之类的毛病对营养不良的孩子来说绝对是致命的。"

在美国,营养不良的发生几率是难以测量的。人口统计局每年会为农业部做一次针对"食品无保障"问题的电话调查,但是这项调查依靠的是很主观的自我报告,而且漏掉了那些因为太穷而用不上电话的家庭。弗兰克博士认为这项调查低估了问题的严重性。这项调查以五万个家庭为样本作出推断，在2010年，这个国家的5.4%或者六百四十万个家庭中至少有一位家庭成员在不得已的情况下减少进食。他们是一千七百二十万家庭（占这个国家总人口的14.5%）组成的更大的人群中的一部分，这些家庭被认为是"食品无保障"人群，因为他们称自己曾经不确定是否有足够的钱吃饭。调查关注的是食物数量不充足的情况，而非质量不佳，这可能没有把大量不认为自己是"食品无保障"人群，但却有孩子缺乏对大脑健康发育至关重要的营养物的家庭计算在内。日益严重的肥胖问题说明了很多不良的食品对身体是无益的。

近几十年来，随着大脑科学研究的进步，关于营养不良造成的危害的记录也不断完善。铁摄入不足就是一个重要的例子。一些发人深省的研究发现，婴儿时期铁摄入严重不足的孩子在大脑功能方面会落后于人，甚至在铁摄入不足的现象消失之后，情况也不会发生改变。在青春期，他们在"算术能力和写作表达、运动技能和某些认知过程，例如空间记忆和选择性回忆"方面的成绩依然很低；老师们也发现他们表现得"更加焦虑或抑郁，有社交问题和注意力方面的问题"。这项发现来自美国国家科学院的一份篇幅很长的报告，报告题为《从神经元到社区》，汇集了儿童发展方面的研究。对大脑发展的许多特征来说，铁是必不可少的元素，它可以对包括大脑体积增长和髓鞘（就是在神经纤维外面包着的由脂肪组成的绝缘膜）生成在内的各个方面产生影响，促进神经元之间，也就是大脑的脉冲传导细胞之间的脉冲传导。大脑发育最敏感的时期是怀孕的最后三个月和出生后的头两年，所以从营养不良出现的时间可以确定有哪些大脑能力受损。更早时间的营养不足，例如在怀孕的第四到第六个月的营养不足可能会减少神经元的产生。第七到第九个月的营养不良会减缓神经元的成熟并抑制名为神经胶质的分支细胞的产生。

早产可能是"在生命过程中"对大脑的"损害"，其对黑人和贫穷母亲和孩童的影响尤其大。一些科学家发现了早产的基因联系。还有一些科学家指出孕妇健康方面——包括医疗护理不充分，营养缺乏，还有未经治疗的阴道感染方面——存在着种族差异。这些方面似乎是黑人女性比白人女性发生早产几率更高的首要原因，而且黑人中因早产而导致新生儿死亡的几率是白人的二点四倍。尽管新生儿重症监护技术的进步已经提高了体重不足的早产新生儿的存活率，其他严重的结果可能还是会造成终身残疾，包括失明，聋哑和认知障碍。这类婴儿面临着脑出血、低血糖和无法吸收子宫内对大脑成长有关键作用的某些营养物和酸类物质的危险。"出生时体重非常低的新生婴儿看来大约占据了患有大脑性麻痹的孩童的三分之一，以及智力迟缓的孩童的10％。"巴瑞·朱克曼和罗伯特·卡恩博士说。《从神经元到社区》报告，甚至连不会引起发育迟缓的大脑轻微出血也会让孩子面临"更高出现轻微残疾的风险（例如，行为问题、注意力问题、记忆缺陷问题）"。"越来越多的数据明确表明，在妊娠期结束之前，人类的大脑会在子宫中以独特的方式持续发育，孕期的提前终止会破坏发育并产生后续的行为后果。"某些研究人员发现"人们不能想当然地认为"曾经是早产婴儿的幼童"和那些足月出生的幼童在认知发展的各个方面都有相同的表现"。

我在主日学校的老师是哲学教授，他曾指着一盏灯问班上的学生，你们觉得这盏灯最不可能做到那些事情。我们想出了一些明显的答案：走路，说话，给自己换灯泡。但是他还在寻找其他的答案。他告诉我们，那盏灯不可能知道自己是怎么工作的。他让我们思考了一会儿，然后继续说：我们人类也不知道，不完全知道自己是怎么工作的。大脑和大脑想了解的所有事情超出了我们整个理解范围，他说，而且可能永远会是这样。

那是五十多年前的事情了，远在现在的高科技仪器以磁共振影像

(MRI)和正电子放射断层造影术（PET）来观察大脑之前。神经生物学和行为研究如雨后春笋般涌现，运用以上的工具和许多其他的工具，通过对人类进行测试并对猴子和老鼠的大脑进行试验，研究已经得出了许多重大发现。但我的主日学校老师基本上还是对的：人类的大脑依然是一片广阔的、大体上处于未知状态的领域。新发现的知识也引发了新的讨论，其中一项就涉及穷人的严肃讨论。现在人们认为，低收入人群的生活困境，易受疾病和压力困扰的弱点会影响到大脑本身。许多科学家和其他各个学科的研究人员不再承认生物学观点和经验主义观点之间，基因与环境之间存在着分野。大部分的观点分歧已经消失，取而代之的是布兰代斯大学的海勒社会政策与管理学院院长杰克·肖可夫所说的一种头脑与情感发展的整体性概念，这种发展是在"天性与教养"的交互作用引导下实现的。"行为主义科学家们谈到了经验、环境能对结果产生多大的决定性影响，"他说，"现在你会听到分子生物学家们说：基因从来都不是独立于环境的影响之外而发挥作用的……如果只是基因在起作用，其作用会永恒不变。基因代表的是一种倾向，它后面还必须和环境产生交互作用。"

根据这个观点，生活的各个组成部分是与一张错综复杂的网络紧密相连的。无论这些部分之间看起来有多么扯不上关系，如果不拽动某个部分远处的那些绳索，某个部分就不会发生戏剧性的改变。饮食与学习，住房与健康，母亲的早教和孩子其后的大脑工作能力是联系在一起的。将研究推进到儿童智力和行为发展科学中去的方法就是绘制出这张网络，这一工作有时可以借助实验室研究观察到的微小细节，有时可以借助系统式观察过程中的勇敢一试。许多发现是具有警示意味的。因为从伦理角度上来讲，人类是不应该忍受会造成创伤或贫穷的试验的。"许多我们宣称从大脑研究中得到的认识来自对非人类的动物研究——啮齿类动物和灵长类动物，"肖可夫博士指出，"我们可以推测，但是我们不能说那和研究（人类）大脑发展是同一回事。人类的大脑和鼠类的大脑,甚至是恒河猴的大脑都是不同的。"

然而,人们在一定程度上还是认为人类大脑的生物性发展是早期学习经历产生的一种作用。神经元突触(即神经冲动经过的联结点)的数量从出生时的五十万亿个增加到三岁时的峰值,即一千万亿个,然后到十五岁时减少一半。这样的"删减"是自然过程的一部分,一些科学家将这个过程称为"用则进,不用则废"。这句话说得很不客气,其中的意思应该是没有执行的任务或者功能会被视为多余,大脑会据此进行调整。比方说,在生命的最初几年间,大脑能识别出任何语言的任何声音;在接触某种语言几年之后,大脑就会失去理解没听过或用过的声音的能力。"因此,孩童的经历就像一位在巨大的石头上雕刻一个复杂的雕像的雕刻家,他塑造出了孩童的大脑,"朱克曼和卡恩博士说,"但是神经网络的这种可塑性不会永远存在。"当然,这个比喻并不完美,因为大脑不是用石头雕刻出来的,而且它的能力在青春期过了很久之后还在继续发展。但是早期交流可以使人终身受益。

拿一个刚出生两个月,凌晨3点会哭的新生儿作比方。朱克曼和卡恩博士提供了两个情景。约翰的母亲把他抱起来,"轻柔地抱着他,然后问他是不是饿了。约翰吃了大概半个小时的母乳,时不时地停下来抬头凝视他母亲的双眼,他的母亲温柔地对儿子说着话,回应他的眼神……她把约翰放在婴儿床上,亲吻他,然后在他开始慢慢地迷迷糊糊睡去时,给他盖上被子。"这个婴儿"在认识因果关系",医生们指出,"他了解到在他生活中的大人是值得信任的,而且如果有挫折感或需要,他可以从大人那里得到帮助。"

另外一个两个月大的孩子肖恩则得到了不同的对待。他的母亲"在和她的丈夫打了一架之后刚刚入睡。她很难起床,喊着,'等一下,等一下,我就来。'……她猛地把他抱起来,把他放到胸前。她定定地看着前方,回想着最近和丈夫打架的事情……肖恩对母亲的压力作出回应,他不停地扭来扭去,身体绷得紧紧的,最后他弓起了身体挣脱她的乳头,哭了起来。这位母亲的反应是,'你不想吃,行,那就别吃'。她把还有点饿的宝宝放回了婴儿床,然后边喊着'闭嘴,闭嘴'。边回到床上"。朱克曼和卡恩教授认为,肖恩认识到的是"被触摸和拥抱是不舒服又令人痛苦的,而且饥饿和哭泣只会引来厉声呵斥、粗暴的触摸和部分满足的需要。他认识到的是对他人保持警觉和不信任"。因为这种负面效应,甚至连肖恩认识到的因果关系都受到了扭曲。相比之下,约翰应该会发展出认识事物的热忱,因为他的大脑神经元回路把因果和愉悦联系在一起。

这中间还有种交互作用:这位母亲也发现了她的宝宝不逗人喜欢,不听话,所以她也变得越来越没有温情了;孩童行为和管教方式是互为影响的。根据《从神经元到社区》的研究总结,有"安全依存"感的孩子会引导出更好的管教方式:"事实上,孩子们是更善于接受父母的指导、引导和教育的,而这又会令父母在管教过程中变得更加敏锐,很有可能使他们的情感依存变得更加紧密。"产妇抑郁症也可以是这个循环中的一部分:母亲不抚养孩子,孩子不给母亲回应,这会令母亲的抑郁雪上加霜。"人们发现抑郁的母亲的自觉性更低,心情更不愉快,更沉默寡言,而且和她们四个月大的孩子们的身体接触减少。"史蒂芬·帕克博士和他的同事们在一篇1988年的论文中写道:"这些新生儿对母亲发出声音并露出快乐的表情的次数已经越来越少。"根据某些研究的结论,孩子们的认知结果也可能会受到影响,其中一个例子是在这些孩子三岁的时候,他们的母亲患有忧郁症,到八岁的时候,孩子的阅读技能水平下降。

人们对这种心理机制的具体作用方式还知之甚少,但已经描画出其中的概貌,这些成果基本上是在研究动物由恐惧和焦虑引起的神经化学变化的基础上得来的。其中一条调查研究的思路关注于皮质醇,即一种会在危险或压力条件下升高的甾体激素。这是通过在神经细胞和其他方面的受体来影响大脑功能的多种"化学信使"之一。皮质醇"会帮助分解蛋白质储藏,释放能量,以供身体使用"。《神经元》杂志解释,它会"抑制免疫系统,抑制身体成长……并影响大脑机能的多个方面,包括情感和记忆"。

有些证据证明,在极端压力——或者其在化学上的等价物——消失之后,皮质醇水平依然很高。被长期注射皮质醇的猴子和啮齿类动物变得对压力更加敏感,并且更经常地表现出恐惧和焦虑的迹象,即使在威胁被消除之后,这种反应也没有完全消失。出生后不久即被忽略的体验加剧了它们的应激反应。相反地,被抚养的经历缓解了焦虑感并"塑造出"它们在成年时期的恐惧-压力系统,当威胁消失时,它们的焦虑感很快就消失无踪。

在为数不多的几个以人类为实验对象的研究中,有一项研究发现"在罗马尼亚孤儿院中,一群极度缺衣少食,缺乏教育的儿童在遭遇轻微的压力后,皮质醇水平无法降低,这些孩子的皮质醇水平与他们的脑力和运动表现不佳,以及身体发育不良的情况呈相关关系"。另外一项研究表明,遇到麻烦的人类新生儿在温情而反应迅速的照料者的陪伴下,应激激素并不会大幅升高。"反之,不安全的依存关系与在可能具有威胁性的情境中表现出的较高皮质醇水平有联系。"我们看过曾经遭遇创伤的父母,以及他们在遇到压力时无法自行调节的行为,而以上的分析也许正是这些行为的生物性组成部分。

即使压力不具有生物性映射作用,其对认知能力的负面影响也早已为人们所了解。20世纪80年代的一个研究概要称:"在高压力环境中成长起来的孩子在应对各种各样的成长和行为问题时面临的风险更大,其中包括在接受面向八个月大的儿童的发育测试时表现不佳,四岁时智商分数较低,语言发育受损。"阶级是一个原因:到了入学年龄,和那些来自收入较高,压力也较高的家庭的孩子相比,来自社会经济地位较低,压力较高的家庭的孩子们表现出"较差的情绪调节能力,而且在校期间问题更多"。

因果联系是很难追踪的,而一些研究人员认为智商是因而不是果。尤其是理查德·J·赫恩斯坦和查尔斯·默里在他们1994年的著作《钟形曲线:美国社会中的智力与阶层结构》中称,智商在很大程度上是继承而来的。根据他们的观点,较低智商的人在生活中的表现自然会欠佳,趋向于较低的社会经济水平,而且往往会生下较低智商的孩子,这些孩子又会重复这一模式。其他的研究者发现,被分到不同的社会经济背景下抚养的孪生儿表现出相似的能力和个性。但是这些研究不够精密,它们没有记录各个家庭在不同时期的境况变动,或者只是在儿童发育早期的关键时期准确地描述出各个家庭的情况,这时的孪生儿也许有相同的重要经历——比方说,他们都是同一屋檐下的新生儿,只是在年纪大一点的时候被分开了。

这个相反的观点看到了"天性与教养"之间,基因与环境之间的协同作用。它强调贫穷以及贫穷所具备的所有使人失去能力的要素与认知障碍之间强大的相互作用。不管智商在多大程度上是经继承得来的——毫无疑问,在很大程度上的确是继承得来的——人们都认为一个人的遗传素质要和个人的经历交互作用才能增强或削弱他的身体健康,增加或减少他在才智方面的成就。

在被领养儿童身上,人们已经观察到了这样的一种动力机制。这些被领养儿童中有许多人的智商最后与他们的养父母,而非生身父母相近。根据1999年的一项研究,智商在六十到八十六这个范围内的低智商儿童在四至六岁期间被领养后,智商显著提高。最重要的是,人们从领养家庭的父亲的职业中看出,智商提高幅度会随领养家庭的社会经济地位(SES)的不同而改变。到十一岁至十八岁期间,那些被社会经济地位最高的父母领养的孩子们在智商方面进步最大,平均智商接近一百;那些被社会经济地位中等的父母领养的孩子在智商进步方面次之,平均智商达九十三;而那些进入社会经济地位较低的家庭的孩子们在智商方面进步最小，平均智商仅八十五。

在这项分析中，身体上的疾病变成了象征智力和行为困难的模式和隐喻：正如一系列导致人体感染疾病的弱点一样，贫穷也会造成认知和情绪缺陷。正如妨碍身体复原的生物性缺陷一样，社会经济方面的缺陷也会阻碍儿童发展。在过去的二十几年间，人们曾将强调生物机能的观点和强调环境作用的观点视为分歧的两个部分，而现在他们已经开始将这两种观点视为一个整体的两个部分，这个整体是一系列复杂的"风险因素和保护性因素"，其中不仅包括传染病、营养条件、染色体，还包括了爱、教养和内心的安全感。"生活在贫穷环境中的儿童，"肖可夫博士说，"特别容易背负社会压力累积而成的负担，而且很可能有生物性的弱点，这些负担和弱点与某些风险因素，例如在这一人群中更高发的围产期并发症和营养缺乏症有关。"

风险因素和保护性因素同时存在于孩子的身上以及环境中。"在孩子身上的风险因素可能是某种慢性疾病，潜在的大脑疾病，某种生物性的或者体质方面的缺陷。风险因素也可能体现为脾气暴躁。暴躁的脾气会令你置身于危险之中，因为除非你是待在一个真正相处融洽、适应能力很强的家庭中，否则你就有被虐待或者被忽视的风险。"风险因素有一部分表现为生理上的困难，有一部分可能表现为个性特点。还有一种风险因素可能是一个生了男孩的单身母亲痛恨那个让她怀孕的混蛋，而那个孩子就让她想起了那个父亲。这是另外一种风险因素，与之相对的是保护性因素，也就是能够提高积极结果产生几率的任何东西，而且它们通常都是对方的反面。所以，孩子身上的保护性因素是：好身体；好脾气，随和；好相貌；或者这个孩子会让你想起至亲至爱的某人。

"在环境方面，"肖可夫继续说，"风险因素是环境中存在的贫穷、经济窘迫和暴力，以及空气中的铅污染。所以风险因素可能是心理方面的东西，例如家庭压力；也可能是更为具体的东西，例如环境中的毒害物。这些是环境中的风险因素……一个单身，无经验，甚至有些不知所措的母亲是一个很强大的风险因素。但是一个生活在同一个地方，用心培养孩子的祖母可能是个很强大的保护性因素，她对无经验的母亲造成的风险有缓冲作用……环境中的保护性因素是：一个经济有保障，安稳的家庭；至少有一个深深地爱着你，全心全意为你付出的大人；一个为有小孩的家庭提供很多支持的社区。"

　　肖可夫博士已经注意到，穷人家的孩子比富人家的孩子更容易受到各种小病的侵扰，其中一种就是轻微的智力障碍。证明这一点的证据是无可争议的：研究表明，尽管在所有经济水平的人群中，严重智障的几率是相近的，但轻微智障在收入下降的家庭中却会更加普遍。其中的原因则没有那么显而易见。

　　"当我们说到贫穷和智力迟缓的问题时，我们并没有把其中所有的原理都搞清楚，"他解释道，"我们不知道是哪个因子出了错，我们不知道那些环境诱因是什么。"但是他相信确实存在某些环境诱因。容易导致某种疾病的遗传倾向并不总是会导致那种疾病发生；通常还需要有外部冲击才会导致发病。他推断，因为穷人患有轻微智障的几率更高，所以贫穷的某些组成因素必定在其中扮演着重要的角色。

　　肖可夫博士说，已知会导致智力迟缓的因素有营养不良、染色体异常、出生前或出生后感染、胎内铅中毒、酒精、可卡因或烟草；"新生儿与照料者沟通不良"；"贫穷与家庭破裂"。性虐待可能也是这个反应式中的一部分，他说，"我们从对发育和行为的研究中掌握了压倒性的证据，证明性虐待会影响大脑"，当一个人遭受长期极端的性虐待时，他/她的大脑就会受到影响。"我们了解到那些孩子们有严重的情绪问题。如果他们有情绪问题，这就意味着有什么东西影响了他们的大脑，因为那是所有与情绪相关的情况发生的地方。不是你的胰腺在管事。不管是你的行为、思维还是你的感觉有什么变化，这些情况都是在你的大脑里发生的。"

这番分析也许可以解释卡洛琳·佩恩的女儿的情况。她的女儿安柏有轻微智障，而且曾经遭到性虐待。那种创伤也许夺走了这个女孩在被抚养过程中的安全感。专家认为这种安全感会影响大脑发育，但是专家们不清楚它是如何导致其智障的，或者说，它是否导致其智障仍是未知之数。"所有孩子遭到的长期虐待和营养不良的情况都是导致智障的主要决定因素，"肖可夫博士说，"对一个可能因其他原因而暴露于风险之中的孩子来说尤其如此。我们发现所有这些东西积累到一起之后会对能力发展造成严重阻碍。"而且，由于轻微智障在贫穷和压力环境下成长的孩子中更为常见，"我们猜想压力是一个重要的因素"。

安柏的医生没有详细调查造成她大脑损伤的原因，所以她父母的贫穷与她的大脑受损之间不一定有必然的联系。卡洛琳在怀孕期间的饮食太差了；她的薪水很微薄，丈夫又没有工作，所以他们吃饭的钱很紧张——甚至后来，她还是改不了垃圾食品加咖啡的饮食习惯。卡洛琳在怀孕期间也有吸烟，而吸烟已被认为与发生在未出生的孩子身上的大脑损伤存在关联。她居住的旧房子中用的是老式涂料，掉下的碎屑和粉尘可能会使铅混入空气。

贫穷与健康之间千丝万缕的联系具有极为重要的启示意义：如果不减少远在医学控制范围以外的风险因素，医生们就无法治疗某些疾病。除非他们帮这些家庭取得食品救济券和救济金，否则他们就不一定能解决孩子营养不良的问题。除非他们能提高孩子的住房条件，否则他们就无法完全治愈孩子的哮喘。因此巴瑞·朱克曼博士请律师们为他所在的波士顿医疗中心儿科部门的员工做思想工作。正如他所看到的，律师们是"防患于未然"。

朱克曼博士是一个面色疲惫的男人，他很有创新性，不愿只把问题解决一部分。几年前，眼见阅读技能低下的孩子们挤满了他的健康中心，他和他的同事们从自己孩子的书架上拿来旧书，放在候诊室里。但是,这些书很快就开始不见了,因为孩子们把书偷走,带回了家里。当一个同事生气地抱怨说他再也不会为候诊室捐一本书时,朱克曼博士却对这种偷窃行为一笑置之。"嗯,也许那是好事情,"他记得自己是这么说的,"他们在家也有书看了。"然后他开了一个小玩笑:"我们应该把书捐给孩子们算了。"这句玩笑变成了一个全国性的项目,"幼儿阅读"(Reach Out And Read),这个项目赢得了分布在全国各地的六个健康中心的支持,他们把书送给每个来看病的孩子。"实际上,"朱克曼博士说,"我向上帝发誓——孩子们得到书时的笑容比得到棒棒糖时的笑容还要灿烂。"

在他自己的健康中心里,他面对着自己的病人的贫穷和波士顿破败的贫民窟造成的后果。"在被赶出房子或者冬天燃气被切断的时候,孩子们的耳朵会感染,我已经厌倦了为此给他们开抗生素了,"他说,"我提出倡议的唯一方式就是朝人们大喊,如果你手上的电话号码不对,那你也只能对着他们大喊求个安心了。"

你也许认为当一个房东面对朝他大喊的儿科医生时,他会受到触动,并采取行动。但这个健康中心遇到的情况并非如此。但是当这个电话是由律师打过来的时候,情况就不同了。"我们这里遇到过一个有哮喘病的孩子,他在用类固醇,连学都上不了。"朱克曼医生说。健康中心派一个护士到那家的公寓去。"那位母亲已经尽力除尘,还把一些窗帘放下来,但是房子里铺满了地毯,而且因为漏水,房子还很潮湿。我们的医生无计可施,但是我们的律师和房东谈了两次话。第二次谈话之后,那位房东解决了漏水的问题,把地毯都揭了起来。四五周之后,这个孩子停止使用类固醇,他回到了学校。"换句话说"我没有把钱用在医生身上,而是用在律师身上,"他说,"因为我是真的想把病人照顾好。在这种情况下,我需要一个律师来关照他们……可悲的是,那是我这里人数增长最快的部门。一开始时,我只请了一个人,现在我请了三个人,而且我还请了一群法律系的学生。"

毋庸赘言，医疗保险不会承担这笔成本：大部分的资金来自基金会的补助和其他的私人捐赠。

糟糕的住房是身体疾病的温床。从1978年起，含铅涂料被禁止使用。在此之前使用的老式涂料会剥落变成粉尘，进入肺部，对孩子产生毒副作用。暴露在外的电线会致伤。炉子点不着，居民不得已只好使用燃气灶或煤油加热器，这会引起火灾。过于拥挤的环境会引发打斗和压力——"而压力已被证实是哮喘的诱因"，梅根·桑德尔博士称。作为波士顿大学医学院的儿科医学研究员，她一直在研究住房与健康之间的关系。通风条件不好，街道又危险，孩子们只好待在空气污浊的公寓里。

当前，哮喘侵扰着9%的美国儿童，这些儿童分布在各个社会经济阶层中，而住在内城贫民区的黑人孩子们当中则有12%至15%的人患有哮喘病，在某些非常贫穷的社区，这种几率更高。对于具有某种遗传倾向的孩子们来说，"家里有很多东西会引发过敏"，桑德尔博士说。接触霉菌、尘螨、蟑螂外壳掉落的粉末都能激活身体在极端条件下的防御功能。"你吸入了这种抗原，你的肺就会受到刺激，而这种刺激会导致两种情况发生，"桑德尔博士解释说，"第一，它真的会导致肺部肌肉自行收缩。而且它会引起肿胀。就像在摸到一条毒藤时，你的皮肤会发生一些肿胀、发痒之类的情况一样，你的肺部也是如此。"这种哮喘情况会影响呼吸，人们通常可以通过以吸入器吸入药物来对此加以控制，但是它仍然会导致孩子住院，许多天无法去上课。

许多哮喘患儿的父母都不了解引起哮喘的因素，因为医生们不想费工夫告诉他们。巴尔塔萨家遇到的情况就是这样。这是一个过得很艰苦的墨西哥雇农家庭，他们住在北卡罗来纳州的艾凡赫。虽然蟑螂在他们住的小木板房中作祟，但是给这位父亲奥古斯丁和他的两个孩子治疗哮喘的专家从没有问过他们住房的情况，从没提过蟑螂可能是致病因素。奥古斯丁说,这位专家曾给他们打电话,邀请他们来参加一个关于哮喘的讨论会,"他们会给我一种机器,一种治疗我的哮喘的仪器。但是我去不了。你得花 15 美元才能到那里去"。

大多数的医生都不会去探究他们解决不了的问题,但是波士顿医疗中心已经抛弃了这种过于狭隘的眼光。在那里,儿科医生和急诊室员工们知道他们可以借助于律师和社工的帮助,所以他们开始考虑一些更大的问题。"他们将在差劲的住房条件下生活的孩子转给我负责,这种案子多得数不清。"简·左特说。她是该儿科部门的律师之一。"一个孩子在哮喘病发作时会来这里,然后他们会开始问他住房的情况,结果原来是房子的墙上长了霉菌。他们拒绝让孩子们回家,想让孩子们留在这里,而且他们向医疗保险公司提出让孩子们留在这里,因为把孩子们送回家会让他们再次接触到让他们生病的东西。"如果保险公司知道是因为住房的问题导致孩子们住院的话,他们就不会付住院费了。

左特说,律师的一通电话往往可以让房屋署将房客从发霉的公寓中搬出去,搬进公共住房单位,而且私人房东也会在坚持不懈的劝说下做出回应。但是有时候这要多费点工夫:要给他寄缴款通知书,让该市巡视员去检查,威胁对他采取法律行动,或者甚至起诉他。在一个九个月大的男孩身上就发生过这种事。这个男孩有肺动脉瓣狭窄的毛病,这个毛病会导致血液流不进他的肺部。他动了手术,但他家里的炉子还在把毒烟和黑色灰尘吹到空气中,在这样的房子里,他的生命依然危在旦夕。那个房东就住在同一个社区里,他"连看一眼那个炉子都不愿意",左特说。

她利用波士顿强势的租户保护制度,请来了巡视员,巡视员列举了房主的许多违规行为。法庭开了听证会,那个房东没有到场,法院给他十四天时间更换或修理那个热风炉,而他什么都没有做。然后左特上了法庭,房主称他可以自己修那个炉子。尽管她拒绝了,这位法官还是给了他两周的时间去处理,在那之后,她又上了法庭,换了一个法官,这位法官命令房东把炉子换掉。他最后照办了。"但是整个过程花了一个半月的时间,"她说,"与此同时,那个九个月大的婴儿整天在医院进进出出。"五个月之后,那个男孩因一次感染而死亡。如果他的免疫系统没有变得那么差的话,他本来是可以扛过去的。虽然左特考虑过告这个房东,要求他赔偿,但是她很难证明炉子和孩子的死亡之间有什么明确的联系。那位母亲既心碎又愤怒,她搬了出去。

糟糕的住房和糟糕的健康之间并不总是一种直线关系。梅根·桑德尔记得,一个在重症病房里的小女孩对猫非常敏感。这家人养了一只猫。"我们说,'噢,你们可得把猫弄走。这孩子对猫非常敏感,而且我们觉得她这次哮喘这么严重的原因有一部分是那只猫',"桑德尔博士回忆道,"那对父母死死盯着我,说,'但是那只猫会吃老鼠。'很明显,那个房子是问题所在,而解决问题的办法又成了问题的一部分。"

她和另一位儿科医生约书亚·沙夫斯泰因做了一项研究。在研究中,她们问那些获得了住房补助的贫穷父母觉得之前的住房是怎么对他们孩子的健康造成影响的,在这个过程中,这些父母一再提及"情绪上"和"精神上"这几个词。一次采访的笔记中提到"情绪上的影响,空间不够。做家务的时候家里噪声太大"。另一个家长说:"情绪上的影响。家庭暴力,而且公寓很冷。""情绪上的影响。我们不能经常在一起。""精神上的影响。(因为街道犯罪)我们不能出去玩或者做其他的事情。""精神上的影响。他需要有自己的房间。但是他还是只能和我睡在一起。""精神上的影响。祖父爱酗酒和大喊大叫。搬家会好一点,这样孩子就不会怕祖父了。姐姐的精神有问题。"

父母最常提到的就是居住条件对孩子们的心理影响,沙夫斯泰因博士说。"许多家庭和朋友或者亲戚一起住,而对方并不希望他们待在那里,这些父母得和孩子们挤在一个卧室里,孩子们没有空间,而且有些父母说他们没法儿做家务,因为家里静不下来,他们总是在哭,或者'他们讨厌我的姨妈'。大家在房子里打了起来。我听说过几个可怕的故事,是关于孩子们在房子里被人虐待的故事。"

还有老鼠。"孩子们很怕老鼠,"他说,"一个孩子醒过来发现老鼠在他身上,他睡不着觉,上学也成了问题。"这个男孩困在了一个不断的循环之中:贫穷导致健康和住房问题。健康和住房情况不佳导致认知缺陷和学习困难。教育失败又导致贫穷。

在供不应求的住房市场上,房租高,收入低,政府帮助不完善,要提高住房条件,人们的目标通常是让贫穷的工薪家庭获得他们被非法剥夺的补助。儿科部门的律师和社工们都在为此奔忙。儿科部门治疗的许多孩子本应该从食品救济券、救济金和第八条款租金补贴券中获益。联邦资助的租金补贴券至少能支付一部分私人房屋和公寓的租金,但是这个项目中没有足够的钱和住房,所以在大部分地区,这一项的等候者名单都很长。不断增长的财富推高了住房成本,穷忙族们实际上被抛弃了。他们很无助,无力进入住房市场,而且无法从资金不足的联邦和州住房项目中获得帮助。

这个体制还受到大量救济金欺诈的影响。这些欺诈情况不是有人违法获取救济金。影响更坏的救济金欺诈是那些社工和官员想方设法、天衣无缝地吓退或者拒绝符合条件的家庭。这些人在服务台问贫穷的工薪族母亲一些很敷衍的问题,然后在法律条款规定无论如何任何人都可以提出申请的情况下,非法拒绝给她申请表。这一招很聪明,律师们说,因为他们无法代表一个还未提出救济金申请的委托人干预此事。

救济金欺诈是官员们借文书工作设计出卡夫卡式的迷宫,逼那些领取食品救济券、医疗补助或者救济金的人做详细的文件档案,不上班去各种政府部门接受漫长的折磨。"我的一些委托人每天的日程比

The Working Poor 265

我排得还满。"健康中心的一位律师艾伦·劳顿说。

如果你想继续领救济金，那么你就要提供很多文件证明你的孩子们已经接受免疫，而且都在上学。如果你想要食品救济券，你就一定要提供工资存根和纳税申报单。如果你想要一份工作，你就要给孩子们请日托，如果你出不起这个钱，你就得有日托补助券，但如果你想要拿到补助券，你就得证明你正在工作。要获得补助券，你要到很多办公室去走很多趟——当然，是在上班时间。一位身陷"第 22 条军规"[1]的母亲在全城各家婴儿日托中心都报了名，还在排队等待中；与此同时，负责她的社工告诉她，她要获得日托的钱，就得先找到一份工作。劳顿引用了那位社工的话："所以，如果你还在等候者名单上，那么你就要找人帮你照看孩子。"

每要求提供一份文件，政府机关就有一个机会中断一份申请，因为无论领救济金的人有多小心谨慎，那一页页文件都有可能在政府机关被弄丢。"上周我就遇到了这样的委托人，"劳顿说，"她收到了三份不同的通知书，以三种不同的方式通知她，她的申请要被中止了。其中一条事由是她没有提供某页文件，无法证明她参加了一个职业培训项目。而她说自己提供了文件，但是他们把它弄丢了。好吧，我们又提供了一份文件。她又受到另外一份通知，说她的申请将被中止。好吧，实际上那是另外电脑系统生成的通知，于是她只好从她参加的培训项目中请假，去拿另外一份文件，把它带到办公室去……当穷人是一份全职工作，真的是这样。"

它还会催生出荒唐的事。左特说，有位母亲急欲让患有哮喘的孩

---

[1] "第 22 条军规"源自美国作家约瑟夫·海勒（Joseph Heller）的代表作《第 22 条军规》（Catch-22）。根据"第 22 条军规"，疯子可以免于在军队中担当飞行员，但同时又规定必须由本人提出申请，而本人一旦提出申请，便证明你并未发疯，因为"对自身安全表示关注，乃是头脑理性活动的结果"。这样，这条表面讲究人道的军规就成了耍弄人的圈套。——译者

子搬出一间对他身体不好的公寓,她从她的儿科医生那里收到了一封信,信上说这间房子会让孩子生病,按规定她有资格接受紧急帮助。但是福利部门的接待人员三次将她拒之门外,说她已经有房子了,而且只要她不是无家可归,她就连申请住到临时收容所里的资格都没有。这位母亲认真考虑过搬出去,好让自己在无家可归的状态下获得申请资格。在这位律师义正词严地向一位社工解释福利部门的行为是怎样的违法行为时,"她放弃了,搬到了亚特兰大,因为她说她觉得这个体制不会帮她"。

左特估计,在这些案例中,只有不到一半的案例可以用律师的一通电话解决掉。其中一个案例涉及一位母亲,她是另外一个申请紧急食物救济券被拒的病人的母亲。"如果你的收入真的很低,那么你可以在二十四小时至四十八个小时内获得食品救济券,"左特说,"然后他们会核实你是否真的合格。他们不让她提出申请。我就给他们打电话,说,这是她的收入,她身无长物,有资格申请这个,你得把这给她。他们照办了。"

有律师撑腰的穷人可真走运。

第九章　梦想

> 我是一个贫穷的人，
> 只剩下可怜的梦想；
> 我把我的梦想铺洒在你的脚下，
> 请让你的步履轻柔些，
> 因为你正践踏在我的梦想上。
>
> ——威廉·巴特勒·叶芝

"等我长大了，"沙米卡说，"我要当律师，这样我就能帮助别人。"帮哪一类人呢？我问她。"无家可归的人，"她回答，"小孩子们需要帮助。所以我想帮助那些无家可归的人。"她大大方方地说着，眼里闪烁着明亮而确定的光芒，作为一个六年级的学生，她依然相信任何事情都是有可能的。

她住在安那考斯迪亚的一个社区，这个令人绝望的地方在华盛顿的那些大理石纪念碑对面，中间隔着一条被污染的河流。在这里，很少有人能带着这种清澈童真的眼神走进高中。不知怎的，在这条路上，孩子们眼中的梦想变得黯淡无光——或者因妄想着在橄榄球场上或篮筐下名利兼收而扭曲变形。

基本上在贫穷的中学里和我聊过的所有孩子都想上大学。他们有些人的父母没有工作；有些父母靠搬家具、给图书馆做图书分类和打扫政府办公大楼为生。许多人在超市、工厂、疗养院、车库、医院和美发沙龙工作。只有为数不多的几个父母做的是有技术含量的工作，例如技工、木匠、电工和电脑操作员。要实现他们的希望，他们的孩子大部分都要通过由教育、工作和收入等方面大幅提升他们的社会地位；他们必须实现美国梦。

在沙米卡等五个六年级学生中，有三个人梦想着自己能当律师；一个想当验光师；第五个人，罗伯特看到了自己"像（公司）总裁一样在办公室里办公或者当了医生之类的"。他的目标是要自己拥有做好事的能力。"比方我的家人受伤了之类的，我可以过去，而且我甚至能把他们救起来。"他说。至于开公司，"我会去帮忙解救无家可归的人，给他们钱，用做善事之类的方式帮他们排忧解难"。

在阿克伦城的一个名叫"机遇园区"的贫穷社区，一群六年级的学生想成为歌唱家、儿科医生、警官、护士、说唱歌手和技工。他们的抱负从他们年轻的生命中迸发出来。多米尼克是一个建筑工人和一个美发师的女儿，她渴望能成为"考古学家和儿科医生"。要同时做到吗？我问她。"不，等我老了再当考古学家，我年轻一点的时候要当儿科医生，比如在我二三十岁的时候。"

阿克伦学校中的七年级黑人学生列出了最受关注的黑人榜样：足球运动员、篮球运动员和说唱歌手。白人学生们提到了艺术家、兽医和汽车修理工。唐是个白人，他解释了为什么自己想做市政铺路工作："薪水很高。"在华盛顿哥伦比亚特区的两个低收入社区中，学校里的七年级生几乎都是黑人，他们提到了律师、摄影师、足球运动员、篮球运动员、联邦调查局探员、女警、销售员、医生、舞蹈家、电脑专家、建筑师和艺术家。阿克伦城的八年级学生说道：海洋生物学家、电脑工程师、科学家、建筑工人、律师和儿科医生。他们无意间看到过、读到过或者在电视上见到过的职业变成了他们的希望，有时候是一种激情，更多的时候则是一时心血来潮的想法。如果我们对全部人进行统计的话,有些人还是会实现他们的抱负,但是大部分人做不到。很多人会在高中退学;上大学的人寥寥无几;大部分的人都一直做着低收入的工作。

他们的抱负招来了C太太的一声冷笑。她是个经验丰富的教员,在沙米卡所在的学校,也就是华盛顿帕特丽夏·R·哈里斯教育中心教了十五年的历史。"他们每天都很晚才来上学,隔天又旷课。"这位老师嘲笑地说。她是个黑人,她的学生也几乎都是黑人,所以她不用担心被人批评她有种族主义思想,可以大大方方地说狠话,说实话。"我问他们:'你们十年后要去做什么?'他们要当医生,他们要当篮球运动员,他们要当律师,他们要当橄榄球运动员。我说:'橄榄球队有几支?每个队里有几个运动员?你们有多大的机会能干这个?而且你们想过没有,如果你要当律师,那就需要阅读技巧?如果你要当医生,那就需要数学技巧、阅读技巧?你们可以做到,但是你们得行动起来。'"她在戳破梦想,而且力度不轻,但她是想尽量把事实告诉他们。"我希望他们能有梦想,但是在做梦的过程中要认清现实。"

对C太太和其他的许多老师来说,现实有点让人恼火。"他们很懒,"她说,"他们不想读书,不想做作业。做作业就像拔牙。他们很多人在家里得不到关注,所以他们想在学校得到关注。"而他们是用调皮捣蛋的方式来获得关注的。她能随意采用什么奖惩措施吗?她摇了摇头。"他们分数拿很多的F也很开心,"她说,"他们不在乎。我们才是在乎这个的人。"

沙米卡已经陷入了相互憎恨的怪圈。她很可爱,能言善道。头上高高地扎着两个可爱的辫子,辫子垂到了她的耳边,这证明了她的母亲很关爱她。她滔滔不绝地说个不停,以至于她老师给她父母打了电话,抱怨她在班上话太多;沙米卡坚持认为她和另一个沙米卡被搞混了。所以她的父母不喜欢她的老师,她津津有味地说道,而且她尽量不管老师对她的评价。"我把一张试卷拿了回来,她在试卷上自作聪明地写了字，"沙米卡酸溜溜地说，"我漏了这个词，她自作聪明地告诉我，'你该学习了，女该。'她写成了'女该'。然后等我的成绩单发下来的时候，她给了我一个 D，而她连'女孩'怎么拼都不知道！"

孩子们可能会被困在家庭和学校之间的不良关系中。有些父母没有受过多少教育，或者工作很忙，无暇辅导功课，抽不出时间和老师见面，而且不知道怎么用有建设性的方式来支持他们的孩子。有些家长在学生时代有过不愉快的经历——有时候正好就在同一座教学大楼里——所以，现在作为母亲和父亲，他们把学校看成一个不友好的地方，能避则避。当他们从老师那里得到消息时，基本上都不会是什么好消息（大部分老师打来电话都是说孩子有什么问题，而不是表扬他们），所以他们的对话可能是令人觉得丢脸并且充满敌意的。

各个社会经济阶层的父母们在处理学校的事情时会采取不同的姿态：有对立的，有调解的，有合作的，有放任的，还有疏忽的。然而，在这个范围的底层，一位母亲或父亲面对的是各种特殊的问题。对于许多贫穷的父母来说，爱孩子的感觉和焦虑很相似。他们的一生几乎无所建树，在这种充满危险和失败的背景之下，养育子女给了他们一个新的成功的机会。但是这个目标在一条漫长的路的尽头，毒品、帮会、辍学和摇摇欲坠的房子就像地雷一样，满布这条路。所以，对一些家长来说，在乱糟糟的家庭和社区中，咄咄逼人的方式才是最好的生存之道，因此他们情愿把这种方式当成沟通技巧。他们在家中和街道上以此有效地保护了自己，所以他们把这种敌对的姿态带到了孩子们的学校中。那是一种粗鲁的给孩子撑腰的方式，而他们的一些孩子就模仿了这种作风。

"我第一天到这里来的时候，一个孩子喊我白人婊子，那孩子好像才二年级。"V 小姐说。她刚从哥伦比亚大学毕业，在华盛顿的凯尼尔沃思小学教二年级。"我有几次被孩子们打，用拳头揍之类的。"不过，更可怕的是父母们的敌意。他们很多人在生孩子的时候自己还是个孩子。处在这些"非常年轻的成人母亲和一些父亲"中间,她说:"如果你说'你的孩子在教室里做这做那'之类的,他们会非常戒备,因为他们觉得这是在指责他们的管教方式……有时候他们会说,'哼,我儿子或者女儿说你在课堂上是这样那样的,还有你对他和她做了什么什么,他们以前从来都没有这样的毛病。'而且我们还听到过很多像'我要来把你们这群白人婊子打得屁滚尿流'这类的话。"

正常的教学任务变得危机四伏,甚至连一些毫无恶意的举动,比如给学生家里寄张便条问那个女孩为什么很久没来上课,也会招来危险,V小姐说。那个孩子的母亲两年前曾经袭击一位老师,"给我回了一封恐吓信:'如果你想让我的女儿离开学校,她会离开学校。'"之后隔壁教室里冲进来一群社区里的恶棍,另一个家长带他们来威胁那位老师,那位老师也是一个年轻的白人女性。"我担心我的生命安全。"V小姐说,她和她的同事在学年末都转到其他学校去了。

而另外一个极端,非裔美国父母们常常对白人带有一种成见,认为白人在管教孩子方面太消极,太宽松。在做关于跨种族态度的采访时,这种印象屡见不鲜。V小姐在一些父母的眼里就是这样的,他们想让她帮忙管教孩子,所以给她打孩子的权利。"你把他们从浴室里拖出来吧,"她引用了一个家长的话,"我会给你一封信,说你可以这么做。"

"'好吧,我不能那么做。'"V小姐答道。"很多老师用了一点这样的办法。"她承认,但那是犯法的。

在种族和阶级的鸿沟之上,父母们和老师们的冲突让双方都很为难。V小姐发现她的学生的父母大多都"非常非常关心他们的孩子,即使这些孩子的情况一塌糊涂,而且据我所知,有些家长还吸过毒,但是他们还是很关心孩子",这让她很困惑。她不太搞得明白那是怎么一回事。"他们深爱着他们的孩子,孩子是他们的宝贝。"她的话里透着惊奇和赞赏。

如果这些好斗的父母是一个极端,那么那些从来都不出现的父母则是另一个极端。在低收入学区中,家长会出席率低已经变成了一个长期的问题。"他们住的地方可能和学校就隔着一个街区,但他们绝对不会来学校看看。"华盛顿哈里斯中心的校长西奥多·辛顿说。这个中心教的孩子从学前班到八年级都有。"我有七十个学生,"华盛顿邓巴高中的数学老师 I 先生说,"但是在我上次家长会上,我只见到了八个家长。"即使学校考虑到低收入工薪家庭的时间不规律,特意按这些家庭的作息时间打开大门等着他们来,或者在开会期间提供托儿服务,或者用要求他们亲自来拿孩子的成绩单的方式引诱他们来开会,收效也不大。苏珊在该校教数学,她的学生有六十个,但是来学校的家长只有十个左右。

家长的缺席定下了一个不好的基调,而且学校教职工经常会因此而误解。在阿克伦的梅布尔·M·瑞丁格中学,85%的孩子的家境都很贫寒,有资格吃免费或者减价的午餐,他们大部分都是黑人、拉美裔人或者亚洲人。当我问在教师午餐室里的一些白人教职工,那些孩子们有什么问题时,他们的回答很不客气。"他们不把教育当回事,他们看重的是那些应该在家里学到的东西,"一位图书管理员说,"他们不在乎自己被停学。"坐在这一桌的其他教师也赞同这番看不起人的评价。这已经成了惯例的一部分,学生怪老师,老师怪父母,父母怪学校。错总是出在别人身上。

哈里斯学校的校长西奥多·辛顿打算打破这个怪圈,他要看着这些父母的眼睛,进到他们的内心深处,让这一切变成可能。"他们想到学校就觉得心里不舒服,"他说,"他们觉得学校有点高高在上,不会以尊重的态度对待他们,没有表现出爱或者我们一起在同心协力做这件事情。"怎么解决这个问题?"你要和他们沟通,用友善的方式,和他们说话,欢迎他们,提出欢迎他们的策略:来吧,不是只有在孩子犯错的时候你们才能来，做了好事也能来。你要经常给他们吹吹风，告诉他们，你的孩子做了一些（好的）事情，这个孩子在市长作文竞赛中获胜。把一切都准备好。让他们在一种开放的氛围下看到这一切……昨天早上，我第一次在'黑人历史月'[①]和父亲们共进早餐。我想当时有大概三四十个监护人和他们的儿子一起出现了。事情就是那样。你得一直尝试各种办法，让父母亲进到学校来。父母们会来，并且自愿走进课堂。做一个育儿培训方面的附加项目。我们在想尽一切办法让他们走进学校，不管他们来这里待二十分钟、三十分钟，还是一小时、一天。把你能做到的事情都拿出来，让他们走进学校。"

在我的那些不符合科学研究要求的教师样本群中，教师们在家长会出席率和孩子的表现是否有相关关系这一问题上没有达成共识。有些人觉得会，但是其他人更愿意认为事情正好相反。瑞丁格中学的一位黑人数学教师 N 先生形容自己是"内城贫民窟的产物"，他坚持认为他能预测到哪些孩子们的家长会有心管这个事情。"那些拿了一串零分的孩子的家长不会出现。"他直截了当地说。与之相反，苏珊说在来参加她的家长会的十个家长中，有一些家长的孩子在班上表现不佳。她觉得很奇怪。那位从凯尼尔沃思小学转到华盛顿韦伯小学的二年级老师 V 小姐说："甚至在我班上最顽皮的几个孩子当中，有几个人的父母也在很用心地管他们。"邓巴学校的数学老师 I 先生发现，尽管到场的人没几个，但是"我最差的一个学生的父母都出现了"。保罗初中的三个老师有一百五十个学生，他们见到过其中一半学生的

[①] 每年一度的"黑人历史月"是为了庆祝美国黑人克服种种困难所取得的成就，以及赞颂黑人在美国历史发展中所扮演的重要角色。该活动的前身是"黑人历史周"，由历史学家卡特·G·伍德森（Carter G. Woodson）和其他一些杰出黑人共同发起。自 1976 年以来，历届美国总统都将每年的 2 月指定为"黑人历史月"。——译者

家长。他们先告诉我，他们发现家长出席率和学校作业完成情况呈高度相关关系。然后他们突然想到一个例外的情况，接着又想到另一个，直到其中一个老师得出结论："也可能会有父母真的已经非常努力，但是孩子们表现不佳的情况。"

根据"为美国而教"（Teach for America）项目的说法，老师们应该试着去了解他们学生们的家庭。这个项目招收一流大学中热心公益、头脑灵活的毕业生，让他们参加一个暑期培训课程并在贫困学校任教两年。该项目希望这些初出茅庐的老师们能和学生的家庭一起上教堂，参加他们的生日派对，把他们的电话号码给学生的家人。"我在两年时间里和大约一百多个学生吃过饭。"利·安妮·弗雷利说。她在路易斯安那州亚瑟湖畔的一个农业小镇上教法语。在城市贫民窟任教的教师们觉得这个任务更为艰巨，但很多人还是在努力。

在保罗初中给七年级学生教英文的 L 先生这么说："我对我学生的家庭相当了解。有些家庭和我从未见过面。有些家庭是我经常会联系的。他们每周给我家打电话，我把他们的孩子送回家，周末和他们的孩子一起出去玩。这全看那个家庭怎么想。我给他们我的电话号码，让他们掌握主动权。"在他一百五十个学生当中，有二十五到三十个是经常用到他的家庭电话号码的。

了解学生的家庭生活场景能帮助教师理解学生的不足，体谅他们，并给予帮助。"通常父母不会检查他们有没有做作业，"阿克伦城的一位中年数学教师 M 太太说，"通常父母都是收入很低的工薪族，他们要上夜班，学生们一个人在家，他们经常要照看小弟弟和小妹妹，等父母到家的时候，孩子们都上床睡觉了，所以他们基本上都是靠自己。"

她会在自己力所能及的范围内出手管他们的事情。"就拿我的成绩册上的第一个孩子来说吧，"她指着名单上的第一个名字说，"他来自一个非常贫穷的家庭，而且他的行为几乎让每一个老师都头疼。"

她在一次校外考察旅行之后给了这个学生的弟弟一些曲奇饼和纸杯蛋糕，并从他弟弟那里听说到他的家境贫寒。第二天，那个弟弟感激地告诉她，那剩下的一点东西够当全家人一个星期的甜点了，这让她深刻地了解到这个家庭有多贫穷。她对她的学生有了新的认识。"我认为他大部分的捣蛋行为是为了引起人们的关注，所以我尽量多给他一点关注，"她说，"他当时还没有能力学代数，但是他想学。于是我说，好吧，让他来吧。他进了这个班，而且他还经常拿 C，但是他还参加了我们这里的一个辅导项目，那里会有成年志愿者，他能从中得到更多的关注。然后他在自修课期间来我的班上，在电脑上学数学。他每天午饭时间都会来这里，后来他为了参加辅导又放弃了。所以我一天给他上课的时间是三个课时。他在纪律上从没让我头疼过。去年，他每隔几周就会停学一段时间，而今年他几乎没有惹过麻烦。"学生们在努力寻求关注，因为那是他们的需要，就像食物或水或是氧气。

表现出兴趣和尊重是一种简单的技巧，曾在富人学校任教的 M 太太一直将此奉为信条。"我尽量在教每个孩子的时候都在想，如果这是市长的孩子我会怎么教？"她说，"或者如果这是议员的孩子又会怎么样？而不是想这个孩子也许连个家或者家长都没有。如果你认为他们很特别，并让他们也那样看待自己，那么他们就能看到你对他们的尊重……多花几分钟时间听他们说话。"

不过，有时候那还不够，而且教师们的拯救行动也不总是可行的。有些孩子饿着肚子。有些孩子的牙腐烂发炎，得不到治疗，一直牙疼，精神不振。还有些孩子需要配眼镜，看不清教室前方的投影或者写的板书。至于其他的孩子，比如华盛顿的拉托沙，她就经常来不及上学。"她的母亲晚上要工作"，在哈里斯学校教这个女孩的三年级老师说，"可能早上很累"，没办法让她的女儿按时出门。这让这位老师特别痛苦，因为她看到了拉托沙在能力不足的表面下有聪明的一面。"她在写作技巧方面有很多弱点,"这位老师说,"但是她的想法很好。她是个可造之才。"她从拉托沙的日记里抽出了一页,那是一个答案,而问题是这样的:"如果你能给一个无助的人一份礼物,那会是什么?"

拉托沙写道:"我会给他们一间衣胡。来川。因喂他们深吗也没有。他蒙出气肯顶要川衣胡,会从拉基桶里找衣胡川。"

在阿克伦城,当L太太因为帕米拉顶嘴而把她踢出英文班,送到办公室里时,瑞丁格学校的副校长发现他找不到可以通知的大人。"谁是你的监护人?"他问这个七年级学生。她耸了耸肩。她真的不知道。

"我们有个为期三周的作业,周一截止,"L太太说,"她没有交作业。她给我写了一封长长的便条解释这件事……她没有在家过周末,因为她母亲的男友总是打她母亲,所以她们只好离开了那个房子。她到别人家里去住了,她说,'我一直缠着我妈,说我要回去拿作业,但是妈妈不敢回去,因为她怕他会打她。'"身为白人中产阶级的L太太和帕米拉一样感到无助。"这就是为什么很多这样的孩子都堕落了,"她说,"她们连最基本的东西都没有,你明白吗。如果我没有片瓦遮头,我不知道要和谁住在一起——我也不会在乎自己的英文怎么样。"

"我的学生中大约有一半人需要辅导员。"朱迪斯·雅各布说。她给移民青少年教文学,而这些青少年实际上在他们的家乡都没有上过学。一个十六岁的男孩在刚到华盛顿贝尔多元文化高中的时候不知道怎么握铅笔,也不知道安静地坐着或者按时上课。这些年轻人都因为个人的问题心不在焉。一个女孩的父亲在洪都拉斯被杀了,她"六神无主,完全不知道要怎么处理这件事情"。其他的学生因吸毒、怀孕、家庭暴力和逐渐融入美国文化过程中的复杂问题而无心向学。"如果他们在班上表现不好,他们会灰心丧气,"她说,"他们的同龄人在工

The Working Poor 277

作、挣钱，没有上学。他们当中很多人告诉我，'老师，我不想学了。我是在浪费时间吗？我十六岁了，我十八岁了，我得去工作了。我有我的未来'。他们只看今天，却没有从长远来看，如果他们读了书，他们的日子会过得更好。他们看不到这一点，而且他们的家里没有一个人是这样的。他们只是为了活下去。"

　　他们接受的教育没有给他们打开面向无尽可能的视野。只有他们碰巧发现自己班上有个不同寻常的天才教师，或者家中有个非常有远见的大人，否则他们的学校教育就只会限制他们，使他们变得狭隘，把他们封闭起来。即使它给他们提供了一条走出困境的路，他们也看不到这条路。即使它总有一天会给他们带来回报，他们也算不出来这回报有多少。所以，随着教育机器年复一年地对他们进行加工，顺着传送带把他们推向毕业或没有毕业的尽头，他们失去了想象力，想象不出他们能做到什么。

　　当我到学校里去，说我在写一本关于穷忙族的书时，老师们往往会挖苦道："噢，你可以写一写我。"因为美国的学校经费大多来自当地的房产税，社区和社区之间的差异很大，而且那些最贫穷、最需要扶持的学区无法给学校经费支持。教师职业工资少，地位低，招的人很多都不够资格，教师队伍良莠不齐。

　　"和那些总能拿到 A 和 B 的学生在一起上课真的是件很轻松的事情，"阿克伦城的一个老师说，"他们在家中就很听话，家里人都对他们有期望。但如果要和那些没人愿意要的学生一起上课——那就只有真正爱护学生、关心学生的老师才能做到。"

　　在很多贫穷的社区，很多梦想在重压之下被践踏：勉强维持教学的教师面对的班级很庞大，学生不听话，学习材料又不足。一个周四，在邓巴高中，I 先生正在努力帮他九年级的学生准备第二天的数学考试。他总是在竭力抑制一种"异常而混乱的感觉"，他说，"从来都轻松不下来。从来都不能安心在这里教书。我总是烦躁不安,担心有事情发生:学生之间可能会有冲突,我和学生之间可能会有冲突。"那个周四,他在第五课时上的学生"兴奋得坐不住",I先生搞不明白是怎么回事,他对他们抛出了一个问题:"'你们今天过得怎么样?做了什么事情?'最后我把问题范围缩小了。'你们第四课时是上什么课?在这节课之前上了什么课?'"

"他们说,'我们不能告诉你。'"

"'你们为什么不能告诉我?'"

"'你会气疯的。'"

"'你们做了什么?'"

"'我们玩了任天堂游戏。'"

那是一堂科学课,那位老师已经放弃了,一个学生把自己带来的任天堂游戏插到教室里的电视机上,那位老师也没有管他。"如果在全校范围内营造全面有序的氛围,"I先生哀叹道,"这样的事情就不会发生了。他们会在我的课上用功读书,因为第四课时的那个班的老师也希望他们能努力,第二课时他们在用功,第一课时也在用功。"

一天前,I先生在和一个没有做作业的男孩谈话的时候,问他其他课的作业做得怎么样。那个学生的其他课都没有布置作业。"我不敢相信。"I先生说。老师们也在为梦醒而心碎。

人们一直都相信,期望能影响成就。当老师们和家长们相信一个孩子能做得很好,而不是认为他做不到时,这个孩子通常就会做得更好。老师们有时是根据由种族或阶级而产生的成见来进行评价的,长久以来,美国人心目中的黑人形象都是不够聪明,缺乏能力的。这种想法根深蒂固,它可以让一个常春藤盟校的白人教授直盯着教室里唯一的黑人学生,警告说,"这个作业会很有难度。"许多非裔美国籍学生都说自己遇到过这种事情。

但是贫穷的学校中的艰难经历也会让期望降低。那里的老师和孩子们都陷在由低下的期望值和差劲的表现构成的漩涡中。"我心目中'聪明'的概念已经变了,"苏珊在贝尔高中教了一年书之后承认,"我会走过去对一个学生说:'噢,我的天啊,看看,你能做到这个!'但我知道,如果他们是我在大学里的同班同学,就算他们做到了同样的事情,我也绝不会认为他们很聪明。"

灰心丧气的孩子和能力不足的教师们走到一起,情况就越来越糟糕。即使在为教学而努力的华盛顿哈里斯学校,有些老师也开始显露出疲态和能力不足的迹象。哈里斯学校大楼相当现代,没有窗户,外观很单调,再加上一道高高的围墙和几座防卫塔,看起来就像个监狱。只有一扇门是锁着的,那扇门通向一个金属探测器,探测器由教育局的安全保卫人员监管——那是两个身穿海军蓝制服的年轻黑人女性。但是门的里面就和惩教所截然不同了。因为这间学校是在流行开放式课室的70年代建成的,所以学校实际上没有内墙。不完全的隔板围出"课室"的形状,巨大的噪声在隔板间四处回响。学生们到处闲逛,教师很难控制他们的行动。

从学前班到八年级的学生们都是来自华盛顿最贫穷、充满毒品和暴力的一个社区。这所学校在利文斯通路上,学校前面有一个醒目的指示牌,指示牌是该市的小说司[①]树起来的,上面写着:"吸毒区。"3月的一个下午,就在学校放学之前,一辆花哨的红色汽车开了上来,停在那个指示牌下面。两个人坐在车子前座。恰好在这个时候,一个男人拖着脚从街对面的公寓走过来,通过司机的窗户说了一句话,然后绕着车子大步跑进了后座。五分钟之后,他离开了,一个年轻的女人走近这辆车,说了几句话,然后到后座上坐了几分钟。那里看不到有警察的影子。

[①] 在乔治·奥威尔的政治讽刺小说《一九八四》中小说司(Fiction Department)负责维护小说创作机器,并将古典名著翻译为新话。——译者

孩子们把他们所在的社区和家庭的弊病带到学校里来，而且有些老师本身就有不足。一道三年级的作业题是"请描述暴风雪的三大影响"。一个学生写道："暴风雪的三个影响是停电，人们会滑倒，车子很难从雪地里川过去。"在"川"字下面，老师用墨水笔把它改成："窜"。

八年级的数学教师 D 女士在自己的思考与推理课上被弄糊涂了。当时她正在绞尽脑汁地想着一个投射在屏幕上的问题："狡猾的杰克花 50 美元买了一匹小马。一个星期之后，他把这匹马按 60 美元的价格卖了出去。两个星期之后，他花 70 美元把马买回来了。一个星期后他把马按 80 美元的价格卖了出去。他赚了或者赔了多少钱？"

她用正数和负数之和的形式列出了正确的算式：

$-50+60-70+80$

这个算式的和是 +20。要参加这个课程，学生们要有相对较高的测试成绩，但不是每个孩子都在跟着她的思路走，也不是都在专心听讲。有个穿着黄色衬衣的女孩子举起手，走向投影仪，写出了另外一种算法。在透明板上写着 60 的位置旁边，她写下"赚 10 元"；在"70"旁边写下"赔 10 元"；在"80"旁边写"赚 10 元"。这个逻辑足以迷惑全班同学和 D 太太本人。你怎么会得出不同的答案呢？D 太太找不到其他的办法来想这个问题：她没想到最初的三笔交易让狡猾的杰克花了总共 60 美元，最后才挣到 80 美元。没有人能解开这个谜团。最令人不安的是她们居然很快就不再尝试去想这个问题了。在这堂关于如何解决问题的课上，学生们和老师都没有用心解决问题。她们放弃了这个问题，继续做别的事情去了。

在阿克伦城的瑞丁格学校里，六年级的语法课在更不为人所察觉的情况下失败了。年轻又头脑敏捷的 B 小姐像一只鹰一样盯着她的二十二个学生，不管是一个不自在的还是恍惚的眼神都逃不过她的眼睛。她小心翼翼地扫了一眼座位表再喊学生的名字（那是开学的第一个月)。她对全班学生的举止了如指掌,但是对他们的才智却毫无把握。她前一天已经教了他们关于句子里的单一主语的知识,今天要讲的是完全主语,即带有所有修饰语的名词。她让他们打开课本,翻到第345页。她解释说,在"一只亮红色羽毛的红雀落在窗台上"这句话里,"红雀"是单一主语,"亮红色羽毛的红雀"是完全主语。这些孩子们见过红雀吗?为什么不是"一辆蓝色的大警车"或者"一栋红砖楼"呢?如果学校作业能切合孩子们的生活经历,就不会产生这样的缺陷。在朝着这个目标努力了数十年之后,内城贫民区里的黑人孩子在书中看到的已不再只是金发碧眼、住在郊区的白人孩子,但是距离实现这个目标还有一段路要走。同样是在这所学校,当一个数学老师出了一道关于如何计算15%的小费的问题时,她惊讶地发现,几乎所有她教的八年级学生都不知道什么是小费。如果说他们也出去吃过饭,那他们也是在快餐店吃的。

"如果我说,'一只大红落在窗台上',这句话说得通吗?"B小姐开玩笑地说。

"不通……"全班同学回答道。就算有让练习变得更好笑,更有趣,她也已经努力把这种冲动压下去了。她举的例子一个比一个枯燥,最后很多学生把直接宾语和单一主语都搞混了。"你听过葛洛利亚·埃斯特芬刚出的CD吗?"她问其中的单一主语是什么。

"CD?"一个孩子问道。

"不对。他们在对谁说话?"

"你。"

"对。"

让学生辨认哪个是句子的主语,而不是解释清楚主语代表的是什么或者谁在做这个动作,这种方式太令人费解了。

"那些记者们一整天都在采访市长。"

"那些记者。"

"对。达米恩，你能告诉我们哪个是单一主语吗？"

"市长。"

"不对。斯坦？"

"记者们。"

"因为我们关注的是记者。"她的解释很糟糕，无怪乎大部分的孩子都没搞懂。但是 B 小姐还是轻快地继续往下讲，留下了一串问号。

测量课堂上学生疑惑程度的一种工具是标准化测试，它已经成为一种十分重要的成功指标，能为校长们的职业晋升（或者原地踏步）提供证明，同时它也是各个学校资金增加（或者削减）的依据。根据这个标准，华盛顿哈里斯学校的情况不容乐观，但还是有所进步。校长西奥多·辛顿决心要做出改变，尽管做事不温不火，他还是正在取得进展。他开展了一个全面的课前和课后项目，让很多孩子从早上 7 点到下午 6 点半都有事情做。他引进了很多电脑设备，不过大部分老师还不知道要怎么最好地利用这些设备。标准化测试的成绩依然很低，但是也有所提升：在 2000 年至 2001 年间，成绩低于基本水平的学生的百分比，也就是"几乎没有或者完全没有掌握基本知识和技能"的学生百分比在数学方面从 43.1％降到了 31.8％，在阅读方面从 25％降到了 21.8％。达到"精通"水平，也就是根据年级水平达到"学业表现扎实"水平的学生比率在数学方面从 16.6％升到 19.3％，在阅读方面从 19.3％升到 24.6％。这些数据没有把英语水平有限的移民儿童和有学习障碍的特殊教育学生算在内。

这些数字能在多大程度上真正代表学习进步的程度？那些需要把大量的课堂时间用来准备考试的老师们对此产生了意见分歧。这个加强项目贯穿整个学年，在每年春天的测试之前几周内，考试准备活动密度最高。比如在贝尔高中，准备活动从秋天开始，每周有三次，每次在五十分钟的课时中有二十分钟用于准备活动，然后到 1 月份变成每隔一天有三十分钟，最后是每天都有三十分钟的准备活动。有些老师觉得这些考试准备活动与数学和阅读技巧相关,但是数学老师苏珊不这么认为。"一点关系都没有,"她断然地说,"那只会让他们更适应试题格式。我觉得那更像是一种建立自信的过程,别无其他。我不认为它真的能帮他们学到东西。"

有些老师觉得测试题目对生活经验有限的低收入家庭儿童不利。像"关注的焦点"和"悬而未决"之类的说法只会让那些除了从字面上看看这些题目之外,没有办法理解其中含义的孩子们感到困惑。他们只能尽量去想象一个和现实扯不上边的概念。一道数学题用了"法兰克福香肠"来指代"热狗",这会把人搞糊涂。"还有谁会把热狗叫作'法兰克福香肠'呢?"哈里斯学校的老师不耐烦地问道。

"我的孩子们读到了关于露营的故事,"华盛顿韦伯小学的二年级老师V小姐说,"你得猜故事中的孩子们在做什么,他们上了一辆装着他们的睡袋的公共汽车。我的孩子们从没有去露营过……甚至连营地都没去过。他们不会知道那里在发生什么事情。"他们的关注力持续时间很短,她补充道,当老师在测试中向这些还不会阅读文字的孩子们口述数学问题时,他们没办法集中精神。"他们变得头昏脑涨。"她说。

而且,有些老师承认,当一个学校因为这些测试能够决定学校能否拿到钱而只想着这些结果时,落后最多的孩子们就最不可能获得关注。"勉强合格的孩子们会得到帮助,"路易斯安那州什里夫波特市的一位老师说,"在底层的孩子们即使进步了一点点,那对整个学校的测试分数来说也是无济于事的。"

在测试之前的几个月时间里,我看到老师们忙得停不下来,自觉性被慢慢地耗尽。他们飞快地练习着,就像疾驰的火车,那些慢半拍的孩子们像车轨上被风刮走的垃圾一样散落在一旁。在教室里很容易就能看出哪些孩子已经迷失了方向。他们是那些在聊天,打盹或者读一些和那节课无关的书的孩子。他们是那些不及格的,被压垮的,粗野无礼的孩子,他们理解不了那些学习材料,也不想再尝试去理解那些材料。当你环视一间教室的时候,你能把他们都挑出来,而这样的孩子看起来数都数不清。

在华盛顿哈里斯学校进行测试之前一周,四年级班上的二十个孩子中的大部分都在开小差,没有多少精力放在练习上,老师们也在急急忙忙地给他们灌答案,不要求他们做太多的思考。大部分的孩子不知道怎么解答 1/2＝？/8,而且大部分人读不懂饼状图,不知道要用哪两种水果才能凑够 100 份果盘。从图中来看,答案很明显:80 份苹果和 20 份葡萄。两个后排的女孩子几乎把一切都搞错了,而且她们没有思考为什么会错。那位老师也没有。那个班级并不大,但是她从来没有通过计算来找出个别学生的难题和问题。

有一天,N 先生,就是在瑞丁格学校的那位能够预测出哪些家长不会来开家长会的数学老师,正在教学生做试算表。他用电脑把网格投射到屏幕上,同时他带着学生进行计算。"集中精神跟着我走。"他对他教的二十五个六年级学生说,然后匆忙地把课讲完了,但是似乎没有几个学生听懂了。在输入工作开始的时间,结束的时间,以及时薪之后,试算表的单元格可以用来进行薪金计算。N 先生努力让自己班上的学生写出合适的公式,并把它们插入单元格。只有一个孩子,朱莉,学会了。她是班上的六个白人孩子之一,也是几个家中有电脑的孩子之一。她再一次举起了手,她的手举得那么高,实际上整个人都离开了座位。在 D2 格中的小时数应该是＝（C2－B2）,她说。一小时 6 美元的薪水总和是＝（D2×6）。N 先生点了其他孩子的名,给了机会让他们试一试,但是他们都没把握住机会。朱莉总是会抓住机会,而且每次他请她到电脑上按下回车键时,她都很欢欣雀跃。当当当！正确答案出现在单元格里——这是一种即时的满足,正面的强化。她像个小精灵一样笑了起来。

其他的孩子大部分都闷闷不乐,漫不经心。坐在后排的一个男孩开始发出了哼哼声；其他人开始交头接耳，窃窃私语。N先生把那个男孩送到了办公室，让一个女孩到旁边站了几分钟。然后他前前后后地走来走去，看学生们的操作情况，一边说"做得不错。做得不错。你选错列了"，一边尽量对这个大小适中的班级上的每个人给予关注。但是很多孩子在他的课上还是没有跟上来。

枯坐在那里，想不明白是怎么回事，这种感觉一定很痛苦。随着一串串遥不可及的数字和字母在旋转，孩子们肯定都关上了心门，或者任思绪飘向更有趣的想法，远离那一阵阵令人泄气的无力感。那一天，那些孩子中的大部分人都已经想不起来，让电脑显示出正确的答案，解决小难题的趣味和学习的趣味是什么样的感觉。

从教室前方的老师看来，情况也不是那么理想。"我用一个电灯开关来打比方，"阿克伦城的一个职业学校的老师说，"当开关是关着的时候，就没有输入也没有输出。某些学生却学会了在教室里走来走去，不管那是谁的课堂，也不管那是哪位老师，就这么走来走去，还把开关给关掉了……我费了好大的力气才让开关一直开着。真难啊。"

在一些学校，我问了一些学生，他们有多少时间听不懂老师教的内容。他们的答案令人心寒。华盛顿保罗初中的七年级学生的评价最为典型：

"一半时间。"

"不是一半时间。大概25％的时间吧。有些老师说话太快了。"

"有些老师写字很潦草。"

"在大部分的时间里我都不明白他们在说什么，但是接下来我就不听了，因为他们还是会继续讲下去。"

"他们没有努力让学习变得有趣。"

当你听不懂的时候，你会做什么呢？

"你会不懂装懂。"

"点头微笑。"

"因为如果你表现出听不懂的样子,其他孩子会笑话你的。"

你有没有让老师解释过?

"有啊,有时候吧,但是接下来……他们会对你发火……'别问了。我们得继续往下走。'"

"有时候会。如果老师看到你们在说话,然后你们有问题,再问他们一次,他们就不会回答了。因为你们之前在说话,这就是你们的错。"

如果你不明白老师布置的作业,你会怎么做?

"那我就不做。"

"我会给我最聪明的一个朋友打电话。"

"我还是会做作业。我就按自己的理解来。如果我出错了,那也不是我的错,因为他们没有解释清楚。"

在每一所学校,学生们都能指出至少一两个出色的老师,因为他们为学生们解惑答疑,并且对这些孩子们表示出尊重。不过,更常见的情况是孩子们不愿提问。"他们会给你一番高明的点评或者一个粗鲁的回答。"阿克伦城的一个八年级的男孩说。他的同班同学还说他们觉得老师的语调和肢体语言让他们觉得自己像个傻瓜。

"他们回答你的时候的样子就好像你本来就应该知道答案。"一个女孩抱怨道。

"他们不会给你答案,"一个男孩说,"然后等你去问朋友的时候,他们会让你不要在课堂上说话。你只是想得到答案,但是他们就是不告诉你。不管怎么样,你就是得不到答案。"

"有时候,当我有想不明白的事情的时候,我会觉得害怕,"一个七年级男孩说,"我会不敢问老师。"

当然,即使你不是穷人,你也可能有过这种经历。在富人学区也可能会有能力不足、观察力不够敏锐的老师,同样地,在穷孩子的课堂上也会出现有头脑的老师。但是从教育水平高、家境殷实的家庭走出来的孩子有一张安全网。如果他们上课听不懂，他们可以在家里得到帮助。如果他们有学习障碍，他们的父母可以请家庭教师和辅导老师，甚至是律师去要求老师提供帮助。对一个没读过什么书，没时间、没钱或者没有利用体制的本事的母亲来说，她就算再怎么努力也几乎不可能像富家父母一样处理学校的问题。

比方说，根据行为儿科专家罗伯特·尼德尔曼博士的经验，一个有注意缺失紊乱症状的孩子如果生在穷人家庭，那么相比于出生在富人家庭，他有所成就的机会就要少得多。当他在克利夫兰医院和健康中心，和相对富裕的父母和低收入的父母打交道时，他看到了这种鲜明的对比。这种被称为ADD的病状特征是注意力无法集中，个性冲动，这种病"并不是在低收入的孩子当中更为常见"，他说，"在低收入家庭的孩子身上，我经常看到他们的家长，而且往往是单亲家长在资源方面更加匮乏，没办法帮助他们解决注意力缺失紊乱的问题……当你是个穷人的时候，你就得分出轻重缓急。你不能什么都做。你不能既去学校接孩子，又去购物，又去把支票兑现，（同时）还去治病"。

一个有财力的家庭"可以把孩子送去日托中心，也可以送孩子上一个好学校"，家长可以把孩子留给保姆照管，自己则可以忙里偷闲。"然后当我换了帽子，走进健康中心，我看到了身体条件一样的孩子，但是父母却连一分钱都没有。这些孩子待在拥挤的教室里，总是被呼来喝去，其他有相同的问题的孩子也在大叫。如果父母们要休假，那么他们就会面临失业的威胁……"在现实生活中，能够用来解决问题的资源是不同的。第一个孩子不费什么力气就被送到心理医生这里来，那位妈妈会每周花钱把他带过来。第二个孩子被你介绍到心理医生这里来，但是他的妈妈没办法每周带他过来，因为她在工作，而且也出不起这个钱。这位心理医生是一个很有才华的实习生，但是一年之后，她离开了。

"到最后，"尼德尔曼博士总结道，"这两个孩子之间会有显著的差异。一个打架斗殴，被停学，距离被关进少年感化院和现实生活的失败只有一步之遥。另外一个则在相当有钱的人才能上得起的私立学校考试中拿 B 和 C。"

在有钱人上的私立学校或者公立学校，那个孩子肯定能用上和他所上的课相关的课本，接触得到电脑，还有一系列令人眼花缭乱的课外活动，从管弦乐队到象棋俱乐部应有尽有。在城镇的贫穷地区情况可就不一定是这样了。贝尔高中没有管弦乐队，只有一个小爵士乐队。那里没有体育馆，只在街对面有一个足球场，而且这个足球场是还要和一个中学合用的。那里的某些老师，包括朱迪斯·雅各布和阮苏珊在内，都没有固定的教室，所以她们把所有的教具都放在一辆可以滚动的手推车上，这让她们看起来就像是教育界的流浪汉。当阮小姐推着她那辆装着书本、文件和一个塞满了图形计算器的鞋盒的双层手推车，从走廊里经过时，她的学生都在开她的玩笑。她那小小的书桌和另外两个书桌一起，立在一间狭窄的没有窗户的储藏室里，周围是成架的课本和文具用纸。

甚至连纸也可能是难以获得的资源。在哈里斯学校，一个三年级的班级获得了美国新闻署送给他们的文具纸，纸的背后印着龙卷风的示意图，还盖着美国的印章和"署长办公室"的字样。这个班的老师把这些纸称为"改宗纸"，并对学校的校长西奥多·辛顿致敬。"辛顿先生，非常神通广大。"她说。八年级，用来代替 20 世纪 80 年代的旧版地图的新地图价值 300 美元，但这些新地图依然卷好放在墙边，因为学校没有人能把它们挂起来；要在黑板上的煤渣砖上钻出洞来才能安装螺丝。但是，过时的地理教科书已经被闪闪发光的新版本所取代。每本新书的价格是 80 美元，学生们有足够的书可以带回家，而且教室里还留了一套书，供在校时使用。

那是贫穷的公立学校资源分配不均的一个证明——缺这缺那，却突然因为有一大批东西供应而变得满满当当。哈里斯学校里头全是电脑——在两个电脑实验室里，图书馆里，几乎每间教室里都有电脑，这些电脑都是联邦赞助买来的。三部崭新的青绿色和灰色的苹果一体机就放在 C 太太教七年级数学课的教室后面，但是她在两天培训中还没学会如何有效地和学生一起使用这些电脑。此外，这些电脑没有软盘驱动器，外置驱动器又还没到，她没办法用这些电脑打印，所以她从七年级的另外一个班叫来了一个瘦高个儿的男孩，让他把它们接上，开始工作。他是课后电脑维修小组的成员，这个小组很像过去那些爱玩机械的孩子组成的视听维修组，组里的孩子们在校园里到处闲逛，摆弄电影放映机。

不过，阮小姐说，在贝尔高中，这些电脑都只能在实验室中使用，而实验室里总是人满为患。她本可以在班上用会计程序"微软优越试算表"来做"现在的统计学家们不会做的单调乏味的计算"，她说，"如果能用这个来很快地说明某个教学点，学习技巧，那就太好了。"但是她的教室里没有电脑。

邓巴高中给 I 先生买了十六台图形计算器，每台价格是 100 美元。两个学生可以共用一台计算器，但如果他的学生名册上的三十六个学生同时露面的话，那就成了一个问题。不过通常出勤人数大概是二十人，他说，所以计算器供应还是充足的。不过机器的用处有限。"他们花了大概 1 600 美元买了这套计算器，"他说，"遗憾的是，你还要再买一台安装了高射投影仪的计算器，这样你就可以把计算器的屏幕投射到投影板上。我没有这个，所以我很难把我在计算器上运算的过程展示给他们看，因为他们看不到。我有这个很棒的工具，但是后来因为我没有另外一个 300 美元一台的科技产品，大家看不到老师在做什么，所以它也就没用了。"

二十几岁的 I 先生是个紧跟科技潮流的人，但是他并不痴迷于将电脑作为教学仪器的想法。当他看到一所大学寓教于乐,用电脑游戏来教数学时,他说:"我还是喜欢孩子们写字,思考,说话。"

卡亚·汉德森是"为美国而教"项目的一名主管,她在南布朗克斯区的162初中教书,这所学校有很多台电脑,有网络连接,孩子们还有日本笔友。"这一切都很好很棒,"她评价道,"除了一样,那就是我教的六年级、七年级和八年级的孩子都不会写交友信,更别谈和日本的孩子们交流了。所以事实上,当这些学生们还没有掌握基本的技能时,我们的这些电脑都形同虚设。我认为这是城市教育或者资源不足的教育的一大问题:人们还是继续按这么低的标准培养学生,不保障他们掌握成功人生所需要的东西。"

她的激情是在自身的背景基础上形成的。和她的大部分学生一样,她是个黑人,不过她出身于纽约芒特弗农的一个中产阶级家庭,毕业于乔治敦大学。"你知道的,等你工作的时候,会有人教你怎么用电脑,"她说,"你在学校里不一定要用电脑才能取得进步。我以前没有用电脑。但是有人教过我怎么阅读,所以我可以读懂电脑操作书籍,搞懂使用方法。有人教过我问题的解决技巧。有人教过我乘法。可我教的孩子们每十五分钟才能对日本的孩子们打出三个词,而且他们写不出能寄到另一个城镇去的信。"

而且,尽管学校在电脑的海洋之中畅游,汉德森女士的两百四十名学生却只有二十二本书。"我的事情全是在静电复印机上做的。"

"书不够,所以谁都没书用,"在洛杉矶瓦特区的格雷普街小学的一名数学教师说,"老师们把一切都放到黑板上,或者复印材料中。"在静电复印机没坏的时候,有些学校会拒绝老师使用复印机,或者限制复印数量,以此控制复印经费。在汉德森女士的学校,每周的复印经费是50美元,真是少得可怜。所幸的是,她可以进入"为美国而教"的纽约办公室,在那里,她花了数十小时的时间来复印材料。

当汉德森女士成为"为美国而教"项目在华盛顿哥伦比亚特区的主管时,她已经确认了那里的项目办公室的用途是一样的。"我们的一百六十个团队成员都有一个代码,他们一天二十四小时,一周七天都可以用这个代码进入办公室,使用复印机,"她说,"我们每年在那台可怜的小机器上复印成百上千份资料。"还有一个选择是在金考快印自掏腰包;很多老师自己出了不少钱。看到这些难处,华盛顿的公立学校开始给每位老师每年250美元的材料费,这笔钱解决了一部分难题。

"我花的钱多得吓人,"朱迪斯·雅各布说,"我把我看到的东西都复印下来了。"她对她学校的图书馆的评价是,"糟糕,太糟糕",所以她把时间都花在慈善书展上了。"我到处找我的学生会喜欢的书,我的眼睛都快瞎了。"其他地方的情况也是一样,很多学校藏书匮乏,而且看书的人也很少。在哈里斯学校,图书馆是个很吸引人的地方,阅览室里都是学生,大部分人坐在电脑前面,但是藏书则很不起眼。图书馆员杰拉尔丁·哈特上一年收到了整整一架的新书,新书都被装在盒子里,放在她办公室的门后面,从来都没被打开过,直到哥伦比亚区教育董事会引进了一种新的电脑分类系统,这些书才得以投入使用。她不想把它们放在书架上,然后又得把它们重新分类。

学校是个充满了自行实现预言的地方。学校是梦想与失望交汇的地方,是孩子们被寄予厚望或者遭受挫败的地方,是火光被点燃或熄灭的地方。在瓦特区,我问格雷普街小学的那位数学教师,哪些问题是可以用更多的钱来解决的。"除了孩子们受到的创伤之外,其他的一切问题几乎都能迎刃而解,"他说,"而且,有了更多的钱,我们就能提供帮助,更好地解决问题。"

他的回答揭示了很重要的一点。贫穷或者接近贫穷不是一个问题,而是一系列环环相扣的问题。如果像巴瑞·朱克曼博士在儿科部门配备律师和社工一样，学校也有充足的人手和资金，为各种服务提供一条通道，那么有些难以触及的难题也许就可以得到解决，而这些学校本身也许就能运转得更好。从某种程度上来说，学校提供免费或者低价的早餐和午餐以改善孩子们的营养条件，这种做法就达到了上述的一些效果。

学校扮演的角色更加重大，其发挥的广泛影响在2002年12月5日的雪天早晨得以表现。当天，华盛顿特区教育主管保罗·万斯设法让学校继续上课。即便周边郊区积雪深度达六至八英寸，万斯还是宣布该市学校继续运转，然后在早上8点之前的几分钟内，他不得不收回自己的话，将学校关闭。政客们和评论家们都批评他优柔寡断，管理不当，但是他的目标是崇高的。他不想给工薪族父母们的生活造成困扰，因为他们将不得不在失去工钱和把孩子们扔在家里无人照管之间做出选择。而他的学区中的大部分孩子都家境贫穷，有获得早餐和午餐补贴的资格。他知道——而批评他的人显然不知道——如果那天学校关门，很多孩子就要饿肚子。两个月之后，还是在这座城市，乔治·W·布什总统提交了一份预算案，全国的孩子都将因此更难获得在校吃免费午餐的资格。

我一直认为，要了解一个国家，最好的办法就是去参观这个国家的监狱、医院和学校。在那些机构内，一个社会的眼光和道德在理想的映衬之下显露无遗。在《野蛮的不平等》一书中，乔纳森·科佐尔引用阿克顿勋爵在19世纪写下的关于美国的一段话，对此进行了强烈的批评："在一个没有等级之分的国家，孩子们不是生而享有父母的身份地位，而是充满各种可能性，有权获得一切思想和劳动的成果。（美国人）不愿见到任何人在童年便被剥夺竞争能力。"

科佐尔评论道："今天读到这些文字，我们不免感到讽刺和悲伤。我们在大城市中的学校给穷孩子们提供教育，而剥夺他们的'竞争能力'也许是这些教育唯一的、最一致的结果。"

教育的任务似乎已经足够明确：让沙米卡有机会成为律师，让拉托沙把她的好想法写清楚。然而，在充满不幸的贫民窟和贫民区中，在这个国家农田边上的移民工营里，在中西部和新英格兰那些日薄西山的工业城镇，美国正践踏在她孩子们的梦想之上，重重的。

第十章　劳有所得

> 不知为什么，有许多天才因多年吸毒、酗酒或肢体虐待而蒙尘。但是当这一层层的灰尘开始剥落……噢，那底下好像有一颗小小的钻石。
>
> ——曾经的瘾君子，利里·布洛克

起初，职业培训师发现，蜜桃说话时的眼神几乎总是飘忽不定。她看着地板。有时候她的声音小得让人听不清楚，说话吞吞吐吐，令人费解。她的脸是那种会对想记录下痛苦的摄影师和艺术家们产生吸引的脸，那脸上带着她在童年时期遭受虐待，成年后无家可归和卖淫为生的创伤。那种冷漠的、受伤的表情已经被一位去过她住的收容所的艺术家在一副肖像画中捕捉下来。

在几个月的就业培训中，她渐渐学会了抬起眼睛，找回自己的声音。一种胜任感和有希望的感觉在心中萌芽、苏醒。她开始走上了复苏的旅程，而且在她朝着好的方向发展的时候，她再回头看那副肖像画，只见一道鸿沟横亘在复苏之路上，那张从鸿沟彼岸回望的脸令她震惊。"看到那种情形，我真的感到很惊讶，"她说，"我看起来真的背负着很沉重的负担。我的眼睛底下有黑眼圈。你可以清晰地看见我身上背负的重量，我真正的灵魂。"

蜜桃是在就业培训中心报名的那些人中典型的一员。这个培训中心在距离白宫约三英里之外的宾夕法尼亚大道的不远处。很多人已经颓废不堪，只能从最基本的守时，与人交谈，听电话，完成任务，相信自我学起。为了实现这一切，培训师们要找到每个人心中的火种并把它点燃。然后，经过四至八个月的指导，每个人都要找到一份体面的工作。

蜜桃坐在一台电脑前面，滑动鼠标，点击，打字。指导老师德韦恩·哈里斯俯身靠近她的肩膀，温柔地教她一步一步在一个文档中创建一个图片标题。"现在，点中那里的文本框，"他说，"不，别那样。删掉你的整个文本框。选择那个文本。不，不要粘贴。你应该把光标放到文本框内。"他温柔和善地纠正她，教导她。她有点沮丧，轻轻地拍了一下桌子，他最后还是拿过了鼠标，帮她创建了文本框，然后向她讲解了剩下的步骤。"你上一次保存文件是在什么时候？"

这些学员，或者"团队成员"全是成年人，但是他们都按传统的等级制度，称他们的指导老师为哈里斯先生。在美国海军陆战队服役二十一年之后，他以中士军衔退役并开始做这份工作，他在海军陆战队学到的东西在这里有了用武之地。"我带过所有人都放弃了的海军陆战队员，"他说，"那是一个挑战。"但他乐在其中。和他所有的学员一样，他是个黑人，而且他和他们相处得十分融洽。他个性沉稳，对学员要求很高，热心助人，他在一间大教室里营造出像真正的办公室一样的商务氛围，在这里人们要准时上班，穿戴得体，勤奋用心，做出成绩。他还会进行毒品随机抽检：一次犯规，马上出局。

工作培训项目在一个简单的施食处开始。20世纪70年代，一位天主教神父，贺拉斯·麦肯纳教士开始在北国会大厦街的一个食堂外面为无家可归的人提供食物，一个名为"让所有人都吃上饭"（So Others Might Eat，即SOME）的组织也应运而生。随着问题一层一层被揭开，SOME又增加几个项目。许多来领取食物的人都是瘾君子，所以在1975年，SOME增加了一个治疗项目。即使是在接受治疗之后，很多人依然发现自己很难找到像样的房子，过上有盼头的生活，所以中途之家在 1988 年诞生了。在中途之家，处于恢复期的瘾君子们可以在井井有条的环境中住九十天，一边找工作，一边从工作人员和同伴那里获得支持。住房依然是个问题，所以，在下一年，该项目又为这些曾经无家可归的人加建了一栋单人公寓大楼。许多瘾君子生活在过去的诱惑之中，很难根除坏习惯。1991 年，SOME 在西弗吉尼亚州的一个占地四十五英亩的休养处"脱难之家"开设了一个为期九十天的项目，以加强戒毒治疗。大部分的人还缺乏重新进入职场的技能，所以 1998 年，SOME 把一所闲置不用的天主教学校改成了就业培训中心，开设办公技能、楼房维修和护理方面的课程。学员们还会学到如何撰写简历，在面试中如何表现，以及在同事面前的说话技巧。

"每个队员每天都要有一次成功的体验，"该中心的副主管，司各特·佛斯提克在认清导致学员们沦落至此的典型错误之后说了这样的话，"这是激励技巧的一部分。有些人从来没碰过电脑。把它打开，进入程序是一个成功。楼房维修指导教师让他们做的第一件事情是让他们造一个工具箱。那相当简单，但从中他们能看到实实在在的成功。然后他们开始做更困难的事情，比如管道焊接和连接电器插口。他们害怕的东西有很多。那是主要的障碍。那种感觉就是，'我以前从来没有成功过，为什么我现在就会成功呢？没人觉得我会成功。没人希望我成功。没人在乎我成不成功'。所以，尝试新东西，放下矜持的过程中有很多事情是会让人害怕的。"

克服羞怯心理的一个方式是在早上和队员们进行例行谈话，有时候是要他们根据给定的话题进行准备研究再进行谈话，有时候是即席讲话。在联系的过程中，他们进步很大。起初，那是一种折磨人的经历：笨拙，羞涩，焦虑，陌生人的眼光，众人等你发话时房间里的沉默，学员心底认为自己要说的东西不值一听的想法。不过，渐渐地，随着团队里的集体感逐渐产生,每个人都敞开心声,而且发现别人身上也有和自己一样的问题和负担,他们的双眼不再盯着地板,话语变得清晰,声音更加稳定。这件任务体现出生活的一大关键因素:与人沟通。当这些屡战屡败的成年人在这个任务中取得成功时,他们的信心也随之得以建立。

蜜桃记得关于自尊主题的几个小演讲。"房子里没有人的眼睛不是湿润的,我的意思是从老到少,无论男女,我的意思是,有人在说……'我知道你们的经历'。就是让你们有个吐露心声的机会,在一个没有恐惧的地方将心声释放出来……暗自流泪无法让我打开心结。"

一天早晨,哈里斯先生让他的学员们坐到一张会议桌前,让他们做个人色彩没有那么浓的和办公事务相关的即兴主题演讲。"'即兴'是什么意思?"他问他们。

"一时兴起的意思。"有人说。

他让这个小组想出一个话题。"雇主和员工之间的沟通。"有人建议。然后哈里斯先生详细地要求他们做一个简练的一分钟讨论,讨论良好的沟通在避免压力和消除障碍方面的作用。然后他点了黛拉的名,这位年轻的女性穿着紫色拼乳白色的裤装西服,然后有人选择了"着装规范"作为主题。

她马上就紧张地说了起来。"关于着装规范在工作场合中的重要性。"她开始说,然后停住了。

"别张口就来,"哈里斯先生指导她,"花一分钟想想。"

"工作场合着装规范的其中一部分是要看起来够体面,"她继续说道,"不要穿得随随便便地就进来。"她陷入了长长的停顿,把手放在脸颊上,支在下巴下面,搜肠刮肚地想更多的点子。哈里斯先生没有帮她圆场。"我觉得,"她终于说道,"我看起来挺好,而且我尽量做到这样子。"在稀稀拉拉的掌声中,她坐了下来。

"我们要研究这个问题,"哈里斯先生说,"这不是那么简单的。"

在这个房间里没有虚假的表扬,但是蜜桃一生中从未得到过这么多的支持。她刚来的时候,"又黑又脏,头发缠在一起,又爱和人争辩,"她用形容孩子的话来贬低自己,"我会来这里,不去吃午饭,因为我没钱吃午饭。我饿着肚子坐在这里。莎莉(生活指导老师)把这个事情扛了下来,对我说,'听着,你饿着肚子就什么也干不了了。'然后她就出去了,拿来了一些花生酱、果冻和面包。我们做了一份三明治。因为如果你饿着肚子,你就什么也干不了。这其中的意义不仅于此……而哈里斯先生会和你散步,陪你说话。他说,'你想到什么了?'……等我离开这里的时候,我可以打电话说,'莎莉,我遇到了这件事',或者'哈里斯先生,我遇到了这件事'。'佛斯提克先生,该死的,我要怎么做?现在的情况是这样的,我想换个类似的工作,而且我想上学,我要怎么做?我要怎么才能办到呢?'我可以一直问。这里就是家。这里就是家。是我从来没有过的东西。是在这里的很多人从来没有过的东西。"

所以,这既是一个治疗的过程,也是一个训练的过程。"有些心魔还是在我心里,"蜜桃说,"但是我感觉好多了。"她拿起了 SOME 内部最新一期的通讯刊物。"其实这是我编的,"她说,"这份东西发给了五百个人。是的,我能做点事情了。我创造了这个。"

这个创造在她的简历上看起来相当有分量,这得感谢擅长文字的凯西·特劳特曼。她开了一个简历制作艺术讲习班。她是个白人,而且是中产阶级,不过,如果学员们觉得和她有距离感的话,她会马上放下身段,告诉他们,她是个单身母亲,而且是个从大学中途退学的人。"我不建议你们不要上大学,"她说,"但是你们总要活下去。"桌子旁边的人都点头。他们都站在她这边。

当他们整理自己的生活经历时,她向他们建议,他们应该想一想那在自己的简历上看起来是怎么样的。"重要的是,"她说,"做社区服务，不做蠢事。而且不是在麦当劳打了四年的工。你们在简历上要怎么写？你学习了企业规则、专业服务、公共卫生知识——好的，那是你在一年之内做的事情。不要四年都在做这件事情。"她劝他们，把每一点教育和经历都变得有血有肉，"SOME 就业培训中心。证书，项目名称，"她指挥道，"你们要把项目情况，持续了几小时都描写出来：960 小时的楼房维修和建筑经验，学习了 810 小时的办公技巧。课堂培训和实际操作培训的时长。"她教他们行话，把平凡的东西变得特别，还建议他们读招聘广告，选择正确的词汇。"从你想进的行业中找到越多你能用的关键词，你就会感觉到自己对这个行业了解得越多，而且更有融入感。"她说。比如说，打字变成了"键盘技能"。英文补习变成了"商务交际和人际交往技巧"。

　　随着凯西一点一点地将他们培训的细节梳理出来，并将那些令人印象深刻的成就都列成清单，他们坐着的腰板都挺直了一点。当她了解到楼房维修班将培训中心翻新了一遍时，她非常兴奋。"这可是件了不得的工作，"她说，"是重大工程。把它们写下来。'建造了一间教室。扩建了出租房。拆掉旧墙，砌起新墙。安装了为办公电器供电的电路。对办公技术教室进行了一次大翻修，用特别的电路和照明设备来支持电脑设备运行。'你们要学会怎么把自己做的事情写下来。"当她听说了内部通讯刊物的事情，她说："'图像。出版。'我们就管它叫'桌面出版'并在圆括号内写'采用微软桌面出版'。因为那意味着你肯定会是一个能灵活运用办公自动化设备的人，不只是输入数据这么简单。"

　　然后，有人说了"团队"这个有魔力的词，凯西很开心。"我们得在什么地方把合作放进去，"她说，"在现实世界中，团队合作是很热门的话题。所以你们要以团队成员的身份完成各种项目。这个我喜欢。这个我喜欢。你们可以在面试中谈谈这个。他们会服了你们。"

　　面试像噩梦一样渐渐逼近。学员们聚在另一个讲习班中，一位名叫帕特的辅导老师问他们有谁曾经参加过工作面试。一半的人举起了手,但是还有一半人没举手。她问他们那次经历会让他们联想到什么词语。他们说:恐惧,圈套,担忧,迷惑,紧张,不足,疑问,还有难以应对。一个男人加了一个词:自信。众人都向他投去了怀疑的眼光。

"坐直点,"她对他们说,"挺直腰板。"他们照做了。要了解那份工作,她说,准时参加面试。服装整洁。询问关于该公司职业机会、工作职责的问题。回答问题时要紧扣那份工作。他们担心自己因为领过一段时间的救济金,有过一段吸毒史,或者曾经坐过牢而在简历上留下的空白。"诚实是职场道路的准则",她向他们建议,并且告诉他们一些小窍门:把心思放在他们能在这份工作中做好的事情上,而不是放在他们过去搞砸的事情上。然后她带他们过了一遍他们害怕的问题。

"我为什么要请你?"一位学员问道。

"我擅长和人相处,"帕特回答道,"我过去经常和别人进行团队合作……不要担心犯罪经历。你只要关注适用于你的工作的背景。"

"你在和上司相处方面有问题吗?"又有一位学员提了问题。

"'没有。'这是一个自信的回答。你要在座位上挺直身体,而且要说,'不,我没有'。"

"谈谈你自己的经历。"

"他们实际上并不想知道你的生活经历。'嗯,我希望你们明白,我是一个很好的工人,而且我会以非常负责任的态度做这份工作。'"

"你认为自己两年后会是怎么样的?"

这一次回答的人是一位学员,"我计划让自己进行更充分的准备,攀登在这个领域中的职业阶梯,而且我可能会在这个公司中更上一层楼"。

"噢,"帕特惊叹道,"雇主会觉得这话太中听了。"

如果他们被问到自己为什么从上一份工作中离职，或者他们为什么一直在跳槽又该怎么办呢？

"你得想出点东西，"她告诉他们，"我来给你们一个建议：'是的，我过去曾有几次被解雇的经历，但是我一直在前进，改善自己的生活。我参加了这个项目，总之，我是一个负责任的人，工作努力，而且'——我再强调一次，你必须要诚实——'我保证你不会因为雇用我而感到后悔。'但是你知道自己有什么要做吗？你的心里要有自信。"

这些都奏效了。施乐公司需要积极向上的人到收发室和复印中心做事，为政治说客、法律公司和政府机构做事；该公司参加了"从福利到工作"项目；每年获得100万美元的税额优惠；他们从这批学员中雇了四个人。蜜桃就是其中一个。温蒂·韦克斯勒也被录用了，她是一个单亲妈妈，有个患有脑瘫的女儿。该公司训练他们操作和维护能够打印、分类并将全彩报表装订在一起的机器。他们的起薪是每小时8美元，然后很快涨到了10美元，还有医疗保险和其他福利。她们的转变是如此巨大，施乐公司甚至因此在不同的颁奖仪式上奖励了她们（和它自己），包括有一次在芝加哥，温蒂在克林顿总统在场的情况下发表了讲话。"他祝贺我的演讲和其他事情都取得成功，"她滔滔不绝地说，"对我说他有多喜欢那个演讲，给我一个拥抱，还叫我对着镜头微笑。"她像个女学生一样咯咯地笑了起来。"那张照片挂满了整个施乐公司，上了施乐公司的内部报纸，还上了《尊翔》（Jet）杂志。"然后她收到了邀请，带上女儿，在克林顿的陪同下参观了白宫的椭圆形办公室。几年之后，温蒂的女儿病情恶化，她不得不辞去工作，照顾已经六岁但是体重只有二十五磅的女儿看病。温蒂又开始接受救济金，但是她相信，这要不了多久，因为根据她的培训记录和良好表现，她很快进了一间电脑技术和网站设计的学校，学费从救济金里出。她相信自己能快会拥有一些真正赚钱的本事。

蜜桃的自我感觉也不错，不过她还是觉得自己很穷。"我是一个领着救济金的女上班族，"她说，"对，我有工作，而且我和这个靠在椅背上坐着啥也不干的女人挣得一样多。我是个领着救济金的女上班族。我没钱，哪里也去不了，什么也不能做……她坐在家里，看着肥皂剧，弄弄头发和指甲。"蜜桃大笑了起来，笑声很低沉，"我就像个什么都不懂的人一样忙忙碌碌。我是个领着救济金的女上班族"。

为了工作，女性不仅仅要把钱花在交通上，通常还要把钱花在育儿服务和新衣服上，这令她们在过渡阶段背负了沉重的经济压力。不过，蜜桃还是想办法用 25 美元从二手商店里买到了不错的套装，尽管这些服装的款式都过时了。她存够了租公寓的钱。她开始兼职做点小买卖：布置绢花篮子。她开始感受到自由的微风拂面而来，令她精神一振，而且她开始敢让自己做做梦了。"如果我想去纽约，我就可以去纽约，"她若有所思地微笑着，说了一句，"我们吃午饭，吃晚饭，我们去——那个地方叫什么来着，噢，我简直想都想不到——肯尼迪中心。随便吧。我打算到巴哈马群岛去……自己去，或者和别人一起去，我要到巴哈马群岛去，因为我想去。去新奥尔良，因为我想去。而且我不会觉得心里不痛快。而且我能安心这么做，因为我能做到……所以我可以尽情享受，当个真正的人，而且我能有话可说，不用总是说谁和谁上床，谁开枪打了谁，怎么怎么死了。"

能认识新面孔，和更成功的人接触，比如许多摆脱了靠救济金过日子的生活和令人窒息的贫穷怪圈的人，是参加工作的一项好处。和小有成就的同事相遇能让人重振精神，拓宽眼界，受益匪浅。比如旺达·朗特里在堪萨斯城的一个办公室里做秘书工作，年薪 22 000 美元。她没想到自己会从自己的老板身上得到育儿的建议。"她说，'旺达，试试这么做'，'旺达，试试那么做。别打他们。这么做'。我不再打他们，开始按她的建议做一些事情，还真管用。我的感觉就是，'哇，这个我喜欢！'她给我的感觉就是'给他们那些东西'。我从她那里听说了'鬼马小精灵'的书,那些杂志,还有《体育画报》。"

有些雇员还迸发出令人意想不到的潜能。施乐公司的当地人事配置与发展部门经理贝弗利·史密斯说,该公司发现这些曾经的瘾君子和曾经靠领救济金为生的人从 SOME 培训中心毕业出来后,比那些不请自来的申请者要更加可靠,所以她决定不雇用那些没有参加过此类项目的人。"他们完成了岗前准备的部分,"她说,"所以过渡会变得更容易……更容易激发他们的工作热情并重新回到早晨起床的状态。"根据她的经验,那些从不包含"软技能"部分的培训课程里走出来的工人会在工作中因育儿、交通和财务管理不善而失败——"周五领薪水,周日就没有坐车的钱了。"她评价道。雇用那些接受过良好培训的救济金辅助人员"拓宽了我们的人才库"而且"减轻了我们的培训负担"。

这就是让人们从福利走向工作的关键:要让商家在这个过程中获利。在这个国家的许多地区,福利改革刺激了私营企业与非营利性组织之间的合作。在堪萨斯城,企业主管们担当了重要的角色,他们帮助当地政府融合政府与私人资本,联合商家、扶贫组织和市政府,为市场培养人才。为了确保就业指导紧扣现实中存在的工作,那些捐献了设备并雇用许多学员的企业成为克利夫兰就业培训中心董事会的主导力量。换句话说,工作培训是紧密配合劳动力市场需求的。这听起来似乎是一种赏识,但并不是每个政府资助的项目都有这样的特点。

成功意味着营利世界和非营利世界的一种共生关系,互惠关系,这种关系有时候看起来像是对私营企业的一种合理的补贴。在肯塔基州乡村的减税工业园区边上,我们能看到一个例子。在园区里,一家非营利性职业培训企业,"杰克逊县康复医疗产业"与几百码之外的中南部电力公司签订了合约,为该公司制造电器配线。来自阿巴拉契亚山区的贫穷白人妇女坐在机器旁边,将棕色的电线整齐地剪下,两头绑紧。其他的女人和男人坐在缠着电线的倾斜的大木板前,将复杂的电缆和牙线粗细的塑料线扎到一起系好。为了能从朗讯科技公司和惠普公司那里拿到合同，这里还要建一个用悬挂着的透明塑料包围起来的"无尘车间"。在墨西哥制作成品电线的成本较低，而在其他大部分的美国制造商处制造的成本较高，因为康复产业要通过销售来填补70%至80%的支出；剩下的支出则靠政府资助。学员们要在那里待九十天，领最低工资，福利条件也比不上在私人企业中做相似的工作所对应的福利条件，到头来他们大部分人也只是在那里帮忙干活。

人们有时会称这样的微型公司为康复作坊，他们没必要假装这些公司是什么精益求精的工作场所。他们的确就是作坊。因为他们不用盈利，而且他们有政府资助，可以将学员们安排到真实的工作场景中。相比于那些同在装配和组装行业，考虑的事情更多，以利润为导向的竞争者，他们往往可以出更低的价格。似乎每个人都是赢家——除了小规模的竞争者们。大制造商省了钱，学员们也在足够现实的环境中得到了训练，可以在其他地方成为理想的雇员。

不过，这也有一些不利的方面。学员们没有参加工会，而且他们有时候会被送去按低工资标准在私营工厂中做合同工。这些工厂不会为他们的医疗保险、假期时间或者其他福利买单。这还变成了外包工作的一种形式，而外包工作曾经是由全职员工完成的。这削减了学员们的福利，压低了他们的薪水。不过，在这些公司获得廉价劳动的同时，学员们也获得了宝贵的工作经验。在芝加哥，两百五十名"龟牌车蜡"工厂工人中有大约四十人来自"人民的选择"。这是一个职业培训机构，该机构的执行委员会主席丹尼斯·J·希利同时也是"龟牌车蜡"的主席。该机构甚至将项目主管们派到工厂去，这样，"龟牌车蜡"工厂就省去了对那些领着低薪，做着堆箱子和其他没有技术含量工作的工人进行监督的麻烦。这是"龟牌车蜡"在私底下达成的交易，但对机构中的学员们来说，这也是一个很好的切入点。他们当中的很多人变成了有晋升机会的正式员工。机构的毕业学员占该厂的全职劳动力的一半,而且他们当中有些人还升为中层管理人员。

但话说回来,这种职业培训项目很少会凭自己的力量来对工人进行培训。整副担子都压在学员身上,他本身要够好才能获得工作,雇主则不必大发慈悲,提供像样的薪水和工作条件。这其中没有真正的权利可言,工人有一瞬间会觉得自己也是有用的人,但是招聘流程本身把他们的这种快乐都剥夺了。芭芭拉·埃伦里奇在沃尔玛的招聘流程中就看到很多这样的事情。"起初你是一个申请人,然后突然你就成了试用工,"她写道,"她把申请表发给你,几天之后,一套制服就发到了你手里,而且她会警告你不许打鼻环,不许偷东西。这个过程没有中间点,你面对的潜在雇主可以全凭自己的意见做主,她有权拍板。"

"人民的选择"紧挨在第59街铁路调车场以北的铁轨和侧线上,该机构将一个洞穴般空旷的仓库变成了忙碌而喧闹的工厂。厂里的大肚子培训总监理查德·布莱克蒙正忙着传播他虔诚信奉的职业道德。"这是我们的代工包装部,"他一边解释,一边在成堆的纸箱和桶中间穿梭,"我们的项目安排这一部分是为了给人们机会,让他们用心做好时间安排,习惯一整天的工作,安排好保姆,找好交通路线,挣点钱,因为实际上他们待在这个部门的时候,他们是能挣到钱的:5.15美元。那是我们的培训津贴。"

在一张工作台旁边,一群男男女女在将价格标签贴在装有空气清新剂、淀粉和烤箱清洁剂的罐子上。他们是在为一家名为"私人护理"的公司做事情,这家公司将这些货品分售到各家一元店里。"我们主要是把这些标签贴上去。因为生产厂家是不会做这个的,"布莱克蒙解释道,"他们会造罐子,但是不会把标签贴上去。这事情这么简单。"他在另外一个工作台旁边停下了脚步:"这是我们给多米尼克(一家食品连锁店)做的一个项目。我们的董事会主席是多米尼克的前总裁和首席执行官,所以我们和他们关系不错。他们在店里做推销活动。等他们结束店内推销活动……他们会把推销活动中用过的所有东西送来给我们，然后我们会帮他们盘点这些东西，把它们重新包装后送回给他们，这样他们就可以卖这些东西了。这些东西已经不再展出了。你能看到有些东西还是散装的，比如这只碗，盘子之类的东西。"

"这是我们刚帮一家名叫'欧文斯·布若克韦'的公司做完的检查工作。情况是这样的，他们做了这些花哨的瓶子，但这些瓶子有个问题就是上面有些文字的位置偏了，明白吗？而且，它们还有另外一个问题。当你去拿这些瓶子的时候，有些瓶子上面的墨水会脱落。所以我们做的就是用胶带测试这些瓶子。大致说来，我们把一种黏合力很强的透明胶带贴上去，然后把它扯下来，重复几次之后，看墨水有没有脱落。如果墨水脱落了，变模糊了或者瓶子坏了，我们就要把它清出去。简单地说，就是把瓶盖拿掉，把瓶子扔掉。这个瓶子是好的，因为它的盖子还在上面。所以我们要把好的瓶子运回给他们，并把盖子运回去，还要把不好的瓶子扔掉。"

"往回走，这个角落是我们处理油漆的地方，我们和宣威·威廉斯油漆公司建立了长期合作关系，我们帮他们做油漆回收利用工作。他们手上如果有旧漆，也就是在货架上放了两三年，固体部分和液体部分都分开了的油漆，那么，他们就会把这种漆运过来给我们，我们把它们倒进那些五十五加仑的圆桶里，然后他们会重新处理这些漆。他们可以把它再次利用，所以你在这里看到的就是我们帮宣威·威廉斯倒出来的全部油漆……"

"这是我们正在帮一家名叫'肯德尔包装'的公司做的项目。实际上，他们做的这些储物箱是符合标准的。问题是他们忘了给箱子安上按钮和孔眼。所以我们要做的就是把按钮安上。我们把它安在盒子的边角上，然后我们把绳子扎紧，把箱子合上……过去他们都自己做这个活，现在他们决定把这个活外包给我们做。我们和他们建立了不错的关系……我们从这个活里挣了 15 万美元。"

布莱克蒙靠救济金在芝加哥加布里尼-格林公屋社区长大,这个社区因毒品和暴力事件而声名狼藉。他克服困难上了法律学校;学习企业法;然后在少年法庭接触法律实务,他做的事情大部分是公益性质的,后来他放弃了这份工作,转而在"选择"项目中担任培训工作。他似乎是在追本溯源,试图找出这些弊病的症结之所在。"要从靠救济金维持的生活中走出来,光用走是不行的,"他从自身的经历出发,说道,"我的意思是,你得奔跑,尖叫,用脚踢,放声喊,纵身一跃,才能摆脱这种生活。"

他从纸箱、圆桶堆和工作台里走出来,进了一间小教室,他站在那里,以一个从这些项目中获得成功的黑人身份面对着十七个失意的黑人男女,他们都想报名参加他那为期九十天的培训项目。他很确定,他们都知道他的经历。他向他们道了早安,并用教会的呼应形式带他们喊口号:

"大家都准备好开始工作了吗?"

众人低声说:"准备好了。"

"大家都跟着我说:我能做到。"

队员们回应的声音很无力:"我能做到。"

"噢,你们可以做得更好。我们要真心地说:我能做到。"

"我能做到。"

"我也能溜掉。"

"我也能溜掉。"

"但我不能两样都要。"

"但我不能两样都要。"

布莱克蒙曾用当足球队后卫赢得的奖学金上了南伊利诺伊大学,那时他学到了当教练的技巧。他对他的队员们做了一番鼓舞人心的讲话,仿佛他真的相信,无论他们中场时落后了多少,他们还是肯定能赢。"我们这个项目就是要帮助你学会自助,"他说,"我们绝对给不了你们什么东西……这个项目是要唤醒你们内心本来就有的东西,让你们自己看到,如果一件事情连你们自己都做不到,那么就没有人能帮你们做到。"然后他告诉他们,他们已经开始发挥自己的潜力了。"你们倒是说说看,如果你们没点头脑,自己是怎么在这个城市生存下来的?这可是世界上最难生存的城市之一。如果你已经三十、四十、五十岁,而且你们能在芝加哥生存下来,相信我,你们肯定是有点头脑的。"

他坚称,他们能挣到的最低工资没有他们想象的那么不起眼。"最低工资是很有影响力的。它是一个起点,每小时 5.15 美元,每周四十小时,每个月四周,一共 824 美元。你们有哪个人一个月能从公共援助部门里拿到 824 美元?没人举手,对吧?所以最低工资不是太糟糕,对吧?如果你和对你来说很重要的人都能挣到最低工资,那么一个月你们就能挣到 1 648 美元。你们有几个人一个月能拿到 1 648 美元?我们都心知肚明,对吧?别对这份最低工资挑三拣四。这是一个起点。"

"这间房间里有几个人现在的存款账户里有 500 美元?一个人,两个人举起了手。等在芝加哥有了孩子,肩上担了责任,我再问你们有没有 500 美元,你们还能举手吗?什么事情都有可能发生。你们将从这个项目中学到的一件事情就是存钱的重要性。我会让你们知道每周怎么存下 10 美元,到了年终你们就有 500 美元了。我们会说到这个。你们得存点钱。懂吧,存钱的要诀不是把钱一次性都存起来,只要在很长的一段时间里,一点一点地存就行。我们会谈到这个的。"

他希望他们能为了自己的目标而团结一致,他们的目标就是:他们自己。"这个项目的主题就是改变。就是要让你的生活向好的方向改变,如果你不想这样,那这个项目就不适合你。这个项目不适合你。我帮不了你,因为我们给不了你们什么。你需要的一切,你自己都已经得到了。我们现在只是要帮你看清这一点。我们现在只是要帮你看清这一点。"

只要和里基·德雷克一起待上几分钟,你就会看出他有多机灵。他翻阅了自己那本厚厚的活页笔记本,向我解释关于那些数学、几何和工程示意图的信息,然后他带我走过克利夫兰就业培训中心的金属地板。这是一个旧工厂,里面放满了需要技术工人的制造商们捐献的设备。他能操作每一部草绿色的机床,每一台钻床和精密磨床。他很心灵手巧,会用测微仪和测径规,这些是他刚入的技工一行要用的工具。六个月的课程,他已经完成了三分之二。他就是这样一个气壮如牛、充满干劲、刚学会一门专业技术的人,让人很难想象他过去曾经一事无成。

不过,他还是有过一些成绩的。他的人生可以长话短说:"在我家里,我父亲非常严厉,他管教我们的时候总是用木条打我们,一条长的,一条短的。最后这对我产生影响,而且(军队)服役的事情也影响了我。我必须解决那些问题。经过一番深入心灵的思考,在上帝的指引下,我终于说出,'好吧,我能做出比这更好的成绩,我能把握住这一切'。"

身为贫穷的黑人,他在成长过程中获得的机会并不亮眼。他曾经"有点叛逆",所以他在1968年离家出走参了军。当军队得知他只有十六岁时,他们叫来了他的父亲,让他在一张表示同意的表格上签字,然后里基就动身前往越南战场了——而且是两次。他当时担任的是电缆接线工,战地线务员和无线电话务员,这让他有种莫名的自由和独立的感觉。"我本来是应该在这一块出人头地的。"他说。他和僧侣们聊天,体验过佛教和瑜伽,还尝试过毒品和可卡因,因此军队只好把他送到了军队医院去接受脱瘾治疗。1973年,当他回到越南战场上的美国兵们所说的"人间",也就是他们的家,见到的只有为数不多的几份工作，随着每个人的过渡期走到尾声，这些工作机会都消失无踪了。"直到你这九十天到头之前，你都是没有工作的，"他说，"然后你要回到劳动力市场上。那里可能什么都没有，然后你可能会去当劳工。你可能会去做开火车运货之类的事情，或者第二天你会发现他们只需要做电力维修的人。一遍又一遍，一遍又一遍。然后等你去申请工作的时候，你有什么经验可言？就算我干了两个月的粗活之类的事情，那也算不上经验。"他对毒品和酒精的依赖压垮了他。

就在他带我参观就业培训中心的几个月后，我到他家去看他。他的家在克利夫兰一个曾经住着中产阶级人群但现在已经没落的社区。街角矗立着他的两层砖房，这是他和他的妻子十年前花 40 000 美元买下的。由于经济状况出现问题，他们差点就失去这幢房子。我到他们家时，里基出来了，他穿过了一条街，走向两个正在聊天的女人，给其中一个人 10 美分，换了一根烟——我对他说，这是假装已经戒烟的男人会做的事情。"你怎么知道？"他问我时咧嘴一笑。

他的客厅刚粉刷过，光线很暗，窗帘都拉得严严实实的。他刚装上了吊顶风扇，地板也刚刚抛光整修过。他打算把浴室安装在地下室。他把东西都收拾好，管住自己，但是心里还是有放不下的事情。他担心自己二十五岁的儿子。他的儿子没有正经工作，只是一个饶舌乐队的成员，他们刚刚制作了一张激光唱片，但是现在这个乐队快要解散了。他担心他的女儿，她才十八岁，还没结婚就已经有了一个五岁大的孩子；玩具和儿童垫高椅丢在角落里。他担心自己的另外一个女儿，她十二岁，这孩子的注意力集中时间很短，在学校有行为问题。他下定了决心，不要让自己再为自己担心。

"什么坏事我都干过，"他说，"酗酒，吸毒，玩女人，后来我想通了，接下来我会死的——不是有人杀我就是我要杀别人，我不想过那种日子……人在长大的过程中会为了找乐子去尝试很多东西，但是你得成熟起来，继续前进，你懂的。你尝过啤酒，尝过大麻，尝过香烟，你懂的。但是等你长大了，你就不能再去试那些在长大的过程中试过的东西了。那些是你要经历的过程，你要变得更成熟，学会往前走，吸取教训。有些人学的就比别人快……你有很多种选择。"

在他看来，他最终的选择带他找到了两条救赎之路：上帝和工作。"过去，我进过不同的教会：天主教、伊斯兰教、路德教。我还研究过共济会，"他用他特有的转折方式补充道，"我研究过神学、哲学。"在过去几年间，他在浸礼会教会找到了一席之地。但是最让他投入的似乎还是工作。完成工作培训之后，他以一个时薪 7 美元的新手技工身份，在一家制造割草机、扫雪机等机器零部件的工厂开始工作。"他们可能只做一件零件，一个搭扣，一根控制杆，一个弹簧，"他说，"他们把它送回到我的部门中，我们可能只是在上面打两三个洞，这几个洞要有一定的耐受力，而且你可能得去掉这些零件上面的毛边，或者把孔铰大之类的。"一年之后，他在一家钢铁厂里操作切割金属线圈的机器，每小时挣 8.5 美元。作为一个接受过培训的技工，他有能挣钱的本事，在经济严重衰退的 2003 年，他在另一家钢铁公司里的工资涨到了 9.5 美元，而且这家公司送他到学液压技术和工业维护的学校去。如果他当时坚持下去，最后可以挣到两倍的钱。

但是他从工作中得到的收获还不只是日渐看涨的薪水。一个修复的过程开始了。现在他有了重心。他在社区大学上课，提高技术水平。他每天早上 4 点起床，赶 5 点 40 分的公交车上班，6 点 30 分到厂里，这样他在 7 点交班之前就能有一点读书的时间，然后晚上的大部分时间都用来上课，直到 9 点或者 10 点。

他似乎没时间和他的妻子德洛利斯好好说话，至少在我到他家的那段很短的时间里是这样的。即使是在陌生人面前，他的语调也是粗鲁无礼、居高临下的。她在医院里当餐饮服务工人，回家来的时候，她的头上扎着红色大头巾，纤弱的身躯上披着一件黑色的皮夹克；身上穿着白色的休闲裤。她轻轻地坐在堆满东西的长沙发上，说出自己对里基的改变有什么看法。在情况最糟糕的时候,她缓缓地说道,他们曾经分开了两年。后来,他从谷底爬起来了,就业培训中的每一步就像梯子的每一级,引领他向上。"当一个像他这样的人能够赚钱养家的时候,"她解释道,"这就说明他的心静下来了,而且有了更好的定位。那个项目是他遇到过的最大的好事。"在她看来,他的转变要作何解释呢?"我们认为我们是在上帝的指引下回归正轨的,"她说,"当我们来到上帝的身边,上帝就开始告诉我,要为我的家庭和我的丈夫做些什么。"她有没有赞扬过里基?"我们会把所有的赞美都献给上帝。就连工作、培训也不是我们的功劳,是凭着神的恩典我们才能做到,上帝让我们走到一起,赐予他工作,然后让他更上一层楼,他可以在这个阶段做到他真正想做到的事情,照顾好自己的家庭。"我告诉她,里基在带我逛就业指导中心时的表现多么令人难忘。

"真的吗?"她说道,音调微微上扬,语气有些不可置信。

里基没有争辩。"有一次,我一整天都在和上帝交谈,我在睡梦中和他交谈,醒着的时候也和他交谈。我说,'上帝,您知道我的处境。帮帮我,让我走上正道'。……然后他说,他帮我击退了恶魔。好,如果你不让自己陷入那种处境,你就不用那么痛苦地挣扎。如果你不和瘾君子们为伍,你就不会被诱惑。你懂我的意思吗?我知道那很有用。一开始,我很犹豫,但是随着我坚持再坚持,我也越来越信赖他,然后我能让我的生活处在一个只有我和他,一对一的空间里。我不用把信心寄托在普通人或者任何人的身上。"

利里·布洛克一直在逃学,她的妈妈知道这件事。不过,有那么一天,她上完最后一堂课之后,按时离开了安那考斯迪亚高中,走上了回家的路。路上,她要经过那个生活条件很差的黑人区,该区在华盛顿哥伦比亚特区的那条肮脏的安那考斯迪亚河东南岸边。走到她父母的那间小房子的路程还不到一英里。一个名叫厄尔的男人跟在她后面。

利里的名字的叫法是"利-里",听起来就像是一只小鸟在歌唱,而且她说话的节奏有时候就像诗歌一样。她的眼神热烈,和她所住的社区中大部分的非裔美国人不同,她的肤色很亮,就像她的母亲一样。她很不安分,不愿受学校、家庭和社区的约束。她想挑战,探索,游离在正道之外。"我曾经试图让她对法律感兴趣,"她的母亲笑着说,"我之所以说她会是个好律师,是因为她很会说谎。"

厄尔当时二三十岁,一直在学校外面瞎晃。他盯上了利里。这天,他把车开到她的身边停下,从车里跳出来,抓住她的胳膊,把它们扭到她背后,一下子把她推进了车里。他揍了她一顿,把她载到华盛顿第14街上的红灯区去,逼她进一间肮脏的出租屋。"我记得这个大块头、脑满肠肥、意大利人模样的家伙让他签到,然后给他一把钥匙,"多年之后,她说道,"他把我的双手绑到床头,告诉我就算喊破喉咙也没有人会来救我。"她说。他说对了。他强奸她的时候,她听到了大笑的声音。他发誓,如果她告诉任何人,他会把她和她的父母都杀掉,她信以为真。"我完全被玩残了。"然后他就把她载回了家。

利里没有把事情说出去,至少当时没说。她既担心父母的安危,又不敢告诉父母。她敢肯定,她自己会挨妈妈骂的。她的妈妈维尔玛知道她旷课的事情,而且怀疑她在吸毒。她们之间竖起了一堵墙,三十多年后,这堵墙依然让她们无法破镜重圆。"她很有可能是在吸毒,所以她才会有那样的举动,"维尔玛猜测,"她开始和一个白人男孩子一起鬼混,有时候这些孩子很早就开始吸毒,我猜当时的情况就是那样。"

"不是。"利里称。

"她肯定不是刚从学校回来,否则她会告诉我的,"维尔玛坚称,"她知道我会因为她不在该待的地方待着而感到很失望。"不是,利里反驳了她：虽然她逃过很多次课，但是那天她没有。那么，如果她把自己被强奸的事情告诉了妈妈呢？"噢，现在很难说我当时会有什么反应了，"维尔玛承认，"我可能会因为她没有待在自己该在的地方而非常恼火——我不清楚会怎么样，真的。"

"我觉得那是我的错，当然，你知道情况是怎么样的，"利里说，"当我因为那次强暴而嫁错人时，她都没来看过我。"不过她的父亲来了。维尔玛微笑着抱怨说，他惯坏了她。

利里当时做了一个决定，这个决定和许多年轻人做的决定一样看起来不起眼，实际上却意义重大。她没有继续把书读完，而是搬到了纽约去。"我有机会改写这一切的，但是我选择了逃避，"多年后，她说，"我在逃避我妈妈的责备。"

在曼哈顿，她挨家挨户地卖杂志。"我遇到了一些人，他们让我跟着他，因为他们知道我要走什么路，做这种事情的下场会是怎么样……是那家人带我进入了一个我过去一无所知的世界……这些人在吸药力很猛的东西，你懂的。他们在吸粉。你懂吧，那时候，你带着一个年轻姑娘到吸毒窝点去，那里的每个人都无所事事地坐在黑光灯下——你还记得60年代的那些黑光灯吧？你只要花20美元就会有人给你毒品。噢，天啊，你知道吗，我的感觉是，这是啥？我看到了人们多么衣着光鲜，我在那个年纪当然不知道，那不叫漂亮。但那是我的第一次。我就是在那个时候第一次吸毒的，就在那个俱乐部里。我永远也不会忘记。我从吸毒到皮下注射，从皮下注射到静脉注射。海洛因。至少有两三年。"那些毒品帮她"从鬼魂手里逃走"。

她的父母去过纽约，试图挽救她，但是直到怀孕，她才有了让别人救她的念头。她不能在怀着孩子的时候还吸毒。"我一下把毒品都停下来了，"她说，"回家的时候，我二十岁，我回家了。我尽力洗心革面，要走回正轨。"她听说厄尔已经伤害不了她了，这让她感到如释重负；他被他的妻子杀了。"她不用坐牢。"

The Working Poor

利里在华盛顿住的老社区不是个戒毒的好地方。"不知怎么地，我又和那些人混在一起，因为你知道，一旦你处在那个圈子里，那么那个圈子里的生活方式就会变成一种习惯。"她说："你一定要把那些人从你生活中除去。如果你不想要热狗，你就不要在热狗摊边上转悠，因为那股香味会把你吸引过去——或者你会遇到愿意给你买热狗的人。所以我当时的生活就是那样：开，关；开，关。我停吸几年之后又和那个圈子里的人混在一起，又回去吸毒。"当她回到华盛顿的那个圈子里时，她发现了一种新的乐子：强效纯可卡因。

带利里尝试这个的是一个同事，她在身心残障人士学校里教饮食服务技巧时认识了那个同事。那是一份不错的工作，而且她认为自己擅长和年轻人打交道。因为没有高中学历，她没有什么前途，而且她一而再再而三地靠吸毒找乐子，只有断断续续的工作记录。不过她在这里做得不错——直到有一个周末，她的那个丈夫是可卡因贩子的同事请她到家里去。"我们坐着一边喝东西一边闲话家常，"利里回忆道，"突然我们谈到了强效纯可卡因，我说：'大家为什么要用那个呢？'好奇害死猫。她说：'纽约那边确实很流行这个。我也试过一两次。'她说：'你要来一点吗？'我说：'不了，我不敢沾这个。'她说：'没事的。'她又走进了后门。那天晚上还没过完，她就用了她丈夫价值1 200美元的可卡因粉，为的是做出强效纯可卡因粉。后来我们只好走到街上去买这个。那就是开头。我很清楚。那就是开头。然后几乎每周都是那样。我整整一周都不让那个魔鬼靠近我，但是到了周末，我只能又到她家里去，你知道的，因为我开始有这种渴望了，我的脑子想着它。"她当时已经三十几岁，没有结婚，带着四个孩子，孩子们的父亲是四个不同的男人。

"我管它叫终结者，就是那种强效纯可卡因，因为它不是一种身体上的控制，而是精神上的控制，它控制你的心理，你的习惯；你的身体并不需要它。它只是击中了脑子里从未体验过这种感觉的区域。

当这个区域被唤醒的时候,你就无法再让它沉睡了。我是认真的。那是一种你自己都不知道自己拥有的能力。这时候你会不假思索,急不可耐地要去试这个,试那个,还有其他的东西。那只是一种迷惑你的假象,因为大脑的这部分无法在那种状态下运转,但是在那十五或者二十分钟内,它在刺激之下达到了那种状态,接下来的感觉真的会让人崩溃。噢,不,不,不,不。大脑想回到那种状态。好吗?它想再感受那种感觉,它会让你忘记睡觉,吃饭,穿衣,一切在日常生活中你会做的事情。它就这么把门一关。你得飘上去!那比身体上的瘾还糟糕……它完全让我忘了自己是谁。它奴役了我的精神,我的心在苦苦哀求,想挣脱牢笼,但做不到。它把我生命的每一部分都监禁了起来,然后开始扼杀我的生命。我不存在了。它真的是这么做的。"

她开始上班迟到,然后旷工。"他们注意到我的变化,而且他们知道问题出在了哪里,'咱们让她走吧,'她说,'我很高兴,他们在我犯罪之前让我离开了那里。'"

她的确犯了罪,犯了很多次。"我贩了一段时间的毒,我和这个意大利人,"她说,"然后我们到宾夕法尼亚去。信不信由你,我整整五年都没吸毒,因为住在我附近的那些阿米什人给了我一些草药之类的东西,那些东西让我相当放松,改变了我的生活方式。"她打了两份工,而且她觉得自己已经安安稳稳地脱离了强效可卡因的世界。"我不晓得,那东西无处不在,"她说,"它无处不在。我是认真的好吗,我告诉你。它可能就在你身边——我敢确定,它就在梵蒂冈附近。它抬起了丑陋的头,再加上这个意大利人,当我们两个人凑到一起,我们就是危险分子。我们开车到纽约去,到143号街和百老汇买了一包,开始做起了买卖。"

利里在毒品和工作之间无休止地换来换去,她经常把这两样都混在一起。"周末开始和周一轧到一起去了,然后周二又和周一轧到了一起,"她回忆道,"等我好一点的时候,那已经是周四了,而且我一直没去上班……我赶紧回了我爸妈的家。"她用她在阿米什人那里学到的关于马匹的知识获得了一份工作,在马里兰赛马场为马美容。她觉得那个州会有严格的禁令,将麻醉毒品拒之门外。"我不知道,毒品无处不在,"她说,"我以为我正在摆脱它的掌控。"

她渐渐黔驴技穷,找不到办法弄到钱支撑自己吸毒。"一开始,我在银行里有钱,"她解释说,"我那时候有朋友。噢,我的生活方式很时髦。直到很久以后我才知道露宿街头的生活是怎么样的。一直有人接济我,给我东西。我就是坐着也有一堆堆的东西在我身边,你懂吗,我到处逛,从这里和到佛罗里达州。我好得很,我在做事情,东奔西跑,习以为常,我再一次过上了那种纸醉金迷的生活——我在年纪还小的时候见过这种生活,现在它又出现在我眼前。那是一个陷阱。魔鬼是好聪明,好聪明,对吗?他用这些光鲜亮丽的东西和其他正在酝酿中的事情把自己伪装起来。很多东西正在逼近你,你看不到那些蛇滑进来……当钱都用光了,朋友也消失了的时候,我只能靠我自己。因为我能帮人牵线搭桥,我能和那些不想让别人知道他们在吸毒的人打交道……我是他们的中间人,那是我挣钱的来路之一。因为他们不能出去买毒品,所以他们会给我钱,我会去帮他们买,而我会从毒贩那里得到一部分,就是从给他们的毒品里抽出来一部分。我觉得我还活着是因为我没有起过偷东西的心。"有一次当她待在毒贩子仇家的公寓里时,那些毒贩冲了进来,开始一阵乱射,打到了她的背,她险些丧命。最后,她只好靠卖淫谋求毒资。

和这样的家庭中的许多祖母的做法一样,利里的孩子们大多是由维尔玛来照顾的,当维尔玛的外孙们有了孩子的时候,她又照顾这些曾外孙。维尔玛筋疲力尽,有时候,她会对这些把担子扔给她的小辈发火,不过,她有一副铁打的脊梁。她有一股子倔脾气,那是在艰苦的南方度过的童年给她留下的记忆。她的祖母和姨祖母生下来就是奴隶,她们死不服软的劲头和他们的姨妈,也就是利里的曾曾姨祖母很像。"那个奴隶主叫她做事情,她说她就是不做,于是他把她放到了一个水槽里,就是一口井里,"维尔玛描述,"她绝不低头。她就是那么倔。就让他打个够。"

维尔玛走过的路和利里的一样大胆,这让她从熟悉的环境走进了冒险的世界,不过她们俩的结果截然不同。维尔玛是一个亚拉巴马的佃农的孩子,这个佃农有八个孩子,她是其中一个。她1940年离开了亚拉巴马,当时二十出头,只身一人从田纳西到华盛顿。在华盛顿,她找到了一个好丈夫,在美国农业部的印务部门找到了一份好工作,还在霍华德大学报了一个本科班,不过她没读完书。她的丈夫贺拉斯是美国退伍军人管理局里的一名电工。利里在年届五十的时候还在想象他在白宫里工作的样子。

戒毒之后又复吸,利里在家里出现之后又消失无踪,她回家的情况一次比一次糟糕。"我甚至都不肯放她进屋里了,"维尔玛说,"而她会想方设法钻进屋里。我报了警,跟警察说清楚是怎么回事……她会进房子睡觉。于是警察说她必须离开,因为我不想她待在这儿……我说:'不,如果你在这里乱来,你就不能待在这儿。'我很难做到让她离开,很难开口。看着警察把她带走什么的会让我很伤心。"

她的父亲一直没有放弃过她,利里记得。当她最后一次见到他的时候,她保证,有一天他会为她感到骄傲,而他告诉她,他现在就为她感到骄傲。"好像他已经看到了未来,"她回想着,"他对我的全部希望就是我能既快乐又平安,"利里说,"这是一个意味深长的说法:既快乐又平安。你看看这句话,如果你不安全,你就不快乐。如果你不快乐,你就是在一个不安全的区域里。"

然后,当她有一次又到街上去吸毒的时候,她的父亲去世了。她的一个女儿找到了她,告诉她这个消息。

"她听说他去世了,而且知道葬礼会在什么时候举行之类的全部事情,"维尔玛回忆道,"她在门上贴了一张便条,说她会来过来陪我们一起去葬礼。你知道，灵车是不等人的。所以我们走了，让我想不到的是，参加葬礼的人告诉我，她当时在场……只不过她待在后排，直到我们出去之前她才走了。"

"我的性格就是那样，"利里反驳说，"我没法儿去……丢人。内疚。他是我最好的朋友。我只能用我自己知道的方式来抚平悲伤。那是我转变的起点。"否极才有泰来。

几个月后，在吸毒吸得迷迷糊糊的状态之下，她在一辆没有标记的警车上找到了一个便衣警察，她走上前去，对着驾驶座说："看看你的电脑里有没有利里·布洛克。"

"你是利里·布洛克？"他问道。

"你就看看你的电脑吧。"

他照办了，找到了两条还未执行的通缉令：被指控卖淫和藏毒重罪，但未出席审判。

"你就是利里·布洛克吗？"

她一回答是，他就叫来了一个女警员帮他。"我复活节的时候在坐牢。"利里说。

一旦走进司法系统的血盆大口，利里就让自己身陷极度危险的境地。她请不起律师。反正她也无法申辩，因为这些指控罪名都确有其事。她是个黑人，有毒瘾，而且无家可归，没有熟人，没有关系，甚至不知道怎么逃避刑罚或者认罪求情。当她走上法庭，她就很确定自己要离开毒品泛滥的街道，走上一条异于常理的救赎之路。

也许是命运的偶然安排，也许是因为她终于已经准备好要接受一种不同的结果，她得到了另外一种形式的拯救。哥伦比亚特区开始了一项实验：对那些初次涉及毒品犯罪的人（意思是第一次因此被抓的人）不予监禁，将其中那些尚有一丝希望的人送到戒毒项目中，对这些人进行随机尿检，实施严密监控，并帮他们加入支援团队和职业培训。利里的法律援助律师推荐了她，法官同意将她送往马丁·路德·

金大道上的一个中心。她是这个项目的首批受益者之一。对此,她感激不尽。她永远都会记得那些一路上帮助过自己的人——那位律师,那位法官,辅导员,中心的每一位员工,她把他们的事迹都写成了小传,因此,他们的形象永远不会被抹去。"走上毒品法庭是我人生的转折点,"她写道,"怀特女士是第一个欢迎我们的辅导员。她的声音和语调很平和,很包容,和我想象的不一样。"利里从"这个我已经待了很久的不真实的世界中"醒过来了。"在这段时间里,我的真实自我开始萌芽,它渴望着生命和生存,时至今日我依然在想方设法满足这种渴望。"

当她苏醒的时候,她清楚地看到自己是多么缺乏技巧,无法获得一份像样的工作。她参加了一门课程,成了一名执证护士助理。当她在医疗领域做了一小段时间之后,她发现自己只能围着键盘、屏幕和电脑世界中的小玩意打转,所有人都觉得这是一份安逸的工作,但她却不这么想。

于是利里·布洛克来到了距离她母亲的房子仅有几个街区之隔的地方,进了 SOME 就业培训中心哈里斯先生的班。她把双手放到电脑上,在一群陌生人面前说话,从怀疑自己到为自己而自豪,她在多次挫折中每天一点一点地成长了起来。她的内心正在发生从未有过的改变,一种胜任感和干劲在与日俱增。她称之为"我化茧成蝶了"。

她润饰了自己的简历,接受了面试培训并寄出了她的申请表。培训中心在帮她安排面试,当她坐在教室里的电脑前时,她尽量控制自己的焦虑情绪,压制住它,让它听自己的指挥。"我害怕,我怕我会被耍,"她说,"现在外面是个狗咬狗的世界。我在这个学习班认识到了这一点。她让我们了解到,他们都让我们了解到,你们的面试官不是你的朋友,好吧?所以,不要把他们当朋友,不要对他们推心置腹……但是你不能因此气馁。每个人都应该有点敬畏感。那会让你把工作做得更好。那会让你更有决心,这样你就更敢于面对这种恐惧,好吧?"

那场关键的面试是在施乐公司,在该公司在弗吉尼亚州阿林顿的办公室里。"好漂亮的大楼!"利里惊叹道,"顺着人行道一步步地走上去,每一步你都踩在大理石上,你明白吗?然后等你进去之后,你会发现那里真是富丽堂皇。啫,你看看,我进的那些盥洗室有多气派,对吧?从来没用过玻璃瓶里的漱口水,从来没用过头发造型喷雾,还有一大瓶阿尔法·科里润肤露——在洗手后,你懂的,让双手变得柔嫩。那个地方非常有格调,而且那说明他们在乎雇员们的工作环境。他们会为了让你感到舒适而留意一些小细节。比如漱口水,那里没必要提供这个。但是人们确实有需要,你懂的,所以他们就确保人们能用得到!到盥洗室里感受一下吧,你明白吗?给自己提提神!"

施乐公司在招聘合同工,为华盛顿的各家公司做邮件收发、复印和打印彩印报表的工作,而 SOME 中心的学员对该公司而言很有吸引力。"面试过程风平浪静。非常舒服。"利里惊奇地说,"我用很有说服力的说法证明我在团队合作中的表现,还有我对这家公司给我的机会感到多么兴奋,因为我已经研究过了,我看到了他们在社区公益中的积极表现,还有他们做了这样那样的事情。"面试官似乎对她印象不错。"她说我们和从其他培训项目来到这里的人之间有天壤之别,因为那些项目里来的人只对时薪感兴趣,'工钱是多少?'你懂的,我从来不把这个摆上台面。你懂吗?不管是什么时候,我从来都不会问这样的问题。就让她知道我最关心的是能不能成为施乐公司的员工。而且不管施乐公司开出什么条件,我都会心怀感激地接受,因为我了解这家公司。"

施乐公司聘用了利里,还有蜜桃和温蒂·韦克斯勒。这份工作的每个方面似乎都让她心满意足:关于机械操作的课程、养老金计划、优先认股权(她对此不甚了了),还有她来上班的那天,同事给她的盆栽植物。她先是被安排到保险行业说客的影印室里,一个月后,当她和她同期毕业的学员们在 SOME 的重聚活动中见面时，她们都像是刚刚参观完消防队的孩子们一样叽叽喳喳，兴高采烈。她们都在卖弄自己，摆出高人一等的派头，炫耀、吹嘘自己的工作职责，了解内部消息的门路，还有客户的规模和影响力。利里像一阵风一样兴致勃勃地走了进来，手里抱着一大包文具、订书机，还有她为那个说客制作的报表的封面页。"他们会把这些东西发到每个州去！"她自鸣得意地说，"我用施乐公司的办公科技（DocuTech）电脑打印机做事情，我用到了在线不间断供电电脑、布莱斯打印机，还有必能宝邮件收发机。我还用了上网机器，有人在上面把活儿发给我。"

温蒂是在一家律师事务所，那家事务所大到"连在墨西哥都有办公室"，她吹嘘道，"而且他们在哥伦比亚特区有两百五十个律师。我是个信使。他们刚刚把我升为主管。他们说我是他们遇到过的最好的员工之一。"

蜜桃则被分配到另外一家律师事务所，"他们有一个传真室——有八台机器呢！"她说，"我真想自己家里也有这么一台机器——一眼望过去全是那些架子！"

利里吹嘘她的办公室"安全性高"，你得用一把特殊的钥匙才能到十楼去，这时温蒂骄傲地举起了她挂在脖子上的一把塑料钥匙。

"我在市中心的霍金·豪森律师事务所工作。"理查德·艾沃利说。他是一个大块头，他那悦耳的嗓音中满是自豪。"这是国内最大的律师事务所之一——国内最大的律师事务所。我在邮件收发室工作。所有的邮件，UPS[①]次晨达邮件都是我处理的。"他向这群人说，这个职位的责任重大，因为派发邮件的准时和准确性是非常重要的。"我要非常注意发邮件的方式。我的主管把我叫到办公室里表扬了我三次。我要调到传真室去了。他觉得我很有潜力。"

[①] UPS，即 United Parcel Service，联合包裹速递服务公司。——译者

利里刚发现了自己的生存价值,她几乎为此忘乎所以了。她的起薪是一年 17 000 美元,后来涨到 20 000 多一点,然后在接下来几年中,由于施乐公司财务问题缠身,所以她的工资一直没变过。但是这个世界的大门已经向她敞开。前一天晚上,她对她的同窗们说,她带着她的母亲和一个朋友到宾夕法尼亚大道上的约翰·哈佛啤酒屋去吃饭,然后到隔壁的华纳剧院听福音音乐会。她的朋友问:"谁来付钱?"利里说:"我来付。"当她的朋友看到门票上的价格时,她说:"什么?"利里决定将那个票根存下来作为她眼界大开的纪念品。

她从受害者变成了胜利者。她赢得了主管们的表扬。有个主管说她学东西很快,这份工作对她来说就像吃麦片一样简单。还有一个主管书面表扬了她的风度:"不管这一天会有多难熬,当我和布洛克女士一起工作的时候,她的态度和微笑都会提醒我,我可以从容地深呼吸,放轻松。事情都会做完的。"利里一步一个脚印地向上爬,公司把她从保险业说客那里调到了一个管理哥伦比亚特区综合医院中将近五十台机器的职位上,她曾在这个医院中的一个戒瘾项目中落选。然后她被调到了国家能源部,她在那里被任命为服务协调员和技术服务经理。这一路上,她的成就有目共睹。这是一个每个人都愿意相信的故事,一个关于救赎的故事。华盛顿电视台对她做了人物专访,她变成了"穿出改变"(Suited for Change)的知名会员。那是一个非营利性机构,该机构由华盛顿地区衣着讲究的职业女性组成,这些女性向需要穿上像样的衣服走进职场的贫穷女性捐献衣物,并提供建议。有一年,她被选中为该机构的筹款活动说几句话。那是一个很时尚的活动,劳拉·布什是那次活动的名誉主席。

2000 年,利里受邀在美国最高法院议事厅发言。当时,斯图尔特大法官奖将被授予哥伦比亚特区高等法院毒品干预项目,"以表彰该法院在令对毒品有依赖,但坚守底线,无暴力犯罪记录的人们恢复正常生活方面取得的成功"。利里被选中,作为所有被给予第二次机会的人的代表。

她不敢相信这一切，她忐忑不安地给我打了电话，问我能不能帮她准备演讲。当然，我说，不过如果她就站在那里，用自己的话说出自己的故事，那就再好不过了。我给她发了过去两年我给她做的访谈的文字稿，而且我劝她不要把自己的演讲写出来，只要侃侃而谈就行。她照办了，后来，她一边陶醉地回味着菲力牛排晚餐，庄严的会场布置，在场的举足轻重的法官们，一边对我说，她在法庭上放眼望去，所有人都在擦拭他们的眼睛，副大法官安东宁·斯卡利亚走上前来，说她的话令他潸然泪下。那是我做到的吗？她暗自思索。

另外一位仔细聆听了她的演讲的法官给了她一个更为严肃的回应：她一定要找到回家的路。他说得对，因为她依然没有取得这方面的成功。"我的孩子们没有给我任何的尊重或爱，因为我毁了他们的生活。"她悲叹道。她现在试着和她的外孙们重建家庭生活。她匆匆地把他们送到史密斯学会去，读书给他们听，填补她对自己孩子们造成的缺憾。这，也是失败和救赎模式中的一部分——一个失败的母亲，她的孩子最后也成为失败的父母，因此这位母亲获得了第二次机会，成为一个称职的外祖母。

有一天晚上，我和利里和维尔玛一起坐在她们的餐桌前，给她们画布洛克家族的族谱，这份族谱就像亚历山大·考尔德所做的最凌乱的动态雕塑作品。开始的部分很简单，最顶层是——维尔玛的父母结婚，生了八个孩子，然后维尔玛和贺拉斯也结了婚，生了两个孩子。再往下，族谱就变成了一团乱麻，那是利里和不同的人生下的子女，还有再下一代，也就是利里的几个孩子生的子女。那副图表相当复杂，如果它是个风铃的话，那铃声会无休无止，杂乱无章。

利里承认，她对她的孩子们很凶。在她戒毒康复的第一年，她以为自己能马上再次扮演母亲的角色，但她对一个女儿太凶了，她的一个儿子只能把她拉开。现在，她们之间有时还是会磕磕碰碰；她的语调还是会很凶。她沉浸在工作给她带来的兴奋感中,似乎没有精力去重建她和已经成年的儿女们之间破损的关系。一天下午,当她坐在暗幽幽的客厅里看电视的时候,她看到一个女儿带着一个手提箱从前门进来。利里的打招呼方式像指责一样尖刻:"你要搬回来啊?"

"不。"然后这个年轻女子就躲进了里屋。我问了她的情况。

"我不知道,"利里厉声说道,"我听说她要搬到北卡罗来纳州去。我不知道她是怎么了。"

随着利里重新恢复正常生活,她和她的母亲的感情得到了修补,她们开始尊重对方。她们一起住在她母亲的房子里,那个房子还有按揭贷款没还完,不过靠维尔玛的 30 000 美元,她们还能撑得住。利里的孩子们在大部分的时候都能自给自足:一个儿子在宾夕法尼亚州当盖顶工,另外一个在能源部当安保人员,一个女儿在施乐公司工作,还有一个在美国中央情报局总部当清洁工。利里的女儿们和她们的孩子们会在维尔玛的家里露面,不过她们经常来来去去,定不下来,只有维尔玛这个曾外祖母是这个疯狂转动的机轮的中心。

"我喜欢孩子,"维尔玛说,"但是她们有点太多了。不管是哪方面都好,一个就够了。"她八十六岁,身体虚弱,对她的外孙女(利里的女儿)感到不满,因为她最后还是在日间把自己的孩子交给保姆管。"我们为了这个和她大吵一架,"维尔玛说,"她没有意识到我已经不像当年带她的时候那么年轻了,你懂的。她觉得我能做和那时候一样的事情,但我做不了了。"她带了自己的孩子,然后带她的外孙,然后现在又要带曾外孙,她的感觉是怎么样的呢?"累,"她说道,脸上挂着虚弱的笑容,"没什么特别的感觉。我觉得,那只是一件完成了的差事。而且总是在想,下一件差事会怎么样。"

不管那是维尔玛太累的表现,还是维尔玛一贯的育儿方法,她对待自己的曾外孙的方式有时太严厉了。一天晚上,在给一个名叫莎拉的学校校长朋友举行生日派对的时候,大人们之间的谈话很亲切和气,但会不时被责骂孩子的话所打断。整个房间笼罩在一种焦虑感之中,仿佛只要有一点小错就会一触即发。仿佛要先发制人一样,维尔玛时不时地发火,打破这种愉快的气氛。孩子们听不到一句慈爱的话。也许如果她不这样,这些孩子们就会变成小魔头,但是我们很难看出这一点。在屋里的除了三个月大的双胞胎,有两个分别是五岁和七岁大的女孩,还有一个三岁大的男孩迪安德尔。

当晚的甜品是一加仑已经打开的冰淇淋——一半是巧克力口味,一半是香草口味。甜品上来的时候正好放在迪安德尔的面前。一个三岁的孩子会怎么做?当然是把他的手指插进去。迪安德尔就这么做了,他把手指插进了香草口味的那一半,她的曾外祖母维尔玛拍了一下他的手,吓唬说要让他上床睡觉。他哭了起来,不过他几乎没有发出声音,好像他不敢哭一样。"你哭什么哭?"维尔玛严厉地说道,又吓唬说要让他上床睡觉。"不许哭!"

除了那两个女孩之外,大家都为莎拉齐唱"生日快乐",最后还用同样的音调说了"上帝保佑你"。然后维尔玛舀出有手指挖出洞的那块香草味冰淇淋,把它递给迪安德尔,而且说得像是要惩罚他一样:他要把他摸过的那部分吃掉,她喝令道。他又哭了起来。

"你哭什么哭?"利里跟在她母亲后面厉声问道,"不许哭!"

然后,莎拉温柔地打断了她们。她告诉迪安德尔,她会吃掉他用手指挖出洞的那块香草味冰淇淋,而且她替大家分了冰淇淋。她问这个男孩,他想要巧克力还是香草口味的——那是第一次有人问他想要什么东西。结果他要的是,巧克力。那就是他哭的原因。莎拉刚把一盘巧克力味的冰淇淋放在他面前,他就不哭了。

不管这几代人对下一代施加了多大的压力,亲情的纽带还是让利里撑了下来,并避免她向后倒下。一年多之后,在利里的五十岁生日上,维尔玛准备了一桌子利里小时候爱吃的食物,而且她的四个孩子中有三个来参加了她的生日派对;当时和她疏远的孩子就只有一个了。

"这个是强求不来的,"利里自己劝自己,"让他们自己靠过来。让他们看到你已经是一个不一样的人就行。"

美国梦是一个苛刻的标准,美国神话是一个高尚的目标。当一个男人或女人或一个家庭实现了他们的全部可能时,这个国家的优点就得到了印证。所以从西贡来到加利福尼亚州圣安娜的陈(Tran)家应该会令这个国家感觉非常良好,因为这家人的成就说明了干劲、机遇、勤俭、教育、健康、人际关系和互帮互助完美结合到一起时的威力有多么巨大。1998年,在以难民的身份从越南来到这里后的四个月内,这个五口之家中有三个人都在打工,他们的薪水很低,一年攒到一起只有42 848美元。不到一年之后,两个最大的孩子进入了社区大学。

他们的成功证明了,在低收入人群中,要想劳有所得,必须万事俱备:一个有凝聚力的家庭里有多个雇佣劳动者,他们相信自己的能力,有技术,知道怎么找工作,谨慎管理金钱,而且从来不会知难而退。尽管这听起来很像英雄神话,但事实的确如此。他们没有犯错或者遭遇不幸的空间——不能碰毒品、酒精,不可以有家庭暴力,不可以缺乏学校教育,没有疾病伤痛,除了埋头苦干之外,什么都不可以做。到目前为止,陈家人一切都还顺利。

这种榜样少之又少,因此它甚至算不上榜样,只能算是一个例外。这个例外凸显了人数众多的穷忙族身上的问题,他们无法将每个有利的因素都结合起来。人们常常有这样的成见,认为越南人、中国人、韩国人和其他的亚洲人都极其刻苦,而且都成功实现了完美的美国梦。但是还有数以百万计的亚洲人来到了美国却没有取得成功,在洛杉矶餐馆中打工的韩国人就是一个证明。任何一个看着陈家人将各种因素集合到一起的人都能清楚地看到其他许多人身上欠缺的部分。

陈茂（音译）是一个和善的四十多岁的男人，他戴着金边眼镜，穿着棉质宽松便裤和拖鞋，一笑就被人看出掉了几颗牙，他说话时总是比手画脚。越南战争期间，他在密西西比州为南越空军接受电工培训（因此他的英语不错），作为一个未授军衔的军官，他在1975年北越取得胜利之后被送到"改造营"里待了一年。几年之后，他和他的两个孩子一起加入了成千上万的越南逃亡大军，坐船逃离了越南。他们到了印度尼西亚，在难民营里度过了七年。在那里，他为联合国难民事务高级专员做事。不过，他本人的难民身份也没有得到承认，于是他和他的家人被遣返越南。他执意留下，两年之后，他终于获得了难民身份，因此他和妻子及三个孩子得到了来美国的签证。

陈家人就像是真正负债的美国人一样开始了他们的新生活。他们的飞机票是国际移民组织买的，每个月要还125美元。他们还从朋友们那里借到了2 000美元，买了几件家具。他们的三个孩子现在已经分别是二十岁、十九岁和十一岁，两个最大的孩子是这个家的劳动力的一部分，而且很快就参加了工作——他的儿子端（音译）在一家自行车厂工作，时薪为5.75美元，那是当时加利福尼亚州的最低工资；女儿芳（音译）干的是组装自行车灯的工作，每小时挣十几美分；这位父亲则在一家制药公司做药品包装，拿的也是最低工资。一个月后，茂因为英语说得流利而在一个名叫"柬埔寨之家"的服务机构谋得了咨询师的职位，这是个帮助新移民们找工作的机构，服务对象主要来自柬埔寨和越南。他们的债很快就还清了。

茂深知他的孩子如果要在美国出人头地，需要两张门票：流利的英语和较高的教育水平。在机构中，他每天都能看到，对那些他尽力帮着填写申请表并准备工作面试的人们来说，英语不好会产生多大的局限性。因此，每天晚上他都尽量帮孩子补习英语，让他们读书，鼓励他们看电视，提高理解能力。和芳、端一起工作的都是越南人，他们一直没有机会在工作中说英语，所以他们的进步微乎其微，茂对自

The Working Poor 329

己的挫败感毫不掩饰。"发音不好。"在谈到芳时，他这么说。芳拘谨地鞠了鞠躬，以示问候。她在印度尼西亚难民营里学到的完全是难民营式的英语，口音很重。"她应该勤加练习。"她的父亲告诫道。他尤其担心她的母亲和她十九岁的兄弟，因为他们几乎不开口说英语。没过多久，他给每个人都报了英语班，包括自己在内。他还在上一个电脑课程，希望自己有朝一日能获得大学文凭，这张文凭曾因战争而与自己失之交臂，后来因为战争结束，他又无缘得到这张文凭。

于是，这五个正在学习的人在安排要怎么用他们的两张书桌。一张书桌在厨房里，一张在客厅里。他们家里有圣母马利亚的画像，一张桌子上还有帕卡德·贝尔牌的电脑和打印机。他们的公寓只有两间卧室，十分拥挤，但是每月租金要 675 美元，他们租不起更贵的房子了。茂和他的妻子胡朗（音译）睡一间卧室，几个男孩子睡另一间卧室，芳睡在客厅的地板上。公寓下面是一条气氛轻松怡人的街道，亚洲人和拉美裔人们在一个破旧的购物中心里闲适地进进出出，那家购物中心的很多标语用的都是西班牙文。一个女人推着一辆红色的购物车，上面挂着一个巨大的塑料袋，里头装满了瓶瓶罐罐。

到 1999 年秋天，芳和端都辞了工，在圣安娜大学报了名（芳报的是大学课程，端是要拿普通同等学力证书），而他们的母亲已经在当地的一家工厂找了组装笔的差事，把他们的工钱补上了。她拿的是最低工资，没有医疗保险和其他的福利。茂在柬埔寨之家的薪水涨到了每小时 10 美元。每个周末，这家人都会坐到一起，计划这个星期要怎么花钱。"我们得写下来，"茂说，"我们一起合作。通常我们每周会去买一次食物……我们从报纸上收集优惠券……我们只买那些我们认为对家里有最重要的作用的东西。"家里会有意见不合的时候。

"有时候我想给自己买双鞋子，"芳说，"但是转念一想，我没有钱。我现在还不需要鞋子。我可以把钱存下来，给家里买吃的……我爸爸告诉我，'你不能买那个，你要做那个或者那个。'"然后她又说了一句："但是我可以自己决定：控制自己。"他们每个月要存400到500美元，茂说，还要寄钱给在越南的亲戚。

到了2002年春天，经济不景气令茂的一些客户受到了打击，他们被工厂解雇了，而且无法通过短期工中介找到工作，因为他们的英语水平有限。但是他家当时还是幸免于难。他的时薪涨到了13美元，他妻子的时薪则涨到了7美元。芳和端一边继续上学，一边做兼职贴补家用。"我有张信用卡，但是我很少用它，"茂说，"我尽量不去用。我不想欠一大笔债。"

芳在1998年刚到美国的时候有很大的志向。"我想成为一名医生，帮助穷苦的病人。"她说。他的父亲哈哈大笑，似乎为女儿傻乎乎的梦想感到难为情。四年之后，她的目标还是没变。他又大笑了起来，但这次让他觉得难为情的似乎是他自己的希望。

第十一章　能力与决心

世界上没有比美国更幸福的地方。

——托马斯·潘恩，1776 年

从这本书中的人们身上，我们看到工薪阶层的贫穷是由数不胜数的困难所组成的，一个困难会令另一个困难加剧：不仅工资水平低，而且教育水平低；不仅工作没出路，而且能力有限；不仅存款不够用，而且消费不明智；不仅住房条件差，而且育儿方式不当；不仅没有健康保险，而且家人不健康。

反面主角们不是只有压榨血汗的雇主，还有无能的雇员；不是只有干预过多的教师，还有挫败任性的学生；不是只有欺骗穷人的官僚，还有自欺欺人的穷人。这些问题在宏观和微观层面上都在产生重大的影响，它们既是政治和经济权力体系中的全面性问题，又是个人和家庭生活中的个别问题。

所有的问题都要全盘一次性解决。如果只是找到了一个问题的解决方法，不管这个解决方法是什么样的，都只能对这个问题的解决有一定的帮助；除非能找到大部分问题的解决方法，否则问题就无法被根除。一张第八条款租金补贴券可以让一个家庭搬进好一点的公寓，这可能令一个孩子的哮喘得到缓解，并且减少他的缺课天数。但是，如果这个孩子遭受虐待，或者如果这对父母没有一技之长，打工只能勉强挣到最低工资，在交通费和日托方面上花很多钱，还不起贷款，那么这张补贴券对这个家庭就起不了太大的作用。只要社会在处理危机时只挑一个问题来解决——通常就是这个问题逼得这家人求助于某个机构——那么下一场危机，下下一场危机就不远了。如果我们打算只找出那个神奇的解决方案——比方说，一份工作——我们就会遗漏那些错综复杂的细节，而那份工作并不足以完全化解危机。

我们面对的第一个问题是我们到底知不知道要做什么。哪些问题是我们有能力解决的，我们要从哪里入手？那些棘手的问题隐藏在哪个不为人知的，我们力所不及的地方？

第二个问题是我们有没有决心去施展我们的能力。我们愿不愿意花钱，做出牺牲，重新建构财富等级以减轻下层人民的疾苦？

我们没有能力解决某些问题，又没有决心去解决另一些问题，但是有一点是我们现在已经认识到的：我们了解到全方位的解决方案的重要性。所以，我们需要找各种途径去解决一个家庭面对的一系列问题，要建立这些途径，最好的方法就是站在"穷忙族"家庭可能经历的人生十字路口之上。波士顿医疗中心的巴瑞·朱克曼博士告诉我们，在他的领域中，他和社工、律师们要怎么做。在华盛顿的哈里斯教育中心，西奥多·辛顿利用稀缺的资源，将上学时间延长到晚上，开设育儿课程，提供健康保险的相关信息，他已经用这些方式在自己所在的领域尽力而为。洛杉矶的公屋住房项目已经开始介绍住户参加英语班和职业培训。

这些都是一个宏伟构想的雏形。如果医院、学校、房管部门、警察部门、福利机关和其他关键机构都敢作敢为，财政稳健，他们就能跨越自己的职责范围，在不同的服务机构之间创建立联系，变成接纳贫苦大众的门户，将他们逐渐纳入一张援助之网。这是一个关乎能力与决心的问题。

决心是力量的表现,而在贫困边缘工作的人们力量甚微。不过,他们所拥有的力量确实比他们已经使用的力量大。在他们的个人生活中,有许多力量还没发挥出来。他们有许多能挣钱的本事,但是他们还未对其善加规划。在政治生活中,他们也有力量,但他们实际上却忽略了这种力量:投票的力量。

每当自由民主党人批评对富人减税或者削减扶贫项目的政策时,保守的共和党人就拿"阶级斗争"的可怕幽灵来当挡箭牌,仿佛他们和他们在商界的支持者们没有通过制定税额优惠和工资标准的方式来扩大阶级差异。以2003年为例,布什政府和共和党的国会领袖们免去了数以百万计的,收入介于10 500美元和26 625美元之间的低收入家庭的一项资格:在儿童抵税金额提高的情况下,他们无法获得每个孩子400美元的补偿。这是一项大型税收法案的一部分,富人会从这项法案中得到巨大的好处。但是穷人们没有予以还击。收入越低的人群的投票率越低。在难分难解的2000年总统大选中,全美国十八岁以上的公民中有60%的人投了票。在那些家庭收入超过75 000美元的家庭中,有三分之二的家庭投了票,收入在50 000美元至75 000美元的家庭中有69%的家庭投了票,再往下逐次递减,到年收入少于10 000美元的家庭,投票率仅为38%。除了那些自行放弃公民权的家庭,在许多州,还有两百万在监狱服刑的十八岁以上公民和前科犯被剥夺了投票的权利。他们当中绝大部分的人都出身贫寒。在十八岁到三十四岁的黑人男子当中,有12%的人都在坐牢。

因此,虽然穷人和接近贫穷的人比谁都更需要政府的支持,但是他们对政府的政策却几乎没有产生任何影响。不管是民主党还是扶贫组织都没有全力以赴地鼓励低收入的美国人为自己发声。他们曾稍作尝试,将一个小标语放在"帝国庭院",也就是洛杉矶瓦特区的一个公屋项目的办公室柜台上:

咕哝

嘟囔

抱怨

沉沦

许愿

绝望

担忧

投票

  温馨提示：最下方的选择能让情况更快改观。请拨打1-800-343"投票"登记。

  这条通知很巧妙，但它很可能是徒劳无功的，因为统计局的调查显示，收入和受教育水平越低，美国人就越不愿意相信投票能对他们的生活产生影响。这种怀疑是一种会自我实现的预期。个人生活中的磨难让他们筋疲力尽，令他们对权力体制抱有愤世嫉俗的态度，他们当中的大部分人会对民意调查人说，他们对选举不感兴趣，而且政客们都不可信。然后，在没有靠投票引起候选人注意的情况下，这些美国人要靠那些更有钱的人来代表他们的利益。富人们在这件事情上总会做得不够好，他们的表现要取决于当权的政党，经济的健康程度，还有这个国家现在是否信奉利他主义。谈到善心，我们的社会在这方面可是喜怒无常。

  事情本不必如此。只要一些可能的条件能够达成，这个国家要优先完成的事情和政治格局就可以改变。如果家庭收入在25 000美元之下的人们的投票率和那些家庭收入在75 000美元以上的人们的投票率一样，那么在2000年总统大选中投票的选民就会多出六百八十

The Working Poor   335

多万。在这场选举中，阿尔·戈尔的直选票数占据了微弱优势，比乔治·W·布什多出 543 895 票。如果低收入选民人数激增，那么即使是在佛罗里达州那种有偏见的登记和投票体制下，这些选民也会形成压倒之势（只要这些选民中有多一点点的人投了民主党一票），扭转选举结果，使戈尔当选。

即使是在以压倒性的优势获得胜利的选举中，大部分州的选举人票数差异也只有 5％或以下，所以那多出来的六百八十万低收入选民（占投票总人数的 6.5％）是可以决定选举结果的。在许多国会和州议会的竞争中也是一样，那些身处贫困之中或者濒临贫困处境的人们可以掌握权力的天平。如果许多人根据自己的需要进行投票，候选人也许就会突然对他们产生兴趣。如果民主党人们能够坚定他们在社会福利方面的立场，同时又不失去中产阶级的支持……如果他们进行密集的选举登记，并在那些从扶贫项目中获益的公民中进行投票动员……如果全体选民中有强势的低收入代表团，能迫使共和党人采取更加宽厚的施政纲领……如果那些在贫困边缘的工薪人群能走进人们的视野……

然而，在现实中，大部分美国人没有根据他们的阶级利益来投票，而且即使在票数很多的情况下，穷人也不一定会去投票。能推动人们去投票的似乎是强烈的愿望而非抱怨。《时代》杂志在 2000 年的一次调查中发现 19％的美国人认为他们是工薪族中那 1％的顶端人群，还有 20％的美国人预计他们未来会成为那 1％中的一分子。"所以现在就有 39％的美国人认为，如果戈尔先生对有利于那 1％的顶端人群的方案大加挞伐，那他的枪口就是直接对准了他们。"当时的《旗帜周刊》高级编辑戴维·布鲁克斯写道。

当自欺欺人使投票行为产生扭曲时，它就会对那些低收入人群造成破坏性的后果。投票是民主政府的基石，而政府是最能对"穷忙族"产生影响的机构。在这个自由经济体制中，没有任何一个关键部分能避开政府的影响。政府的影响无处不在,无论是商业还是慈善事业,政府都能通过税收政策、规章制度、工资要求、补贴、拨款等手段对其施加影响。

政府是这个巨轮的中轴,但关键是这个国家对那些最有效的扶贫措施抱有怀疑态度。自最初的十三个殖民地从英国君主制中脱离出来时起,政府权力的两面性就一直贯穿于美国的伟大事业中。英国君主制令人反感,托马斯·潘恩在他于1776年写成的小册子《常识》中就曾讥讽地对此下了定义:"社会在各种情况下都是受人欢迎的,而政府呢,即使在其最好的情况下,也不过是一件免不了的祸害;在其最坏的情况下,就成了不可容忍的祸害。"

这种怀疑的态度还有更深一层的原因。从一开始,我们的自由就源自对政府的不信任,当时我们就将创新的相互制衡、三权分立写进了宪法。在恐怖主义横行的年代,对国家机关出现专制的可能性,人们已经渐渐放松警惕,这是一件危险的事情。不过,在今天关于经济和福利政策的政坛辩论上,这种警惕性依然是一种影响力。通过对"大政府"进行反面宣传,并鼓励私有企业,保守党人们尽量避免政府对市场的自由流动进行干预,这种干预往往会危及环境、工人和消费者。保守社会运动中的自由主义派对此进行了最狂热的表述。在这种观点中,政府的用途变得过分狭窄:"国家机关的存在价值就在于捍卫自由。"联邦主义者协会如是说,右翼分子们也因此得以成功入主司法部门。

这是掷地有声的真理,但是这种说法太狭窄。国家机关存在的价值并不仅止于捍卫自由。它的存在价值还在于保护弱者,为弱势群体撑腰,赋予无权无势的人以权力,并弘扬正义。它的存在价值还在于为"追求幸福"创造条件。它可以表现为某种间接地对人民不利的力量,也可以成为广大群体的化身。它可以管制过度,扼杀自由,也可以培育探索精神和创造性。它不应干涉个人的私生活,而应该将社会的资源集聚起来,为大众谋福祉。政府机关不止有一面,而它对美国人玩的这个戏法——这个从一开始就拿我们当试验品的戏法——就在于如何平衡各方面的矛盾冲突。

没有哪种体制解决了这种窘境。苏联失败的原因还在于这个自称的"世界上第一个社会主义国家"错将政府机关当成公民来对待。国家的福祉凌驾于人民的幸福之上,催生出在公有制基础上的官僚体制,这种官僚体制的覆盖范围是如此之广,令整个国家笼罩于压抑的气氛之中,以至于官僚体制之外的东西几乎荡然无存——只剩下俄罗斯民众坐在没什么东西可吃的餐桌边上窃窃私语。

同样,美国主义也会失败。美国主义致力于将政府控制在它应该在的位置上,但问题是它应该处于什么位置还是需要我们继续讨论的中心议题。如果我们不保持高度警惕,政府在这个打击恐怖主义的年代就会变得独断专行,或者在这个消除人民之间差异的年代失去人道关怀。我们既要管政府,又要用政府。

全社会需要政府来帮助那些生活在经济等级底层的工薪族——既要在他们无法独立完成的事情上向他们伸出援手,又要发展他们的能力,让他们处理能够自行解决的事情。在这个问题上,社会援助和自助之间不存在分歧。政府不能袖手旁观,也不能大包大揽。它不能不去维护安全网,不能不对有需要的人给予直接补助,作为社会群体赖以生存的资源,它不能对自己的责任置若罔闻。不过,它也必须在营利和非营利领域的创造性的互动中,将自身的力量和私营产业和私人慈善互相结合。

最能暴露出弱点的方面就是工资结构。企业主管们有能力,但是没有决心去提高底层工资,牺牲上层的利益,以缩小工资差距。税收结构调整可能会导致这样的政策出台。政府有能力通过立法提高最低工资,但是它缺乏政治决心,这在很大程度上是因为大部分的低收入美国人不会以投票的形式来主张他们的利益,或者他们根本就不投票，而且它也招架不住私营产业老练的游说和竞选献金。

此外，最低工资是一种粗钝的工具，而使用这种工具的技巧也还不够完善。虽然人们有理由认为，在对抗通胀的过程中，最低工资的实际购买力已经降低，因此在造成不良后果之前，最低工资可以有很大的上涨空间，但是经济学家对于如何提高最低工资，同时又不至于损害企业家的冒险精神还持有不同的意见。有十八个州和哥伦比亚特区表达了他们的态度，将当地的最低工资定为每小时7.4美元和9.04美元，高于2009年的联邦最低工资，即每小时7.25美元。

有人提出改善这种工具的一个办法，根据区域生活成本，为这个国家的不同地区设定不同的最低工资标准。另外一条途径是制定"维生薪资"法案。有一百多个国家和城市现在要求与政府签订合约的私营企业支付每小时7.5美元至15.39美元的工资，经过计算，这样的工资水平才能维持像样的生活标准。初步的成果显示，企业在某些地区的最低预算有所提高，政府对工薪家庭的补贴有所减少，而且承包商不再需要以压缩员工薪水的方式争取低价中标。不过，一些经济学家怀疑这种维生薪资搞错了目标对象，因为做这一类工作的雇员都是高素质的工人，不是那些生活在最底层，需要有人对其施以援手以提高其最低工资水平的工人。

我们还想到了其他办法来缩小人们在市场上所能获得的薪酬和安逸生活所需要的成本之间的差距。一种办法是以"劳务所得抵税额"作为工作报酬。尽管这笔款项看似是对雇员的补贴，它实际上起到的是补贴雇主的作用，雇主可以在支付低工资的同时不至于给工人造成太大的痛苦。的确，从沃尔玛到麦当劳，这个项目间接地令许多大型企业受惠，并令他们获得更多利润。不过，尽管我们有聪明头脑能想出这个手段，却没有让它充分发挥影响力的坚定决心；除了生活成本年年看涨之外，这个项目自1996年起就没有提高过人们的收入。2003年，布什总统向国会申请了1亿美元，这笔钱不是用于增加补助金，而是多雇了六百五十名审计师来审查为骗取政府补贴而造假的行为。

另外，为了尽可能多地吸引新企业，各州各县和各城市都大力补贴企业主，联邦政府也创立了享有税收优惠的企业园区，将制造商吸引到贫困地区。亚拉巴马州就是一个例子。该州通过降低财产税，停收所得税，以及为工人加薪提供补助的方式——加上几乎无工会的环境，为外国汽车公司提供了上亿美元的补贴。

作为交换，该州政府可以向这些不劳而获的私营企业要求比原来更多的回报，但是这种情况几乎不可能发生。创造工作机会就算是充足的回报了。在这个问题上，联邦制和当地的控制举措可能与国民经济利益产生抵触，因为在某些地区之间开展激烈竞争，通过提供税收优惠的方式来压倒对方的同时，他们自身的课税基础会被削弱，工作机会的地域分布也会产生扭曲。在亚拉巴马州和其他基本上没有隶属工会的工人的南方地区，这些刺激措施会提高美国某些最贫穷地区的居民的收入，但是它们与工作无关，而且还会削弱其他地区的工会。美国加入工会的工人比例在逐渐下降，自1950年至2009年，全国加入工会的工人比例从35％降至12.3％。在政府机构中，37％的工人参加了工会，而在私营行业，这项数据仅为7.2％。

工会队伍的壮大是一种有利现象，但是甚至连某些受工会管辖的工作也只会在低工资水平停滞不前，比如停车场和门卫行业就是这样。这个国家的繁荣富强就寄托在收入微薄的工人们身上——这是无法磨灭的事实。所以，要提高工人的工资，最好的方式是提供晋升空间和提高社会地位的空间；新的劳动者会流入下方的空间并占据低收入的职位，在理想的情况下，他们当中的大部分人最后会爬升至薪酬较为理想的职位。

我们知道，要帮一个起薪为每小时5至8美元的人爬升至时薪为15美元或以上的职位，至少有两种有效的方式：一种是通过设计巧妙的就业培训来达到这个目标。这种培训将蜜桃和利里·布洛克从技术水平低下、缺乏自信的悲惨情况中挽救了出来；有了能力，接下来就要坚定决心，令这些努力充分发挥作用。第二种方式是通过在高中恢复职业教育并为那些没有上大学的人们建立学徒网络。同样，这并不是能力的问题，而是决心的问题。

自1980年以来，高中毕业生和大学毕业生的收入差距显著加大，许多年轻人从这个经济体的漏洞中跌落下来。在"全民上大学"式的课程体系中，各中学倍感压力，因此他们提高了大学入学率（从1970年的30%提高到大约60%），但还是有很多人没有上大学，或者没有从大学毕业，这些人在各行各业中缺乏高薪职位所必需的能力。"比起在高中和大学中做出成绩，一个人要在职场上表现优异则需要更多不同的能力。"在城市学院和美国大学任职的经济学家罗伯特·莱尔曼写道。他指出，和大部分的工业化国家不同，美国一直放松职业培训，从而导致"中等技术人才缺乏"，外国制造厂家已经以此为理由，避免在美投资。瑞典、挪威、法国、英国、日本、澳大利亚和德国已经将技校课程与企业赞助的学徒制相结合，培养出高素质的人才。但是，莱尔曼写道，当各大企业从国外来到美国，他们往往要大费周章来解决美国的缺点，比如德国汽车制造商宝马公司就已经将美国工人送往德国受训。

将某些青少年集中送入职业学校的想法会与美国人信奉的平均主义伦理道德观产生摩擦，这种道德观吹捧的是机会均等，但实际上却不会提供均等的机会。许多父母坚信这个梦想，反对将他们的孩子分到技校就读，将大学视为唯一可靠的上升途径。问题是，如果你的情况和在俄亥俄州当日托保育员的克里斯蒂一样，没有顺利从大学毕业，那么你可能会没有专门技术，在讲求实际的劳动力市场上没有利用价值。如果克里斯蒂被分到技校就读而不是从上大学开始，然后退学，那么她的情况就会好得多。

在某些行业、工会和州政府的支持下，职业培训项目遍地开花。"在美国，万事俱备，"莱尔曼说，"总有人在某个领域能做好某些事情。"比如说，威斯康星州的州政府机构已经和私营企业合作，在印务、金融、生物技术和许多其他的领域中对年轻人开展培训。他相信"开端计划"，也就是联邦政府为贫困儿童资助的学前项目，可以成为将高中学生培养为年轻学徒工的途径，这一项目将会成为儿童发展程度的证明。但是在全国范围内，我们还未决定修补这一缺口，将我们的年轻人培训为适合高薪工作的人才。

在更广泛的教育问题中，能力与决心的交汇是一个更加复杂、更具争议性的过程。关于如何提高公立学校质量问题的书籍已经汗牛充栋，但人们很少注意到他们在财政拨款方面遭遇的不公对待。在一个漏洞百出的基础结构之上，即使某些出手大方的州政府做出了努力，要使富人社区和穷人社区获得同等的资金投入，但是他们的努力几乎没起到什么作用。大部分学区的运营资金主要依靠当地财产税收入，而大部分美国人居住的地区都存在阶级分化和种族隔离的现象，因此学区之间有极其严重的差异。以纽约州学区为例，当地的税基，即所有应税房地产的价值，摊到每个学生身上是 2 395 304 美元至 184 647 美元不等，因此在每个学生身上的年平均支出范围是从最富裕的学区中的 13 681 美元到最贫穷的学区中的 7 100 美元——而且这还是在一个努力为较贫穷学区提供更多援助、以缩小差距的州里的情况。

这种资金投入方式注定了不平等的局面将会持续下去：有更多钱的学校会提供优质教育，这会帮助孩子们提高自身的赚钱能力，这样他们就可以住在能够为公共教育提供更多资金的社区。而这会进一步加剧种族分化，因为自 20 世纪 80 年代末起，公立学校又恢复了种族隔离的局面，这在很大程度上都是拜历届共和党总统和参议院任命的保守派法官所赐。在这个国家中，六分之一的黑人学生现在上的几乎都是无白人的学校，很多学生都很贫穷，而且只有七分之一的白人会上多种族学校，多种族学校指的是少数民族人数占入学人数的10％或以上的学校。

在各州内或全国范围内为学校提供资金，以求打破这种恶性循环——这种方式不会结束种族隔离的局面，但是这意味着向资源的重新分配迈出了一步。不错，每个解决方案都至少会引发一个新的问题。资金投入是带有附加条件的。让政府中较高级别的部门出面，强制纳税人捐款，并将这些捐款汇集起来——这种不切实际的做法会与这片土地上热衷操纵本地事务——进而操纵特权的人们的想法产生冲突。给私立学校提供教育补助金券的做法破坏了政教分离的局面，而且会抢走公立学校的资源。

而且，不是所有的问题都能用金钱来解决。即使能够根据教师们对社会的实际贡献来支付他们薪水，即使他们当中有足够的人实施小班制并提供一定程度上的个性化指导，即使他们有足够的书本、显微镜和地图，孩子们带进学校的所有问题不是都能因此而烟消云散。在这一连串的问题当中，在某些环节上，我们变得软弱无力。我们不知道如何解决年轻人面对的所有问题。不过，我们所了解的确实比我们下定决心去做的事情要多。我们的决心不够坚定，无法带领我们靠近能力有所不及的地方。

在解决穷忙族身上的每一个包袱时也是如此。我们知道怎么让更多的人拥有住房，并让他们住得起像样的公寓，但是我们在这些方面做得不够。我们知道很多关于如何戒除酒瘾和毒瘾的知识，但是我们没有提供足够的设备，接济所有有需要的、渴望帮助的人们。在面对抑郁症和其他精神问题时也是如此。

我们很清楚，很多在贫困边缘工作的人们都是在医疗保险计划的漏洞上跌了跤。他们参加不了"医疗补助计划"，因为他们挣得太多了；他们也买不起私人保险，因为他们挣得太少了。我们对此只做出了部分回应。自1998年起，政府用"联邦儿童医疗保险计划"

(SCHIP)填补了大部分的缺口。某些州的医疗保险覆盖了家庭收入为贫困线标准的100%至200%以下的儿童——某些州的标准放得更宽，例如新泽西州的医疗保险覆盖了家庭收入为贫困线标准的350%以下的儿童，联邦政府以"联邦儿童医疗保险计划"向这些州提供等额补助。不过，没有几个州愿意为父母提供保险，在经济衰退、税收减少的时期尤甚（这个计划在联邦政府中的年度预算大约与一艘新航空母舰的造价相等）。而且，在所有没有医疗保险的儿童之中，有接近四分之一的儿童没有资格获得公共医疗保险，这是一个巨大的缺陷，只要联邦政府大手一挥，这个缺陷是可以被改正过来的。另外，还有四分之一的贫困儿童有资格参加"医疗补助计划"，但是他们的名字却没有被登记在册。一部分的原因他们的父母不想求助于政府，或者因为复杂的申请流程而止步，另一部分的原因是有些父母不知道孩子们有权享受这些福利。我们甚至舍不得多花些钱请扶贫工作人员帮助这些孩子投保。在其他的援助项目上也是如此：只有三分之一的贫困家庭能获得食品救济券或者住房补贴。

这个国家东拼西凑式的医疗保险体系遗漏了五千一百万没有保险的人，这个问题引发了更大规模的辩论。这场辩论涉及包括政府角色、私营部门的公平性和美国阶级结构在内的所有重大问题。以雇主为中心的政策可能是人们所能想出的最差的保险安排方式。这些政策会推高企业用工成本，使工人不得不过度依赖于医疗保健组织（HMO），并导致某些公司的保险公共资金少得可怜，以至于只要有一个雇员被诊断出患有癌症，这些超支的费用就会像子弹一样射穿每个人头顶的天花板。在一个高流动率的年代，工人们在换工作的时候会从一个保险计划换到另一个保险计划，所以他们经常有几个月的时间是没有任何保护的。我们不会通过自己上班的地方给汽车上保险，所以我们也不应该用这种方式来获得医疗保险。

但是我们有没有能力来解决这个问题呢？我们能否在不扼杀效率

和科学进取精神的前提下,想出一种覆盖全民的保险形式呢?尽管有人担忧政府会妨碍私营企业的发展,研发人员却已经找到了相反的例子:联邦政府资金投入的增长会带动私人投资同步增长。问题是如果政府在医疗保险方面建立了单一给付体系,会不会发生同样的情况呢?这个唯一的付款人就是联邦政府,和现在通过"医疗保险计划"为四千万老年人提供医疗保险和通过"医疗补助计划"为五千万穷人提供医疗保险一样,政府通过税收提供资金,确保医疗保险覆盖全民。无论贫富贵贱,人们都可以从这种方式中得到基本的医疗服务,但在2010年的改革中,这个提案未能获准。

有人担心这种做法带有配给制的色彩,就像加拿大和英国的情况一样。比如,有些加拿大人曾经在接受乳房手术之后等了很长时间才得到化学药物治疗。在将有限的医疗资源更加均等地分配到全民手中的同时,"基础医疗计划"是否会令富人失去特权,无法享受用之不尽的医疗专家服务、高科技检测和先进的疗法和药物?它是不是会形成"公费医疗制度",削弱医疗研究和人才的趋利动机,导致研究积极性受挫,人才不愿加入此专业?许多痛恨政府对医疗收费进行管制举措的医生现在不愿给"医疗保险计划"和"医疗补助计划"覆盖的病人看病,因为收费太低了——或者他们会向老人收取高昂的会员年费,以补偿"医疗保险计划"报销对他们造成的损失。

不过,这种选择私人付费的做法已经令国家医疗体系岌岌可危。保险公司向公众的收费急剧增加,只顾给他们的主管高得惊人的报酬,不顾投保人安危,拒绝支付治疗费,并且强化以社会阶级为基础的医疗护理等级制度,克扣医疗资源,损害美国人民的健康。通过"医疗保险计划"、"医疗补助计划"和"联邦儿童医疗保险计划",政府已经逐渐涉足保险领域,它不能畏首畏尾,不敢进一步参与其中,否则就是玩忽职守,没有尽到为大众谋福利的责任。在政客们接受单一给付体系之前,联邦政府-私人之间通过补贴和规章制度,实现某种形式的互动就是一种必然。

我们需要凭决心来发挥自己的能力,让这两者可以两全其美:既要保障福利,又不打压个人的选择或者医疗行业的主动性。对一个如此厌恶"大政府"然而又在追求社会公正方面如此理想主义的国度来说,这将是一件伟大的成就。国会议员们享受着本国最好的保险方案,而卡洛琳·佩恩在自己失去接受"医疗补助"资格之后,不得不停止治疗;因为一家医疗保健组织拒绝支付救护车费用,丽莎·布鲁克斯的信用记录被毁灭;在波士顿和巴尔的摩的医疗中心里的那些孩子则营养不良,如果国会议员能够直面这些人遇到的种种困难,刚才我们所提到的目标当然可以实现。

我们都清楚,不健康的童年生活会对一个成长中的人会有什么样的影响。通过神经系统科学和其他领域的研究,我们已经了解到生命过程与认知过程之间的复杂关系,以及早期抚养与日后表现之间的关系。我们对这些问题的理解超过了我们已经具备的解决问题的能力,而这些能力又超过了我们付诸行动的决心。我们已经在全国各地开发了各种各样的早期疗育项目(early-intervention programs),许多项目成立的理据都很充分。但是这些项目资金不足,工作人员没有受过充分的培训,项目本身形成了一种很不理想的模式:项目得不到充分的资源,因此成果甚微,从而导致人们将这种项目视为失败,并放弃这种做法。

父母们在育儿方式方面存在着不同程度的缺陷,小到可以改正的缺点,大到难以控制的症状。其中最容易弥补的是母亲和父亲单纯缺乏育儿技巧的问题,他们可以通过上课或者个人咨询学到这些技巧。许多家庭宽裕的家长会花钱接受这样的培训;而低收入的父母也可以偶然从社会机构获得免费的帮助。父母们会学习如何鼓励孩子,而不是只看他们犯了什么错,如何与孩子共同解决问题,并帮助孩子自行做出选择,如何控制愤怒的情绪,如何合理管教孩子,如果倾听并表现同理心,以及如何做到相互尊重。

不过,对程度较深的缺陷,例如严重的人格障碍和家庭破裂导致的育儿方式不当,我们就爱莫能助了。有些父母在自己本身的成长过程中受到过很大的刺激,情绪很不稳定,在这种情况下,育儿课程与咨询建议都起不了太大的作用。举个例子,我们都还没有想出如何遏制性虐待行为,除了将孩子们送到寄养家庭中就别无他法,而这些寄养家庭本身未必是模范家庭。这些令人担忧的现象在各个阶层中都是存在的。

既然早年经历在人的一生中具有举足轻重的地位,那么美国社会为什么不尽量发挥创意,想出办法引导父母并保护孩子们的利益呢?人们在描述那些成功的项目时总是会用到这几个词:全面、集中、非常专业。还有一个词是"昂贵"。当你找来非常专业的医药、心理和儿童发展方面的专家,让他们像创伤救护队一样围着一个病人打转时,你的花费肯定不菲。

这个世界上最富有的国家出得起这笔钱吗?你觉得我们当然能做到,尤其是如果生活在最上层的那些人愿意做出一点点牺牲,那就更没问题了。这可能会帮我们在社会福利预算的其他方面省下钱来,这一点已经体现在联邦政府开展的"婴幼儿健康与发展项目"的成果中,该项目是一项针对早产儿的临床试验。从出生到三岁期间,来自全国八个地方的九百八十五个孩子受到儿科医师、社工、家访员和其他人的密切关注,有人会监控他们的健康情况,让婴儿所在家庭向各机构寻求帮助,提供育儿教育之类的资源。到了三岁,比起那些没有接受服务的孩子们,这些孩子的智商分数更高,词汇量更大,行为问题也更少。换句话说,只要我们用正确的方法做事情,就能见到成效。"我们总是尽量能省就省,想走捷径,结果花了钱却得不到理想的结果。"加利福尼亚州的众议员乔治·米勒说。他曾是"众议院儿童青少年家庭事务特别委员会"的主席。这一点我们早就心知肚明。

他在20世纪80年代就发表过这番评论。

虽然我们做了大量的努力，但是我们照顾到的孩子还不够多。"开端计划"是针对贫困人群的学前项目，该项目每年获得的资金相当于一艘半新航空母舰的造价。但是，根据"儿童保护基金会"的统计，在有资格参加该项目的全部孩子中，实际登记在册的孩子仅占60%，而且在该项目中，仅有一半的教师拥有大学学位，这些老师的年收入仅为22 000美元。布什政府公布了一系列计划，对该项目进行整顿，要求该项目提高学前儿童的阅读技能，这项具有争议性的政策在许多教育家看来并非明智之举。"早期开端计划"开始于1995年，该项目旨在把握孩子们从出生到三岁的关键时期。初步研究显示此项目是富有成效的，但是它只会对本国5%的适龄儿童产生影响。与此同时，政府还逐步提高对福利母亲的工作要求，但并没有提高给她们的日托补助金，这种政策与该项目的初衷背道而驰。我们甚至不愿做自己已经知道要怎么做的事情。

如果要评价一个社会，我们就要检查它的自动修正能力。当有人犯了极其严重的错误，或者大众都在受苦受难时，当不公的现象被揭发或者有人被剥夺机会时，请看看政府机构、商界和慈善组织的反应。他们的反应是判断一个国家的健康程度，以及一个民族的强盛程度的指标。

美利坚合众国有各种灵活的机制，可以认清令人不安的真相，据此作出调整，以求革除弊端。我们已经在应对种族歧视、环境退化、企业不法行为、外交政策不当、警察暴力执法和国内贫穷问题等方面采取了这样的做法。这些弊病依然有待解决，但相较于半个世纪前，其中的很多问题已经没有那么严重。这一事实既证明了任务的艰巨，也证明了成果的丰硕。如果理想足够高远，那么它就永远不可达成。如果斗争十分激烈，那么它就永远不会结束，我们充其量只能从中不断地获得一个又一个的胜利。我们在由工薪阶层构成的美国中执行的扶贫任务就是如此。

如果我们能找到一个原因，那么我们也许就能很容易想出补救方案。这个解决方案应该正是自由党或者保守党开出的药方。如果我们将问题归咎于剥削人的体制或者受害者不负责任的行为上的话，那么在这场讨论中，其中一方提出的观点就应该能够解决问题。如果出现问题只是因为企业本性贪婪，政府麻木不仁或者学校财力匮乏的话，那么自由党的解决方案应该就足以解决问题。如果问题的根源只是父母和孩子们、教师和工人们身上的个人缺陷，那么保守派的观点应该就是成立的。但是，正如萨尔曼·拉什迪所说，"压迫是一件无缝的天衣"。这就是一种压迫，而且这中间没有清晰的边界，不知它从何开始，最终又该由谁来负责任。在北卡罗来纳州的田间地头，被墨西哥的贫穷逼得走投无路的移民工人们在美国梦的吸引下来到这里。他们被自己和蛇头、承包商们签订的一纸契约捆住了手脚。他们窝在脏乱的环境中，只为挣得一点微薄的工钱。给他们发工钱的是农场主、连锁超市，还有享受着这些移民工人们摘下来的低价黄瓜、番茄的消费者们。当一种责任涉及的范围如此广泛而漫无边界时，这种责任似乎就不复存在了。事实正好相反。看起来，似乎所有人都没有责任，可实际上，每个人都有责任。

自由党-保守党之间的分歧不仅在于政府的应该有多"大"；而且还涉及政府应该做些什么事情。自由主义的政治主张体现出国家机关在某些方面的价值；保守主义的政治主张则体现出国家机关在另一些方面的价值。信奉自由主义的民主党人要求提高对穷人的补助，增加扶贫项目；同样，共和党中的"社会保守主义者们"希望一个大政府能通过发放或削减资金补助来推动人们选择婚姻，决定当地教育政策，组织单身母亲靠救济金来抚养孩子，并向宗教机构提供津贴，鼓励这些机构通过道德宣传的手段对抗贫穷。

穷忙族们面对的问题不会因为这些意识形态上的讨论而有所缓解。民主离不开政治辩论，但是最终，解决方案必须超越人们司空见惯的这些分歧。政治上敌对的势力要进入对方的领域，从对立面中选出有用的方案。比尔·克林顿总统曾进入保守党的领域，对救济金接受者提出时间限制和工作要求，保守主义者们也可以走进自由主义者们的天地，找出政府需要提供的援助方案。无论是相信勤劳工作就是万灵药的"美国神话"，还是相信是体制钳制住了穷人的"反美国神话"，都不能解释这个国家中存在的贫穷和机遇。曙光总会到来，如果真有这么一天，那也是因为人们既认识到社会有责任通过政府和商界来发挥作用，又认识到个人有义务通过劳动和家庭来实现价值——还有社会和个人在教育方面共同承担的义务。

在贫困边缘生存的工作者们是美国繁荣富强的基石，但他们的幸福安康却没有被当成这个整体中不可缺少的一部分。相反，这些被遗忘的人们每天都在苦苦挣扎，否则就要跌落万丈悬崖。我们是该好好反省一下了。

结　语

尽管还有许多没解开的结,生活却仍在继续。自本书的精装本面世起,书中写到的一些人走上了更幸福的道路,另外一些人则经历了希望幻灭的过程,还有许多人则在困境中停滞不前。以下就是其中一些人的近况。

安·布拉什。她依然是一名收入微薄的图书编辑,儿子桑迪给她的钱能稍解她的燃眉之急。桑迪是达特茅斯大学的一名电脑专家,他住在家里,而且会把一部分薪水拿出来贴补家用。但是,她看到自己的女儿莎莉从新英格兰音乐学院退学,在一家花店做一份每小时薪水为13美元的工作,这让她很是沮丧。要知道,为了尽量让桑迪和莎莉有更多的机会,安选择了忍受贫穷,打了很多份工,这意味着她牺牲了好好养育孩子的时间。对一个为孩子奉献一切、一文不名的家长来说,没有什么事情比看到孩子可能走上和自己相同的道路更为可怕了。

莎莉退学是因为她一直没有尝到成功的滋味。"我几乎每一门课都不及格,"在马萨诸塞州布鲁克林,莎莉在熙熙攘攘的顾客中对我说,"我讨厌上学;我一直都不喜欢上学。"而且她也忍受不了每次上台唱歌剧之前的焦虑感。她曾在意大利和奥地利度过了两个酷热难当的夏天。"我太紧张了,肌肉都在发颤,"她说,"那影响到我的音高。"一个拉小提琴的朋友给了她一盒β受体阻滞剂,这种药通常是开给高血压和其他心脏疾病患者的,她试了一片。"然后意识到,如果我得这样,这样才能做我热衷的事情,那肯定就不对劲了。"

所以,眼下她正在把自己的创造性才能用在插花上,她把花朵插在花瓶和篮子里,让它们看起来具有艺术感;当她站在走廊边,埋首色彩绚丽的花丛,优雅而愉快地挑选花朵,设计花的造型时,她也做出了自己的人生选择。她觉得,为婚礼或剧场设计插花会给自己带来欢愉,但是她也感受到了完成大学学业的压力。这压力当然有一部分来自于她的母亲,还有一部分来自那对帮莎莉支付学费的新罕布什尔州的夫妇。她说,他们会继续为她提供公寓租金,但她要继续学业。她参加了一个哈佛的延伸课程项目,不过也已经中途退出。

"我妈吓坏了,"莎莉说,"她怕我会离开学校,而且不会马上回去上学。"

安的担忧还是有一定的根据的。"我担心的是莎莉没有医疗保险,"安说,"而且我还担心她现在做这些事情,以后会找不到提供医疗保险的工作。"对于她自己,安有一份担忧,一个不能实现的愿望:"我希望自己能年轻三十岁,这样我就能找到一份收入高、更有挑战性的工作,不用总是做收入低,没出路的工作。"

利里·布洛克。当我打电话告诉她,我要到她那里去的时候,我从她的声音里听出了满足的调子。她还在施乐公司一步一个脚印地往上爬。该公司与美国能源部签订了合约。作为该公司在能源部的技术支持协调员,她的年薪是 27 000 美元,肩上的责任也越来越重。该公司还继续在她身上投资,送她去上技工课程。她希望这门课程能教她学会修理复杂的机器,而且,她相信自己的工资会因此变成现在的三倍。

施乐公司还为她支付了菲尼克斯大学在线商务课程的学费,利里希望自己最后能拿到大学学位。她正在自己所在的教区上一门编剧课程,她写的剧本有一部在该教区上演了,"而且反响不错",她骄傲地说。她的成功得益于个人优势和社会机构适时提供适当帮助的完美结合——这些机构包括法院、戒毒中心、职业培训中心,还有重新规划了她的前途的私营企业。她已经远离了那条有大批瘾君子出没的街道,而且不会再回去了。

家里的日子也越来越平静,因为子女们在不同的岗位上都做得不错,所以她的外孙们都搬出去和她的子女住在了一起。利里的母亲维尔玛已经九十岁了,她的健康状况还可以,头脑还像图钉一样敏锐。不过,她们未来还是有财政隐患,因为房子的按揭贷款和税费是用维尔玛的养老金和社保补助金来支付的,等她死后,这些钱就都拿不到了,她们所住的房子就会变成利里身上的负担的一部分。而且,维尔玛已然成为维持家庭稳定的船锚。她的离去会是对利里能力的一番考验,看她能否继续保持平衡。

丽莎·布鲁克斯。儿子的救护车费用令她陷入了信用危机,不过,她又结了婚,加上美国经济特别重视某些工作,因此她得救了。她已经不用在州立精神病院照顾有精神障碍的成年人,挣那点微薄的工资,因为她的新丈夫在一家枪械制造公司当打磨工,每周轻轻松松地就能挣到500至1000美元。他的工作是按件计酬,赚到的钱足够让丽莎待在家里带六个年纪从八岁到十三岁的孩子,这六个孩子是他们各自带到新家庭中的。

他们所住的房子归她的丈夫所有,而且她的丈夫信用记录良好。他获得了房屋净值贷款,给房子加建了一个新厨房,然后又申请了按揭贷款,做了一番更大规模的扩建。这个房子为丽莎的儿子提供了一个比较健康的环境,因此她儿子的哮喘好了很多。家里不再需要急急忙忙地把他送到医院去,所以从住房到健康到信用不良到更高的利率的连锁反应被打断了。

不过，医疗保险依然是一个问题。丽莎和孩子们都是通过那家枪械公司获得保险的。"但是处方药不在保险范围内，"她说，"所以你得自己掏钱。当我们需要药品的时候，我会出钱买，但是等我们用完了这些药，我就不吃了。"

丽莎想去工作。她在家里办了一段时间的日托，干过打扫房屋的活，还报了一个小型的在线商业管理课程。最后，她希望自己能开办一家私人公司，服务有特殊需要的人们，比如像她在州立精神病院中照顾得很好的那些人一样。"我完全乐在其中，"她说，"我想念那份工作。"

克里斯蒂。她挣的钱太少，送不起孩子们到自己工作的教会日托中心，所以她辞职了，又回到了靠救济金过生活的状态。她说，她的老板不肯给她放假，导致她无法按要求到福利机构去再次申请食品救济券，还一直拖着不让她休假，并且拒绝为她支付学费，令她无法获得儿童成长辅助员的资格。克里斯蒂称，该中心还给每个保育员安排了太多低龄儿童，一个保育员要照顾十四个孩子。这种压力令她的血压升高，她明明白白地说："我是要在工作中死去——还是要活着但却没有工作呢？"

但是她觉得救济金妈妈的生活太无聊了，她不想坐在家里靠救济金支票过日子。福利改革把她推入职场，让她尝到了工作的滋味。而且，法律规定的时限在一天天逼近——还有一年半的时间，她的救济金就会被停止——所以她在匆匆忙忙地找工作。

有时候，她会在她住的公屋公寓中帮别人带孩子，偷偷挣钱。她申请了一个银行柜员的职位，但是后来她发现能给她的空缺职位只有一个，她要坐一个小时的车才能去上班，她没办法把自己的两个孩子留在家里去上这个班——孩子们在学校表现不太好。她申请了一份电话营销的工作，但是他们叫她花120美元买存货，其中包括她要销售的烟雾报警器,这使她感觉到事有蹊跷。

她似乎是在团团转,从一个想法换到另一个想法,但却一直没有采取进一步的行动。她认为自己可以提高打字技术并找一份文员的工作,或者在保险业工作,比如在发账单的部门做事。那对她来说特别有吸引力:她觉得寄出催款通知书的感觉比收催款通知书可好多了。

凯文·菲尔兹。作为一名前科犯,他在教养所中学过屠宰技术,但是他找不到工作,当不了肉贩。他受到了比尔·奥莱利(Bill O'Reilly)的恶意中伤。这位好事的《奥莱利实情》脱口秀主持人特地挑了凯文的故事中的负面因素,删掉了他改过向善的细节。很明显,这是只顾意识形态而罔顾事实的做法。

在《穷忙》一书出版后,奥莱利邀请我上了一期节目,而且他想把凯文找来。凯文搬家了,我不知道他身在何方,但是奥莱利坚持要制片人找到他,如果有必要的话,可以利用他的服刑记录。在没有告知我的情况下,一位制片人给他打了电话,让他更新了他的故事。奥莱利没有让凯文和我通话,也许那是因为他的话会和奥莱利扭曲事实的话产生矛盾。

为了支持大家耳熟能详的保守派观点:"有些人就是无药可救",奥莱利指出,凯文和四个不同的女人生下了四个孩子——比我为了写这本书而采访他的时候多了两个。这是真事。(一个多月后,又有一个孩子出生了,他一共和四个女人生下了五个孩子。)

奥莱利接着捏造事实,断章取义。"他一次又一次地因为没有支付儿童抚养费而坐牢。"奥莱利说。事实上,在脱口秀之后,我得知他之前被关过一个星期,否则他会支付抚养费的。"这个男人完全就是不负责任!"奥莱利气愤地说。有些人"基本上,本质上就是没有办法,没有办法——对吧?——负责任。所以才没有人愿意雇他们。"

但是奥莱利没有提到,凯文已经找到了工作。凯文告诉奥莱利的制片人,在过去三年半的时间里,他一直在"巨人"超级市场当肉食包装工,每小时薪水为 7.35 美元。

和许多和他处境相同的人一样,凯文不是模范市民,他是一个身处多重矛盾之中的典型。如果他要负担起雇员的责任,保住一份工作,那么他就当不了合格的父亲,尽不了照看几个女人生下的几个孩子的责任。他在支付儿童抚养费方面有不良的记录。但是现实生活中有很多说不清楚的复杂情况,我们是不能套用奥莱利简单的政治观点来解释这些情况的。真正的凯文并不能被简化为右翼人士眼中的穷人形象,他们眼中的穷人是无可救药的废物,社会可以坦然地将他们抛弃。因此,奥莱利捏造了凯文的形象,他巧妙地向电视观众隐瞒了凯文有工作,而且他大部分的工资都用于儿童抚养费的重要事实。

就在这个时候,真正的凯文还期待着"巨人"超市能提拔他当一个合格的肉贩。

汤姆·金。这位带着三个孩子的鳏夫丢了饭碗,因为"拉克罗斯"下令,让皮靴制造厂的三个班的工人中的两班停工。"那些中国人快把我们逼死了,"汤姆把他听到的话说了一遍,"同样的靴子,他们可以用 78 美分就造出来一双。"他突然就闲了下来,这让他的日子很不好过,钱包也紧巴巴的。"我从一天要干十二个小时的活变成没事可做,这对我来说是一种打击,"他说,"他们是前一个周通知我们的。"当时正是 1 月底。他的拖车式房屋的供水系统又冻住了,他只好搬去和一个朋友一起住了几个星期。

他有没有在下个月的新罕布什尔州总统预选中投票呢?"没有。我在外面找工作呢。"他本来还可以补充一句,没有哪个候选人会承诺给他一份工作,也不会让他的境况有所改善,这和他几年前对我说的话恰好一致。直到秋天,他还是不确定要不要投票,或者投谁的票。"我都懒得管了。我大部分时间都忙个不停。没时间看电视。"

春天冰雪消融之后,他捡了一些建筑材料,后来,收集废铁——生锈的卡车、汽车和引擎之类的东西就成了他的家常便饭——并把它们卖给克莱蒙特的回收工厂。"我在收废旧货,"他解释道,"大家都把废旧货给我。价钱不错,能赚不少钱。"他还在一块两百英亩的农场上晒干草,他的父亲则在看管这个农场。他的女儿凯蒂已经上了六年级,她也会出来帮忙堆干草。

"她和她妈妈像是一个模子刻出来的,"汤姆说,"她也是心里怎么想,嘴上就怎么说。"

扎克,那个没上大学的大儿子进了空军,现在正在内布拉斯加州接受技工培训。他告诉他的祖母,自己乐在其中。"他说,'等我服完兵役,我能到任何机场去修飞机。'我说,'你的妈妈会为你感到骄傲的'。他忍不住地哭了起来。后来我告诉汤姆,'我不是故意要把他弄哭的'。"

"我过得还行,"汤姆在电话里勇敢地说,我能想象到他用手把脸从头到尾揉一遍的样子,"日子渐渐有起色了。人生在世,每一天都是好日子。"

卡洛琳·佩恩。那个没有牙齿的妈妈正在便利店的收银机那里忙得不可开交,这时,在长长的队伍中有一个男孩问她要了一包香烟。"通常我会检查每个人的身份证明",她说,但是这次"我真的忙坏了"。结果那孩子是州政府派来的卧底,当他和那个检查员一起回来的时候,她和那家店都因向未成年人出售香烟而被开了罚单。

"我哭了起来,而且我好害怕。"卡洛琳回忆道。她可能得上法庭,她可能会被解雇,她可能得交罚款,可她手头上没有钱。她不知如何是好,这时,那家店的经理帮她说了话,说她平时都很小心检查购物者的身份证,那位检查员心软了,说他会去和他的上司谈谈。心惊肉跳地过了几天之后,那位检查员打来了电话,告诉卡洛琳,她可以把罚单撕掉了,不过那家店还是被罚了款。

虽然是虚惊一场,但是这次经历,加上早出迟归的上班时间和微薄的薪水,已经足以让她下决心辞职了。"你要怎么样才肯留下来呢?"她的上司问。"我说我想要多点钱和一些福利。他们说,'这个我们帮不了你'。于是我提前两周通知了他们。我最后一天到那里上班的时候,我的上司说:'你能不能再干几天?'因为那里的一个姑娘没通知他们就辞职了。我帮他们整理了存货,我就是这么个老好人。"

八个月后,卡洛琳依然找不到工作。人们在《纽约时报杂志》上读到这本书里关于她的段落,他们给她打了电话,想给她提供帮助,她很感激他们。但是她说自己真正需要的是一份像样的工作,而那样的工作并没有出现。"我在想,也许宝洁公司会给我电话,让我到工厂里干活。"这家公司在新罕布什尔州曾经用那种方式对待她,在那之后她还会想回去工作吗?"他们到处都有工厂。"她说。

她指望着一个职业培训项目能为她支付学费,让她获得护士助理资格,但是这个项目的工作人员发现她不符合资助资格,因为她不是靠救济金过日子,而且还有大学文凭。从表面上看来,她的情况太好了,不需要帮助。她分外失望,因为她一直希望能到疗养院去工作。"我的性格适合做这个,"她说,"那份工作就是要帮助人,我为他们感到遗憾。"

她被拒的原因还有一点,因为人们觉得她可能会因为背部的问题扛不起老年病人。确实如此,她的背部问题恶化了。她的脊椎按摩师强调,让她不要举起超过十磅重的东西,走太远的路,弯腰,连续坐着或站着超过两三个小时,或者把双手举过肩膀。于是她向社会保障署申请"补充社会收入",她的申请被驳回,她再申请,最后终于成功了。

与此同时,她参加了办公文员课程,以提高打字技术并学习电脑程序。但是她的牙齿依然是一个瑕疵。她适应不了新的假牙,所以不戴着它。"我要么让人调整它,要么戒烟,要么就逼自己戴着它。"她说。

她那有轻微智障的女儿,安柏,认为从新罕布什尔州搬到印第安纳州是件好事情,因为这里的学校教的东西更多。"那里(新罕布什尔州)的人都只会教我怎么打扫卫生,可我已经在帮妈妈打扫卫生了。"安柏说。在印第安纳州,她上的课程有儿童发展、数学、政治学、打字,还有很多其他富有挑战性的工作。等下一年高中毕业之后,她要报名参加职业复健项目。她还是没有阅读能力。

所以,这次卡洛琳之所以痛下决心从新罕布什尔州的克莱蒙特镇搬到印第安纳州的曼西市还是出于综合考虑的。"安柏这两年都过得不错,"卡洛琳说,"而且她长大了很多,成熟了不少。"她又以79 000美元的价格把房子卖了出去,这让她感到十分难过,尤其是当她在网上看到这栋房子以100 000美元的价格再次出售的时候,心里特别难受。"我看了心里不舒服,"卡洛琳说,"因为我啥也没赚到。"然后,她用之前领到的"补充社会收入"在曼西买了一间房。

蜜桃。这个无家可归的女人在童年饱受虐待,她参加了"让所有人都吃上饭"这个机构办的职业全面培训计划,现在她的创伤似乎痊愈了。

她现在给施乐公司的一个客户管理邮件收发室,那是华盛顿的一家私人公司,这说明她的责任更重大了,而且她一年能挣到26 000美元的薪水。她的绢花花艺开始在迎婴派对[①]上大受欢迎。通常,她会在华盛顿哥伦比亚特区东北角的一个闹市区支起一张折叠桌,卖绢花。

---

① 迎婴派对(baby shower)是美国一个传统活动。怀孕妇女在临产前一两个月的时间内,她的女性朋友为她举办一个派对,迎接宝宝的诞生。——译者

她举行了一次返乡会,这让她自我感觉良好,而且在想起过去时不再感到痛苦。她回到了马里兰州东海岸地区,那是她长大的地方。她回到当地的一间教堂,和教堂会众聊天,并把礼品篮送给了几个老年教友,以感谢他们在她痛苦的童年中对她的帮助。"他们都印象很深,"她说,"有个女人,她过去总是很乐意收容我。我告诉她,当我坐在一个公共汽车站,饿着肚子,鼻青脸肿的时候,我想到的是她的烤箱里烤出来的饼干。"

蜜桃记得教堂是一个真正的避难所,一个庄严、有序的地方,人们都衣冠楚楚。在之后的岁月里,那些女人们精心打扮的样子一直像一个符号,提醒她生活可以是美好而慰藉人心的。"他们都流泪了,"蜜桃说,"'我没想到你还会想起我。'"

"'我记得,你们坐在那里,头上戴着帽子,你们的头抬得高高的。即使是在我人生最低潮的时候,想起那一幕,我依然觉得很受鼓舞。'"

到东海岸地区的这次返乡会上来的还有她的义兄,他从费城来和她重聚,场面很动人。他的孩子拥抱了她,叫她"姑姑",她有了一个真正的家庭,她用欢快的声音说自己有了一个更大的归属。"当你觉得有人真正关心你的时候,那种感觉真是棒极了。"

后来,蜜桃终于找到了一个好男人,"一位年轻又善良的先生,一点也不让人讨厌,"她说。他在华盛顿煤气公司工作,负责安装输气管道和煤气泄露维修。"我要结婚,"她宣布,"我们打算买一栋房子。"

当我打电话给她,向她确认她的地址,好把这本书寄给她时,我对她提到,虽然我尊重了她的要求,不用她的名字,只叫她"蜜桃",但是她还是能认出书中的自己。她用明亮的嗓音说道:"噢,现在你可以用我的真名了!"

她的名字叫塞莉斯坦·切沃斯。

图书在版编目（CIP）数据

穷忙 /（美）希普勒（Shipler, D. K.）著；陈丽丽译.
—上海：上海译文出版社，2015.1(2018.12重印)
（译文纪实）
书名原文：The Working Poor
ISBN 978-7-5327-6815-8

Ⅰ.①穷… Ⅱ.①希… ②陈… Ⅲ.①散文集—美国—现代 Ⅳ.①I712.65

中国版本图书馆 CIP 数据核字（2014）第 271785 号

David K. Shipler
The Working Poor
copyright © 2004，2005 by David K. Shipler

图字：09-2014-261 号

穷忙
[美] 戴维·希普勒　著　陈丽丽　译
责任编辑/张吉人　装帧设计/未氓设计工作室

上海译文出版社有限公司出版、发行
网址：www.yiwen.com.cn
200001　上海福建中路193号　www.ewen.co
上海信老印刷厂印刷

开本 890×1240　1/32　印张11.75　插页2　字数 267,000
2015年1月第1版　2018年12月第7次印刷
印数：28,001—33,000 册

ISBN 978-7-5327-6815-8/I·4120
定价：45.00 元

本书中文简体字专有出版权为本社独家所有，非经本社同意不得转载、摘编或复制
如有质量问题，请与承印厂质量科联系：T: 021-39907745